QUAND LA GUERRE CESSERA

LOUISE PASTEAU

QUAND LA GUERRE CESSERA

roman

ALBIN MICHEL

À Victorine et à Tobie

« Seule compte la démarche. Car c'est elle qui dure et non le but qui n'est qu'illusion du voyageur quand il marche de crête en crête comme si le but atteint avait un sens. »

Antoine de Saint-Exupéry

12 décembre 2022. Onze heures du matin.
Je viens d'écrire le dernier paragraphe du dernier carnet, d'ajouter un élastique camel un peu lâche autour de l'ensemble et de coincer ce prélude, après l'épigraphe, au-dessus des huit carnets, juste en dessous de l'élastique :

« *Nous sommes à Paris, c'est presque l'hiver, il fait froid. Les feuilles des arbres sont tombées. Certaines pendent encore ici et là, à la merci du premier vent venu. Le ciel est blanc, il est huit heures du matin. Quelques brumes éparpillées enchantent les toits à la lumière du jour. La fenêtre est entrouverte, les rideaux tirés. Elle frissonne juste au moment où la porte d'entrée – de l'autre côté du couloir – se referme derrière lui. Il descend les marches aussi vite que d'habitude et enfourche le vieux vélo qu'il planque derrière la cage d'escalier. Il jette un coup d'œil : les battants de la porte cochère qui donne sur la rue sont grands ouverts, cela lui fera gagner du temps. Il enfile ses gants et les deux mains sur son guidon, s'engouffre dans la ville.*

C'est une nouvelle journée qui commence ; et toujours, il a préféré les débuts aux fins… Il pédale en souriant – sourit en pédalant, file entre les voitures. Déjà, il dépasse le tabac, salue la boulangère qui sort les poubelles. Le froid lui picote les oreilles, son bonnet est resté sur la commode. Il est certain qu'elle le mettra aujourd'hui, elle adore ce vieux bonnet bleu de marin – d'ailleurs, il lui va mieux qu'à lui. D'une main, il remonte la fermeture Éclair de son blouson et tire son écharpe pour la resserrer autour de son cou.

Au même instant, elle roule d'un côté du lit à l'autre. Juste avant de partir, il a posé un baiser sur son front, il sentait le dentifrice. Elle préfère l'odeur de sa peau à celle de ses dents et, dans un demi-sommeil, elle enfouit sa tête dans son oreiller à lui. On dirait le songe d'une danseuse… Étendue sur le ventre, la tête au creux des bras, elle sait qu'elle va bientôt devoir ouvrir les yeux. Elle se tourne à nouveau et, une fois sur le dos, étend les jambes en l'air, comme pour effleurer le plafond de la pointe de ses pieds. Le radio-réveil se met en marche. Une voix d'homme annonce les dernières informations. Elle écoute attentivement, dans un effort de reconnexion avec la réalité, elle ouvre ses oreilles.

Lui a caché les siennes, enroulant un pan de son écharpe autour de son visage. Il regarde le chat noir qui sort de Paris simplement en traversant la chaussée. Le feu passe au rouge. Le chat file sur le trottoir de gauche, puis disparaît le long du périphérique. Le feu passe au vert. Une camionnette bleue débouche brutalement du côté droit du boulevard. Juste au moment où elle a laissé retomber ses jambes sur le lit, son cœur a volé. »

PREMIER CARNET
(jaune à spirale)

Débuté le 16 avril 2019
Vers 11 heures, sur la ligne 7 (ou 10 ?) du métro.

Terminé le 25 mai 2019
À la terrasse d'un restaurant italien
(taches d'huile pimentée sur la couverture).

Nombre de pages : 49

L'été dernier, il a fait tellement chaud que pour nous rafraîchir, nous prenions une douche toutes les heures. Chacun notre tour. Toutes les heures. Le samedi, le dimanche et les jours de fête. Les serviettes séchaient au soleil, sur le rebord des fenêtres. Il y en avait trois : une grande jaune, celle de Franck ; une plus petite verte, celle de Martin ; et la mienne, une blanche, toute simple. Du cabinet de toilette, sortait le bruit sourd de l'eau tombant sur la faïence blanche et fendue du bac à douche. On entendait comme de la pluie dans l'appartement, en plus dense, en moins épars ; ça s'arrêtait, ça reprenait, jusqu'à ce que la tombée de la nuit fasse baisser de façon significative la température du deux pièces… L'appartement était assez grand pour Martin quand il y vivait seul, mais cela faisait plus d'un mois que nous y vivions à trois. « Après un samedi torride, la chaleur s'annonce encore plus intense ce dimanche 5 août 2018… Pic de températures, donc pic d'embouteillages et pic de pollution, en raison de l'habituel chassé-croisé des vacances entre juillettistes et aoûtiens… »

J'étais arrivée début juillet. « Appartement à partager – place de Clichy. » Courrier électronique. Coordonnées.

Adresse notée. Risqué… Et finalement, la porte qui s'ouvre en musique… J'avais rencontré Franck d'abord. En premier. C'est lui qui avait ouvert la porte. J'avais sonné, il avait ouvert. « Bonjour… » Sa voix était indescriptible d'arrogance et de douceur. Son timbre englobait tant il était grave, si peu remué de nuances. Du feutre. Du velours. Une étoffe qui se froisse aux tympans et incite la lymphe à circuler plus vite. Je n'en ai plus qu'une sensation chétive aujourd'hui, mais je me souviens que mes pieds, même mes pieds, s'étaient troublés lorsque cet homme avait ouvert la bouche. La porte… Franck, donc. D'abord. En premier. Sa voix grave. Sur les notes du piano qui s'étaient mises à virevolter dès le moment où la porte s'était ouverte. Sur la musique de Martin…

Martin, homme blond, svelte, les cheveux en bataille, presque bouclés, musicien. Franck, homme brun, musclé, financier. Ils avaient l'air de bien s'entendre. Je ne savais pas vraiment à quel point ils s'entendaient, mais ils m'entendaient moi. Ils formaient une entité merveilleuse qui m'envoûtait. J'étais plus jeune qu'eux de quelques années, je leur imaginais des vies trépidantes, des années folles et glorieuses… Je les mettais tous les deux sur des stèles. Ils m'avaient, pour ainsi dire, sauvée de l'antre de Jeanne ; ils avaient ajouté une unité au chiffre de mon arrondissement et permis l'épanouissement inespéré de ma vingt et unième année. Je me sentais libre, enfin. Libre et indépendante. Comme une ancienne colonie… Quelques jours, une semaine, juillet qui finit en août. La normalité des choses qui s'ordonne, le linge qui s'éparpille. Les habitudes qui se divulguent, les règles qui s'instituent… Les mots qui s'entendent et les peurs qui se disent – affinités et sympathies. Les brosses qui se font du pied dans le verre à dents… Tout ça.

Quand j'étais gamine, je suis tombée dans les roses. Mon cousin m'a poussée dans un massif. Claude-François, le seul, l'unique issu de germain jamais recensé, m'a jetée dans les rosiers. Saleté. Il n'aura jamais servi à rien celui-là. À rien d'autre qu'à. Je dirai après. Je finis. Les pétales qui s'explosent de couleur, les tiges qui plient, les feuilles qui plissent, et le ciel, derrière, qui constate. Tombée dans les rosiers. Poussée d'un muret. Enfoiré. Les épines m'ont arraché le visage. Les fleurs m'ont déchiré la peau… Il faisait beau. Je me souviens qu'il faisait beau. C'était un de ces jours de soleil, un de ces jours où le soleil n'arrête pas de briller. Nous étions à l'école. Dans la cour de l'école, juste à côté de la porte d'entrée, devant les grandes vitres du hall. Tous les autres élèves se tenaient debout, autour – par terre ou sur le muret –, et ils me regardaient moi, chue, déchue, tombée à moitié dans les pommes dans les roses, rétamée, du rouge jusque sur le dos des mains et au front. Le maître a enjambé le muret. Le maître avec son sifflet, qui siffle pour que les autres s'écartent. Le soleil tapait… Quand j'y pense, la chute me tiraille la peau de souvenirs : je sens presque ma cicatrice qui se rouvre. J'ai une cicatrice. Comme un léger coup de sabre. Sur la joue droite. Du haut de la tempe jusqu'à l'angle de la mâchoire. Une tige tout juste coupée. Je n'avais pas pleuré. Je ne pleure jamais. Quand le ciel tonne, parfois, il y a des éclairs, mais pas d'eau qui tombe. Le ciel gronde et c'est tout. Il fait lourd et c'est tout. Moi, c'est pareil : j'ai le mince relief d'une entaille qui foudroie à hauteur d'oreille, les yeux noirs et les pupilles qui grognent de ne pas pleurer. J'aurais préféré tomber dans les orties, chialer un bon coup… « Ça ne paye pas de mine, mais les orties, ça secoue ! » J'aurais préféré les orties.

Et puis tomber toute seule. Me jeter délibérément seule de ce petit muret qu'il y avait dans la cour de l'école. Je devais avoir huit ans. Entre sept et huit… Pas moins. Tout ce qui s'est passé avant, je l'ai oublié. L'avant-sept a taillé la route, comme de la neige qui fond. Quelques flaques d'eau, barbotières de mémoire, où pataugent en vain les bribes de la petite enfance… Jusqu'à mes sept ans, j'habitais à Paris, mes pieds foulaient les pavés, les marches du métro et les passages cloutés. Je me souviens des bandes blanches des passages cloutés. Des bandes larges et blanches collées au goudron. Je me souviens des bandes. Et des feux. Rouges et verts et orange. Des feux qu'il fallait regarder, bien regarder avant de traverser. Pour pouvoir marcher sur les grandes bandes larges et blanches des passages cloutés… Les feux qu'il fallait regarder.

Mes parents sont morts. J'avais sept ans. Accident de voiture et suicide. Mon père s'est fait renverser, ma mère s'est défenestrée. Mon père est mort tout seul ; ma mère avec lui. Paris. L'école, la grande école. Le cours élémentaire. J'étais au cours élémentaire. Papa est mort et maman l'a suivi. Dans l'heure, elle l'a suivi. Quand elle a su qu'il avait explosé dans un poids lourd et qu'on ne voyait plus son visage, elle a jeté son corps dans le vide. Nous habitions au sixième étage. Elle s'est jetée dans le vide. C'était un 29 février. Année bissextile. Rareté. J'étais à l'école. D'abord, il y eut la directrice ; puis la maîtresse ; puis les deux en même temps. Et puis sortie. Sortie d'école, le « seize heures et trente minutes », le « quatre heures et demie de l'après-midi ». La mère de ma copine Caroline. Ma copine Caroline et sa mère. Sa mère qui m'a prise dans ses bras parce que je n'avais plus la mienne.

Elle ne parlait pas. Elle m'a juste prise dans ses bras. Ensuite, elles m'ont conduite chez elles. Caroline n'avait pas de papa. Je n'en avais plus non plus. Caroline disait : « T'es comme moi ! » Je ne comprenais pas. Mes parents étaient partis ; je demandais pour aller où ; on me répondait « Loin »… On m'a répété la même chose pendant à peu près quinze jours, le temps des formalités, du double enterrement, le temps que ma grand-mère se fasse à l'idée pour que la décision soit prise vraiment et pas à la légère… Après, je suis partie vivre avec elle dans les montagnes, au milieu des reliefs du Jura, à Baume-les-Messieurs, au fond d'un cirque entouré par des falaises hautes d'une centaine de mètres… Entourée.

Depuis qu'il faisait chaud, nous ne dormions jamais à la même place. Nuit à nuit, nous voguions. Nous avions déplacé matelas et sommiers pour qu'ils se trouvent sur le passage aérien d'une fraîcheur qui vaquait entre les deux grandes fenêtres. De la cour au jardin. Du salon à la chambre. De la chambre au salon en passant par l'entrée. En courant, l'air apaisait nos nuits, accordant l'intermittence à l'assoupissement. « Volets fermés le jour, fenêtres grandes ouvertes la nuit. » Consigne, mot d'ordre. Organisation caniculaire et appartement-bunker pour sauvegarde. La chaleur pesait sur les corps et alanguissait les esprits sans qu'ils parviennent véritablement à s'éteindre. Les muscles n'étaient pas morts ; les yeux et la cervelle ne s'électrisaient pas. Absence de songes. Sauf pour Martin qui vrombissait, alourdi de pesanteur et à l'aise dans la touffeur du soir…

Martin ronflait. Franck était insomniaque. Je préférais donc dormir avec le brun plutôt qu'avec le blond. Lorsque j'ouvrais les yeux, c'était d'ailleurs généralement la silhouette de Franck que je découvrais : sur le dos, les yeux rivés sur le plafond. À défaut de trouver le sommeil, il passait les veilles de ses nuits à fixer les ombres des moulures. Au matin, il nous révélait les perceptions qu'il avait eues, les vérités lui étant apparues… Il arriva même qu'une ou deux fois, emportés par un débat dérivant des mémoires noctambules de Franck, nous séchions respectivement nos activités matinales, prétextant panne de réveil et crise de foie. Franck et moi. Martin n'avait rien à prétexter, il ne travaillait pas. Enfin si. Chez lui. Il travaillait chez lui. Il passait ses journées dans l'appartement… Le matin, il se levait avec nous, préparait le café dans une cafetière italienne. Le bruit du café qui monte dans le volume supérieur de la cafetière. Au réveil. Le bruit léger de la poudre et de l'eau qui s'échauffent. Le bruit du café au sortir de la douche, quand Franck passait de la chambre à la salle de bains et que je rejoignais Martin dans la cuisine. Le bruit du café. Et Martin qui fumait déjà une première cigarette en faisant griller du pain. Je m'asseyais près de lui, endolorie comme de la terre après pluie, encore un peu endormie mais déjà accoutrée pour aller épater la galerie. Comme Franck après : costumé. On l'entendait se préparer, râler quand il ratait le nœud de sa cravate. Martin, lui, portait du jean et du coton… Lorsque nous étions prêts à partir, il nous accompagnait sur le palier et nous regardait dévaler l'escalier. Quand nous avions disparu, qu'il n'entendait plus que nos pas résonner dans la cage, alors il larguait la porte. Et chaque matin, aux alentours du deuxième étage, nous attendions qu'elle claque.

Caroline m'envoyait des enregistrements avec sa voix dessus. Je déambulais dans le jardin avec un casque sur les oreilles. Elle me parlait de la classe, des autres, de sa mère et du reste. Parfois, elle élaborait des théories équivoques sur la vie, analysant la moindre parcelle de ses pensées, cherchant à comprendre pourquoi et comment ses idées lui passaient par la tête. Je l'écoutais... Je n'avais pas envie de lui répondre. Moi, je parlais au chien. Ma grand-mère avait acheté un chien. « Un chien pour la petite, pour pas qu'elle s'ennuie. » Le chien s'appelait Macadam Cowboy. C'était un labrador. Il était fort. On s'entendait bien. J'avais l'impression qu'il comprenait tout ce que je lui disais. Il ne répondait pas, mais il comprenait. Comme les morts. Comme ma mère. Je parlais à ma mère aussi, souvent, en regardant les montagnes. Elles pointaient leur nez jusque sous les étoiles, jusque sous le visage de maman... C'est étrange comme les choses s'oublient. Je me souviens de moins en moins des montagnes. De leurs noms. Je les ai oubliés... Comme le visage de ma mère. Je l'ai oublié. Les traits se sont effacés, comme de la peinture diluée par de l'eau. Les yeux ne sont plus teintés d'aucune lueur ; il ne reste que des ombres, les couleurs pastel de la peau et des cheveux... Bien sûr, il y a les photographies, mais ce ne sont pas des souvenirs – rien que des images.

En fin de journée, lorsque je rentrais – en général après Franck –, Martin jouait du piano. L'appartement résonnait. Dès le premier étage, les sons me parvenaient. Je pressais le pas, montant les marches deux à deux pour arriver plus vite.

Souvent, je surprenais Franck allongé sur l'un des lits ou sur les coussins du canapé, la nuque relâchée, en dérive avec la musique – ses phalanges tressaillaient, s'agitaient, suivant imperceptiblement la partition… Je m'asseyais près de lui, reprenant ma respiration. Il m'arrivait de fermer les yeux. Martin continuait de jouer. J'oubliais tout jusqu'à ce que subitement la bouilloire se mette à siffler. Franck se levait pour préparer du thé… Les paupières baissées, je ne bougeais pas. J'écoutais les sons jusqu'à ce qu'ils s'arrêtent ; jusqu'aux pas de Martin de la chambre au salon. J'ouvrais les yeux lorsqu'il passait le revers de sa main sur mon front ou sur l'une de mes joues. Martin ne savait dire que des notes, alors il parlait régulièrement avec les doigts. À croire qu'il avait déjà rencontré Clara… Franck revenait avec la théière ; et antérieurement d'une mission de dix-huit mois en Asie dont il avait rapporté un chinois rudimentaire et un stock de jasmin quasi inépuisable. Il s'agenouillait pour remplir nos tasses. Je me levais pour aller chercher du sucre. J'étais certaine, en ressortant de la cuisine, de trouver Franck assis en tailleur et Martin adossé au bas du canapé, tous deux soufflant déjà sur l'infusion brune et brûlante. J'imbibais un rectangle blanc de la chinoise décoction et le laissais fondre sur ma langue. Après avoir bu une première gorgée, Franck nous interrogeait sur la tonalité de nos journées. Martin répondait en fonction des airs qu'il avait joués. Je me figurais que si sa dernière partition était en *ré* mineur, l'alacrité du majeur n'avait pas dû habiter l'appartement ne serait-ce qu'une minute. Franck devait supposer de même, car en fonction de l'ambiance musicale découverte en rentrant, il formulait sa question différemment, adressant parfois à Martin un « Petite journée » interrogatif… Martin jouait selon ses humeurs. Il vivait de cette façon. Franck, quoique perplexe, avait un comportement que l'on aurait pu qualifier de « constant ». Néanmoins, il était anxieux à l'idée d'on ne sait quels troubles… C'était souvent en fin d'après-midi qu'il en parlait… Migraines, vertiges, insomnies… Martin saisissait le nébuleux état de l'homme qui partageait son appartement et l'écoutait volontiers les jours où sa dominante était plutôt majeure, répondant tout de même souvent à ses interrogations par une insolente question qui mettait en exergue l'origine douteuse de ses maux : « Malaise paranoïaque sur fond d'hypocondrie… ? » Les autres jours, il ne disait rien ; attendait qu'il parle, mais n'écoutait pas.

Il fallait voir les bons côtés. La maison datait mais elle était grande. Elle avait été retapée par grand-père clamsé. Papi, pépé, grand-papa, était militaire de carrière et son dernier domicile ressemblait à un régiment. Construction imposante, rustique et solennelle, achetée à la bougie après plusieurs successions et la mort d'un général d'artillerie ; le pavillon avait été construit à la fin du XVIIIe siècle. La charpente tenait le coup ; régulièrement, des ouvriers passaient pour ajuster les tuiles, refaire un bout de carrelage ou réparer la plomberie. Six petits chiens-assis donnaient le rythme à l'est et à l'ouest : vers la rue, sur les grilles ; et du côté du belvédère. Il y avait cinq chambres – nous étions deux. Ou trois, si Claude-François dormait là. Le jardin était beau. On voyait la vallée depuis le tertre ; les arbres étaient immenses, les chênes hauts comme des hôtels particuliers ; des dizaines de verts se côtoyaient, le vent soufflait inlassablement et soulevait les branches des arbres comme les mèches de cheveux d'une jeune fille. Le soir, il fallait faire vite avant que le soleil se couche. Le relief était tel que tout s'éteignait rapidement sans crier gare. Le fond de la vallée devenait rouge. D'un rouge extatique, d'un rouge de gris qui vire au jaune et s'enflamme avant de disparaître… Sans même un bruit, alors, on devinait l'écho. Le silence s'entendait. Les étoiles s'explosaient au ciel et éclairaient timidement la campagne. L'horizon devenait sombre et mystérieux. Il y avait aussi les odeurs du bois : l'odeur du bois humide, l'odeur du bois sec qui prend feu… La chlorophylle iodait de sa sorte d'embruns le fond de l'air ; il y avait de la menthe partout, des plantes grasses et aromatiques dans tous les coins, des arbustes, du buis, des arbrisseaux, des massifs et des plates-bandes, des plates-bandes et des plates-bandes de fleurs…

Ma grand-mère passait un temps infini à s'en occuper – accroupie, sur les genoux. Elle justifiait rationnellement le fait que le verger ne ressemble plus à un verger : « Les arbres ont besoin de végétation ! Pour attirer les insectes qui les défendent contre les ravageurs et qui pollinisent les fleurs ! » Elle criait « Saint Antoine ! » dès qu'elle perdait son sécateur, mais briguait comme vérité cuisante l'aberration du bouquet. « Les fleurs n'ont rien à faire dans les vases, ni non plus les oiseaux dans les cages ! » Les récipients de céramique faisaient donc office chez nous de décoration, tandis que les fleurs continuaient de boire l'eau de la pluie sous la terre… Ma grand-mère disparaissait des heures sous le cagnard de la serre si c'était l'été ; et de loin, en toute saison, par-dessus la blancheur du givre si c'était l'hiver, on l'entendait parler bas. Raison sans doute pour laquelle elle avait acheté le chien : si je parlais au chien, elle pouvait continuer à parler aux fleurs. Parce qu'elle leur parlait, les regardait tout le temps, notait tout ce qui les concernait dans de petits carnets : le nombre de bourgeons, les plants numérotés ; boutures, floraisons ; et les dates des gelées. En bonne jardinière, elle classait tous ses carnets, par année, dans le buffet à côté de la cheminée. Chacun des carnets devait contenir un secret… Je n'ai jamais ouvert les carnets. Mais j'ai toujours vu ma grand-mère les remplir comme on écrit un journal, avec de la fougue et de l'élan… Les fleurs étaient le grand amour de sa vie. Peut-être parce que, les voyant sortir du sol, elle pensait que les morts lui parlaient… Mon père, son fils ; et mon grand-père, son mari. Quoi qu'il en soit, lorsque ma grand-mère avait les pupilles fleuries, elle rayonnait. Ce qui faisait que, de façon générale, elle était nettement plus jolie dehors qu'à l'intérieur.

C'est mon anniversaire. Franck et Martin m'ont acheté des fleurs. Un chiffre impair varié de couleurs. Franck et Martin, tombés d'accord, qui manigancent… Martin dit qu'il va lui-même acheter les fleurs. Comme Mrs Dolloway au début du livre de Virginia Woolf… Martin va acheter les fleurs lui-même ; Franck prépare le petit déjeuner… J'écoute. Franck est resté, Martin descend l'escalier… Le drap me remonte jusqu'au-dessous du nez. J'ai fait semblant de ne rien entendre : ni les paroles ourdir, ni la porte claquer… Le bouquet fera un bruit de plastique. Le présent sentira bon. J'aimerai l'odeur de tout. Des fleurs et des hommes qui s'entendent. L'odeur de la paix… Et aussi Martin qui insistera sur le fait qu'il a choisi des renoncules de Hanoï pour leur nombre inconsidéré de pétales et l'éclosion très lente de leurs boutons.

Rhododendron. Tulipe. Violette. Iris. Lupin. Azalée. Si Macadam avait le malheur d'en écraser parmi celles qui comptaient, il se prenait une de ces roustes. Comme il était un peu pataud, il en prenait souvent. Ça me faisait toujours mal : le voir froncer la truffe, baisser les oreilles et repartir la queue entre les pattes… D'ailleurs, je pense que, d'une certaine manière, l'attaque des roses via le cousin quand j'avais huit ans, je l'avais reçue comme un soufflet détourné de ma grand-mère… À cause du caractère végétal de l'offensive. Elle n'a jamais levé la main en réalité. Jamais. C'était quelqu'un de droit. D'on ne peut plus droit. Droite, droite, droite, et à droite, toute ! Elle ne s'arrêtait pas de répéter : « Tiens-toi droite, les épaules en arrière, la poitrine en avant. » Elle, forcément, se tenait droite : son nez était droit, son front était droit, ses rides étaient droites. Même ses seins, en noir et blanc sur les photographies à bord cranté et au dos parsemé de dates et de prénoms – Paulette, René, Rose, Albert, etc. – retrouvées dans les cartons du grenier, même ses seins étaient droits sous ses pull-overs. Ils relevaient la maille souple des tricots de leurs sommets, à savoir ceux de deux triangles isocèles. Bien droits, tous les deux, comme le reste. Comme la façon dont elle empoignait râteau, louche ou balai. Comme la façon dont elle se postait communément dans l'encadrement des portes : alignée, centrée, ajustée. Comme la façon dont elle se tenait sur un deux-roues. Elle s'appelait Paulette, mais préférait se faire appeler Paula. Et si par malheur on usait de la première terminaison, elle prenait un faux air vexé, précisant « une fois de plus » qu'elle n'avait pas choisi son prénom et que la terminaison en *a* lui allait nettement mieux que les deux *t*, *e*.

Elle n'avait jamais travaillé, sauf à faire de la couture, un été – avant qu'elle ne rencontre le père de mon père qui lui avait fait comprendre que la place d'une femme était au foyer et qu'il était ravi de subvenir à ses besoins. Cela dit, il lui avait tout de même demandé d'apprendre à taper sur une machine à écrire. Ils eurent un fils : mon père. Peu après, mon grand-père avait soudainement voulu collaborer avec les États-Unis et, frustré d'Indochine, s'était engagé au Vietnam. Il y est resté. C'est-à-dire qu'il n'est pas revenu. Sa chambre à coucher était dès lors restée fermée à clé et devenue nommément « la chambre du grand-père ». Paula s'y enfermait quotidiennement. Nonobstant, elle avait sa chambre à elle. J'avais la mienne aussi : rectangulaire, les fenêtres vissées vers l'ouest, une immense bonnetière brun foncé en fond, avec aux murs de la toile de Jouy. Et un crucifix. Comme dans toutes les pièces. Au-dessus de la grande cheminée du salon, dans de petits cadres de bois, une série de douze saints semblaient faire des clins d'œil…

Il y avait quelque chose de monacal dans l'organisation des journées. On priait avant de dormir, avant de manger… Mes parents ne m'avaient pas baptisée mais Paula y avait remédié. Et dans le Jura, il fallait faire son catéchisme. Personne n'y coupait. Dans mon cas, la bonne âme qui cherchait à me convaincre buvait du thé, et je vivais un genre de cataclysme intérieur qu'on aurait pu qualifier de schisme. C'est-à-dire que je me dédoublais. C'est durant ces séances religieuses – renonçant aux improbables prévisions de l'Apocalypse et à son déluge de feu – que je fis l'observation de la séparation de l'âme et du corps. De mon corps et de son âme. Tout corps a la sienne. Au moins pour un temps. On ne fait pas d'échange d'âmes sur un bon arrangement : « Tiens, Gaston, prête-moi ton âme ce week-end, j'ai besoin d'être drôle. » Ce genre de réplique n'existe pas. « Robert, file-moi ton corps, il faut que je danse. » Non plus. Je m'étais attachée plusieurs fois à essayer de découvrir la formule magique évoquée par Théophile Gautier dans sa nouvelle *Avatar*, mais, tout comme pour le plomb, l'or et la pierre philosophale, j'étais restée bredouille, et donc arrêtée sur les conclusions que j'avais tirées en ressassant les apôtres… Le corps abrite l'âme. L'âme a différentes façons de s'exprimer au travers du corps. Elle est obligée de prendre possession du corps pour « être ». Le corps est un média, un canal. Si la connexion ne se fait pas, l'entité de l'être est négative.

Orsay. Le musée et Martin que je ne retrouve plus. J'avais cru qu'il me suivait. Je pensais qu'il était derrière moi… Et puis, non. En fait, non. Plus de Martin… Je me souviens m'être demandé à voix haute où il était passé, avoir pensé ensuite plus bas que j'allais le retrouver. « De toute façon… » J'ai abandonné les éphèbes et les apollons pour chercher ses cheveux blonds, j'ai fait demi-tour, rebroussé le sens des allées, passé en revue les toiles devant lesquelles je m'étais arrêtée, monté les marches, descendu les escaliers, croisé un millier de regards qui n'étaient pas le sien, un milliard d'yeux qui n'étaient pas bleus… Pour enfin lui remettre la main dessus ! Le musicien ressemblait à une statue tant il se tenait immobile, posté devant le bronze d'une sculpture…

Héraclès. Héraclès archer. Fort, robuste, puissant, s'établissant en véritable monument. Pieds sur rocher, musculature ahurissante, la main énorme qui tend la corde de l'arc… Et Martin qui ne s'aperçoit pas que je l'ai retrouvé, qui ne s'était, d'ailleurs, pas non plus aperçu que je l'avais perdu. Qui ne s'aperçoit de rien, qui regarde… Nous sommes restés là un moment, à contempler le corps athlétique d'Héraclès archer… Moi, avec lui ; lui, tout seul… « C'est Antoine Bourdelle qui l'a fait. » J'ai hoché la tête. Antoine Bourdelle. Je ne trouvais pas l'œuvre spécialement belle… Martin, hébété, a répété trois ou quatre fois le prénom du sculpteur. « Antoine. » Puis il a chuchoté son patronyme. « Bourdelle. » Il m'a regardée et il a redit le tout : « Antoine Bourdelle. »

Mon père était né dans cette maison et il était mort. Il était né là, puis il était mort. À vingt-cinq ans, Paula et le père de papa s'étaient installés dans le Jura, mon père était né, son père était mort au Vietnam, le mien à Paris, et Paula vivait toujours ici, dans cette maison du Jura, sans plus ni fils ni bru ni mari, avec moi. Ma grand-mère, le Jura, Macadam et moi. Pendant un peu plus de dix ans. Ce qui se passe entre-temps n'a pas grand intérêt. Primaire (école élémentaire de Crançot à 2,9 km du village – j'étais arrivée en cours d'année, ne sachant ni ce que je faisais là, ni où me mettre), collège (Notre-Dame de la Salette à Voiteur, soit à 5,6 km du village). Du copinage et des petits amis, très vite, vite fait, et « pas de Noirs, interdit ». De toute façon, il n'y en avait pas. Quelques matchs de volley... Une cigarette, deux cigarettes, trois cigarettes ; du whisky. Et parce qu'on a osé boire et fumer, finir toute sa scolarité par correspondance. Ma grand-mère ne m'autorisait plus ni à quitter le village, ni à prendre le bus... Passer son baccalauréat, bêtement. Et puis, à dix-huit ans, l'annonce. Annonce faite à Marie, la mère du dieu qui m'avait faite, du dieu crucifié sur camtar, annonce faite à Paulette : « Je veux retourner à Paris. » « Vingt et un ans, ma fille. » J'ai parlementé. En vain. Elle refusait de considérer l'âge que j'avais comme celui de la majorité. Elle se foutait des changements de législation, et majeure à vingt et un, ne voyait pas pourquoi je le serais à dix-huit... C'était pire qu'un concept. Ma grand-mère était tellement persuadée de son autorité que celle-ci en devenait formidable. Elle régnait sur sa vieille baraque comme la tante acariâtre d'un conte sur sa demeure, régissant le lieu, l'emplissant d'embûches et de précautions. Ne pas s'approcher de la cheminée. Faire attention aux fleurs, au parquet. Ne pas poser ses mains sur les vitres. Passer par le garage... Je respectais les règles. J'étais plutôt docile. Je gobais tout ce qu'on me disait et me rebellais peu. Il faut dire qu'il y avait le chien... Et je devais prendre aussi un malin plaisir à glisser sur le sol avec des patins...

Alors, j'ai attendu. Pour pouvoir partir. J'ai passé mon permis de conduire. Soixante-dix heures sur les routes accompagnée de Paula qui m'ordonnait encore tout un tas de manœuvres à effectuer et de directions à suivre... J'ai lu. Beaucoup. Plus ou moins tous les livres – classés par genre, par collection et par couleur – qu'il y avait sur les étagères de la bibliothèque. Je m'échappais en tournant les pages... Le jour où Paula m'avait dit non pour Paris, sans même comprendre pourquoi, j'avais simplement cassé un vase tandis qu'elle était partie faire des courses. Un beau vase de porcelaine transi de corolles et de boutons. L'intérieur du vase était bleu céleste, ou turquoise, et le contour des fleurs d'un doré qui pâlissait d'argent. J'avais prétexté l'accident. Cependant, Paula s'était révélée sérieusement attristée par la perte et ne m'avait plus adressé la parole pendant près d'une semaine. Si bien que je m'étais tenue tranquille... Souvent, je me réfugiais dans l'immense grotte de l'autre côté du village. Derrière les rideaux d'eau de la cascade. Je me perdais dans les souterrains pour n'avoir plus l'impression d'être précisément quelque part. Une ou deux fois aussi, comme un cambrioleur, en pleine nuit, j'étais montée sur le toit de l'abbaye. J'avais posé mes mains sur l'énorme cloche d'étain et manqué de la faire sonner... Un soupçon d'impatience. Bien dissimulé derrière la discipline de la bonne conduite. Faire comme il faut. Se tenir comme on doit. Correspondre à l'idée que l'autorité directe et parentale se fait de soi. Ne pas aller à contre-courant. Ne pas avoir conscience de sa vie ni du fait qu'elle passe. Ne pas réfléchir à ce qu'on veut en faire. Ne pas vouloir en faire quelque chose spécifiquement. Avoir dix-huit, dix-neuf et vingt. Ans. Hi-han, fait l'âne.

Le dimanche matin, Franck dormait tard. Il rattrapait ses insomnies. Alors, Martin prenait son vélo et me promenait dans Paris. Sur les trottoirs et les pistes cyclables, du mauvais côté des rues, sur les voies des taxis et à contresens. J'étais comme un fanion entre ses poignets, la proue de son guidon. Martin penchait la tête à gauche, à droite. Les fesses calées entre les freins, le pli de ses coudes frôlait mes côtes, ses cheveux chatouillaient ma nuque. On filait à la manière de la laine. Je le guidais à haute voix, poussant des cris quand par mégarde il ne voyait pas une voiture ou qu'un passant traversait sans s'aviser. Martin pédalait à une vitesse folle alors même qu'il ne voyait rien. Je présentais des sourires en guise d'excuses à tous les gens qui manquaient se faire bousculer – renverser même parfois – pour que nous puissions traverser l'arrondissement qui nous séparait de ce qui, pour Martin, était la meilleure boulangerie de Paris. Il avait dû tester un paquet de croissants pour attester que la petite boulangerie artisanale du faubourg Montmartre – juste avant le magasin de farces et attrapes – était « celle qui vend les meilleurs au beurre ». La file pouvait atteindre jusqu'à dix mètres sur le trottoir. Les gens attendaient. Les employés s'affairaient. « Bonjour », « Et pour monsieur, ce sera… ? », « Six cinquante »… Une fois remontée sur la bécane de Martin, je coince l'emballage en papier des pâtisseries dans ma main gauche, qui s'agrippe au guidon voisinant la vieille sonnette, et tiens miche, flûte ou baguette de l'autre. L'aller était plus confortable, d'autant que les rues descendaient, mais déjà, sur le chemin du retour, il y a l'odeur du chocolat chaud ou du café qui s'accroche aux narines… Cela faisait des années que le musicien pédalait pour rapporter du pain frais et des croissants le dimanche matin. Quand il était plus jeune, en habits du dimanche, dans les Hauts-de-France, sur une bicyclette verte que lui avait généreusement léguée son grand frère gâté et aux longues jambes… Martin s'amusait, s'élançait dans les rues comme ses yeux sur les lignes des portées. Plus de pauses ni de soupirs, mais des stops et des priorités ; plus de croches ni de doubles, mais vert, orange et rouge sur le dos des ânes ; les nuances grises des pigeons sur le blanc des bandes… Reprise. Embouchure. Point d'orgue…

À neuf heures, le dimanche, la ville est différente, calme, dans un endormissement citadin qui ferait s'y risquer les saints. Absence de soutien-gorge. Le vent s'infiltre sous les mailles du coton. Martin chante. Martin chante une chanson de la Libération que lui a apprise son grand-père. Le père de sa mère. Celui qu'il a connu et qui lui a refourgué une collection de radiocassettes avec tous les hymnes de la Grande Guerre repris par des anciens combattants. Le père de son père, lui, était mort dans les camps.

Avant chaque récital, avant de montrer à des inconnus de quoi étaient capables ses doigts, Martin suçait des pastilles à la menthe. Tradition mentholée d'avant concert. Rituel caché découvert… La main dans le sac, le doigt sur le stock pharamineux de boîtes rectangulaires planqué tout en haut de l'armoire à pharmacie. Longue enfilade de volumes vert et blanc. Une boîte pour chaque soir, dix bonbons par soirée. « Il y en a d'autres dans le placard. » Martin disait que ça l'apaisait, ôtait la moiteur à ses mains, et qu'entre lui et lui, il préférait jouer avec le goût de la menthe en bouche plutôt qu'avec celui de la cigarette. Parce qu'il fumait aussi avant de jouer. Pas un paquet entier, mais il fumait.

Je travaillais dans le bar PMU du village, je vendais des clopes et des cartes à gratter, je servais des bières – pression et bouteilles –, des verres de rouge, de blanc, du rosé ; du pastis et du Ricard ; des cafés noirs, noisette, au lait… C'est étrange tout ce qui se passe dans un bar. Les gens qui passent. Les gens qui passent et repassent. Toujours les mêmes. Le patron, lui, arrivait en fin d'après-midi pour préparer le dîner. Il cuisinait pour tout le monde, clients et employés. De la viande et des légumes, dans une cocotte-minute. Bruit de la cocotte. On distribuait couverts et assiettes. Les mains du patron, tenant des maniques, descendaient la cocotte de la cuisine située à l'étage, fumante et ragoûtante, avec sa bonne odeur du soir. *Money Jungle.* On mettait un vieux disque de Duke Ellington et chacun mangeait…

La femme qui ronchonnait tout à l'heure en comptant – comme toujours lorsqu'elle râlait – les perles de son collier crache la peau des tomates ; deux ou trois habitués attendent, pour pouvoir commencer, que le patron s'installe derrière son bar, le coin d'un torchon coincé dans le col… Il y avait un petit vieux qui venait de Tunisie, avec sur la tête un minuscule chapeau bleu nuit – il disait « chéchia » – aussi frêle que lui et qu'il ôtait avant chaque repas. Le couvre-chef s'affaissait lentement sur le comptoir. Je me demandais comment le bonhomme avait atterri là… On aurait dit un gravelot tellement il avait l'air fragile. Un matin, il avait pleuré parce qu'il venait de toucher sa retraite. Il avait mis cinq ans… Un accordéoniste qui portait le prénom d'un apôtre lui avait offert un café ce jour-là pour fêter ça. « Tiens, c'est de la part du bien-aimé du Seigneur ! » avait dit le patron en servant la tasse. Jean disait qu'il était surtout « littérateur ». Il m'avait prêté une centaine de pages dactylographiées photocopiées : deux nouvelles et six poèmes. Je les lisais le matin en buvant mon café. Et puis un soir, il m'avait annoncé que son éditeur les lui réclamait. Je lui ai rendu ses essais ; il les a discrètement fait passer sous la table à la dame qui crachait la peau des tomates. L'éditeur. Elle a arrêté de compter ses perles et s'est mise à lire. Elle a pleuré quand le chat est mort. À la fin de la première nouvelle, le chat mourait. La femme a pleuré, l'apôtre a souri. Il était minuit. On allait bientôt fermer. Deux clients qui ne boivent que du café. Dont un assez particulier, un peu âgé… Avant de rentrer dans l'établissement, il guettait toujours pour vérifier qui assurait le service. On était trois à travailler le soir : la sœur du patron, une Hollandaise qui s'était aussi retrouvée là je ne sais comment, et moi. Il ne rentrait que si c'était la Hollandaise ou moi. Il commandait un café, et une heure après, un diabolo-menthe. Dans mon inconscience, je lui mettais une paille et une touillette en plastique à l'allure de sirène. Invariablement, il s'installait à la même table, sur le même banc, juste en face du bar, un sourire au coin des lèvres et les yeux brillants… Il marquait les rythmes de la musique avec sa jambe en regardant l'employée du jour s'affairer. Il avait fait un trou dans sa poche. Dans la poche droite de son pantalon. Il se tripotait via la doublure trafiquée de son velours. Jean m'avait raconté que le vieux vivait seul, qu'il ne s'était jamais marié. Alors à plus de soixante-dix berges, il se branlait en matant les serveuses. Du moment qu'il payait… Systématiquement, il gardait la touillette de son diabolo. Il l'essuyait avec une serviette en papier et la faisait tourner sur elle-même du bout de ses doigts. Une fois, il avait repris un café après le diabolo, un diabolo après le café ; et, avant de partir – alors qu'il ne prononçait jamais d'autres mots que « café », les formules de politesse et « diabolo-menthe » – il m'avait montré la sirène en plastique que je lui avais mise dans son verre et m'avait dit « C'est toi », de sa petite voix tremblotante.

Si l'on est ce que l'on fait, Martin était sa musique. L'intangible réalité des portées et des partitions. Franck, lui, avait les deux pieds sur terre. Terre à terre. Son métier. La trame constante de sa vie sur épopée de finance. Franck, ses chiffres et ses tableaux. Les chiffres et les tableaux qui lui donnaient mal à la tête… Calcul d'excédents, brut, net. Valeur ajoutée. Marges brutes, nettes. Capitalisation. Résultat net – avant, après impôts. Offre publique d'achat. Offre publique d'échange. Taux d'intérêt. Parité fixe, variable. Change. Change. Devise. Monnaie. Bilan : excitation de l'aléatoire devant les incessantes prévisions des nombres et des données… Franck répétait, jour après jour, les mêmes tâches, les mêmes actes, les mêmes initiatives, les mêmes exploits. Franck répétait. Martin créait. Martin créait mais s'opposait à tout. Les quatre fers en l'air et les ongles qui raclent. Martin créait en se l'arrachant du cœur. C'est ce qui rendait son art sublime. Franck était comme ces ouvriers du début du siècle dernier qui construisaient des voitures. Martin était comme un soldat dans une tranchée. Il jouait du piano comme il aurait fabriqué des chiottes avec les éclats d'un obus… Parfois, il buvait du rouge à la façon dont Flaubert fumait son tabac et divaguait selon ses idées, mettant ses névroses sur le tapis comme sur un divan…

Un soir d'Irancy, le concertiste avait parlé jusqu'à ce que le soleil se lève. J'avais tenu bon. Il avait besoin de s'exprimer ;

et parce qu'il avait bu, il s'en sentait capable. Martin raconte sa mère, et ses tantes, les sœurs de son père qui regardaient de haut sa maternelle parce qu'elle n'était pas juive… J'écoute Martin raconter sa mère, et aussi son professeur de piano, qui avait disparu dans le ciel. « Alors que c'était lui qui m'avait tout appris ! » La manière d'effleurer la pédale et comment décontenancer le silence… Le professeur avait fait travailler Martin pendant toute une année pour qu'il entre au Conservatoire. Gammes. Gammes. *Do. Ré.* Sans arrêt. « Et puis, parce qu'il aimait la musique et les avions… » « Comme Saint-Exupéry ! » J'avais fait la comparaison parce que l'écrivain inaugurait la liste des « grands disparus » de Paula, en compagnie notamment d'Alain Colas, puis de tout un tas de mousses et de matelots, sans doute disparus en mer… Je me souviens même, à ce propos, avoir fredonné à Martin le début de *Manureva* d'Alain Chamfort, mais il s'en fichait bien. Martin se fiche des bateaux, des navigateurs, des matelots, des chansons en hommage, de Saint-Exupéry et du fait qu'il était pilote pendant la Seconde Guerre mondiale… Martin s'en fiche, mais alors, à un point…

Je l'écoutais parler, se plaindre de la difficulté qu'il avait toujours eue à composer. Le musicien bafouillait qu'il n'avait rien à revendiquer, rien à dire, ou si, quelque chose à crier, mais plutôt le sentiment d'avoir à baisser la tête, parce qu'il n'était pas légitimement autorisé à souffrir de 1939-1945. Martin s'endormait intranquille alors que c'était dans leur sommeil que Wagner avait entendu *L'Or du Rhin* pour la première fois et Lennon inventé *Imagine*… Donc rien d'évidemment exprimable ; souffrance rentrée ; camp de concentration interne, à cause de sa mère sûrement, du fait qu'elle n'était pas juive, et que même si son père l'était, la transmission se fait par la mère. Martin voulait porter le génocide juif sur ses épaules, on ne le lui permettait pas. Il n'était pas considéré par Israël comme l'un de ses enfants. Il se sentait bâtard et souffrait comme un indigne. « Je ne composerai jamais… » Il était là, assis, béat, las même devant cette constatation qu'il venait de faire, résolu de défaitisme, morfondu devant le fatalisme qui le tenait et l'empêchait, déplorant le nom qu'il portait et qui, selon lui, tous les jours le narguait.

Je planquais tout l'argent que je gagnais dans une boîte en ferraille sur le haut de la bonnetière de ma chambre. Endroit du rêve : le dessus de la bonnetière. Microscopie de la projection, entre poussière et toiles d'araignées. Je considérais les arachnides – qui étaient, sous le plafond, au nombre de quatre – comme les gardiennes de mon trésor. Depuis mon arrivée à Baume, j'avais pris l'habitude de contempler les insectes. J'écoutais les oiseaux, je ramassais des bêtes blessées… Le Jura, ce n'est pas l'Afrique, mais il y a des biches et des sangliers, des lynx, des chamois et des faucons… J'avais littéralement investi la forêt. Je grimpais aux arbres ; je suivais les rus en marchant un pied sur chacun des bords, tandis que Macadam circulait de part et d'autre ou dans le milieu de leurs sillons… La nature me fascinait. Chaque jour un peu plus. Je m'y perdais comme dans un bon livre. Pour autant, endormie, en latence, j'avais la sensation ronflante d'un échec… Depuis le tout premier soir…

Nous avions quitté Paris avec le dernier train, ma grand-mère et moi ; le père de Claude-François était venu nous chercher à la gare… Je n'avais d'abord pas voulu monter dans sa voiture. Me cramponnant à la poignée d'une toute petite valise à losanges, j'avais reculé de quelques pas, puis en dernier ressort, bondi sur le quai, courant de toutes mes forces vers le train qui était déjà reparti... Ma grand-mère avait crié. René s'était précipité. Ses grosses mains rugueuses avaient fini par me rattraper, par me soulever, puis par me porter dans la direction même que je fuyais pour m'installer à l'arrière du véhicule. L'obscurité régnait partout. Les vitres étaient crasseuses. On ne voyait rien. Les pneus s'enfonçaient sur les cailloux et la chaussée défaillait sous les jantes et les roues. Les phares n'éclairaient que mollement les fossés et la conscience que j'avais de l'espace était absolument nulle. Si j'avais voulu m'enfuir pour retourner chez Caroline et sa mère, je n'aurais pas fait dix mètres. Une partie de mon être avait la sensation d'un enlèvement ou d'une prise d'otage...

D'où le dessus de la bonnetière et la boîte en ferraille... Paris : le fantasme anodin de l'autre lieu qui engendre l'autre vie. Je m'étais juré d'y remettre les pieds à la fin d'un hiver ; à l'exact moment où tout s'était fini. Je suis devenue folle parfois tant j'en avais envie... Partir. Se barrer loin des montagnes. Respirer l'air pollué mais respirer. Ne plus avoir de poils de chien sur ses vêtements, ne plus sentir l'odeur de l'herbe, de la terre mouillée, ne plus avoir de boue sous ses chaussures. Ne plus marcher deux kilomètres pour acheter le journal. Comprendre et trouver cohérent ce qui est écrit dans le journal par rapport à son environnement. Savoir à quoi ressemblent une grève, un embouteillage, une manifestation. Ne pas avoir besoin d'allumer en cachette la télévision pour voir des visages inconnus (la population du village atteignait mollement les 180 individus). Avoir un téléphone digne de ce nom dont l'utilisation ne nécessite aucune acrobatie ni témérité en tout genre pour un résultat clairement médiocre parce que le canton de Poligny était encore une zone blanche… Ne plus aller à la messe. Ne plus prier avant d'ouvrir la bouche. Ne plus prier tout court. Ne plus avoir peur de Dieu comme on aurait pu avoir peur de son père. Penser que Dieu est mort. Comme son père. Lire Nietzsche.

Quand Franck avait besoin d'affection, il mangeait du chocolat… Un jour que le ciel s'était outrageusement mis à grêler en juillet, il s'était précipité dans une chocolaterie. Il était revenu trempé, mais ravi. Et tandis qu'il sortait délicatement les trésors sucrés de leur emballage pour les exposer sur la toile cirée de la table de la cuisine, il m'avait expliqué que « le chocolat est le seul aliment à s'installer aussi longtemps dans la bouche : on le mâche, on l'écrase, on le triture, on lui fait faire des tours avec sa langue… ». Franck était capable de s'enfiler trois ou quatre tablettes d'affilée, raffolant aussi des « produits dérivés » dont il m'avait fait, avec enthousiasme, la liste exhaustive… Pour combler le manque. Pour se retrouver comme dans la bouche d'une femme. Pour avoir le goût et la matière incrustés entre les dents. Pour laisser fondre le beurre ou la poudre sous le palais, pour que ça colle, pour que ça se dissolve contre les incisives et les molaires. Pour avoir l'impression de rouler des galoches. Pour.

Jeanne est vieille, grosse et rousse. Elle a un chat et des bigoudis. Elle embrasse son matou sur le museau et laisse la petite langue rugueuse s'introduire entre ses lèvres, elle la titille parfois de la sienne et va jusqu'à risquer sa muqueuse aux abords des canines de l'animal… La Dent du Chat est une montagne située sur la rive d'un lac en Savoie mais c'est aussi la dernière extase de Jeanne, et une extase dont le sommet n'est qu'à quelques centimètres dans la gueule d'Ajax. Si jamais la dent du chat érafle la langue ou risque d'érafler la langue de Jeanne, elle grimpe aux rideaux. C'est la dernière ascension qu'elle envisage, le dernier petit plaisir qu'elle s'offre : 1390 mètres. Le franchissement du col débouche sur l'avant-pays savoyard, le Mont-Blanc, la commune de Yenne et celle de Saint-Jean-de-Chevelu… Le chat avait des poils longs gris anthracite et les yeux jaunes, c'était un chartreux et il faisait à sa maîtresse l'effet de la chartreuse… Un soir qu'elle l'avait perdu, j'avais entendu Jeanne appeler désespérément le roi de Locride à travers tout le royaume de son appartement. Elle s'était, d'un seul coup, mise à beugler. Elle avait hurlé : « AJAAAAAAAAAX » ; et, pendant quarante-cinq minutes, continué à brailler le nom du chat, jusqu'à ce qu'elle le trouve, jusqu'à ce qu'elle l'attrape, jusqu'à ce qu'elle l'emporte avec elle et ferme vraisemblablement la porte de sa chambre derrière eux…

Jeanne aime beaucoup les animaux. Un dimanche, elle avait insisté pour me traîner avenue Daumesnil afin que je réalise à quel point la situation était catastrophique. L'un des responsables du parc zoologique avait tenté de la rassurer, se félicitant de la naissance récente de deux chimpanzés et d'un orang-outang. Jeanne l'avait rembarré violemment, lui expliquant que la vie sur terre risquait bel et bien de s'arrêter à force de sottises, que la moitié des animaux avaient déjà disparu de la planète et qu'il avait donc effectivement intérêt à prendre bien soin de ceux dont il avait la charge pour compenser les trafics nauséabonds, les tueries gratuites, le braconnage, « et j'en passe ! »... Je me souviens du verbe qu'elle avait employé car, brandissant son « pass annuel », elle avait ensuite ordonné à l'employé de « passer » devant afin de nous conduire jusqu'à la colonie d'otaries. « Portos ! Aramis ! » Jeanne crie, s'attendrit un instant devant les deux mammifères mâles. Puis, s'étonnant de ne pas voir les femelles auprès d'eux, continuant sur sa lancée, elle avait littéralement démoli l'employé comme on chiffonne une feuille de papier – oubliant qu'il était, lui aussi, un être humain – en rugissant des chiffres improbables sur les ressources du globe en déclin et le fatidique « jour de dépassement »... « Si le monde entier consomme comme les Français, monsieur, en quatre mois, les ressources que la nature peut fournir en une année seraient épuisées ! » L'homme avait regardé Jeanne décontenancé, lui soutenant que, compte tenu du travail qu'il faisait, il avait « une vraie conscience de la situation »... Jeanne s'était excusée – « Pardon ! Pardon, je sais... » –, la larme à l'œil, pour finalement prendre avec dévotion l'employé municipal dans ses bras.

Plein milieu du mois d'août, le 15. Journée entière que nous avons passée affalés sur le canapé du salon, Franck et moi. Sont successivement sortis du piano : deux valses, une sonate, trois fantaisies, la *Ballade n°1* de Chopin et un requiem. Un bol bleu aux lignes incurvées rempli de glaçons trônait sur la table basse. Des glaçons de couleur. L'eau avait préalablement été mélangée au vert de la menthe, au rouge de la grenadine et au beige de l'orgeat. Les glaçons fondaient. Franck ne les attrapait que lorsque la chambre d'où se déversait la substance sonore se taisait quelques secondes – à la fin d'un adagio ou avant que ne commence le second mouvement d'une sonate –, lorsqu'il sentait qu'il n'y avait plus aucun risque de perturber le rythme d'une mélodie ou l'équilibre d'un accord. Il avait fait oui de la tête quand je lui avais composé à l'oreille la salade envisagée pour le déjeuner : concombre, saumon fumé, huile d'olive et citron…

J'allume la radio. Une journaliste et un auteur s'entretiennent à propos de Claude Levi-Strauss. On entend la voix archivée de l'anthropologue : « Je crois bien que c'est à ce moment-là, enfin, un jour, où j'étais étendu dans l'herbe et où je regardais des fleurs, et notamment une boule de pissenlit, que je suis devenu ce que je ne savais pas encore s'appeler "structuraliste". En pensant aux lois d'organisation qui devaient nécessairement présider à un agencement aussi complexe, harmonieux et subtil, que celui que je contemplais, et dont je n'arrivais pas à m'imaginer qu'il pût résulter d'une suite de hasards accumulés… » J'écoute en passant la lame blanche d'un couteau dans la chair verte et juteuse du légume qui se laisse sans effort découper en tranches… « Et comment fonctionne l'analyse structurale ? » Franck apparaît dans l'encadrement de la porte. Il avait dû se lever pendant la déferlante tripotée de notes qui précédait la fin du *Requiem* de Verdi que Martin avait librement adapté. « (…) Les éléments d'un ensemble n'ont pas de signification en eux-mêmes, ils ne prennent leur signification que dans cet ensemble. Dans le jeu des relations qui lient et opposent chacun des éléments. » Franck éteint la radio, triture le coin de la table de l'extrémité de son index. Quelques mesures, accord mineur, mélancolie générale… Franck rallume la radio. « (…) C'était le principe de Lévi-Strauss : il ne faut pas constituer l'homme, il faut le dissoudre. On ne cherche pas à analyser l'homme mais les systèmes et les structures dans lesquels nous sommes tous pris : les structures de la parenté, les structures des mythologies… » Franck a dû voir le couteau à pain errer seul sur la planche et annonce qu'il descend en chercher. Martin est arrivé. Ils se sont bousculés. J'ai déballé le poisson intercalé de plastique de son carton doré pour en faire des lamelles. La voix de Martin s'est faufilée jusqu'à mes oreilles. Il a posé une main sur ma nuque. J'imaginais les touches sous ses doigts, et les cordes, derrière, qui vibrent… « (…) Dans le moment d'affrontement théorique entre deux positions fortes comme celle de Sartre et celle de Levi-Strauss (…) » J'ai penché la tête, Martin a tourné la sienne vers le poste de radio – « (…) on a aussi reproché à Levi-Strauss et au structuralisme d'avoir tué le sujet. On parlait de la mort du sujet… » – avant de l'éteindre et de s'allumer une cigarette. J'ai mélangé le poisson avec les rondelles de concombre, sorti deux citrons du réfrigérateur. Martin pose sa cigarette sur le rebord d'un cendrier en métal et me tend la main pour que je les lui donne, il a pris un couteau pour trancher les agrumes, puis les a pressés directement dans le saladier. J'aimais la façon dont sa main d'homme se saisissait des choses… J'ai rattrapé les pépins qui avaient glissé dans le plat avec le jus et la pulpe acide du fruit, salé, poivré ; Martin a ajouté l'huile d'olive ; les ustensiles ont mélangé.

À force de mettre de l'argent dans la boîte en ferraille et d'avoir vingt et un ans, à force de servir des cafés, j'ai fini par y aller à Paris. Paula ne s'est plus opposée. Elle a même proposé de m'aider en passant des coups de téléphone. Elle entortillait son doigt autour de la spirale du fil de l'antique combiné des Télécom qui fonctionnait toujours…

Je suis partie un mardi matin. J'avais salué, à l'aube, le fond du jardin – l'endroit précis où la clôture rencontre la vallée –, la rosée et la vieille niche en bois de Macadam Cowboy… J'ai embrassé le chien.

Franck ne supportait pas d'avoir des poils, d'être poilu. Il m'avait expliqué que c'était sans doute à cause des tendances actuelles que cette frénésie lui était rentrée dans la tête. Franck théorisait à voix haute l'idée qu'il se faisait de la perfection. Je le regardais bouche bée. Je n'avais encore jamais épilé mes jambes. Ni rien du tout. « Qu'est-ce que cela changerait ? » Franck me répond que depuis le début du siècle dernier, c'est totalement ré-intégré dans les critères de beauté. Il avait eu à se pencher sur le sujet durant ses études de commerce, réalisé une étude de marché sur le secteur et un peu dévié… D'après ce qu'il me racontait, les pinces à épiler avaient toujours accompagné les rois et les reines « pour atteindre une forme de pureté et se rapprocher des dieux… Chez les Romains, les gladiateurs aussi s'épilaient intégralement » ! Aujourd'hui, Franck ne savait pas si la démocratisation d'André Malraux s'appliquait effectivement à la culture, mais il était, en revanche, absolument convaincu que le concept développé en 1959 par l'ancien ministre fonctionnait s'agissant de l'esthétisme. « Bon, ce sont les femmes, principalement, qui doivent prendre soin de cet aspect de leur physionomie… » Au fil des siècles, on avait progressivement valorisé la pilosité masculine et dévalorisé la pilosité féminine… Franck était, néanmoins, lui aussi, tombé dans le panneau. Une fois par an, il se couvrait de crème dépilatoire, laissait agir et rinçait. Il devenait imberbe pour quelques jours, se caressait les avant-bras comme il aurait touché les jambes d'une Japonaise. Franck aimait les Japonaises. Il disait qu'un jour, il épouserait une Japonaise.

Pour l'instant, il lisait Duras (d'abord *L'Amant*, ensuite *Moderato Cantabile* pour la musique, puis *Agatha* : cela n'avait plus rien à voir avec l'Asie, c'était une histoire d'inceste ou d'amour entre un frère et une sœur qui se passait à Deauville mais Franck appréciait le rythme de l'écriture…) et jouissait quand Martin jouait du Fukuzawa.

Quand j'ai posé le pied, le premier pied en dehors du train, sur le quai de la gare d'Austerlitz ; quand j'ai posé le pied, je me suis sentie parcourue d'un frisson qui a longé toute ma colonne vertébrale – de bas en haut, de haut en bas jusqu'au trou du cul. Ça m'a sciée. Je n'y étais jamais retournée avant cela. J'avais toujours voulu ne retourner à la ville que pour y rester, aussi comme le veto de Paula le proscrivait, je n'y étais pas retournée… Et là, au moment du pied, du pied sur le quai, je me suis sentie envahie d'une espèce d'excitation : quelque chose en moi revendiquait le goudron au sol et la pollution dans le nez. Je me suis sentie parisienne. Parisienne, comme j'étais née. D'un coup de quai.

Ma grand-mère avait donc contacté des amies, des amies qui étaient elles-mêmes amies et qui avaient des enfants aussi. Paula connaissait Jeanne et Gilberte depuis quarante-cinq ans, Gilberte avait un fils. Le fils de Gilberte, Gilbert, dirigeait une petite galerie d'art. Au sud de la Seine, au bout d'un des bouts du pont des Arts. Une galerie d'art. Un endroit où on expose des tableaux. « Un endroit où, entre autres, on expose des tableaux. » Rive gauche. Paula avait donc téléphoné à Jeanne qui avait appelé Gilberte qui était passée voir Gilbert, et je m'étais retrouvée dans une galerie d'art, derrière un ordinateur…

De son côté, l'autre amie de ma grand-mère, Jeanne, avait proposé de m'accueillir dans une chambre de bonne située juste au-dessus de son appartement, rue Dupont-des-Losges, dans le VIIe arrondissement. J'adorais les bruits que faisait l'ancien ascenceur en montant. Depuis le zinc du chien-assis, je voyais la tour Eiffel scintiller tous les soirs. Et à travers le parquet, j'entendais continuellement la télévision. Jeanne vivait avec la télévision allumée, comme les Américains, dont elle avait tendance à massacrer le Président : « C'est un autocrate tyranique et despote ! » Elle piquait des crises quand le politicien blond platine et rougeaud apparaissait sur le petit écran. Elle l'imitait en prenant une allure un peu vulgaire et en sur-articulant comme si elle mâchait du chewing-gum… Ajax prenait peur. De la même façon que lorsque Djamilla, la femme de ménage, passait l'aspirateur, il s'enfuyait instamment sous un meuble… Ce chat était peu téméraire pour un héros de la guerre de Troie et son plus grand exploit se résumait à farfouiller dans les poubelles qui étaient nombreuses… Jeanne m'avait fait jurer de trier mes déchets. J'avais toujours mis le verre à part, mais le procédé indiqué était nettement plus tatillon. Toutes les épluchures, les croûtes de fromage, le marc de café devaient aller sur le balcon, près d'un gros cactus, dans un seau à compost dont le réduit servait d'engrais aux pieds de véroniques et à un immense chèvrefeuille. Papier. Carton. Métal. Plastique. Jeanne adhérait à une association qui transformait les bouteilles d'eau usagées en fibre polaire pour fabriquer des vêtements chauds. Elle possédait des modèles de toutes les couleurs…

Je prenais souvent mes repas avec ma logeuse – un escalier de service conduisait quasi directement de ma chambre à son appartement –, qui en profitait pour me déballer d'incroyables théories sur l'écologie, la cosmographie, et tout un tas de sujets qui m'étaient nouveaux. J'étais comme une extraterrestre. L'art m'intéressait au moins autant que les livres, mais me poser la question de l'actualité bouleversante qui me venait de toute part alors que je ne m'étais habituée qu'à la trouver occasionnellement dans le journal me faisait un effet étrange. Un soir, Jeanne m'avait montré ses lobes d'oreille, déjà bien chargés, sur lesquels étaient fixées cinq ou six pointes d'aiguille car elle sortait de chez l'acupuncteur… Il avait fallu qu'elle m'explique à plusieurs reprises le concept de moxibustion pour que j'en saisisse approximativement le principe.

Boulevard des Italiens. Je marche avec Franck du côté de la gare Saint-Lazare. L'air est chaud, le mois d'août touche à sa fin. Une petite rue sur la droite. La sirène d'une ambulance. Franck se tait. Une grue, des ouvriers. Une dizaine de personnes, serrées les unes contre les autres, maîtrisées par des forces aux ordres et au regard grave. Un homme à terre, d'autres habillés en blanc qui s'affairent autour de lui. « C'est un ouvrier, il est tombé du haut de la grue… » J'ai lâché la main de Franck. Je me suis approchée. Un des hommes habillés en blanc comprimait régulièrement le thorax de celui qui risquait de partir pour ne plus aller nulle part… Il appuyait si fort, et puis plus, et puis si fort, et puis plus. Encore et encore. Toujours quand il s'arrêtait, je croyais qu'il allait lâcher un « heure du décès »… Mais il reprenait, il ne s'arrêtait pas d'appuyer. Une femme, habillée en blanc aussi, s'est mise à ballonner l'ouvrier tandis que le massage cardiaque continuait de plus belle. L'homme se remplissait jusqu'à ras bord… Presque vivant, presque mort. Il devait avoir mal au ventre, aux côtes et au cœur… La foule s'était tue. Silence devant l'irréalité du jeune homme qui est en train de mourir. J'ai prié aussi fort que j'ai pu. Pour que l'ouvrier puisse continuer à vivre et remonter un jour sur sa grue. J'ai regardé le haut de l'immeuble, exploré des yeux la distance qu'un corps devait parcourir pour tomber. Ma gorge s'est nouée. J'ai cherché la main de Franck, quitté des yeux l'ouvrier qu'on gonflait comme une bouée, quitté des yeux le père, le fils et le mari, pour retrouver mon amant… Franck s'était écarté. Appuyé contre le mur d'un immeuble voisin, il respirait fort, toussotait comme un chat qui s'étouffe… Crise d'asthme. Provoquée par l'idée de la mort. Ce qu'il m'a dit après… Par définition, la mort n'existe pas. Ou simplement comme une brève connexion d'avec le néant… C'est juste une naissance à l'envers, la fécondation qui s'inverse… C'est un moteur qui s'arrête… Un processus, rien d'autre.

Dans le Jura, chez Paula, il n'y avait pas d'ordinateur. Il y avait le téléphone. Alors ce que je préférais, au début, c'était répondre au téléphone. « Deux ! » Il fallait attendre deux sonneries, que le téléphone ait sonné deux fois, avant de décrocher le combiné pour dire le nom de la galerie en souriant. Gilbert m'avait demandé de dire le nom de la galerie en souriant. Il disait que c'était une question d'image. Je ne voyais pas ce que les images venaient faire là-dedans. « Une question de marketing, avait précisé Gilbert. » « Ah. » J'avais dit « ah », oublié « allô » et dit le nom de la galerie en souriant. Le nom de la galerie, le nom de la galerie, le nom de la galerie. En souriant. Gilbert avait même demandé à Jeanne de téléphoner régulièrement pour m'entraîner à dire correctement le nom de la galerie. Quand elle appelait, j'entendais le bruit de la télévision, et aussi les deux gros cailloux bleus, sertis d'une boucle or et ovale, qui pendaient inlassablement à ses oreilles, cogner contre l'appareil. Jeanne a téléphoné tous les jours, pendant presque un mois, une ou plusieurs fois, pour que j'apprenne à dire correctement le nom de la galerie… À force de recevoir des coups de fil, j'ai fini par ne plus focaliser sur le décroché de combiné. J'ai écouté les voix qui parlaient. J'aimais, juste après avoir souri le nom de la galerie, que la voix commence à raconter pourquoi elle appelait, quand la communication s'établissait et que les phonèmes se faisaient de plus en plus nombreux…

C'était justement la façon dont j'avais rencontré Eugène. La première fois que ma voix s'était faufilée jusqu'à ses tympans, il avait raccroché. Il s'attendait à la rassurante tessiture de ténor de Gilbert, étouffée par les poils de sa moustache contre la bakélite noire… Il avait entendu le timbre clair et candide d'une jeune nigaude, il avait raccroché. Puis il avait rappelé. De nouveau, j'avais répondu, répété une nouvelle fois le nom de la galerie en souriant. « Putain, c'est qui ? » avait dit Eugène. Je m'étais présentée, j'avais expliqué ce que je faisais, pourquoi je répondais à la place de Gilbert au téléphone et le nom de la galerie en souriant. Eugène avait rigolé, ensuite il s'était mis à parler… Au fil du temps, j'avais appris à mieux reconnaître ses intonations, ses râles et sa respiration. J'arrivais à savoir s'il était heureux ou s'il avait peur. Il faut un certain moment pour décrypter la parole de quelqu'un au téléphone… Sans les gestes, sans les yeux. Sans rien qui indique à part le timbre et l'allure de ce timbre… Après, si l'on dégage la voix, ne restent que les esprits qui échangent. Il n'y a plus d'interférences, d'imprécisions. Si l'on manie la langue suffisamment bien, les ordinateurs, d'une certaine manière, permettent la communication des âmes…

Martin avait lu l'Évangile selon saint Jean, le seul dans lequel le suicide est évoqué : « Les Juifs dirent alors : "Aurait-il l'intention de se tuer pour déclarer 'Là où je vais, vous ne pouvez aller' ?" » Martin regardait son Dieu de haut parce qu'il l'avait rejeté, lui arguant pourtant qu'il était digne d'être son fils. Franck avait retenu sa respiration… Martin hurlait, trébuchait contre tout, se cognait et criait comme un fou dans sa cellule. J'ai prononcé son prénom, tendu la main à sa sortie de la cuisine pour essayer de l'attraper par le bras. Il m'a rembarrée avec la puissance d'un taureau, la poignée de la porte a cogné ma hanche. Je n'ai plus bougé. Je me suis tenue comme Franck, immobile, attendant qu'il s'arrête… Il a fini par s'écrouler entre la fenêtre de la chambre et la porte du cabinet de toilette. Les larmes coulaient sur ses joues, si nombreuses qu'elles allaient jusqu'à glisser sur le coude qui entourait ses genoux. Son autre main tirait sur sa nuque. Je me suis approchée, lentement. Franck m'a suivie. Martin pleurait, gémissait des mots que l'on ne comprenait pas… Je me suis agenouillée près de lui, Franck s'est assis sur le lit. Martin a dit qu'il voulait que tout s'arrête, qu'il ne voulait plus rien, ni continuer de jouer, ni continuer rien. Franck lui a demandé pourquoi. Il a répondu « Parce que ». Comme les gosses. Franck est parti chercher un verre d'eau dans la cuisine. Martin a poussé un de ces soupirs d'enfant qui tremblent de chagrin. Franck est revenu. Martin a bu. Toujours dans le coin de la chambre, toujours les yeux à demi fermés et les larmes qui tombent… Franck a soupiré. Lui considérait la foi générale comme plus grande et moins stupide que le dogme, que tous les dogmes. Il a fait une métaphore bizarre en utilisant une montgolfière et les câbles qui la retiennent. Il voyait les amarres terrestres comme des chaînes, et brandissait que les types, en bas, qui devaient chacun défaire le nœud d'un des câbles, avaient tous envie de la même chose, que leur câble soit le dernier à retenir l'enveloppe, le filet, la suspente et la nacelle. Franck affirmait que tous désiraient ardemment que leurs mains, par le biais des torons et des fils gainés, soient les dernières à toucher le Ciel, à se frotter au cul de l'engin, au cul du ballon qui s'élève, au cul du Ciel, au cul de cette foi flagrante et bleue qu'il dessinait ici à cordages et à brûleur d'air. On aurait dit un tableau d'Eugène… « La montgolfière est plus importante que les câbles, on se fiche bien des câbles, l'important c'est la montgolfière… »

Martin l'a coupé en se frottant les yeux qu'il avait tout rouges. Cette foi-là, universelle, ne lui suffisait pas, c'est ce qu'il s'acharnait à dire, à redire, encore, à rabâcher… Et c'est ce qui le mettait dans un état pareil. Il avait besoin d'être parmi, de se compter au nombre de, d'exister avec, d'appartenir à. Quoi qu'il fasse, il ne serait jamais à la hauteur de son père ; quoi qu'il fasse, il y aurait toujours un aspect dans le modèle d'homme qu'il avait qu'il ne pourrait reproduire, un trait qu'il n'aurait pas. Judaïcité. Martin trépignait, commençait des débuts de phrase sans les finir… « Bagatelles. » Franck a dit « bagatelles ». Martin crie qu'il ne faut pas. Dire bagatelles. Martin dit qu'il a « besoin ». Besoin.

« Le piano, difficile de le ranger dans une catégorie. C'est un instrument qui a des cordes, mais ce ne sont ni des cordes frottées (comme le violon), ni des cordes pincées (comme la guitare ou la harpe)… » Bois. Cuivres. Cordes. Vent. Percussions. Les instruments de musique sont classés par catégories. Par familles. Le piano appartient à celle des instruments à vent mais sans y appartenir vraiment. En revanche, c'est un instrument à clavier. Comme l'accordéon…

On dit que les chiens ressemblent souvent à leur maître.

Au fur et à mesure et au bout du compte, à force de vouloir comprendre Eugène, j'ai fini par maîtriser l'informatique, le numérique et tout ce qui descend de la cybernétique avec une suffisance glorieuse. Les moteurs de recherche m'enivraient. Je voyageais de pays en pays, *urbi et orbi*, sur l'écran de mon ordinateur. Nord sud est ouest. Les distances se ramassaient. Je pouvais savoir absolument tout, sur tout, tout le temps. Il suffisait de choisir un sujet, les mots justes, de les taper dans la barre latérale, et c'était immédiat. Presque surnaturel. Ce que j'adorais faire, c'était trouver un maximum d'informations sur un thème en moins d'une minute. Dresser un état des lieux, synthétiser en soixante secondes. Je pianotais de plus en plus rapidement. Je me souvenais d'une vieille méthode pour dactylographes que Paula devait avoir suivie à la lettre, il y a bien longtemps… J'y avais lu qu'il ne fallait surtout pas regarder ses mains pendant qu'elles tapaient ; petit à petit, j'avais fait des touches mes meilleures amies et je fouinais partout…

Gilbert était jaloux. Le galeriste était comme la neuvième édition du Dictionnaire de l'Académie française, pour lui, l'adjectif « digital » n'avait qu'une seule signification : « qui appartient aux doigts »… Quand Gilbert s'aventurait dans les filets de la toile et des interfaces, c'était généralement pour rester coincé, descendre ses lunettes sur le bout de son nez et appeler à l'aide. Je l'aidais. Je prenais en charge de plus en plus de choses, le soin d'écouter chaque artiste expliquer sa démarche. Je commençais à éprouver une certaine satisfaction à échanger autour d'une rétrospective, à me renseigner sur les collectionneurs, à découvrir les noms de tous ceux qui avaient marqué une biennale, je me promenais à Drouot…

Je vivais chez Jeanne, je travaillais avec Gilbert, et je parlais à Eugène au téléphone. Jeanne, Eugène, Gilbert ; Eugène, Jeanne, Gilbert – et encore, Eugène au téléphone ; mais Gilbert, Jeanne, Eugène – quand même. Et les lignes du métro. Les passages cloutés. Et les rues, les avenues. La hauteur décuplée des immeubles, de cinq, sept, huit, neuf, dix étages. Les monuments. Les visages. Les lieux nouveaux, les gens nouveaux, chaque jour. Les enseignes. Les bruits. Les carrefours. L'imprévu qui ne cesse d'apparaître. Les casques sur les têtes, dans les oreilles. L'omniprésence de la technologie mirifique qui émerveille parfois, absorbe souvent, paraît faire oublier… Les moyens de transport probables et improbables. Les pigeons. Les chiens en laisse. Les pavés. Les musées… Je voulais visiter tous les musées de la capitale. Je voulais voir toutes les expositions – les temporaires et les permanentes. J'avais éreinté les marches du Grand Palais, les escalators du Centre Pompidou, foulé les graviers du musée Rodin, flâné à Tokyo, épuisé les longs couloirs du Louvre, lassé de mes empreintes les rampes de marbre d'Orsay, joué de la paume, poussé les portes vitrées d'un nombre incalculable de galeries, de la rive gauche et de la rive droite, modernes et cramoisies…

Lorsque le musicien s'apprête, juste avant de commencer à jouer, il y a cette respiration, comme une respiration, cette phase très courte et pourtant infinie, absolue, semblant venir d'un autre monde, qui interdit, élaguant tout de son élégance prodigieuse. Quelques fractions de seconde… Les oiseaux doivent la passer aussi ; souvent. Cette phase… Cette retenue qui précède l'attaque. Cette prise d'air, outrageusement pleine déjà, excessivement remplie de ce qui s'en vient, de ce qui va suivre, continuer. Les éperviers. Les aigles. Lorsqu'ils planent, avant de fondre… C'est la suspension qui précède la descente d'une route goudronnée à vélo, ou d'une piste de ski au versant d'une montagne, étincelante dans la blancheur du matin… Exorde. Naissance. L'insolente impulsion semble contenir l'univers entier. Le temps s'étouffe ; le présent s'étrangle. Cette espèce d'élan fait frémir le corps. Je n'arrête pas de ressentir ce « juste-avant » qui devance la valse… Ensuite, l'accordéon jaillit dans ma tête.

Lors de la première exposition dont j'avais aidé Gilbert à organiser le vernissage, lors de mon « premier vernissage », je fis la rencontre d'un jeune homme étrange. Non qu'il n'y ait d'habitude d'autres personnes à l'air étrange, mais ce garçon-là, ce jeune homme-ci, l'avait tout particulièrement. De longs cheveux bruns cachaient ses sourcils et certaines de ses mèches, très raides, allaient jusqu'à chatouiller ses pupilles. Il était plutôt grand mais n'en donnait pas l'impression. Plus grand. Moins grand. La taille ne se mesure pas en centimètres… Posté à côté du buffet, la bouche pleine, le jeune homme scrutait attentivement les faits et gestes des plasticiens bavardant autour de lui. Il portait un K-way bleu vif qui semblait dater des années 70. Je me souviens l'avoir abordé en lui faisant un compliment sur la vivacité du bleu qu'il portait. « J'aime beaucoup la couleur de votre K-way. J'aime beaucoup votre K-way… » Il avait rougi, balbutié un merci au saumon et avalé d'un trait le poisson. Un brin d'aneth s'était logé entre ses dents. Ça m'a fait sourire. Il a souri aussi. J'ai souri à nouveau parce que je le trouvais drôle. Il a souri de plus belle. J'ai ri. Il s'est mis à rire également. Après un instant, toujours en riant, je lui ai dit doucement : « Vous avez un aromate coincé entre les dents… » Il est subitement devenu très sérieux et m'a demandé poliment si j'avais un cure-dent. Je lui en ai tendu un. Je m'en étais servi pour piquer de la mozarella sur des tomates cerises. « Merci, pour cet Épicure-dent ! Il est antique ? » « Pardon ? » « Non, non, je… J'ai toujours des mouchoirs sur moi, mais pas de… » –, puis il m'a tendu la main, celle qui ne s'excitait pas dans sa bouche, en sur-articulant son prénom : « HA-RALD. Je m'appelle Harald… Je suis comédien. » Je n'avais jamais rencontré de comédien. Harald préparait une audition pour jouer dans une pièce et s'attachait à comprendre l'un des rôles, le rôle d'un peintre. « J'ai acheté des toiles, de l'huile, de l'acrylique… Et de l'argile aussi ! Alors oui, en ce moment, c'est vrai, je me sens un peu artiste. » Ce qu'il voulait, c'était saisir, plus précisément encore, la pensée de ceux qui font et défont les arts plastiques. C'est pour cela qu'il était venu. Il avait justifié le propos en m'expliquant que, jusqu'alors, le rôle qu'il avait, « et de loin », le mieux interprété, c'était celui d'un ingénieur en Afrique… Et pour le comprendre, ce rôle-là, celui de cet Européen perdu dans la jungle, il avait planté une tente au beau milieu de son appartement, dans laquelle il avait dormi plusieurs semaines en écoutant tout un tas de bandes sonores du genre *Les bruits de la savane*… Il s'était aussi recouvert le corps avec de la peinture, qu'il réutilisait justement pour le premier tableau du peintre qu'il essayait d'être désormais. « C'est une méthode développée par l'*Actors Studio* à New York… » Harald allait bientôt finir par avaler le cure-dent qu'il avait mâchonné tout en me parlant. « Bon, il faut que je me mette au travail, que j'aborde les artistes ! » Il a dit le *a* de « artistes » comme s'il était grand, puis s'est déplacé tel un crabe, à la manière d'un hiéroglyphe, jusqu'aux pieds d'Eugène et lui a tapoté sur l'épaule. Eugène s'est retourné. Comme tout le monde, le comédien a d'abord été un peu surpris par l'indolente apathie du plasticien. Cependant, il s'est repris et l'a fait parler aussi bien que s'il avait été journaliste. Harald m'a confié plus tard que, pour ce faire, il s'était imaginé être un immense mur blanc.

Toutes les autres fois, les autres fois que j'ai revu Harald, dans les autres vernissages, dans les autres galeries, il portait ce même K-way bleu vif. Les jours de pluie et les jours de beau temps. Et si quelqu'un osait lui faire ne serait-ce qu'une observation sur ledit K-way, il allait jusqu'à reformuler le propos, parlant suffisamment fort pour que j'entende, afin de me pousser à redire ce que j'avais dit au moins une fois : « J'aime la couleur de ton K-way. J'aime ton K-way. » Jusqu'à l'été, je l'avais vu, ainsi, déambuler de vernissage en vernissage, de galerie en galerie, en K-way bleu vif ; mais sans l'avoir encore vu jouer aucun rôle dans aucune pièce. Il semblait qu'il était question de subventions…

Eugène peignait et prenait de l'héroïne. Il travaillait l'huile et racontait des histoires sur des toiles à châssis. Il fantasmait les paysages et faisait disparaître les hommes. Il n'avait jamais peint personne. Rien que la nature, à plat et transfigurée ; mélangée à des restes de technologie. On ne s'arrachait pas encore son travail, mais il tenait plutôt le coup depuis sa sortie des Beaux-Arts. Une publication dans un magazine asiatique et la protection de Gilbert lui avaient même valu, une année, d'être exposé à la FIAC. Le tableau en question représentait un dirigeable orange à moitié rongé par des montagnes gigantesques et noires comme de la réglisse. Eugène l'avait vendu à un ingénieur suisse… « Ce qui compte, en toute chose, c'est le squelette… On peut dire ce qu'on veut, putain, tout le reste, c'est des conneries… » Désormais, le peintre voulait travailler autour des oiseaux. Il disait des plumes qu'elles étaient « le traceur de tout » mais ne pensait figurer que les rachis et les calamus. Le rachis, c'est l'axe central des plumes ; le calamus, c'est l'endroit par lequel on les tient quand on les ramasse. Eugène était précis et minutieux dans sa démarche. J'avais découvert ses tableaux avant de le rencontrer en personne. L'artiste ne se perdait pas dans les couches, son coup de pinceau était doux, quasiment séraphique. Lorsque l'on s'approchait tout près – juste avant de n'être plus en mesure de distinguer quoi que ce soit parce que ça devient flou –, on pouvait discerner le relief de petits éventails, fins et minuscules, comme des plumes justement, sur chaque touche de peinture, s'ouvrant tels un jeu de cartes ou la roue mâle d'un paon, de minuscules vaguelettes figées dans un océan de couleurs et jaillissant d'un kaléidoscope…

Je m'étais souvent demandé si Eugène peignait en se droguant. Ou s'il se droguait en peignant… La drogue, il ne m'en avait parlé qu'une seule fois. Au comptoir d'un restaurant japonais qui faisait l'angle d'une rue du côté d'Opéra, après avoir terminé un bol de soupe aux vermicelles… Le peintre soutenait que ce n'était « pas une fin en soi », qu'il n'y avait « rien de dramatique », et que même si les on-dit quant à la prise d'héroïne étaient violents, il ne fallait pas non plus en faire « toute une putain de maladie ». Il me racontait les conneries dont il avait besoin pour déculpabiliser. Je le laissais dire ce qu'il voulait. Il osait me confier ses histoires de seringues et de garrots : il valait mieux se la fermer et être au courant, plutôt que de l'ouvrir et qu'il se taise… Et puis,

Eugène faisait partie de ces personnes dont l'existence est exempte de préjugés ; sa vie avait tellement l'air d'être unique que l'on aurait eu l'impression de le bafouer à lui faire des reproches.

Je n'avais jamais fait l'amour avec deux hommes à la fois. Je n'avais jamais fait l'amour tout court. Comment l'amitié dévie et chavire. Chavire et dévie. Martin et Franck. Franck et Martin. La tension qui monte sans savoir pourquoi. Cheval de Troie. Plan à trois. Pas prévu, ni anticipé. Juste l'amour ouvert et que celui qui reste ou qui rentre se joigne parce qu'il est le bienvenu. Les peaux moites encore de l'été qui se mélangent. L'illusion qui se désinstalle, les mythes qui tombent ou s'assurent. Tout le monde devient bestial. Sauf Franck. Franck manie toujours avec précision, défie le contraire des chiffres de son regard suave. Positionne. Repositionne. J'accédais à des états absolument déments. Je voyais des couleurs, j'étais comme parcourue de courants électriques et le plaisir me montait violemment à la tête. Inspirer. Expirer. Suivre ses instincts sans réfléchir. Comme pour boire. Comme pour manger. Je laissais mon corps me guider. Je ne savais pas bien au juste ce que je vivais. Je n'avais pas réfléchi. Simplement suivi mes envies sans l'once d'une contrainte ou d'un scrupule. L'énergie qui se dégageait de nos ébats était distinctivement la plus gigantesque que j'avais jamais éprouvée. J'avais la sensation de découvrir l'Everest ! Franck disait que, redirigée, c'était la même volition qui permettait aux hommes d'atteindre les sommets qu'ils briguaient. Peut-être que le Christ se l'était tout bonnement fait monter à la tête… Le principe devait être le même partant du pénis ou du clitoris… Quelques recherches s'étaient imposées : d'abord concernant mon hymen qui, une fois déchiré, avait transmuté le drap-housse blanc du lit en drapeau japonais ; vagabondant d'article en article, j'avais ensuite compris que les Égyptiennes subissaient l'excision de façon quasi systématique. Plus ou moins comme les taureaux pour devenir des bœufs. Cela me semblait la pire des horreurs…

Dans le Jura, c'était, certes, moins intense – le sexe n'y avait, en effet, à aucun moment, été envisagé comme découlant d'une interaction et le plaisir ne se prenait donc qu'en solitaire ; je n'avais jamais vu Paula fréquenter aucun homme ; mis à part les choux, les roses, et sûrement les cigognes, ma grand-mère n'avait pas pris la peine de m'expliquer quoi que ce soit, Macadam non plus ; aussi, comme pour tout le reste, j'avais exploré la sexualité en douce, de manière clandestine et confidentielle – mais je m'étais toujours suffi à moi-même grâce à ce petit organe… Pour autant, si mes précédentes expériences m'avaient, sur le coup, semblé pharamineuses, j'avais dorénavant la sensation d'avoir existé sous vide. Comme une cuisse de poulet. Peut-être que c'était une question de personne. Quoi qu'il en soit, nous nous comblions les uns les autres. Sans cesse. Dès que possible. Autant de capotes au sol en une semaine chez nous que de garrots au béton chez Eugène.

L'atelier d'Eugène est une sorte de verrière à demi recouverte d'une bâche. Tout près de la place de la Madeleine. Juste en face d'une « bibliothèque pour tous ».

Un appartement de rez-de-chaussée chaleureux, aux multiples sols et à la moquette facile. Il y vivait aussi mais il y peignait d'abord. Eugène disait « atelier ». Je disais « atelier ». L'atelier d'Eugène. L'endroit où il recroquevillait son art, au fond de la cour de cet immeuble comme dans une chrysalide. Les clés étaient planquées, juste à côté de l'entrée, dans un grand pot en terre cuite vide. La première partie de l'habitation venait s'incruster dans l'immeuble 1900 à la manière d'une troglodyte et juxtaposée, elle infestait la pièce en dur des rayons du soleil. À la belle saison, la bâche étalée sur le toit de la véranda calmait les ardeurs de l'astre, retenant son souffle au moindre vent. Eugène avait ramassé des pierres pour faire tenir le plastique. Il avait disposé une bâche depuis le premier été qu'il avait passé là. Et ramassé des pierres.

Je fais coulisser le bijou de ma grand-mère autour de mon cou. Suivant ma main, la chaîne s'étire, s'appuyant le long de mon menton. Gauche. Droite. Son poids ramène toujours le fermoir à l'avant, près du pendentif… Je le remets en place. Je le triture, je le tripote. Ce n'est ni plus ni moins qu'une petite boîte en argent ; de la taille d'un briquet, d'un Zippo… Mes doigts le connaissent par cœur à force d'en avoir arpenté les contours pour tenter de l'ouvrir… Les aspérités, les rebonds légers causés par chaque gemme, les zones où le métal se creuse, les motifs floraux… Il y a des objets, des corps, que l'on connaît de cette façon-là, instinctive, sur le bout des doigts. « Sésame, ouvre-toi ! » J'avais eu envie d'ouvrir le bijou, de découvrir qui l'avait fabriqué, de quand il datait… Tout comme l'on a parfois envie de tout savoir d'un homme ou d'une femme dès la première rencontre. À quoi ressemblait son enfance ? Où est-il né ? Quels événements ont jalonné sa vie ? Que pense-t-elle le matin au réveil ? A-t-il souffert ? Toutes les informations sont contenues dans l'objet même. On ne les mentalise pas. On les ressent. En général, on s'attend à tout ce qui pourra nous être révélé par la suite… Je ne m'attends plus à grand-chose… Je me laisse porter sans réfléchir. Sans juger. Sans interpréter. Harald dit que prier, c'est « parler à Dieu », tandis que méditer, c'est « écouter Dieu »… Est-ce que l'on peut méditer en mangeant une pizza ? Je mange une pizza très pimentée après avoir marché… J'avais d'abord marché pour avancer, prenant le parti de ne plus regarder en arrière… Et c'est ainsi que j'avais avancé vers les antiquaires et Drouot. Sans but véritable. Simplement avec au départ l'idée d'aller quérir un savoir-faire pour desceller le bijou sans le fracasser, et peut-être aussi des informations dont l'espérance me satisfaisait déjà ; m'emmenant, sans le savoir encore, nettement plus loin que la représentation que je m'en pouvais faire… Vers une pizza gratuite, donc. Dans un premier temps, sans doute. « Feuilles d'ivoire, mine de graphite… Le pendentif doit dater de la fin du XIXe siècle… »

DEUXIÈME CARNET
(blanc cassé, couverture feutrée)

Débuté le 20 avril 2019
À la galerie, rue des Saints-Pères, VIe arr.

Terminé le 12 juin 2019
Latitude : 43.166924 ; longitude : – 44.334951.

Nombre de pages : 57

Commencer un carnet, ça fait un peu le même effet que le début d'une nouvelle journée. Anir dit qu'on peut choisir de tout recommencer du début à n'importe quel moment. Il dit que la vie n'est qu'une histoire de choix, d'habitudes, et que tout compte fait les circonstances n'ont que peu d'importance. Anir parle comme il pense. Le soleil rayonne sur le tanin de sa peau basanée et réchauffe même quand il fait froid… « Tout est parfait ! » dit Anir. « Tout est parfait parce que cela n'est pas autrement. » Du haut de ses quarante ans, cet homme a l'air d'avoir tout vu et de ne pas trop s'en faire. Plus rien vraiment ne l'effraie. Alors que pourtant, il lui en est arrivé de belles… Anir dit que « la peur se nourrit du passé » et regarde en avant. Vers les pages vierges de tous les autres carnets qui sont encore dans le sac de papier brun et strié que m'a donné la dame de la librairie-papeterie, posé sur le marbre de la cheminée, devant le haut miroir collé jusqu'au plafond dans lequel se reflète le grand velux…

Septembre. L'air était frais. La douce chanson de la rentrée fantasmait les restes d'été dont les méandres s'affaissaient sur le rebord des fenêtres. La tiédeur s'enlisait au fond des jardinières. Martin jouait du piano. Franck avait sorti quelque paperasse. Martin reproduisait inlassablement les *Visions fugitives* de Prokofiev qu'il jouerait la semaine suivante ; Franck, page après page, étudiait les schémas calculés des cotations et des intérêts. J'étais rentrée tard. Ni l'un ni l'autre ne m'avaient entendue. Ils travaillaient, tous les deux, hasardeux, nerveux même, à l'égard de cette musique qu'ils n'écoutaient pas…

Quand Martin jouait, il ne s'écoutait pas. Il avait la chance de ne pas « penser au fait de jouer » pendant qu'il jouait. Un jour, Harald m'avait confié que lorsqu'il était plus jeune, il se regardait faire sur scène, illustrant son propos d'un passage de *La Mouette* de Tchekhov. À la fin de l'acte III, Nina : « Je suis devenue mesquine, insignifiante, je jouais en dépit du bon sens… Je ne savais pas quoi faire de mes mains, je ne savais pas me tenir sur une scène, je ne maîtrisais pas ma voix. » Le comédien m'avait expliqué qu'en ce temps-là, il allait au plateau comme à l'échafaud, la peur au ventre, en victime, prenant le public pour un bourreau dont le moindre rire pouvait le sauver…

J'écoutais Martin, je pensais à Harald, à Nina, et j'avançais vers Franck. Il calculait et n'écoutait pas… Je suis restée un moment à l'observer. Franck comptait, trébuchait sur le rectiligne de ses impressions, tournant volontairement les pages du bout de son majeur qu'il passait ponctuellement sur la pointe de sa langue, crevant la fin d'un *sol* ou décontenançant l'orée d'un *fa*… Une ligne s'était dessinée en travers de son front jusqu'à l'arcade de son sourcil. La peau du haut de son visage pliait sous les envers réciproques des entrées et des sorties… Le parquet a craqué. Franck a relevé la tête. Son visage s'est adouci. Il a souri, rebuté les cent pages d'exactions sur la table basse. Je suis venue m'asseoir près de lui ; j'ai glissé ma main contre sa cuisse ferme et chaude qui tiédissait la toile d'un pantalon en lin… Franck a baissé la tête, redécouvert la justesse d'un ton, le murmure d'un chuchotement, embrassé mes mains, effleuré doucement mes lèvres des siennes. La musique s'est arrêtée. Franck s'est immobilisé. Martin a repris du début.

Lundi, 3 septembre 2018. 4:30 pm. Courrier électronique. Demande blême d'entretien. Objet : commande achevée endommagée. Début de matinée. Eugène se gratte le ventre avant d'ouvrir la porte (dans les Flandres, avoir le ventre qui démange signifie qu'une prostituée est en train de mourir), puis me fait finalement entrer…

Troublée de couleurs. Tant la toile se tendait au-devant de moi, dans la douceur de l'huile sèche et des poudres teintes. Tendue encore, mais fendue, aux deux tiers, sabrée au cutter. « Putain, mais sérieusement… » Vengeance féminine à adultère. On ne peut rien dire ou faire. « Elle m'a juste vu en boîte avec une autre nana ! » Je regardais la détente des traits, l'affalé de couleurs qui tombait comme le drap sale d'un lit défait. On devinait de gigantesques plumes, multicolores, s'offrant au monde comme un horizon. Eugène avait couché d'immenses barbules sur leurs étendards, ses perspectives étaient dévastées. Il pleurait. « Putain, pardon… » Pas pour celle qui l'avait quitté ; pour son tableau. Les quatre mètres sur trois de l'œuvre obnubilaient ses pupilles. Il n'arrivait pas à la lâcher des yeux. « J'aurais jamais dû lui montrer où je planquais les clés ! » À croire qu'Eugène n'avait pas mesuré la portée de l'acte, ni les éventuelles conséquences. Il n'avait pas envisagé le mauvais caractère piqué d'orgueil. Il n'avait pas imaginé à quel point elle aurait mal ; ni non plus qu'elle rendrait. Elle avait rendu comme à la cour d'école. « Putain, bordel, ça fait chier… » Des écailles de peinture avaient sauté. Il y en avait partout par terre. Eugène avait dû s'affaler devant comme un gosse car il en avait les bras couverts, des poignets jusqu'aux coudes. Les morceaux de couleurs s'étaient collés sur sa peau. Il en avait même sur le visage. Un jaune au-dessus de la paupière, et quelques verts au coin de la bouche… Peut-être que s'il ne s'était pas fait renvoyer successivement de trois établissements, que s'il n'avait pas eu la chance des précepteurs et des cours particuliers, Eugène aurait mieux géré la prise de risque… La vie ne s'apprend pas que dans les livres. Je le réalisais de plus en plus. « Faut que je me calme… De toute façon, faut que je me calme… » Si Eugène pouvait effectivement appuyer légèrement sur la pédale et arrêter de se démolir la tête… Le soleil brillait. Il fallait sortir. Prendre l'air, la vie, à bras le corps. Aller voir dehors les réfugiés et les sans-papiers qui convaincront Eugène qu'au fond ce n'est pas si grave. « Hein ?! » J'ai prononcé une phrase un peu cynique pour qu'il réagisse et tiré Eugène par le bras.

Un philosophe explique à la radio que si les millionnaires donnent trop d'argent pour ressusciter la cathédrale, il serait salvateur d'envisager de construire des logements pour les plus démunis près du grand édifice. C'est ce qui se faisait au Moyen Âge. Au Moyen Âge, on construisait des dispensaires à côté des églises… Systématiquement. C'est la raison pour laquelle les nourrissons étaient déposés sur les marches jouxtant les bâtiments, emballés dans des linges. Une série de nouveau-nés, dont on voit à peine le visage, défile dans ma tête. Je les imagine petits, vulnérables, fragiles, menant déjà un premier combat sans pouvoir rien y faire… Ils échouent à rester près de leur mère. Tous. Parfois, leur mère est morte. Combien de bébés ont ainsi été déposés près des bâtiments religieux, remis à Dieu si simplement ? Retour à l'expéditeur par l'intermédiaire des hommes et du sacerdoce… Combien ?

Rentrée musicale. Un récital, des récitals. Les pas résonnent dans le hall. Ambiance. Brouhaha. Bas d'escalier : un, deux, trois contrôleurs pour découper aux pointillés les places achetées. Écoute numérotée. Parterre, balcon, première, deuxième, troisième catégorie. Pair, impair. La sonnerie retentit. Précipitation. Afflux. Va-et-vient continu ; les battants des portes poussés du plat des mains. Pardessus, mocassins. La monnaie se dépose dans les paumes… « Monique – la vieille ouvreuse, la plus ancienne, à l'Opéra depuis plus de vingt ans – redistribue l'argent des pourboires dans des cornets de papier dont elle apprend le secret de la confection à ses pouliches du balcon… » C'est ce que l'un des pompiers responsables de la sécurité m'explique tandis que je cherche Franck du regard. Œil sur rue, au travers des vitres.

La pluie fait rage, les automobiles passent. Le rouge et blanc des phares. Les feux tricolores qui se croisent et s'attendent sur le miroir du bitume… Retard. Et Martin qui doit sucer sa dernière pastille à la menthe ; être au moment précis du sucre qui fond sur la langue, quand le bonbon disparaît… Silhouette masculine reconnue de l'autre côté du trottoir. Fantomatique aussi. Comme la menthe… Rue traversée, courue. L'eau du ciel a raflé la tenue. Parapluie pleurniché par la main qui secoue les mèches pour faire tomber les restes d'averse. La fraîcheur des lèvres de Franck contraste sur ma joue déjà réchauffée d'intérieur. Sourire du pompier. « Allez, allez ! » Billets déchirés par contrôleur cravaté. Course dans l'escalier. Huit séries de douze. Quatre à quatre. La sonnerie n'a pas cessé. Bientôt. Nous y sommes. Troisième galerie, pigeonnier, paradis. « C'est d'ici que la musique est la plus belle, lorsqu'elle s'enroule à l'italienne, comme les glaces… »

L'ouvreuse désigne les places. On se faufile. Franck s'assoit à côté d'une femme noire magnifiée de bijoux dorés qui me font le même effet que le grand lustre suspendu au plafond. La femme ressemble à la salle. Franck sillonne l'opéra du doucereux de ses yeux. Arrêt de la sonnerie. En bas, si petit vu d'ici, le piano somnole dans les chuchotements, attendant le pianiste. Franck me désigne le lustre : « Huit tonnes et quatre cents lumières. » Les boucles d'oreilles de la femme sont moins lourdes. Les éclairages se calment avec le volume des voix. La pénombre est tendre, on distingue encore les reliefs du plafond, les dorures et les anges de Chagall… Je ne sais pas si c'est la voix de Franck, la présence de Franck, qui me rassure… À côté de moi, un gros bonhomme tout blanc d'une soixantaine d'années qu'il a fallu déranger un peu pour passer se met à bâiller. Martin est arrivé. Franck a bâillé. J'ai bâillé. Tonnerre et applaudissements. Dehors et dedans. Pause. Entracte. Pause. « C'était bien », a dit Franck.

Sur les photographies, mon père ressemble à un héros. C'était un grand brun avec un sourire en coin qui semblait ne jamais le quitter et la peau mate. Dans une boîte du grenier de la maison du Jura, j'avais dégoté un album qui datait de son service militaire. Paula m'avait dit qu'il avait passé un an en Afrique. « De 1981 à 1982. » Un cliché avait été pris au Caire. Devant des palmiers. Mon père porte un blue-jean et une paire de bottines en cuir à bouts ronds plutôt usées. Il devait être en permission… Je ne sais pas, au fond, si j'étais plus sensible à Franck parce qu'il ressemblait à l'idée que je me faisais de mon père, ou si j'étais plus sensible à Franck tout court. Il me touchait. Martin aussi me touchait. Tous les hommes, toutes les femmes sont fascinants d'histoires et de mystères… En écrivant aujourd'hui, je m'aborde comme un mystère. J'essaye de demeurer objective tout en procédant à un état des lieux vertigineux mais nécessaire… Rébus. Énigme. Charade. Harald parle de « devis net » : comptabiliser ce que l'on a perdu pour en tirer quelque chose. C'est un vrai processus… Pierre après pierre. Tuile après tuile. Comme un bâtisseur. Il a fallu presque deux siècles pour construire Notre-Dame ! Et la cathédrale avait manqué y passer au début du XIXe siècle. C'est le succès du livre de Victor Hugo qui avait permis d'amorcer les travaux et de sauver le bâtiment… Tous les éléments finiront peut-être par se rejoindre pour former une sorte d'unité surplombée d'une flèche qui indiquera la direction… J'aurais voulu pouvoir simplement tracer des lignes entre des petits points numérotés pour découvrir un dessin rassurant. Une souris, par exemple. Ou un amphibien sur des nénuphars… Devant moi, il n'y a que du noir sur du blanc, amassé par petits paquets…

Les mots me rassurent… Ils m'ont toujours rassurée. Je ne sais pas pourquoi. Ils s'embrassent et se suivent, se délectent d'être ensemble… J'aimerais me sentir à ma place dans le monde comme un mot au milieu d'une phrase. Ils y sont tous bien… Les mots sont aussi naïfs que les enfants. Il faut faire attention aux deux.

Paula a une mémoire infaillible. Elle se souvient de toutes les dates avec une constance inébranlable. Elle est capable de dire depuis quel printemps fleurit telle ou telle plante, le nombre de kilos donnés par chaque arbre fruitier d'une année sur l'autre. Elle sait par cœur toutes les transformations de l'abbaye ; elle connaît le début et la fin des mandats de tous les élus successifs depuis qu'elle a investi Baume-les-Messieurs ; elle retient le numéro des kilomètres qui jalonnent telle ou telle montagne, telle ou telle cascade… Elle compte tout. Un pluviomètre lui sert même à comptabiliser les chutes de pluie ; et tant que je vivais encore chez elle, je pouvais être sûre qu'elle m'annoncerait le début de mon cycle menstruel avant qu'il ne commence… Chaque année, au moment de la Toussaint, ma grand-mère dessine des petits bâtons près d'une liste précise de défunts (plus ou moins proches) pour pouvoir affirmer avec beaucoup d'aplomb durant les 365 jours suivants : « Voilà un demi-siècle tout rond que ton grand-père est mort», ou bien : «Cela fait très précisément quarante-six ans, que ce pauvre Jean Gabin a trépassé ! »... Elle fait des listes pour tout et n'importe quoi : des listes de courses, des listes de noms, des listes de mots, des listes de dates, des listes à thème, des listes de chiffres, des listes de listes... Paula sait exactement le nombre de pommes de terre qu'elle met dans la soupe, dans la purée, le nombre d'œufs qu'elle casse pour faire une omelette, le prix que lui a coûté l'électricité par semestre en francs et en euros depuis que je suis arrivée et auparavant. Il semblait d'ailleurs que je lui aie coûté relativement cher en eau, ce qu'elle déplorait... Néanmoins, elle m'avait avoué au téléphone que, même si sa consommation avait nettement baissé et que les chiffres ronds lui convenaient mieux (ma grand-mère affectionnait les chiffres ronds – sur les factures de gaz ou bien au compteur de la pompe à essence dans les stations-service – et s'attachait à consommer de façon à ce qu'ils le soient; je n'avais jamais pris le pli de ce système de consommation variable en fonction d'hypothétiques décimales...), néanmoins donc, elle m'avait récemment avoué que je lui manquais «un peu». Cela m'avait rudement surprise.

Je ne sais pas précisément depuis combien de temps je suis partie du Jura – je ne me souviens pas des dates, sauf si l'on insiste ou que je trouve un moyen mnémotechnique pour me les rappeler – mais j'avais toujours eu la sensation d'être un fardeau pour ma grand-mère... Un fardeau dont on ne veut pas se défaire par principe, mais un fardeau quand même.

Le vendredi 14 septembre 2018, journée fatidique qu'Harald et son K-way m'avaient intimement demandé de retenir – j'avais réussi parce qu'en 1515, la bataille de Marignan avait aussi eu lieu un 14 septembre et qu'il m'avait fallu me souvenir de la victoire franco-vénitienne sur les mercenaires suisses à un moment de ma scolarité –, le vendredi 14 septembre donc, de l'an 2018 cette fois-ci, Harald remporta lui aussi une bataille… Enfin ! Le comédien avait décroché un rôle. Un premier rôle. « Et un premier rôle ! » Dans un long-métrage signé et déjà sélectionné officiellement à Cannes, au grand festival. Avant même d'être tourné, monté, post-synchronisé… Harald hallucinait. Il se voyait déjà en haut des marches, de l'affiche, et fredonnait tout guilleret la chanson d'Aznavour… Flashs. Stars. Photo-call. Le tapis rouge, les couturiers, tout le tintouin… J'imaginais Harald costumé, pomponné, rasé de près… Nous marchions sous les arcades de la rue de Rivoli, le long du jardin des Tuileries, et : « Retiens bien cette date ! Aujourd'hui, vendredi 14 septembre 2018… »

Harald était venu me chercher à la galerie, le sourire aux lèvres. Nous avions traversé la Seine et il avait lâché le morceau… Tandis qu'il s'extasiait, ses pommettes ne se reposaient plus de rosir ! Harald rosit des pommettes lorsqu'il se sent intéressant ou dans le collimateur… Il paraît que certains perroquets rosissent aussi, rougissent. Il paraît que certains perroquets, les aras bleu et jaune par exemple, rougissent et ressentent. Comme les hommes. On peut l'observer sur la fine peau nue et sans plumes entourant leurs yeux.

Dans le métro, Franck avait froncé les sourcils en s'affalant sur un strapontin. Même s'il souriait, il semblait ailleurs. Ce matin-là, spécifiquement… Depuis la rentrée, les rôles ont tendance à s'inverser : Franck dort et Martin se réveille. « Plus je dors, plus je suis crevé ! » Franck dort de plus en plus longtemps, parfois même comme une souche, mais « toujours mal » visiblement… Martin, lui, se relève, fait les cent pas dans l'appartement, va boire de l'eau, mange des clémentines dont il laisse choir les épluchures sur la table de chevet… Martin ouvre les fenêtres, cherche un briquet, fume des cigarettes… Et la nuit dernière, il a carrément joué du piano. Vers trois heures. Tout nu, assis exactement dans la même posture que pendant ses concerts, sur son tabouret rectangulaire, les orteils s'appuyant directement sur le laiton des pédales. Franck s'était réveillé en sursaut. Il avait soupiré avant de se recouvrir la tête d'un oreiller… La voisine du dessous avait fini par mettre de nombreux coups dans le plafond – au moins douze, comme au théâtre –, et celle du dessus par balancer des litres d'eau depuis sa fenêtre en hurlant « Ça suffit, maintenant, je vais appeler la police ! ». Les flics avaient débarqué à quatre heures du matin, comme des fleurs. « Tapage nocturne… » Franck avait ouvert la porte et accompagné les policiers jusque dans la chambre. Martin continuait de jouer. Tout le monde se taisait parce que le morceau était sublime. C'était *Jeux d'eau* de Ravel. La patrouille avait attendu que le musicien termine pour le verbaliser et lui demander de ne pas recommencer. Sans même se lever, Martin s'était retourné vers eux pour leur adresser un sourire. Il ne leur avait pas dit un mot. Pourtant le concertiste était assez bavard ces temps-ci. Il parlait sans arrêt. Comme pour occuper l'espace.

J'écris sous l'œil de Gilbert. Il zieute mes carnets comme un bandit. Avec l'air de s'en ficher mais tout de même en ayant envie de savoir ce qui s'y trame… Depuis que j'ai perdu mes cartes de visite, il me jauge… Elles ont disparu. Toutes. Du jour au lendemain. Je ne sais ni quand ni comment. Mais quand j'avais voulu en laisser une au géant pour qu'il nous laisse tranquilles, impossible de remettre la main dessus… C'était en février. Fin février. Cela fait deux mois. Quasiment. Depuis, je n'ai plus de cartes de visite et Gilbert me jauge encore très régulièrement. Exactement comme la première fois, le jour du rendez-vous… J'étais partie très en avance de chez Jeanne. Arrivée aux abords de la galerie, j'avais changé de trottoir, demandé une cigarette à un jeune homme à l'arcade percée, fumé le quart de la tige sous un porche, puis mâchouillé un chewing-gum… Il fallait que je pousse cette porte de verre, que je dise bonjour et qu'on parle de je ne sais quoi pour que Gilbert me dise qu'il voulait bien de moi… J'avais poussé la porte de verre, Gilbert m'avait regardée de travers, mais tout s'était bien passé…

J'avais tenu le rythme, appris tout ce que je pouvais, acheté des jupes, des chemisiers, des robes et des talons hauts pour faire bonne figure… C'était tout sauf pratique : impossible de courir, de sauter, de grimper aux arbres… Dans le Jura, je n'avais jamais enfilé que des pantalons, des shorts et des bermudas. Comme Paula. Ma grand-mère portait indéniablement la culotte. D'ailleurs, elle le revendiquait, sans vouloir en démordre, prétendant que sa « propre mère » était pareille… Gilbert n'en avait fondamentalement rien à secouer, mais il avait tellement insisté – « C'est aussi ÇA, figure-toi, le marketing ! » – que j'avais accepté de jouer le jeu… Depuis 1989, le galeriste se démenait pour faire de son lieu une institution, et même s'il semblait un peu dépassé depuis quelques années, j'avais pris le parti de tout faire pour redonner à la galerie l'éclat qui passait dans ses yeux lorsqu'il en disait le nom…

Gilbert doit sentir l'encre de mon stylo s'embarbouiller autour de sa personne : il vient de tousser. Maintenant, il s'enfile une rasade de whisky japonais… S'il savait à quel point je ratisse. Je n'arrive plus à faire autre chose. Depuis samedi, c'est incontrôlable. L'élastique qui enclot les pages du plus épais des carnets se détend à force d'être tiré. Mon écriture se déforme au fil des lignes. Ma main me fait mal. Cependant, hier, je n'avais pas de courbatures.

Fin août, déjà, Franck n'était plus le même… Il avait perdu des milliers d'euros à cause d'une opération qui avait mal tourné – gros bug financier – et zonait dans l'appartement comme un zombie. Pendant toute une nuit, il avait effleuré de sa main mes épaules et mon dos, semblant y chercher une réponse… Martin boit son café. Franck ajoute une cuillerée de sucre dans son bol et annonce, pour changer, qu'il a mal dormi. Piaillements d'oiseaux. Martin ne dit rien. Martin se tait… La radio parle d'écologie. Un ministre démissionne parce qu'il ne comprend pas pourquoi le monde ne se fait pas une priorité de la planète sur laquelle il vit. « On avait une réunion sur la chasse, importante pour les chasseurs mais surtout pour la biodiversité, mais j'ai découvert la présence d'un lobbyiste, qui n'était pas invité à cette réunion… Et c'est symptomatique de la présence des lobbys dans les cercles du pouvoir… » Franck a poussé un soupir. Martin a riposté en citant l'Évangile : « "Gardez-vous bien de toute âpreté au gain ; car la vie d'un homme, fût-il dans l'abondance, ne dépend pas de ses richesses…" Il n'y a pas que des conneries dans la Bible. » Martin a dit qu'il n'y avait pas que des conneries dans la Bible, puis il est sorti de la pièce en sifflotant. Franck s'est levé d'un coup. Je l'ai retenu en lui disant de manger une biscotte. « Ou un gâteau, il y a des gâteaux… ! » On a entendu Martin commencer un des exercices qu'il jouait pour se délier les doigts. « Bois au moins un jus d'orange… » Franck s'est ravisé. Il a accepté le jus de fruits, l'a bu d'un trait, puis il est sorti de la cuisine. « J'espère que mon départ provoquera une profonde introspection de la société sur la réalité du monde… » J'ai terminé mon café, dépecé un muffin sur la toile cirée qui recouvrait la table. C'était un muffin à la mûre. Je n'ai mangé que les mûres. Je les ai dépiautées une à une. Le reste du gâteau gisait comme une pelletée de terre autour de ma tasse…

Depuis la fin de l'été, tout était gâché. Comme le muffin. Martin ne cessait de piquer Franck. La bienveillance n'était plus de mise. Le musicien prenait des airs qui lui donnaient une allure d'homme mauvais. Le concertiste avait cette forme de pouvoir emblématique sorti de nulle part. Franck y était soumis. Comme si Martin était plus fort… Je ne savais pas si Martin était jaloux, de quoi il aurait pu être jaloux. Il vivait d'un art qu'il aimait, s'extasiait de fantaisies et de cantates… La jalousie, c'est avoir peur de perdre ce que l'on a ; l'envie, c'est vouloir ce que l'autre a… Martin avait envie d'être tout au monde sauf lui-même, il se désirait autrement… « On passe sa vie à désirer ce que l'on n'a pas. » Paula répétait ce que disait son frère à propos des cheveux des filles : « Quand elles les ont raides, elles les veulent frisés, et quand elles les ont frisés, elles les veulent raides… » Des sept péchés capitaux, s'il y avait bien une chose que j'avais retenue, c'est justement que l'envie et consœurs sont les plus idiots de tous, tant ils n'apportent rien à celui ou celle qu'ils rongent – si ce n'est de la tristesse…

La porte a claqué. Franck venait de s'échapper du champ de bataille, maintenant il allait lutter contre le marché. Martin a repris un morceau de Boulez qu'il n'avait pas dû jouer depuis juin puisque je ne l'avais jamais entendu. *Sonate n° 2 pour piano*. J'ai jeté les miettes aux moineaux. Aux pigeons. Les moineaux désertent les capitales. Parce qu'ils n'ont plus accès à suffisamment de petits endroits chauds pour se nicher et qu'il y a de moins en moins d'insectes à manger… Bref. Passons. Jetées, les miettes. Aux pigeons.

« Y a un arbre, je m'y colle, pigeon vole, dans le petit bois de… » Pigeon, Barbara. Barbara, Prévert. « Rappelle-toi Barbara, il pleuvait sans cesse sur Brest… » Brest, Pologne. Caroline a raison à propos des pensées… Il faut les surveiller. Elles n'arrêtent pas de gigoter. Le mental s'éreinte dans un sens, dans un autre, fait des associations d'idées… Avant, je ne pensais qu'utile. C'est-à-dire que mon cerveau me servait globalement à m'organiser, à agir… Maintenant, j'ai la sensation que tout est déglingué. Des quantités considérables d'images me piquent. Comme les moustiques. Ça démange. Je gratte. Ça saigne. Le moustique perçoit l'odeur du sang et revient… Le fameux « Je pense donc je suis » de Descartes constate d'abord de la conscience humaine, mais induit aussi que « je suis » mes pensées… Du verbe « suivre » ou du verbe

« être » ? C'est toute la question… Dans le premier cas, elles dirigent ; dans le second, elles émanent de mon bon vouloir… S'arrêter sur le verbe intransitif. Pour exister comme avant et comme Anir. En ayant pour objectif capital d'inverser la formule : « Je suis – tout court – donc je pense. »

Anir ne s'impose absolument plus rien. Il a décidé de ne plus faire que selon ce que bon lui semble et de permettre à tous les gens qui l'entourent la même chose. Anir dit que lorsque l'on consent à cela, l'avenir se profile comme une forêt qui surplombe un bord de mer en été. Simplement avec le bruit des oiseaux, un vent léger, et pour compléter le tableau, le ronronnement d'un chat qui vient se frotter aux mollets, discrètement. Anir dit que le hasard est comme un chat : discret. Si l'on s'offusque, il disparaît sans attendre. Anir dit aussi que les voyages permettent de prendre du recul. Anir fait germer toute une floppée d'idées dans ma tête.

Eugène avait décidé d'aller voir ailleurs. On lui avait proposé un atelier à Budapest. Il avait accepté. Parce qu'il avait perdu un tableau et qu'il voulait arrêter ce stupéfiant issu du pavot qu'est l'héro. Changer d'environnement lui semblait une bonne idée. Gilbert avait un ami en Hongrie qui hébergeait des artistes de toutes les nationalités. Comme Paula, Jeanne, les parents de Clara et les autres, Gilbert avait des amis. Eugène avait donc dit oui, puis organisé un genre de soirée que l'on qualifie d'adieu ou de départ… Il y avait Harald et ses joues rouges. J'y avais aussi traîné Martin qui avait longuement échangé avec Eugène à propos de son travail. Le musicien affirmait qu'il y percevait une « décontenance de la frustration »… « Ah ouais, putain, t'as raison… Nan, sérieux, c'est complètement dingue… J'y avais jamais pensé… » Il y avait une quarantaine d'invités. Beaucoup d'étrangers. On parlait anglais et un DJ passait de la musique. Pour l'occasion, Eugène avait enlevé la bâche et la verrière laissait passer la lumière de la lune. « Quand elle forme un *C*, la lune est décroissante, si elle forme un *D*, c'est l'inverse… » La lune était un peu floue. L'alcool me faisait tourner la tête : je n'étais pas habituée et, après deux verres, j'étais littéralement pompette. Eugène n'y allait, en plus, pas de main morte. Gilbert s'était éclipsé au moment où le peintre lui avait proposé un shot de vodka, quand l'excitation était à son comble et que l'ambiance de la soirée culminait au sommet d'une courbe d'intensité croisant a) pas de danse osés et b) discussions foireuses…

Dan a demandé l'intérêt qu'il y aurait à ce qu'il écrive un roman : « *Hi. My name is Dan, I am thirty five years old, I live in San Francisco, I've decided to write a novel.* » L'intérêt que… Si l'on se pose la question, il n'y a pas d'intérêt à grand-chose… Dans l'absolu. Alors, puisque tout est futile, autant que Dan écrive un roman. S'il y parvient, le roman pourra être lu. Peut-être que pendant qu'ils le liront certains oublieront qu'après trente-cinq, vient trente-six. Alors, il y aura un intérêt. Dan a levé les yeux au ciel. Pour l'instant, l'Américain était surtout captivé par la série d'événements auxquels il allait assister dans la semaine. Il les énumérait en comptant sur ses doigts et en faisant des mimiques assez exagérées, ce qui semblait lui donner un peu chaud. Haute couture. Défilés. Le soir même, Dan s'était assis au premier rang du défilé Chanel : « *It was amazing… !* » La marque avait carrément reconstitué une plage, avec des vagues, du sable ; et les mannequins marchaient pieds nus sur une digue…

Cela fait maintenant plus de quinze jours que Notre-Dame a brûlé. Exactement comme dans le livre de Victor Hugo. Paris pleure, le monde pleure. Et moi, je ne pleure toujours pas. Les millionnaires se précipitent, les uns après les autres, pour faire don de leurs millions afin de reconstruire la toiture du grand édifice tandis que la Sainte-Chapelle est noire de honte… « Ce n'est pas la moitié d'un symbole, quand même ! Si l'événement jalonne la route, c'est peut-être qu'il a un sens ! » Après avoir vaillamment pesté contre les donateurs qui ne comprenaient rien aux « priorités du monde », Jeanne m'explique que les choses n'arrivent que très rarement par hasard… « Que ce soit accidentel ou criminel, peu importe ! Comme dirait Gilberte : ça ne change rien à l'affaire ! Tout a brûlé ! Certes, les gargouilles et la rosace ont tenu le coup… Mais si l'on s'acharne dans la même direction au lieu d'observer les circonstances et la raison des événements, alors on devient l'idiot qui regarde le doigt… Ce qu'il faut, c'est en tirer des leçons !… »

Cela fait des années que je mate mes mains. Elles sont plutôt fines… L'été, j'arrive à percevoir un semblant de circulation sous ma peau, mais l'hiver c'est peine perdue… Fin janvier, lors du premier examen, juste avant de piquer mon bras, l'infirmière avait d'ailleurs remarqué avec beaucoup de tact : « Celle d'avant, ce n'étaient pas des artères, c'étaient des boulevards, mais alors vous : les routes ont carrément disparu ! »

Dehors, il faisait beau. L'automne rugissait déjà ses couleurs et la ville s'égosillait des dernières chaleurs de l'été. Le ciel était bleu. D'un bleu sombre et vif à la fois. Il était neuf heures du soir. J'allais prendre une douche. Martin avait lâché une dizaine de mots tout au plus… Selon lui, le ticket de caisse des courses du dîner de l'avant-veille avait été épinglé sur le tableau de liège ornant le mur de la cuisine. « Merci pour tout. Dois partir. Vous embrasse, Franck. » Martin disait avoir mis le ticket à la poubelle. Je ne l'avais pas retrouvé. Je me souviens lui avoir demandé – deux fois – s'il était sûr de ce que Franck avait dit, de ce qu'il avait écrit. Deux fois, je me souviens lui avoir posé la question. Le musicien était allé s'accouder sur le rebord de la fenêtre, découpant le ciel en deux, immobile…

Au début, pour vérifier, j'avais fait le tour de l'appartement, le tour des pièces. Je me souviens des mains qui glissent, à la surface du bois, le long des murs, sous les coussins. Je me souviens des mains, intermittentes sur les places vides. Des mains qui tremblent de ne rien avoir à pincer, attraper, agripper de Franck… Je le revoyais encore, la veille au soir, demandant à la serveuse s'il était possible d'ajouter des rondelles de citron dans nos chopes… Je n'arrivais pas à croire qu'il était parti… Non pas que Martin ne se fût montré suffisamment persuasif. Non. Au contraire. Dix mots brefs et persuasifs… Je vérifiais étagères, rayonnages. Plus aucun livre de Franck. Je vérifiais les armoires – celle de la chambre, à pharmacie. Ses vêtements et ses médicaments avaient disparu… J'ai couru. Je me souviens avoir couru… Comme la glèbe en friche au revers de la lune, Martin s'anima à peine lorsque je me suis postée devant lui pour poser une troisième fois la question. Au quart de neuf heures, il n'a toujours pas répondu. Je suis restée quelques secondes à l'observer. Il ne bougeait pas. Rien n'avait bougé que ce que mes doigts s'étaient épuisés d'ouvrir et mes bras de soulever. Le ciel était plus foncé, c'était tout.

L'eau coulait toujours dans le cabinet de toilette. Soupir. Pause. Détournement des talons. Un carreau. Deux carreaux. Trois carreaux. La buée avait envahi la pièce. J'ai enlevé machinalement mes vêtements pour m'engouffrer sous l'eau chaude. J'ai tourné la molette, l'eau est devenue tiède. J'ai tourné la molette, l'eau est devenue froide. Gouttes au visage. Menton, fossettes. La peau qui verglace ; le sang qui afflue. Je ne sais plus combien de temps je suis restée recroquevillée sous la gelée liquide… Il y a des moments dont on ne maîtrise pas la durée, qui nous échappent. Contrôle inexistant, emprise de l'affect. Je n'avais vécu aucune disparition depuis celle de mes parents. Puis, comme une insensée résurgence, le calme revient. La respiration se fait plus lente. Remuer les orteils, desserrer les genoux. Se mettre à fredonner. Vaillant précepte, d'après un philosophe. « Tralala. » J'ai développé le concept dans un autre carnet… Se relever, redonner à la douche son utilité première. Se laver. L'eau ranimait ma peau ; mélangée au savon, elle glissait le long de mes jambes, s'éternisant dans le désordre du crâne et du sexe. De moins en moins fort. Pression chétive. Interruption du flux. Doucement, j'ai posé le pied sur le tapis de bain : la serviette jaune de Franck était suspendue à l'étendoir près du lavabo. J'ai poussé la porte, déambulé dans la chambre jusque devant l'armoire ouverte et pleine aux deux tiers. J'ai senti le vide dans l'appartement, sur les meubles et dans les courants d'air. Martin était parti. Mes pieds empreignaient le sol et les pointes de mes cheveux perlaient sur le parquet. J'avais froid.

Martin était parti parce que Franck était parti. Et moi, j'étais enroulée dans une serviette jaune, au beau milieu du salon. La porte d'entrée était restée grande ouverte. Il était dix heures du soir. L'escalier résonnait les pas des voisins qui sortaient.

Dans la famille d'Eugène, à chaque génération, il y a un homme ou une femme qui se fait prêtre ou religieuse. Eugène est devenu peintre. Aucun de ses frères et sœurs n'a pris le voile ou prêté serment. Perte de la tradition. Plus personne ne fait de sermon… Eugène me passe un savon parce que je ne retrouve pas les notes qu'il affirme avoir rangées dans l'un des trois grands tiroirs de son établi… Le premier s'ouvrait sur une multitude d'outils et de fournitures en pagaille : pinceaux, crayons, papier de verre de toutes les finesses, gommes, encriers, équerres, compas… « C'est bon ? » Le second, sur un pêle-mêle de courriers, lettres, notes de frais, tickets de métro, de train, reçus de pressing, billets d'avion, tickets de cinéma, de tombola… « Tu les as ?! » Ne trouvant rien, j'avais tout de même poussé l'exploration jusqu'aux pièces administratives et fiscales que contenait la dernière catégorie des compartiments – à savoir les plus profonds, les plus larges et les plus près du sol, comme les cabines de troisième classe sur les anciens paquebots… « Y a rien… » « Hein ? » « Y a rien. » « Putain, c'est pas vrai… Merde ! Ça craint… » Je tourne en rond dans l'atelier tandis que le peintre rouspète au téléphone. Il semble dépité. « Qu'est-ce qu'elles disaient ces notes ? » « Elles établissaient des correspondances entre les couleurs et les insectes… » Tout simplement. Des correspondances entre les couleurs et les insectes. « Et tu en as besoin pour quoi ? » « Pour peindre. »

Rencontré au cours d'une soirée, l'organisateur de la Gay Pride hongroise avait, sur un coup de tête, commandé à Eugène une série de cinq toiles qui devaient prendre chacune les teintes des différents drapeaux représentatifs des arcanes majeurs de la manifestation… Arc-en-ciel. Bisexuel. Intersexe. Transgenre. Pansexuel. Le dernier symbolise le droit de désirer et d'aimer tout le monde : hommes, femmes, androgynes. Qui que l'on soit. Lors de la dernière édition, l'extrême droite avait mis à mal les émois du cortège et Eugène trouvait « fondamental » de soutenir le mouvement. Aussi, l'artiste voulait-il faire ruisseler les papillons et les scolopendres sur les fibres de lin marouflées. Cinq toiles de deux mètres sur trois… L'idée me semble sur le moment un peu tirée par les cheveux mais pourquoi pas…

Eugène a déjà oublié la question de ses notes et me décrit avec entrain le quartier médiéval de la colline de Buda. « Le Danube diviche la chochiété comme la Cheine à Pa'is… Buda ch'est les'iches, Pecht ch'est les pauv'es. Grochomodo… » « Quoi ? » Le peintre m'explique qu'il est en train d'avaler de petits poivrons multicolores farcis de fromage frais, puis s'esclaffe, goulûment, de la beauté des femmes de l'Est… Eugène parle la bouche pleine. Il passe du coq à l'âne sans cesse.

Franck avait réellement disparu. Pas qu'un peu, pas juste de l'appartement. Il avait disparu de tout. Comme les Japonais qui s'évaporent pour sauver l'honneur parce qu'ils ont trop honte. Ils s'annulent, renoncent à leur identité… Plus de

100 000 par an, apparemment. Il y a même des quartiers spéciaux dans certaines villes, des ghettos dans les faubourgs… Les individus – qu'on appelle « les évaporés » – y errent. Parfois, cela ne dure qu'un temps ; parfois, ils mettent fin à leurs jours ou ils y restent. *Ad vitam æternam*. Franck était peut-être reparti en Asie… J'avais composé un nombre de numéros incalculable pour le retrouver. Le sien d'abord, pour m'entendre immédiatement saluée par sa voix enregistrée qui s'excuse de ne pas pouvoir me parler. Pardonner à la voix, recommencer. Dix fois dans la même soirée. Arrêter. Passer la nuit, s'interroger. Consulter toutes les interfaces possibles et imaginables ; fouiller tous les réseaux connus connectés. Se lever très tôt – horaires de bureau –, composer un autre numéro : celui de sa société. Appel très vite écourté par une interlocutrice aride et pressée qui annonce sans prendre aucun gant : la démission de l'intéressé. Sans préavis, Franck s'était barré, rayé, supprimé, effacé, de tous les endroits où il était. « Enfoiré. » On se dit : « enfoiré ». On voudrait pouvoir dire autre chose, et pouvoir le lui dire, aussi, directement. Alors, on compose de nouveau son numéro, en espérant cette fois un halo de vie dans le combiné… « Le numéro demandé n'est plus attribué. » Enfoiré.

Paula me rend visite à la galerie. C'est étrange de voir ma grand-mère ici. En treize ans, elle n'avait pris le train que trois fois en tout et pour tout. Pour les quatre-vingts ans de Jeanne en 2016, pour l'enterrement de l'ex-mari de Gilberte en 2014, et pour celui de mes parents en 2004… Paula regarde les œuvres exposées et pose d'incongrues questions à Gilbert qui ne sait pas bien comment lui répondre parce que ma grand-mère examine tout froidement de son petit air critique… Gilberte observe quant à elle l'extrémité à peine clignotante de l'un des huit néons circulaires éclairant les œuvres : « Et ce pauvre néon ? Quand est-ce que tu vas le faire réparer ? » Gilbert a baragouiné que ce n'était « pas urgent » ; Gilberte a bondi, rétorquant que « si ! » ; et Jeanne, comme d'habitude, a fini par voler à la rescousse du galeriste devenu presque penaud… Gilberte a renchéri : « Chéri, combien de fois est-ce que je vais devoir encore te le répéter ? Il faut faire les choses dans l'ordre ! Et pour exposer une œuvre, il faut l'éclairer convenablement ! » Paula observait ce manège d'un regard vide, presque absent. Gilbert avait fini, pour rassurer sa mère, par lui promettre qu'il ferait « sans faute » le nécessaire… « Et tu vas le faire quand ? La semaine des quatre jeudis ?! »

Nous étions justement jeudi. Tous les jeudis, Jeanne et Gilberte vont à la piscine. Parfois ensemble. Parfois séparément. Cette fois-ci, elles ont carrément averti Paula qui les y accompagnera avant de repartir à la gare. « Et personne n'y coupera ! » Les yeux de Jeanne pétillent : « Je t'ai pris un maillot ! » Les trois grâces me font face. Gilbert tente une parade, affirmant que c'est la rentrée, qu'il y a cinq expositions à préparer et tant de choses à faire que « ce n'est absolument pas raisonnable » ; mais je n'ai pas le choix… Je me retrouve dans un maillot bien trop grand, entre des lignes de flottaison et trois bonnets à bulles respectivement bleu, jaune et rose. Je patauge auprès des couleurs de la pansexualité… Appuyée contre le rebord de la piscine, ma grand-mère fait des battements de pieds. Jeanne et Gilberte papotent, barbotent… Elles ne nagent pas vraiment. Jeanne parle de ses habitudes alimentaires. Elle ne veut plus manger que « des produits issus de l'agriculture biologique » ! Je mets la tête sous l'eau, je m'échappe pour faire une longueur. Deux. Trois. Quatre. Cinq. Six… Jusqu'à dix sans plus penser à rien.

Il était presque minuit. Je faisais la vaisselle. Une odeur d'agrumes. Dans la cuisine, mes mains font valser les assiettes. La porte de l'appartement a claqué. Martin revenait de je ne sais où. Comme d'habitude, Martin revenait, rentrait, regagnait sa chambre. Depuis plus d'une semaine, dans le silence. Les deux pieds qui se suivent sur le parquet. L'aphasie des pas sur le parquet. Corps croisés, ignorés ; chèque du loyer déposé pacifiquement sur le buffet de l'entrée… Pourtant, ce soir-là, quatre pieds. Quatre pieds sur le parquet. Martin était accompagné. Une jolie brune qui parlait avec les mains. On appelle les habitantes de Puteaux, en banlieue de Paris, les Putéoliennes. Clara venait de Puteaux, elle était sourde, traductrice, et c'était la nouvelle petite amie de Martin. Cela semblait absurde mais ils s'étaient rencontrés dans un karaoké. Peut-être parce que les paroles des chansons sont écrites au bas des écrans. La jolie brune pouvait lire ce qu'elle ne pouvait pas entendre… Vraisemblablement. Je trouvais fou qu'elle s'entiche d'un musicien. Martin disait au contraire que la complémentarité existait, que Clara savait précisément ce qu'il créait puisqu'elle n'y avait pas accès, et qu'au fond, ils étaient tous les deux obsédés par la même chose… Clara est revenue plusieurs fois ; en quelques semaines, plusieurs fois.

Lorsque la flèche de Notre-Dame est tombée, tout le monde a retenu son souffle. Ce que l'on oublie, c'est qu'il y avait une première flèche avant celle qui a brûlé. Elle avait été démontée à la fin du XVIIIe siècle par Viollet-le-Duc, un architecte qui comparait les livres à des cathédrales. Victor Hugo aussi n'avait connu que la deuxième. Je me demande à quoi ressemblait la première. Je crois que c'était un clocher… Quoi qu'il en soit, « Notre Drame » – c'était l'un des titres des journaux – allait vite basculer dans l'oubli. Exactement comme la première flèche. Bientôt, il y aura une troisième flèche. Peut-être qu'un jour, il y en aura aussi une quatrième… Et chacun défilera le long de la construction comme je passe les doigts sur ma cicatrice, sans plus penser à la chute, sans faire trop attention… On s'habitue à tout. On s'arrange, on se fond dans le moule. On décide que c'est normal, logique, cohérent. On s'invente des histoires, on trouve des prétextes. On collabore lascivement… Bleu, blanc, bleu, blanc, bleu, blanc… On s'habitue. Et puis, on oublie qu'on s'est habitué. C'est ce que j'ai compris, il y a quelques semaines, en regardant le ciel… « Les habitudes, c'est le pire et le meilleur à la fois ! » Le patron du PMU du Jura disait systématiquement la même chose lorsqu'un employé travaillait de manière trop machinale…

Peut-être que je ne parviens pas à m'habituer à ce qui m'arrive parce que l'incendie n'est pas encore éteint… C'est long. Comme les feux de forêts, d'août à novembre derniers, sur les côtes californiennes… 4 346 kilomètres carrés. Parce que le réchauffement climatique provoque une sécheresse qui fait mourir les arbres, le combustible est à disposition… Jeanne s'était arraché tous les bigoudis à velcro des cheveux quand le Président américain avait préconisé de couper les résineux pour solutionner le problème.

Depuis que Franck est parti, Martin ne joue plus. Plus une note. Plus un accord. Coudes sur genoux, mains ballantes, paupières baissées. Martin ne joue plus. Martin fume une cigarette. La cour est silencieuse ; seul le vent s'engouffre dans la cavité immobilière. Martin tourne le dos à son instrument. Les talons de ses chaussures balisent deux des quatre pieds du tabouret posté devant le clavier du piano. Martin ne dit rien. Martin se tait… Je viens de lui demander de me dire la vérité quant au départ de Franck… Je guette le moindre de ses gestes, le moindre de ses mouvements. La main qui part du sol, l'index qui éparpille la cendre tombée sur le parquet… Mes paupières clignent plus vite pour ne rien manquer du mystérieux apologue, à l'écoute de la respiration frauduleuse, fumeuse et muette. Dans le silence du piano… Une ou deux fois – alors que Martin était sorti et que j'étais rentrée inopinément – j'avais surpris Franck, à demi assis sur le rectangle de velours noir, la main gauche sur la cuisse, et la droite, hésitante, effleurant les touches, les poussant jusqu'à découvrir le feutre… Mais jamais ses doigts n'appuyaient assez sur le clavier de l'instrument, jamais ses doigts n'appuyaient suffisamment fort pour qu'un seul son en sorte… Je regarde Martin. Une dernière bouffée. La fumée s'étiole vers le plafond. Le musicien écrase sa cigarette dans la porcelaine, puis répond évidemment à ma question par une question : « Qu'est-ce que la vérité ? »

« Le cheval n'est pas la vérité, seule l'idée du cheval est vraie… » « C'est le même concept que pour la pipe de Magritte. » Harald feuillette un livre de philosophie qu'il a chiné chez un bouquiniste tandis que je tergiverse à voix haute sur l'histoire de l'art. Depuis que j'étais arrivée à Paris, je m'amusais à sonder le mouvement et les tendances… Les installations et les performances prenaient de plus en plus de place dans les salles d'expositions, les sculptures se dégingandaient, ne correspondant plus à l'idée même que l'on pouvait se faire d'une sculpture. Un irréversible penchant paraissait pousser doucement les artistes à sortir du cadre… Comme si le support n'était plus le bon. Comme si le concept de base était réducteur… Dans tous les domaines, dans toutes les sphères, la trajectoire semblait identique… Les cartes géographiques étaient précises. Tout avait été plus ou moins découvert… On pouvait assurément culbuter encore plus loin, vers de nouvelles contrées… Mais si la démarche restait la même, rien de neuf n'en sortirait sans doute… Quelle est la première ? Quelle est la première contrée qu'habite l'homme ?…

Harald tremble de tout son long. La saison est déjà fraîche et le bleu de son K-way ne le réchauffe pas assez. Nous sommes assis à la terrasse du Nemours, près de la Comédie-Française, sous un rayon de soleil… Harald, qui passe des anciennes pages de l'ouvrage aux feuilles nouvelles du scénario du film dans lequel il va jouer et dont le tournage va bientôt commencer, affirme que le bâtiment dont nous contemplons l'entrée « réchauffe ses rêves »… Il me demande de lui faire réciter son texte. La fin de la séquence évoque le temple de Delphes. « C'est où ? » « À Delphes. » « Oui, mais Delphes ? » « En Grèce. Au pied du mont Parnasse. » Harald m'explique que c'était là-bas qu'on pouvait lire l'inscription

« *Gnothi seauton* », puis il enchaîne ses répliques et une longue tirade à vitesse grand V avant de délibérer sur Platon. Selon le philosophe grec, la plupart des hommes vivraient dans l'ignorance, prisonniers de leurs propres illusions…

Un scooter noir et un beau brun dessus. Un scooter vu pour la première fois derrière la vitre d'un garage citadin, désigné du doigt par le beau brun. « Problème de freins… » Le beau brun était à pied. Beau brun, vu pour la première fois, à pied, au Grand Palais… ART BASEL. FRIEZE. FIAC. La célèbre manifestation française venait de commencer. Gilbert n'exposait pas cette année mais tenait à se rendre à la soirée d'inauguration de la 45e édition…

Un immense tapis – rayé anthracite, rouge, vert et blanc – transformait l'asphalte en parvis et liait les Petit et Grand Palais de ses couleurs. À l'intérieur, une noix de coco, un octopus, des tentacules, un banc trompe-l'œil, un homme d'acier, des polychromes, des formes humaines hyperréalistes, des toupies de bronze, de la fumée, des messages cachés et des sphères de métal maintenues par des câbles, qui semblaient tomber de l'immense dôme en verre pour compléter une sculpture… L'art emplissait tout l'espace, les pièces se mélangeaient et mes yeux ne savaient plus où regarder. Gilbert avait abandonné à mi-parcours mais je tenais absolument à tout voir.

Au fur et à mesure de mes arrêts, plus ou moins longs en fonction des œuvres, j'avais senti que quelqu'un me suivait… Un beau brun. Paraissant avoir l'âge qu'on voulait lui donner. Lorsque mes yeux se tournaient vers lui, il esquissait le coin d'un sourire, puis considérait bizarrement la paire de chaussures argentées qu'il avait aux pieds… J'étais restée interdite devant une petite majesté noire, qui portait, au-dessus d'un voile bleu brodé de fleurs, une couronne royale auréolée d'étoiles, et dont les mains tenaient une boule de cristal… Le beau brun s'était approché de la toile, faisant mine de l'observer avec une grande minutie. « Vous voyez ce qu'il y a dans la boule ? » La boule était totalement opaque. À moins qu'il n'ait des visions, je ne comprenais pas pourquoi le beau brun me posait la question. « Il n'y a rien dans la boule ! » Le beau brun rétorque que si… Je m'avance pour en avoir le cœur net… « Vous et moi en train de déguster un haut-brion. » Mes yeux le regardent sans comprendre. « Un quoi ? » Le beau brun m'adresse un sourire qui signifie que ce n'est pas grave si je ne connais pas le graves…

Quelques jours après, le scooter a été réparé. Le beau brun n'a plus été à pied, il a pris son scooter. J'ai fini derrière le beau brun. Il portait toujours ses chaussures argentées. Le scooter était toujours noir. Il y a un temps pour tout. Un temps pour se morfondre en attendant le retour de Franck qui ne reviendrait jamais – attendre Franck ou Godot, selon Harald, c'était la même chose –, un temps pour relever la tête, mettre un casque, des préservatifs, et faire du scooter.

Je n'avais jamais vu les feuilles tomber des arbres. Ou surpris le vent. J'avais toujours remarqué l'état des sols recouverts et jonchés des feuillages morts, mais sans percevoir l'exact mouvement de l'air. Je n'avais jamais précisément prêté attention aux feuilles qui tombent à cause du vent, lorsque la gaine se détache… Marronniers, platanes, tilleuls. Les touches auréolées de teintes brunes et châtaines propres à la saison étaient somme toute rarissimes… Dans le Jura, on respire un air différent. L'oxygène circule. Noyers, sapins, érables, chênes, épicéas, ormes, bouleaux, châtaigniers, frênes, mélèzes, charmes, sorbiers… L'été de mes onze ans, j'avais appris le nom de tous les arbres par cœur en fouillant les dictionnaires et les sentiers. Mes poches étaient pleines de feuilles. Paula m'ayant intimé l'ordre de les laisser dehors, ma précieuse collection s'était retrouvée exposée sur la poutre centrale de la niche du chien. J'avais passé des heures à planter de fines pointes au creux des nervures. Mon installation ressemblait à un autel, et les feuilles, qui avaient changé de couleur en séchant, s'émiettaient au fil du temps, devenant poussière. J'allais les voir régulièrement. Au moins une fois par an. Toujours après la pleine lune. Quand les bûcherons venaient couper les arbres dont l'écorce était marquée. Après avoir solennellement salué les troncs des condamnés, je me terrais dans sa petite demeure avec Macadam… Le chien dans les bras, les mains sur les oreilles. Pour ne pas entendre le bruit des scies mécaniques et des machines. Paula avait beau me rabâcher qu'il était nécessaire d'abattre les arbres, que c'était une question d'équilibre, de gestion d'espace ; moi, j'y voyais des exécutions. Que coule le sang ou la sève, tous les crimes me semblaient de la même trempe…

Une année, l'un des bûcherons s'était approché de la niche de Macadam. J'avais d'abord hurlé. Puis, doucement, avec sa grosse parka moutarde et ses cheveux blancs, il m'avait expliqué les cycles lunaires et la solidarité entre les souches : même si l'on coupe un arbre, ce dernier peut continuer à vivre, faisant profiter ses congénères de son système racinaire en échange de nutriments. « L'arbre prend ses racines dans la terre, mais aussi dans les airs, dans la lumière. Il a des racines terrestres et des racines célestes. »

Après deux mois – presque deux, je crois ; après des nuits aussi, et des jours, et des semaines et des lundis. Après des nuits et des jours, et des semaines, et des lundis, et des dimanches sans croissants ni pain frais. Après. Pourquoi ou comment, qui saurait – mis à part Dieu caché dans un coin de la pièce –, qui saurait l'expliquer… ? Soudain. Tout à coup. Arrêter de respirer parce que Martin s'est penché au-dessus de son piano et qu'il déploie ses mains… Debussy. 1894. *Prélude à l'après-midi d'un faune*. Martin semblait jouer la partition à quatre mains tout seul. Je ne sais pas comment. Beauté fatale de la fin d'une journée qui soudain prend tout son sens parce que les cordes sont frappées… Martin joue. Ses cheveux blonds s'envolent avec la musique, au rythme des croches et des doubles. Je me laisse envahir par le son du piano. Le temps paraît trembler ou s'arrêter. Le morceau fait défaillir les muscles de la gorge… Quelque part autour de la thyroïde. Les mains de Martin saillent et interdisent. Son interprétation est fulgurante. Quelques blanches, deux rondes… Deux, trois, quatre, cinq, six secondes… Il se lève. Les pieds de son tabouret frottent délicatement le bois du parquet… Je m'adosse à l'encadrement de la porte. Je lui souris, il s'approche. Un pas, deux pas. Martin à deux pas. Trois, quatre. Martin, les lèvres entrouvertes, à peine gercées… Il pose un baiser sur le haut de ma joue droite, simplement sur ma joue, à l'angle de ma cicatrice.

Clara essayait de faire en sorte que l'on devienne amies. Elle m'avait proposé de monter à cheval avec elle, dans le Val-d'Oise, à Grisy-les-Plâtres. J'avais conduit la vieille Citroën GS club bleue de 1977 que Martin gardait confinée dans un garage (il s'en servait de façon sporadique pour rendre de rares visites à ses parents dans la Somme), et nous avions filé en banlieue de Paris... Rien qu'à voir les arbres, rien qu'à marcher en forêt, j'avais senti une force tellurique remonter par la plante de mes pieds dans mes jambes, puis tout le long de ma colonne vertébrale. Plus diffuse mais de la même trempe qu'un orgasme qui palpite. Comme une bénédiction...

Crin noir. Robe baie. Poils fauves. Mon cheval s'appelle Fleuron. Je colle mon nez dans son encolure pour respirer l'odeur... C'est chaud, boisé et terreux. Proust. Madeleine. Crinière. Rosse. Canasson. Je n'étais plus montée depuis mes quinze ans et un incident à la con : à peine sorti de l'enclos en métal de l'ancienne exploitation ovine de ses parents, mon cousin avait cravaché le cul de ma jument si fort qu'elle avait rué de panique et étrenné un galop bien trop vite alors que le terrain ne s'y prêtait pas ; je n'avais eu le temps ni des rênes ni des étriers ; j'étais tombée... Depuis ce jour-là, j'avais décidé de ne plus fréquenter aucun équidé et cessé de prendre sur moi face à Claude-François... Je cligne des yeux tandis que Fleuron grimpe le layon escarpé que Clara a emprunté pour raser une colline. Calmement, je passe d'une allure à une autre, recouvrant mes réflexes...

Je suivais Fleuron comme on suit une boussole, adaptant ma posture, me déhanchant à son rythme, adaptant mon bassin aux mouvements des muscles de son dos... Nous avancions d'un seul tenant, sans force, sans heurt ; peut-être aussi parce que je ne le dirigeais qu'à l'appui… « Pas de mors. Pas de fers. Pas de box. » C'est ce que Clara avait dit, c'est ce qu'elle avait écrit sur l'un des précieux calepins qu'elle avait toujours avec elle. Ils devaient être remplis de pensées désorganisées… J'imaginais les inscriptions, sur les lignes fines que formaient régulièrement les petits carreaux de ses outils précaires de communication. Clara n'oralisait quasiment pas ; cependant, elle écrivait ; et grâce au congrès de Milan de 1880, elle jouait aussi des mains comme on joue d'un instrument. Elle pliait, tendait et détendait les doigts, les faisait glisser sur sa joue pour « s'il te plaît », les pliait tous sauf le pouce pour « mardi », touchait ses lèvres pour « rouge », et lisait sur celles des autres… Clara devinait les commissures et les lèvres qui dansent comme Martin déchiffrait les feuillets des partitions. Finalement, c'était vrai : ils se retrouvaient. Ils allaient voir des expositions, des films sous-titrés et des ballets. Le matin, ils se tenaient par la main rue Nollet pour aller prendre un café au bistrot… Je ne savais pas comment Clara réussissait à garder le sourire face à quelqu'un d'aussi triste. Martin était triste, malheureux. Je ne savais pas comment Clara pouvait supporter la dépression… Martin avait des tendances dépressives à cause de sa mère qui n'était pas juive et du reste, c'était certain, mais Clara souriait… Alors, ils ont décidé de se marier… Cela faisait à peine deux mois qu'ils se fréquentaient et ils avaient décidé de se marier. Avant la fin de l'année. Parce que après, Martin devait partir en tournée.

« Je ne suis pas une dot ! » Je n'ai pas de dot. Si. « J'ai ! » Comme au volley. Un bungalow « de qualité », près d'un camping, en bord de Méditerranée. Paula n'avait jamais voulu le vendre parce que c'était soi-disant « le seul bien qu'il nous reste » de feu mes parents, de feu son fils et de feu sa bru... Ça m'avait brûlée d'en parler, de soumettre l'acte notarié ; mais si je l'avais fait, Paula aurait défailli et c'eût été la débâcle, parce que déjà, sans que j'aie rien dit, elle allait de déclamation en déclamation. Le cabanon du Var était comme sacralisé et ma grand-mère fanatisée rien qu'à formuler le numéro du département. Alors, pas un mot prononcé quant à la maison de bois du 83. Jamais osé ne serait-ce qu'émettre l'once d'une idée quant au Pradet. « C'est loué. Je n'y vais jamais, c'est loué. » Parents crevés, dettes à payer et valeur sentimentale. Paula loue le Seigneur tous les jours pour que ce soit loué. « Dieu soit loué, c'est loué. » Alors, c'est loué. Depuis l'âge que j'avais quand ils ont crevé, c'est loué. Ça se rembourse tout seul ; c'est de l'immobilier. Et compte tenu du fait que la propriété a un sens affectif, mieux vaut ne pas y aller... « Ça risquerait d'être difficile, c'est vrai... » Subitement compréhensif, le beau brun s'était raclé la gorge alors qu'il venait de m'interroger à propos de ma situation financière et familiale... Je n'avais jamais vraiment prêté attention à l'origine sociale ni au patrimoine. En lisant *Bel-Ami*, j'avais cru que Georges Duroy était atteint d'un genre de maladie et observé toutes les femmes qu'il avait grimpées comme des marches telles des idiotes. L'ascension du journaliste m'avait paru intrépide et futée mais pas un seul instant, je ne m'étais imaginé le monde entier animé des mêmes convoitises... Du moment que l'époque changeait, j'étais assez naïve pour ne pas faire de parallèle. Ainsi, *Le Comte de Monte-Cristo* et les autres m'apparaissaient comme des histoires exceptionnelles dont il ne fallait tirer aucune règle… Toutefois, me revenait en mémoire que j'avais toujours refusé de sortir *Les Misérables* de la bibliothèque. Dès que mes yeux tombaient sur la tranche du livre, je m'en éloignais comme s'il était porteur d'une vérité que justement je ne voulais pas entendre… Je n'avais jamais considéré avec recul ni la maison dans laquelle j'avais grandi, ni le vocabulaire – ou les formules de politesse – employé par Paula… Finalement, la vie était bel et bien régie par un système de classes… Et depuis la nuit des temps les femmes étaient proposées aux hommes avec de l'argent. Martin m'avait d'ailleurs raconté une histoire datant de la fin du XIXe siècle qui lui venait de son grand-père. Le père de sa mère. Un dénommé Wadel avait cinq filles et conséquemment acheté cinq châteaux, dans lesquels il avait mis cinq pianos à queue gigantesques de la marque Érard…

Comme la majorité des vernissages, ceux de la galerie avaient lieu le jeudi soir. C'était le deuxième événement de la saison et le quatrième auquel je participais. Septembre, novembre, janvier, mars et mai. Les expositions couraient sur environ six semaines. « Hypothèque en dur »… Le titre était un peu abscons mais Gilbert y avait tenu. « Le titre d'un événement, c'est le vecteur numéro un du marketing ! » Et au-delà du travail des trois plasticiens réunis sous la harangue de cette étiquette, la trouvaille avait fait venir un paquet d'esthètes, qui, craignant de rater une œuvre, allaient assidûment, comme Harald, éprouver la création contemporaine, tous les jeudis, de galerie en galerie… Le coup d'envoi était lancé à dix-huit heures. Il y avait une bonne vingtaine de lieux du même acabit dans la rue des Saints-Pères, ce qui donnait à l'artère une dégaine éthérée de fête foraine… Les trottoirs étaient animés et joyeux. Quelques invités y crachaient le produit de combustions réelles ou électroniques, savourant un crémant, dont on devait impérativement remplir les coupes striées sitôt qu'elles étaient vides. L'un des artistes avait réalisé d'immenses sculptures en compilant des gravats… Je courais partout. Gilbert était stressé et content à la fois. Trois gommettes rouges indiquaient déjà sur les cartels de certaines pièces qu'elles étaient vendues… Harald n'était pas venu. Malgré l'invitation que j'avais laissée sur le buffet de l'entrée, Clara et Martin non plus. Jeanne avait pour sa part téléphoné en fin de journée pour s'excuser d'une ahurissante séance de natation dont elle accusait encore le coup. Les jours de vernissage, Gilberte n'allait pas faire trempette, sa journée étant dédiée à ajouter ou ôter des éléments à sa tenue, pour arriver la première en bonne et due forme sur son trente-et-un afin de s'exclamer haut et fort que son fils avait « encore une fois, très bien fait les choses ! »…

En rentrant, j'avais failli m'endormir sur le scooter du beau brun… Il s'était pointé nonchalamment alors que tout le monde était déjà parti… « Je pensais pas que tu bossais ! » Néanmoins, il avait attendu que je remette un peu d'ordre, que je range les verres, que je passe un coup de balai et que j'abaisse devant la vitrine le grand rideau de fer dont Gilbert m'avait, avec cérémonie, confié la clé.

Sous la grande serre, derrière le saule, à côté des fraises et des plants de tomates, Paula préparait ordinairement quatre types de boutures : « en talon », « de tige », « d'œil » et « en crossette »… Selon les arbres et les plantes, ma grand-mère adaptait sa technique. De nuit, je n'avais pas réellement pu y prêter attention, mais dans mon souvenir, si les sept petits pots ne semblaient pas contenir la même chose, au toucher, la méthode paraissait identique… « En talon. » Un rameau secondaire sur lequel on a laissé une base, un empattement, provenant de la tige principale de l'année précédente et favorisant le développement de nouvelles racines. Raison pour laquelle on parle de « talon ». Je me demande ce que j'ai repiqué. Je n'y ai pas réellement prêté attention… Des forsythias ou des clématites… Peut-être du romarin…

Harald m'a proposé de l'accompagner à une répétition théâtrale. La troupe de deux de ses amis a investi des locaux près de Montmartre. Nous pénétrons dans un immense bâtiment. C'est la première fois que j'assiste à une pièce de théâtre. *Hamlet*. Les mots de Shakespeare sont incroyables… J'avais lu *Roméo et Juliette*, mais l'intrigue que je découvre en compagnie d'Harald aborde encore d'autres aspects. On y parle toujours d'amour impossible mais surtout de vengeance, de spectre et de machiavélisme. L'acteur asiatique interprétant le rôle principal assène les mots comme des coups de marteau. Le metteur en scène le reprend – « C'est trop froid ! Vas-y, bon sang ! Assume ce que tu ressens ! » –, l'incitant à laisser transparaître ses émotions… « Il est des coutumes qu'il est préférable d'enfreindre que de suivre. » Certaines phrases résonnent plus que d'autres... Ce qui était impressionnant, c'était de voir les acteurs reprendre deux, trois fois, la même réplique. Systématiquement différemment. Comme s'ils les inventaient. Tous les comédiens traversaient inlassablement les mêmes phrases, les mêmes situations, mais ne parvenaient jamais à sortir du drame... Polonius se fit assassiner sous nos yeux à deux reprises. J'avais logiquement pris le parti d'Ophélie mais je m'apercevais au fur et à mesure qu'elle n'avait absolument pas son mot à dire. La jeune femme parlait aux fleurs – on aurait dit Paula –, puis finissait par se noyer littéralement dans son chagrin. Comme fragmentée psychiquement. À force de coups du destin et de bassesse. Sa mère était morte. Son frère était parti. Son amant avait poignardé son père – le fameux Polonius – au travers d'une tapisserie tandis que ce dernier l'épiait lâchement...

Quelques jours plus tard, je donnais rendez-vous à Harald au Louvre. Deuxième étage. Salle 942. Pour lui montrer *La Mort d'Ophélie* de Delacroix. L'artiste s'était attaché à représenter spécifiquement cette scène à quatre reprises... Je comprenais mieux l'acharnement du peintre français après avoir entendu la pièce du dramaturge anglais. La mort monstrueusement poétique d'Ophélie m'apparaissait comme une métaphore : cette femme représentait la vie, le monde, la Terre presque, et tous les hommes autour d'elle s'acharnaient, malgré eux sans doute, à la défaire ou à la démolir. Ophélie mourait parce qu'elle était femme, d'un rang inférieur, mais surtout parce que la société lui avait donné par trois fois la preuve de son inhumanité... Pour autant, je comprenais aussi Hamlet. J'avais la sensation de lui ressembler. Et je saisissais que le prince du Danemark ne puisse plus accepter de continuer à vivre, ni non plus à aimer, dans ces circonstances. Son âme faiblissait, pulvérisée de plein fouet par les absurdités et les luttes de pouvoir… « Il faut que je sois cruel simplement pour être humain. » Au yeux d'Hamlet, le monde était putride et infect. On avait assassiné son père. Il tenait le coupable… Je ne savais pas ce dont je pourrais être capable face au type qui avait dégommé le mien. À vrai dire, je ne m'étais jamais posé la question.

Louna chante. Louna chante, Anir parle. Il y a comme une substance dans l'air qui ressemble à la multitude de lumières dansant parfois la nuit au-dessus et en dessous des ports sur les bords de mer… C'est doux. J'écoute la mélodie. Je me laisse aller à la mélodie. Il y a des quarts de ton dans la musique maghrébine. Des quarts de ton qui surprennent et apaisent. Et il y a cette phrase que Louna prononce juste après avoir chanté. À la fois simple et caverneuse. Cette phrase qui résonne : « Toutes les ancres qui nous retiennent – aux gens, aux idées, aux situations, à la société ou à une personne en particulier – nous défont de notre volonté… » Une ancre, deux ancres. Je ne les visualise pas bien encore. Chacun doit avoir les siennes propres… Anir ajoute que nous sommes comme les bateaux, nous ne pouvons voguer convenablement si nous sommes amarrés. « Il faut couper les liens, défaire les emprises, remonter les bouts et agir pour soi seul… » Alors seulement, le bateau peut hisser la grand-voile, recevoir le vent, sortir du port et glisser sur le fanon des vagues…

Clara et Martin vivaient quasiment ensemble. Je me démenais pour trouver un appartement. Nous étions trois, maintenant. Enfin, ils étaient deux, et moi. Nous étions quatre avec le piano. Je dormais dans le salon. Octobre avait passé vite grâce au beau brun et à une activité sexuelle trépidante. Novembre criait au secours. On se sentait à l'étroit. Le beau brun faisait la fine bouche et me fatiguait un peu. La nouveauté a du bon, elle excite un temps, elle apaise, puis ça pèse… Un mois de trajets en scooter dans Paris, un mois de sorties, de retrouvailles sous la pluie, et c'était fini. On avait même fait l'amour sous un porche tellement on en avait envie… Deux fois. Passage de la Vérité, à l'angle de la rue des Bons-Enfants… Et maintenant, le voilà qui faisait semblant de tout alors qu'il n'y avait plus rien… En plus de me bassiner régulièrement avec des salades, le beau brun perdait un temps infini à remettre en question certains détails de son comportement dont je ne percevais pas l'importance. Il disait, par exemple, que s'il n'accrochait rien sur les murs de son loft, c'était parce qu'il n'arrivait pas à « sortir de lui-même pour s'ancrer dans la réalité ». Il me parlait de conscient et d'inconscient. Comme si ces deux parties de son être étaient littéralement dissociées. « Je ne vis pas ce que je suis, je ne suis pas ce que je vis… Tu comprends ? »

Moi, j'avais surtout l'impression de vivre ce que je vivais. Aussi, ça me faisait l'effet d'un double surplus de crème sur une pâtisserie déjà bien grasse et trop sucrée… C'était inconfortable. Je me sentais lasse. Inutile et frustrée. Je m'ennuyais. L'émotion qui me traversait n'avait strictement aucun intérêt. Je la trouvais même plutôt idiote. Aussi ridicule que les rapports tronqués entre Franck et Martin. Mais c'était une émotion… Depuis mes sept ans, j'étais comme anesthésiée. Je n'éprouvais de la compassion que pour les bestioles et la forêt… J'avais toujours plus ou moins cherché cet amour qui pouvait faire mourir… D'abord, dans les livres ; puis, récemment, dans les corps… Je ne l'avais pas trouvé. Mon cœur était comme une rivière asséchée ; démantelé comme une ancienne centrale nucléaire, comme une exploitation agricole dont personne ne veut plus assumer les contraintes et dont sont vendues aux enchères les bêtes et les machines… Aucun tracteur n'y passait, aucune charrue ; plus rien n'y poussait plus. Toutefois, depuis le départ de Franck, j'avais la sensation d'entrevoir le début d'un chemin de terre…

La ritournelle de l'accordéon fait des vrilles dans ma tête. Une espèce de flot continu qui tourne en rond… La mélodie revient sans cesse sur elle-même et s'accomplit à force de mouvements répétitifs et de variations. J'ai la sensation d'être une variation. Page après page, je m'enroule sur moi-même comme un cloporte, devenant omnisciente quant à ma propre histoire… Les cloportes sont des crustacés. Les seuls à évoluer sur la terre sans avoir besoin d'eau… « Courage ! » Se laisser bercer par l'accordéon tout en cherchant l'étymologie du nom commun dans le dictionnaire. Laisser les notes de l'accordéon tourbillonner. Explorer la définition du mot « courage » pour le trouver… Je distingue les culbutes musicales si nettement que je ne m'entends plus quasiment penser… Je parviens encore sans trop de difficultés à écrire… Lorsque quelqu'un s'adresse à moi, cela s'atténue partiellement. Mais dès que le silence s'installe, la valse redémarre. « Je la sens rappliquer… » Je parle à voix haute pour pouvoir réfléchir. Je ne sais pas comment c'est arrivé. Comment j'en suis arrivée à continuellement entendre l'air de l'accordéon… Sur le coup, j'avais pourtant à peine relevé. Ensuite, juste la vague rémanence du bruit des doigts sur les touches ; et, quelques jours après, la mélodie qui se radine comme par magie alors même que je ne m'en souvenais pas. Bonbon goût fraise. Acouphène goût accordéon. Inaudible pour l'entourage ; cabriolant comme un cambrioleur. Fric-frac. Velours, porte dérobée… L'accordéon s'introduit, fait place nette. Anesthésie mentale généralisée… Je me réveille avec l'accordéon. Je m'endors avec l'accordéon. Je cogite, je mâche, j'expire avec l'accordéon. Le morceau s'assoit sur le relief des montagnes du Jura… Il monte, descend, quatre fois de suite ; s'étiole un temps et repart de plus belle.

Histoire d'une fille qui habite dans un appartement, puis qui décide de quitter cet appartement. Il lui faut en trouver un autre. Elle en visite plusieurs. Des grands, des petits. Bruyant, calme, lumineux ; sur rue, sur cour, traversant. Plein sud, est, ouest. Nord. Charmant. Un, deux, trois pièces. Pourquoi pas ? Quatrième, cinquième, sixième étage. Avec ou sans ascenseur. Pierre de taille. Hausmannien. Immeuble récent. Digicode. Gardien. Métro. RER. Proche commodités. Chauffage collectif. Gaz, électricité. Terrasse. Balcon. Moulures, parquet. Refait à neuf. Vide. Meublé. À la fin, coup de bol. Elle trouve un studio du côté de la place Stalingrad, dans le XIXe arrondissement. Avec une parabole. Pas trop riquiqui. Bon rapport qualité prix. Avec vue, depuis un grand velux rectangulaire, sur le canal de l'Ourcq, le métro aérien et les campements des réfugiés syriens. Dans les parties communes, une lucarne donnait accès aux toits. Le zinc était plat, on pouvait s'y asseoir confortablement et laisser le regard s'évader du Sacré-Cœur à Notre-Dame en passant par-dessus les cheminées, les antennes – façades et faîtages…

Jeanne avait insisté pour passer me rendre visite « avec un pendule » afin de s'assurer, une fois que je les aurais achetés, que mes meubles seraient bien disposés. Elle garantissait qu'en favorisant l'aménagement d'une zone ad hoc dans son habitat, on agissait sur la sphère correspondante dans son existence… « Ma chérie, c'est une question d'énergie. Ton taux vibratoire ne doit pas descendre en dessous de 200 000 UB, c'est primordial… » Apparemment, c'était une unité de mesure (U) qui portait le nom de son inventeur : Bovis (B). Un physicien originaire de Nice dont Jeanne était gaga. « Nous sommes comme des aimants, on exerce des forces d'attraction et de répulsion vis-à-vis du monde, mais on est constamment sous influence, donc il faut s'assurer que tout est à sa place ! Pourquoi crois-tu que j'ai fichu le cactus dehors ?! … » Néanmoins, elle avait renoncé à venir me voir quand je l'avais informée du nombre d'étages et de l'absence d'ascenseur.

Tous les jours, je passais devant la même SDF, avenue Jean-Jaurès. Je lui donnais la monnaie qu'il y avait dans mes poches. Parfois, je traversais la rue jusqu'à la boulangerie pour lui acheter une meringue. (J'adore le craquement des meringues…) Au bout d'un moment, après quelques meringues et beaucoup de mitraille, elle s'était mise à se raconter. Un peu plus chaque jour, après avoir remis le modique gant qu'elle enlevait pour me serrer la main. Elle marmonnait les régions qu'elle avait traversées, l'histoire d'une grande forêt et d'une ville qui s'appelle « Brest », comme en Bretagne, du côté de la frontière biélorusse… Elle était polonaise. Elle avait l'air d'une fragilité extrême. Elle ressemblait à une figure religieuse, ou à une relique. Elle avait ce petit quelque chose christique des icônes. Un rien. Une substance. Un air de communion qui se dessine, une forme de pureté… L'innocence. Je ne sais pas si l'on peut parler d'innocence. Mais il y avait en son être, sur sa figure, dans ce qu'elle dégageait, les traits martyrs d'un dessin qui ne crie pas, qui ne bronche pas ; qui prend.

La lame du couteau coupe, blesse. Le manche permet le mouvement, pour faire face et pour se défendre. Quel que soit le contexte. C'est ce geste que l'on voit dans les films : le couteau qui s'ouvre et se retourne en une fraction de seconde. *Slash*. L'impression que tout m'était présenté en substance sur un plateau pour être affronté. Le hasard est un chat, mais existe-t-il autre chose que le hasard ? Fondamentalement ?… Dévier la trajectoire, relancer les dés. Carré. Brelan. Suite. Full. Fioul. Diesel. Station-service. Trente-six litres aux cent… Je dois forcément me trouver à l'origine d'une infime partie du hasard. J'impulse. De par ma façon d'être et d'agir. De par les conditionnements qui me poussent à être et à agir. Si je me défais des conditionnements, alors je deviens en mesure de moduler le hasard, d'en modifier le cours… « Certaines souffrances montrent le chemin, indiquent… » Tout résonne. Les phrases, les mots, les paroles. Je retraverse l'ensemble, simplement en écoutant, en tâchant d'entendre, de saisir… Ce n'est pas évident d'écrire dans un véhicule… En fonction des secousses, de l'état des suspensions, des arrêts brutaux aux péages, mon écriture varie à la manière d'un électrocardiogramme irrégulier. Il y a des pics, des plats, du charabia… Il paraît qu'un cœur doit savoir moduler la vitesse de ses battements, c'est ce qui génère notre capacité d'adaptation aux changements. Le muscle doit être souple et à même de varier la cadence. Ainsi, on peut vivre longtemps et en paix… Étrangement, c'est Eugène qui m'a expliqué ça. C'est Eugène qui m'a enseigné la « cohérence cardiaque ».

Retour précipité d'Eugène. Absence d'héroïne trop dure à supporter et drogue proposée dans le pays d'Europe centrale. Remontées. Rechute. Lieu assassiné, virginité de l'endroit tuée. Il avait notamment décidé de partir pour que l'inédit du contexte l'aide à arrêter… Sans effet. Trois toiles et deux veines pétées. Alors, Eugène rentrait… Le peintre me l'avait annoncé sur l'ordinateur de la galerie, retransmis via vidéo dans le bureau. Depuis les gigantesques bains Széchenyi, les plus grands de la capitale hongroise : « C'est les Romains et les Ottomans qui ont construit tout ce bordel ! » Eugène s'était jeté dans l'eau glacée après dix-neuf minutes passées dans un sauna à plus de 90 degrés… Il avait répété l'opération trois fois de suite et pris sa décision. « Et la pansexualité ? » Gilbert s'est pointé devant l'écran. Il a demandé à

Eugène ce qu'il faisait dedans. Eugène a souri, expliqué à Gilbert qu'il voulait rentrer à Paris. Il n'a pas parlé de la dope. Il a dit que « la Hongrie… ». Gilbert a compris.

« Quel jour on est ? » Je ne sais plus quel jour nous sommes. Oublié. Sablier à l'horizontale. Vide. Plein. Le décor change sans changer. De la musique créole s'échappe des cuisines. De deux enceintes un peu grasses du fait du graillon et de la friture. J'entends les paroles sans les comprendre. Elles s'emmêlent comme les jours à l'écume. Quinze morceaux, précisément, tournent en boucle et se décomposent sur l'infini céruléen. Le tout premier commence par le cliquetis des maracas. La cuisinière fredonne par-dessus – comme Paula, parfois – en duo avec la voix des artistes. Elle m'explique certains couplets si je traîne près de ses fourneaux… Les ustensiles mélangent les chansons avec la ferraille des casseroles. Bruits de fond, au loin, plus ou moins forts, en fonction du vent et de la température. L'un des morceaux s'appelle *Ansanm*. Cela veut dire « ensemble ». C'est apaisant de ne rien saisir vraiment, d'agripper le sens au vol. « *Fé shavir mon kor…* » La langue française se déforme à peine, juste assez pour ouvrir un nouveau chemin, dévier la route vers d'escarpés secrets…

Je viens de commencer un nouveau carnet – le bleu foncé – et de terminer sans trop de détours celui avec l'élastique. Il n'en reste plus qu'un seul encore vierge… Cela me soulage franchement. Comme le peintre… Gilbert m'avait parlé du « noir-lumière » de l'artiste pendant plus d'une heure, un jour, m'exposant les faits, les couches et l'incessante remise à l'ouvrage jusqu'au chaos. Il était tombé amoureux des reflets de cet « outrenoir » qui contrecarrait la définition même de la couleur sombre. La lumière venait s'y nicher, volage et légère, à la manière des oiseaux. « Le noir avait tout envahi, à tel point que c'était comme s'il n'existait plus. » Les mots du peintre étaient clairs. C'est par là sans doute qu'il faut aller chercher… Le clair, l'obscur… Les ordonnances de l'hiver reviennent tels les spectres d'un conte pour enfants. Transparentes, s'invitant par référence sans qu'on y prenne garde.

La salle s'était remplie. Les fauteuils rouges, recouverts de vie. Debussy. Massenet. Ravel. Rappel. Puis la salle s'était vidée… Un théâtre vide est comme la sphère béante d'un monde qui attend d'être peuplé. Le théâtre attend. Et comme le théâtre attend, j'attendais Martin. Compte tenu du fait qu'il avait peu d'amis, nous avions décidé d'enterrer sa vie de garçon entre ex-colocataires. Franck restait injoignable. J'avais plusieurs fois essayé de contacter sa mère mais elle me raccrochait automatiquement au nez depuis son Calvados… J'attendais Martin en bas des marches qui conduisent à la salle. Les ouvreuses s'étaient rhabillées en civil et sortaient du bâtiment, jetant des regards mutins aux pompiers qui assuraient la sécurité. Le hall d'entrée me rappelait celui depuis lequel j'avais vu, un soir du début de septembre, arriver Franck tout mouillé. Quand j'étais gamine, ma professeur de natation s'appelait Mme Mouillé… Je trépigne. Je regarde les employés se faire du gringue et des clins d'œil. Je m'engage dans le premier escalier pour monter jusqu'à l'orchestre… J'entre dans la salle… Les lustres pendent encore la lumière. Le piano brille. Envie d'aller le toucher, de poser mes doigts sur la laque et mes pieds sur les planches. Je dévale la douce pente du parterre jusqu'à la fosse, j'emprunte l'un des deux courts escaliers qui amarrent la scène à la salle. J'entends mon poids, subrepticement, faire craquer le bois du parquet. Je me suis approchée. J'ai caressé la ceinture des 480 kilos de l'instrument sur lequel Martin jouait. Un piano à queue de type Steinway D… La table d'harmonie devait être en épicéa. J'ai fait glisser mes doigts. Le vernis retenait ma peau. La moiteur du derme faisait crisser le revêtement de l'instrument, le marquant de mes empreintes digitales. Comme dans un saloon, les battants de la porte centrale du parterre se sont retrouvés après avoir été poussés ; Martin avait déjà eu le temps de dépasser le dessous du balcon. Quinze mètres nous séparaient. Il m'a demandé ce que je faisais. « Rien. » J'ai retiré ma main. « T'es prêt ? » Il a acquiescé : prêt à picoler pour enterrer le garçon qu'il était. Le concertiste avait tout de même envisagé de rouler de nuit pour rejoindre la campagne et le lieu des cérémonies… Eugène – à qui Martin, en apprenant son retour, avait nonchalamment offert, comme à moi, d'être son témoin – maraudait déjà, en éclaireur, à la recherche d'une inspiration salvatrice, autour des affluents de la Loire… « Prêt ! » Martin a sauté dans la fosse comme il s'élançait au-dessus des grilles d'une petite fontaine dans le IXe arrondissement… Il a grimpé sur la scène. Il s'est approché du clavier, a regardé les marches d'ébène et les feintes en poirier. Il a passé un chiffon sur les touches, refermé le premier couvercle, puis le second en ôtant la béquille. Les lumières se sont éteintes. Les régisseurs partaient. Comme un félin, Martin a retrouvé son chemin dans l'obscurité tandis que la panique m'assaillait... Mes pieds fourmillent... J'ai. Depuis toujours. Dans le noir. Violemment. L'impression. De. Mourir. Martin avait déjà descendu le proscenium. S'asseoir sur le rebord de la scène, se laisser glisser... Je l'ai suivi à tâtons au milieu des pupitres et des partitions. Je trébuche contre celle du premier violon. Ramasser sans froisser les pages. Respirer. Je cherche Martin dans le colin-maillard du noir. J'avance tout contre la première rangée de fauteuils, en suivant la ligne de velours cabossée des sièges qui conduisent ma paume vers la chemise blanche du musicien... Je me suis cognée contre l'opalescent de son habit. Je me suis cognée contre lui. Martin a pris ma main. On est sortis... Puis on est rentrés.

Une fois chez lui, Martin a trébuché aussi. Sur les trois cartons que j'avais passé l'après-midi à faire et qui encombraient l'entrée. Il m'a entraînée dans sa chute. On a glissé sur mon déménagement. Martin m'a embrassé le front et les yeux, les joues, la bouche et le menton.

Repenser à la mésaventure d'Eugène. Imaginer Clara armée d'un cutter.

Comme un flash-back de série B. Intérieur nuit. Franck s'était allongé sur les draps blancs et froissés d'un des lits, celui qui trônait dans le corridor et dont le matelas était le plus ferme. L'air flirtait à la surface des choses. La mèche d'une bougie brûlait pour éloigner les moustiques. Je lisais un de ces livres divisés en actes, en scènes ou en tableaux ; un livre de théâtre que je pourrais léguer à Harald. Une pièce. À suivre les lettres qui courent sur le papier – les lettres collées, serrées, ponctuées, alignées, espacées –, on perd la réalité… Je dévorais l'ouvrage que j'avais trouvé dans le métro – ligne 4, dernier wagon, strapontin esseulé côté voie… Une égarée de pièce allemande que l'on avait abandonnée pour une station. Déjà énigmatique, avant même d'être considérée pour son contenu. Simplement parce qu'elle est recueillie, ramassée. Et aussi, parce que l'inscription, sur la page blanche qui n'est pas numérotée. Un prénom : « Julien ». Au crayon à papier… Les lumières de la rue se posaient sur l'intrigue que j'avais entamée en fin d'après-midi. Bruissement régulier des pages… Le corps de Franck se calme, écoute avant de se recroqueviller. Sa silhouette se repose, rassérénée dans cet état de veille. Le grain du papier de la page 87 entre les doigts, j'ai replongé mon attention sur ce que je tenais de l'œuvre de Botho Strauss. La musique de Martin accompagnait mes yeux sur les lignes, au fil des groupes de mots, des phrases qu'un certain Jean Launay, traducteur de l'auteur allemand, avait apposées les unes à la suite des autres… D'habitude, quand Martin jouait, Franck l'écoutait. Tout le temps. Chaque note, chaque rythme, le moindre accord ; soupir, demi-soupir… Il offrait un accueil particulier à chaque mesure, chaque phrase, chaque mouvement dans sa globalité. Il appréhendait le produit du doigté sur les touches. Chaque frappe, chaque coup, chaque caresse de l'index, du pouce ou du majeur. Martin devait le sentir. À chaque temps, Martin devait deviner, comme la pulsation d'un tempo… Franck suspendait son écoute avec les points d'orgue, oscillait sur les contretemps, tremblait les *ritenuto*… Ce soir-là, jusqu'à ce qu'il s'endorme… De la pièce voisine, Martin avait dû discerner l'inattention… *Diminuendo.* Musique tamisée. Suspension aérienne d'un accord. Le tabouret frotte le parquet de ses quatre pieds. Les pieds nus de Martin marchent, doucement parce que l'être qui dort embaume l'atmosphère d'une brume capricieuse. Comme tous les livres, *Le Baiser de l'oubli* s'échappe discrètement, glisse de mes mains sur le canapé… Quand Franck n'écoutait plus, cette fois-ci, ce soir du huitième mois, je m'étais laissé embrasser par un musicien sans musique, dans la douceur d'une chaleur. Sans faire de bruit.

La voiture roulait place de l'Étoile, tournait autour de l'Arc. La radio nostalgique grésillait, donnant aux lampadaires jaunes et lumineux un air de fête. Grésille. Ma bouche prend une inspiration, puis la parole : « On… » « Quoi ? » Angoisse. Grésille… Martin ne voulait pas s'en faire dire plus que l'association du lui et du moi dans un seul pronom ; il avait dérobé le verbe à la panique, soustrait les mots au désarroi de la phrase, pivoté du talon, pressé l'accélérateur, oublié la direction et tourné en rond… Manège. Tournebourrique… Je priais pour que les flics nous arrêtent, j'avais mal au cœur à force de reluquer le Triomphe qui allait être saccagé dans la journée… J'ai jeté un œil au gilet de sécurité jaune qui dépassait du vide-poche de la portière tout en actionnant la vieille manivelle. La vitre de la Citroën s'est bloquée aux deux tiers. L'air passait, s'enfilait froidement dans le volume enfumé du véhicule auquel on avait fini par faire prendre l'avenue Victor-Hugo… Trajectoire déviée du dire sur le droit de la route. Sur la route toute droite qui allait pour sortir de Paris… Je ne savais même plus comment j'avais réagi lorsque Martin m'était tombé dessus. Oui. Non. Non. Oui. Zone grise. J'ai fermé les yeux ; repensé à l'acte ; appuyé mon front contre l'habitacle ; laissé la pollution m'envahir par le nez et pénétrer les pores de ma peau. J'ai offert mon visage à la science automobile. Feu vert, feu rouge. Martin augmente le volume de la radio. Effleuré du bout des lèvres. Le sujet n'avait été qu'effleuré du bout des lèvres. Feu rouge, feu vert. Le pont de la mort de la princesse anglaise. Rumeurs. Mystère. Rien n'était dévoilé, tout restait tu. Porte de la Muette. Accord tacite. Taciturnes et silencieuses. La fille et la porte. La porte et la fille. Il ne serait plus jamais question d'en parler. Henri Salvador hurlait dans les woofers son *Blues dingue* dont rien n'était compréhensible. Au bout du bout, l'ensemble était cohérent. La voiture roulait. Le pot fumait. Martin aussi. Il allait se marier. L'échappement était impossible.

Pas à pas, jusqu'à la nef. Au bras du père. Bien habillé le père. Comme la fille. À peine plus discret. Mariée blanche et distinguée, ceinture rouge, passants dorés. Souliers cachés sous robe ; blancs aussi, et qui font mal aux pieds. Secret griffonné au bas du plan de table photocopié. Souliers qui font mal aux pieds mais qui avancent quand même. Jusqu'à Martin. Sourire, chasteté. Costume blanc du marié. Foulard rouge. Comme la ceinture sur le blanc de la robe, sous les mains qui entourent le bouquet. Carence dorée. Impatiente nudité de l'annulaire gauche. Le doigt qui attend, se crispe de hâte. La main qui moite le prêt-à-porter… « Mes frères, que les femmes soient soumises à leur mari comme au Seigneur, car le mari est le chef de la femme, comme le Christ est le chef de l'Église, qui est son corps, dont il est aussi le Sauveur (…) » Le discours du prêtre s'opposait diamétralement à un fait divers évoqué le matin même par l'élue municipale. L'adjointe avait rappelé la notion de liberté individuelle en faisant laborieusement référence à un drame régional : une jeune femme séquestrée par son oncle et son père parce qu'elle vivait une histoire d'amour qu'ils n'approuvaient pas… Enumération des prénoms – premiers, seconds – et des patronymes. Clara prononce la syllabe salvatrice et signe aussi d'un geste. Le même que celui des plongeurs dans les fonds marins pour dire que tout va bien. Le pouce qui se colle à l'index. Martin l'imite en abdiquant. « Oui. » « Oui. » Tout le monde applaudit. Liesse à l'église comme à la mairie.

Apparemment, le gouvernement espagnol avait récemment remis le mariage des sourds en question, exigeant la délivrance d'un certificat médical. Je me souvenais de Martin, lorsqu'il m'avait annoncé la nouvelle de leur prochaine union – « Au début du siècle dernier, il y a même eu des vagues de stérilisation en Scandinavie, aux États-Unis et en Alsace-Lorraine. Pour purifier la race humaine… » –, déblatérant contre les théories eugénistes qui contrevenaient honteusement aux droits acquis depuis Napoléon… « T'es une théorie, Eugène… » « Hein ? » Serrer la main moite du peintre alors que Clara tend la sienne à Martin pour qu'il lui passe l'anneau. « Putain, faut y aller encore, viens… » Se lever pour signer de nouveau les documents officiels. Les parents de Martin sont installés juste devant nous… Son père doit presque avoir l'âge de Paula, tandis que sa mère paraît beaucoup plus jeune. À l'inverse du couple présidentiel et comme les parents de Claude-François. René avait quarante-sept ans à la naissance de mon cousin. Se saisir encore d'un stylo qui paraît effroyablement lourd. Avoir envie de gribouiller une étoile. Comme Cocteau. J'avais l'impression de ne plus faire corps avec moi-même. Impossible de me concentrer. Ni sur les discours. Ni sur les mariés. Ni non plus sur la chorégraphie manuelle des poèmes collectifs récités par les cinq représentants de la FNSF venus célébrer l'union de l'un de leurs membres actifs…

Comment Clara et Martin avaient-ils réussi à organiser un mariage en si peu de temps ? À trouver un traiteur, un curé, une église ? Et le troisième étage de ce moulin, reconverti en salle des fêtes, au pied duquel coule une rivière qui s'appelle l'Indre ? Eugène m'avait dit que l'évêque du diocèse était un ami des parents de Clara ; l'ancien maire de la ville, un cousin… L'air qui sifflote des bulles et de la musique… Regarder les plats défiler. Manger du pain. Boire du vin. Martin a joué du piano toute la soirée. Clara n'a pas même eu droit à la première danse. Elle est restée accoudée à l'instrument, regardant son mari en tripoter d'autres. Des noires et des blanches. Jusqu'à ce qu'Eugène se lève pour la faire danser. Gigue, swing, polka… Martin jouait. Clara s'amusait. Toujours avec cette espèce d'acharnement, cette volonté de faire de tout ce qui arrive un miracle, cette positivité extrême… Les yeux brillants d'Eugène ne s'arrêtaient plus de la faire tourner. Clara rayonnait. Martin jouait. Eugène est parti se piquer. J'ai dansé avec deux quarantenaires. J'avais envie d'avoir cinq ans et de danser avec mon père, les jambes autour de sa taille et la tête calée contre son épaule.

Eugène a posé ses doigts sur une guirlande de papier. Le nombre de cotillons jonchant le sol de la salle était impensable. Les vrilles s'étaient défaites. Les couleurs se répandaient dans l'alcool renversé. Les verres peuplaient le dessus et le dessous des tables. J'ai tendu un sac en plastique à Eugène pour qu'il ramasse les couleurs. Martin est sorti du local cuisine. Clara suivait. Balai, bassine, serpillière. J'ai ouvert les fenêtres, les douze grandes fenêtres rectangulaires de la pièce carrée. J'avais l'impression d'être tombée d'une chaise. Si Clara avait entendu ma voix, elle aurait compris le timbre qui tremble et la mauvaise foi qui s'étouffe aux cordes. Les fossettes du musicien décontenançaient ma gêne de ne pas la voir. La veille, du vin d'honneur au café, Martin avait assumé comme un embarras à l'union, il semblait troublé ; les vins de Touraine m'avaient quant à moi fait tourner la tête. Aujourd'hui, tout était différent. J'avais honte d'avoir témoigné le serment… Les fenêtres ont claqué. Toutes. Les douze ; appel d'air et soufflet. Clara s'est précipitée, elle a fermé toutes celles qui donnaient du côté de la rivière… La salle a réintégré la norme. Nous sommes repartis à Paris. Eugène a pris le volant, Martin est monté à l'avant. Derrière lui, Clara s'endormait, la joue appuyée contre la veste retournée et pliée de son époux lui servant d'oreiller… Je regardais les arbres défiler, se désemparer de toute forme. Ils n'en étalaient plus qu'une, à la teinte verdâtre et au camaïeu terreux. L'olive, le tilleul et le jade riaient sinople et agonisaient mon front d'absinthe. Glauque. Je me suis endormie sans voir le soleil se coucher…

Porte d'Orléans. L'air était noir, le ciel dépouillé d'étoiles. Paris illuminait la charpente céleste d'électricité. La Citroën bleue a pénétré dans la ville pétrole. Clara caressait le cou de

Martin de ses mains. Elle signait sa nuque. Eugène m'a demandé si j'avais bien dormi. J'ai acquiescé d'un regard dans le rétroviseur. J'avais cauchemardé : les montagnes jurassiques se transformaient en volcans. De ma vie entière, c'était la première fois que je me souvenais de l'un de mes rêves. J'ai passé l'extrémité de mon majeur sur la ligne de ma cicatrice. Un orage frémissait dans ma tête. Il ne fallait pas qu'il éclate. Nous allions bientôt arriver, je pourrais incessamment crier le tourment du haut du toit en regardant ma mère. J'avais une boule de bowling dans la gorge et le triangle en plastique d'un billard dans le ventre. Eugène ne conduisait définitivement pas assez vite. J'avais besoin d'une allure qui aille au rythme de mes méninges, une vitesse de rallye, bien dangereuse et avec des à-coups.

TROISIÈME CARNET
(motif Annonay, orange tacheté)

Entamé le 13 juin 2019
Latitude : 42.132653 ; longitude : – 52.552725.

Achevé le 7 juillet 2019
Devant les miettes d'une tartelette aux framboises…

Nombre de pages : 30

Je désertais la place de Clichy. Je m'étais bannie moi-même de l'arrondissement, du quartier, de la rue, et de l'appartement. Remords. Mauvaise conscience. Les femmes ont plus tendance à la culpabilité à cause de leur foie qui supporte mieux la malbouffe, mais moins la malbaise et l'alcool que celui des hommes, et qui déraille aussi, souvent, générant des souffrances auto-immunes… Mes cartons devaient se décomposer à chaque fois que Clara passait le seuil de la porte. Je n'avais rien récupéré. Il me manquait tout. Je n'avais rien pris, simplement acheté un lit… Tout était blanc. Et les murs et les plafonds et les moulures et les plinthes et les portes et les fenêtres. Il y avait même encore de la peinture couleur neige sur les vitres parce qu'il y avait eu des travaux… Je m'étais allongée sur la composition nouvelle, toute neuve et très chère, payée en deux fois quinze jours plus tôt : un matelas posé sur les lattes en bois d'un double sommier. Le lit nouveau était immense et carré… Je m'étais habituée à sentir les ressorts dans le Jura ; Jeanne avait aménagé ses combles d'un clic-clac ; quant à Martin, il se fichait bien des couchages… Il couchait, c'était tout. Depuis ses noces, il ne m'avait recontactée qu'une seule fois pour me dire que, si j'en avais envie, Clara me proposait de remonter à cheval dans la semaine. Mais non. Pas d'équitation dans l'hebdomadaire équation… Désolée, Fleuron.

Ce n'est pas spécialement agréable de retraverser ces moments. Cela fait du bien de revenir à la réalité. D'écouter le bruit des vagues, la mer… J'écris toujours plusieurs carnets simultanément. Passé. Présent. Je voyage dans le temps en passant d'une couleur à l'autre… Jaune, orange… « Regardez, les gars ! » Rouge, bleu, vert, violet, indigo ! C'est lunaire : en pleine nuit, un arc-en-ciel se courbe d'un quart sur l'horizon, ornant les étoiles de sa lumière. « *Moon-bow.* » C'est si beau… Sur l'ombre des nuages, on dirait un jet d'essence catapulté des cieux vers un précipice tant le firmament est noir… Abysse. Abscisse. Ordonnée. Je n'avance pas vraiment dans l'ordre… Mais désormais, sauf exception, j'essaye d'éviter au maximum les sauts de temporalité… « Par le menu », comme dirait Gilberte. Garder le cap. Tenir la barre. Pour retraverser chaque période chronologiquement. J'ai comme point d'ancrage – borne, balise, luciole –, Notre-Dame de Paris et son incendie ; à partir de là, j'avance à reculons… Ce fut, d'ailleurs, l'un des premiers passages couchés sur le papier, à la fin du gros carnet avec l'élastique, entamé à l'envers, puis complété ensuite à la façon d'un puzzle commencé par les coins… Le 15 avril 2019. C'est ce jour-là que Notre-Dame a brûlé et que je me suis mise à écrire… Je pétais les plombs tandis qu'il y avait des retombées de plomb partout sur la ville. Dès le lendemain, les autorités sanitaires préconisaient aux riverains de nettoyer leurs meubles et leurs habitations avec des lingettes humides. Pour ma part, j'avais passé un peu plus de trois heures dans une librairie-papeterie à proximité de la place du Panthéon, relu *Le Cid* en entier, puis acheté huit carnets – huit, comme l'infini – de tout type, de toute forme, en pensant à Simone Veil et à Simone de Beauvoir simultanément... Chacun son truc.

Porte fermée, ligne, carte, billet. Comme pour un voyage. Sauf que billet roulé et poudre blanche. Cocaïne qui déclenche. Joie de vivre et enthousiasme. Être sûr de soi. Fermer la porte pour être sûr de soi... Ne plus avoir une réelle conscience de ses priorités, ne plus réfléchir et laisser le volant à cette inconnue. La substance semblait envoûter comme le chant des sirènes Ulysse et dévier la raison. J'avais lu quelque part que le cerveau y réagissait plus ou moins comme au sucre. Blanc. Roux. J'en mettais partout. À force d'en consommer, les neurones s'y habituent, et il faut en ingurgiter de plus en plus pour obtenir la même sensation de plaisir. C'était aussi une forme d'addiction. J'étais accro au sucre ; Eugène était dépendant à l'héroïne et il entretenait un rapport ambivalent avec la cocaïne. Le peintre avait toujours un sachet sur lui. Il faisait venir dans son atelier des dealers au style sportif et discret, toujours habillés en noir et avec en général un casque à la main... Cette pagaille organisée semblait clean, cordiale et bienfaisante. Les rapports d'Eugène avec ces livreurs de drogues dures semblaient plutôt doux. De la même façon, tout ce qui caractérisait la cocaïne s'avérait paradoxal. Dès qu'il en absorbait, Eugène basculait dans un déluge de mots. Comme transfiguré, augmenté, sous tension, alerte et ouvert, se prétendant lucide et pensant avoir une conscience réelle d'une irréalité absolue…

« Je ne peins pas pour être libre, putain ! Je peins parce que je suis libre ! » avait dit Eugène. Un type blond vénitien, qui devait avoir un peu plus de la cinquantaine et bu trop de vin, lui a rétorqué qu'il confondait luxe et liberté. Eugène n'a pas su quoi répondre. Le type lui a cassé la mâchoire. On a appelé les pompiers. Eugène est resté une nuit en observation. Un chirurgien a tripatouillé le bas de son visage. Il avait perdu une dent. Un fil noir partait du coin de sa bouche et maintenait ensemble la peau qui s'était déchirée et qu'il avait fallu couper un peu pour refixer les maxillaires et le reste. Pour refixer. Les flics avaient embarqué le type. Cellule de dégrisement. Coups et blessures. Eugène ne voulait pas porter plainte. En grand bourgeois, il prenait la vie comme un bohème et n'était pas rancunier… Je crois surtout qu'il avait peur. Depuis son retour de Hongrie, Eugène n'avait pas vendu une seule toile et peinait à peindre tant s'affolait en lui la crainte de la croûte… Il gémissait les châssis et avait péniblement relevé la tête en peignant sur bois. Son art ne rassasiait plus son estomac et il ingérait des substances qui lui coûtaient cher… Alors, il peignait sur du bois. Sans concept. Sans rien d'autre à donner comme excuse que le coût du support et la « prise d'inspiration » qui se faisait longue. La prise…

Le pauvre Gilbert se morfondait, tentant de lui arranger des ventes, essayant de son mieux d'allécher de « réchauffé » des acheteurs frileux… L'art, c'est comme le poisson, il faut que ce soit frais, ultra-frais, pour qu'on l'achète, encore vif et mortifié d'avenir ; sinon cela devient un rien devant lequel ne s'étend ni gouffre ni précipice. L'art fauche les secondes, comme une trotteuse, il est au dernier moment du compte à rebours du sablier, au premier temps de l'infini, au demi-soupir qui berce la croche, au quart qui suffoque les triples… L'art est un rat qui file et ne s'arrête brutalement que pour vérifier qu'on ne le suit pas. Un rat. À cause de la dope, Eugène se mettait à avoir peur des souris.

San Francisco et Dan qui n'écrivait pas de roman… Contact virtuel avec l'Américain depuis la soirée arrosée du départ déjà anéanti d'Eugène. Les incendies avaient fait rage, mais Dan affirmait que tout allait maintenant pour le mieux en Californie. « *It's okayyy !* » Ça me donnait envie. Je voulais me détacher de tout, me décoller comme du papier peint… Ce qu'un seul écart peut coller aux basques ! J'avais mis plusieurs jours à comprendre que j'avais besoin de vider mon sac. Et je ne savais pas auprès de qui… Pour une fois, partir tôt de la galerie. Traverser le pont des Arts. Regarder les statues des lions aux coins des Tuileries. Déambuler dans Paris en longeant la Seine…

À 18 h 57, j'ai sonné chez un psychiatre du boulevard Beaumarchais en me figurant que ce genre de marivaudages lui conviendrait bien. Étrangement, il nous avait reçus vingt minutes. Clara, Martin, ma culpabilité et moi. Calé dans un immense fauteuil de cuir noir, derrière un bureau Louis-Philippe en acajou, le médecin théorise en tirant sur son cigarillo, à propos des rapports entre les hommes et les femmes ; observant, par le prisme de son expérience, le sujet, et au travers des verres de ses lunettes, les carreaux anciens des hautes fenêtres qui donnent sur la rue : « Depuis la nuit des temps, tout le monde trompe tout le monde… Regardez, celui-là, qui sort juste, il est empêtré dans une double vie ! »

Un type avec une doudoune bicolore peinait dehors à héler un taxi… « Auparavant, les choses étaient plus ou moins réglées… Il y avait les époux légitimes, les amants et les maîtresses… Maintenant tout se déglingue… Trois couples sur quatre se séparent à Paris ! Alors même qu'ils ont des enfants… Les gens ont de moins en moins envie de se contraindre. Tout le monde désire la liberté… » La polygamie avait finalement une forme d'intérêt. L'orgueil au moins ne s'y mêlait pas. Cela dit, je n'étais pas plus avancée. « En outre, il est indispensable de se dégager des relations humaines basées sur des rapports malsains… Il faut sortir du triangle… » « Quel triangle ? » J'attendais la suite mais le téléphone a sonné. « Vous permettez ? » Le psychiatre décroche, opine du chef, raccroche et se lève dans la foulée afin de m'indiquer que notre entretien est terminé. En ouvrant la porte de son bureau, il conclut : « Ah, mademoiselle… La clarté ne naît pas de ce qu'on imagine le clair, mais de ce que l'on prend conscience de l'obscur ! C'est de Jung. » Puis, me serrant la main, il m'avait encouragée au divertissement et priée de faire un chèque à sa secrétaire.

« Oh, que c'était bon ! » Je n'ai aucun souvenir de mon baptême dans le Jura. Ni de la paroisse, ni du prêtre. L'eau bénite, l'huile, tout ça… Je devrais, pourtant. Mais je n'en ai pas. Je me rappelle juste avoir perdu ma médaille un an plus tard. Paula était devenue rouge pivoine et avait pétaradé comme un vieux Solex quand elle s'en était aperçue. À savoir dans la minute, puisqu'elle avait « des yeux de lynx ». L'épisode était encore signé Claude-François. D'après lui, une rumeur clandestine circulait dans le village quant à la rivière ; mon cousin voulait à tout prix rafler la mise et m'avait fait jurer de la boucler envers et contre tout… Même à moi, sa complice au départ, il ne communiquait rien de bien précis et j'avais mis une semaine entière à saisir ce que signifiait le mot « aurifère ». Je devais avoir huit ou neuf ans ; Claude-François me faisait rêver avec une formule magique : « Imagine que tes yeux sont de la couleur de l'or et l'or apparaîtra ! » Il avait fabriqué une espèce de tamis avec de la taule, et nous étions exceptionnellement partis en mission un mercredi – jour de la couture. Macadam, mon cousin et moi. Apparemment, nous avions marché plus de vingt kilomètres. Ne nous voyant pas de retour, Paula s'était affolée. René était remonté comme une horloge. Il faut dire que pour préserver l'effet spectaculaire de l'immense découverte que nous comptions faire, nous n'avions aucunement dévoilé nos intentions. « On part voir les bœufs, on sera là avant la nuit… » Nous étions revenus bien après la nuit, trempés, déconfits, Claude-François avait égaré une chaussure, Macadam avait changé de couleur tant il était couvert de boue, mes jambes vacillaient et j'avais perdu ma médaille.

Comme les aventures d'avec Eugène m'avaient incitée à arrêter de boire, je m'étais radicalement replongée dans la lecture. J'avais d'abord traversé toute la correspondance entre Sartre et de Beauvoir, puis dévié sur leurs ouvrages respectifs. Échappatoire. Couvertures et protection. Les mots de Sartre qui résonnent du matin au soir. De la place Stalingrad à la rue des Saints-Pères. « Le passé est ce qui est hors d'atteinte et qui nous hante à distance. » M'extirper des pages me demandait un effort surhumain. Je lisais dans le métro. Dans la rue. En marchant. « Quelle idée de lire Sartre en ce moment… ! » L'automne avait totalement disparu. Parfois, je faisais tomber mon livre en bousculant quelqu'un. Les pages à terre, les branches nues. Haut les cœurs ! Ordre. Sommation. Les mots de Sartre qui résonnent : « Ce jardin, cette ville, et moi-même, tout est gratuit. Quand il arrive qu'on s'en rende compte, ça vous tourne le cœur et tout se met à flotter, comme l'autre soir… Voilà, la nausée. » Sartre qui résonne. Haut-le-cœur. Accord parfait. Si l'âme et le corps ne font qu'un. Si l'unité transparaît. Si Sartre avait raison d'avoir la nausée… J'ai ouvert la porte des toilettes. Je ne suis pas comme Franck, je ne m'inquiète pas pour un oui ou pour un non, mais là, parce que j'ai mis les mots de Sartre sur mes propres maux et que j'ai la tête au-dessus de la cuvette, je suis en train de me poser sérieusement la question de savoir si…

J'ai descendu les marches très vite, je suis entrée dans la pharmacie la plus proche et j'ai demandé un test de grossesse. Je suis ressortie de la pharmacie la plus proche, j'ai remonté les marches très vite et je me suis enfermée dans les toilettes. Il fallait faire pipi sur l'embout blanc. Pour que ça devienne bleu et pouvoir, par principe, fumer tranquillement une cigarette en se disant qu'il n'y a que soi que cela détériore. Je n'avais pas du tout envie de faire pipi. Je suis ressortie des toilettes. J'ai bu un demi-litre d'eau. J'ai eu envie de faire pipi. J'ai uriné là où c'était indiqué sur l'embout. J'ai tiré la chasse d'eau. Je suis sortie des toilettes. J'ai secoué le stylet en plastique… J'ai attendu. J'ai observé. J'ai jeté le stylet par la fenêtre. J'ai jeté le livre de Sartre par la fenêtre. Et je me suis rassise, sur le canapé, la tête à l'envers, à l'exact endroit où je lisais le livre de Sartre avant d'apprendre la catastrophe.

Le nombre de spermatozoïdes est plus important que celui de tous les insectes réunis. S'il y avait une guerre entre les spermatozoïdes et les insectes, les spermatozoïdes gagneraient par le nombre. Pas par la force, par le nombre. Il y a de moins en moins d'insectes et de plus en plus d'hommes. Alors, même si le nombre de spermatozoïdes, globalement, lui aussi décroît, ils gagneraient par le nombre… Aucun spécialiste n'est réellement en mesure d'expliquer pourquoi le nombre total de spermatozoïdes diminue ainsi… Les chercheurs s'inquiètent sans comprendre. En temps normal, il y a environ 15 millions de spermatozoïdes par millilitre de sperme éjaculé. On passe dorénavant fréquemment sous la barre des 10 millions… Durée de vie d'un spermatozoïde : trois à cinq jours.

La sensation de franchir une ligne d'arrivée. À chaque paragraphe. Je peux en écrire trois ou quatre d'affilée, sans souffler… J'ai toujours un invincible temps de retard. Sauf par moments. Sauf maintenant. Quand je lève les yeux, les paysages me surprennent d'avoir changé si vite. Tout s'emmêle, se mélange. Les heures se contorsionnent comme des acrobates. J'y plonge comme dans mes carnets… Je n'ai jamais fait un aussi long voyage en train. Il est rare de faire un aussi long voyage en train. Cela me rappelle Agatha Christie et son *Orient-Express*. Le drame de la famille Armstrong m'avait toujours semblé aux antipodes du mien…

« Le drame. » Poser, enfin, les bons mots sur les choses. La mise en abîme permet une forme de hauteur. Ou d'ironie. Palmeraie joyeuse au milieu du désert. Harald s'esclaffe sous la tente de mon crâne : « Tu vois, c'est ce qui fait d'une tragédie une tragédie… Je ne sais plus qui est arrivé à la conclusion qu'il manquait à Médée la capacité de rire de son malheur… Mais c'est exactement ÇA ! C'est basique ! » Je me souviens du cirque du comédien parodiant les crimes de la fille d'Éétès et d'Idyie avec mon polochon… Je ne parviens pas encore à pouffer tout à fait, mais je ne souffre plus. Plus comme avant. Plus de la même façon. J'observe. Sans procès. Sans chicane. J'ai presque l'impression d'être devenue indifférente. Raison sans doute pour laquelle je me permets encore d'écrire n'importe où… Cela génère toutefois un semblant de structure. « Tarte au citron déstructurée. » C'était un dessert à la carte d'un restaurant dans le Xe arrondissement de Paris. La tarte était servie littéralement explosée, en morceaux, dans une verrine. Cela ne portait en rien préjudice au dessert. Toutes les structures sont bonnes. Parfois, elles sont difficile à entrevoir… Mais même le chaos est structuré. Logique. Plus j'écris, plus je me sens légère. Le remède est vraisemblablement aussi dans la structure. C'est un remède, finalement… À force, cela devient, ce me semble, un remède.

Envisager le fœtus au bout de trois semaines. La taille du fœtus. Non. De l'embryon. Au bout de trois semaines, c'est encore un embryon. La taille de l'embryon. La tête de.

L'embryon. Encombrant déjà, alors que minuscule. Tout-petit gênant. Et le cerveau qui réfléchit à qu'en faire et qui vote d'avorter. Le cerveau qui décide de faire place nette, place intacte au placenta. Son cœur ne bat pas encore. De toute façon. « Pas encore, non. Pas avant deux mois. » Alors ? Alors, non. « Non, dit Paula. Non, non, non. » Parce que article lu sur Freud et les rêves, Lacan, les embryons et la conscience des nouveau-nés. « Tentative de meurtre. » Paula dit « non ». Influence et cataclysme. Garder l'enfant : gradée mère. L'air est maussade. Tronche de gâteau anglais. Tranche. Tranchée, coupée en deux, sur le vif. Oui. Non. Référendum à schizophrénie. Non. Oui. Ne plus savoir quoi dire. Oui. Non. « Pourquoi pas ? » Si seulement entendue près des Champs-Élysées… Si seulement écoutée… Si. Si. Si. « Avec des "si" on mettrait Paris en bouteille ! » Paula écoute, se tait ; ne change pas d'avis, continue de dire « non ». Nidation. « Non, non ! » Ma grand-mère avait décidément un irrémédiable train de retard en termes de législation : cela faisait presque quarante-cinq ans que Simone Veil avait défendu l'avortement à l'Assemblée nationale !… Paula peut dire ce qu'elle veut, je m'en fiche… Si elle m'avait laissée quitter la maison à dix-huit ans, il n'y aurait vraisemblablement pas de débat… Alors, je m'en fiche ! Peu importe. Je m'en fiche ! Prendre rendez-vous avec un gynécologue, première chose, ou avec un obstétricien directement, ou avec un type qui fait des radios, non pas des radios, des échographies, ou aller dans un de ces centres dédiés à la famille, ou se bourrer de pilules du lendemain, ou de pilules tout court, quinze plaquettes… Ou acheter des aiguilles.

Je suis descendue voir la SDF polonaise, je me suis agenouillée près d'elle, à côté de sa petite chaise pliante, contre le mur de l'immeuble, à dos de trottoir. Ça m'a fait du bien. La SDF polonaise m'a d'abord regardée avec ses yeux de crécerelle, puis elle s'est mise à parler… Elle m'a parlé de son pays, des frontières et de sa fille qu'elle avait laissée. Sa voix tremblait. Elle n'avait pas revu sa fille depuis douze ans, sa jeune fille de dix-sept ans maintenant… En Pologne, au moment de son départ, les crèches publiques fermaient pour astreindre les femmes à un rôle de mère ou de maîtresse de maison. Une prostitution dissimulée se révélait ainsi, d'après elle, l'unique solution pour gagner sa vie. Alors, la SDF polonaise avait laissé sa fille à sa mère et elle était partie… Et aujourd'hui, par fierté un peu sans doute, pour ne pas revenir en arrière, elle s'asseyait chaque jour sur le siège pliant de son rêve tétanisé.

Rien ne presse. « Tout est parfait. » Les wagons s'éreintent contre les plaines, le long des montagnes ; le ciel fait le pitre au-dessus de ma tête tant les vitres s'allongent. Comme mes phrases… La boule d'écriture que j'avais sur le majeur à l'école primaire est franchement revenue. Petit mont entre la première et la deuxième phalange… Les heures se contorsionnent, les minutes s'emmêlent. La campagne cède la place à la ville. Juin dézingue décembre. Le train siffle, s'arrête. Je descends. Je suis le mouvement. Aucune attente, zéro projection. Pas d'échéance, pas de début, pas de fin. Simplement des changements… Une pie téméraire volette sur le quai… Toutes les gares de toutes les villes se ressemblent. Tous les bancs de toutes les gares de toutes les villes sont pratiquement les mêmes ; en revanche, les instants que l'on y traverse diffèrent toujours… Chaque parcelle de temps est unique… Le temps habituel, tel souvent qu'on l'envisage, isole. Les contraintes – devoir arriver à temps, devoir terminer à temps – défont la bienséance du présent, éloignent les justes impulsions. Si l'on cherche à le maîtriser, le temps nous cloître, nous enferme… Pourtant, le temps n'est rien que ce qu'on lui permet d'être. Il ne devrait pas y avoir d'affrontement… Le temps réel est libre, libératoire. Le temps guérit. Le temps est. Tout simplement. Témoin de ce qu'il est lui-même. Il n'y a rien d'autre à faire qu'à l'accueillir. Pleinement. Se lover dans le temps comme dans un bon fauteuil magnanime ; s'y asseoir, confortablement. Le contempler sans plus l'envisager tel un irrépressible et pondérable mouvement… Le temps n'a pas de prise sur celui qui le considère comme un ami, et la porte du temps ne s'ouvre que si nos bras s'ouvrent aussi. C'est ainsi que l'on peut régner sur le pouvoir du temps… Faire un tour de passe-passe. Oublier ce fichu concept du temps qui passe ; ne plus vouloir rien constater du temps qui passe ; ni rien non plus de ce fichu train qui passe !!

Le mercredi 19 décembre 2018 à 9 h 05, Harald est passé à la radio. « Tu m'écoutes, hein, tu m'écoutes ? » Le tournage du film dans lequel il avait joué était terminé et le réalisateur l'avait emmené avec lui parler aux journalistes… C'est surprenant d'entendre Harald se dépêtrer avec les questions. Au fur et à mesure, il parle de mieux en mieux. Il fait même un jeu de mots, à la fin… Harald raconte son parcours, son rôle, la manière dont il l'a préparé. Le comédien précise que c'est

« tout à fait personnel », et que les acteurs font chacun comme ils l'entendent, mais qu'il a tout un attirail de techniques spécifiques pour « rentrer en contact » avec le personnage qu'il incarne. Je me souvenais de ses tubes de peinture et de la savane… « Quand on joue, il faut réussir à percevoir les choses avec un regard différent, adopter de nouvelles théories mentales pour comprendre celui ou celle qu'on va être… Il ne faut surtout pas le juger, il faut le comprendre… Le jugement est un mauvais filtre qui induit automatiquement en erreur… Et c'est pareil pour tout ! Peu importe ce qui arrive dans la vie… Est-ce un bien, est-ce un mal ? Je ne le sais pas encore, puisque je ne connais pas la fin de l'histoire… » Harald s'évertue à raconter les péripéties d'un tailleur coréen du XVe siècle avant d'évoquer un moyen-métrage dans lequel il vient de commencer à tourner et qui rend hommage à la Nouvelle Vague… Peut-être que c'est parce qu'ils comprennent les dauphins que certains acteurs américains s'engagent pour l'environnement… Je voudrais qu'Harald crie dans les ondes ce que je traverse pour me sentir mieux. Ça me fait comme un trou dans la poitrine tant ça me tiraille. Depuis la grande première des volcans, je me réveille de plus en plus souvent la nuit et je me souviens de mieux en mieux de mes rêves. Ce qui ne m'arrivait jamais avant. À plusieurs reprises, j'ai entrevu un type sur un âne (dont l'une des oreilles était blanche, blanchie, de la même couleur que la braise refroidie…). Peut-être une sorte de pèlerin. Le binôme avançait paisiblement, sur un chemin de terre, au milieu d'un bois très doux. Je savais qu'il fallait que je les suive, mais à chaque pas que j'avais voulu faire pour les rattraper, je m'étais réveillée.

J'étais tellement sous le choc que je n'arrivais plus à penser à autre chose... Faire semblant. Dire « oui » aux gens. Dire « oui » avec le sourire, ou très sérieusement. Dire « oui » en serrant les dents. Dire « oui » en se grattant... Faire semblant d'écouter les gens. Ne pas s'envoler à cause de l'apesanteur, mais être ailleurs... Ne pas écouter les gens. Ne pas réussir à écouter les gens vraiment. Faire une quantité astronomique de petits pas qui sont grands pour l'humanité ; puis finir par rejoindre la Terre, simplement parce qu'on a une idée... J'avais lu quelque part que l'équitation favorisait les fausses couches. Alors, j'ai pris sur moi et le parti d'aller remonter à cheval à Grizy-les-Plâtres pour en essuyer quelques-uns... Je suis retournée en forêt avec Clara... Clara et moi. En forêt. Galop. Dans les bois. Trot enlevé. Trot. Trotter. Balade. Comme si Martin jouait. Comme si Martin. Clara et moi. Chevauchées du musicien, en selle, toutes les deux, ensemble, comme si de rien n'était... Je raccourcissais mes rênes, j'accélérais autant qu'imaginable, le nez dans la crinière de Fleuron, les talons remontés contre ses flancs... On sautait par-dessus les troncs d'arbre, au-dessus des joncs et des fossés...

Ça n'a pas fonctionné. Le surlendemain, je suis donc résolument passée par la case Planning familial... Comme j'avais un peu tardé, l'IVG médicamenteuse n'était « absolument plus de mise » et l'on m'a prescrit une « aspiration ».

Une aspiration... Juste après le réveillon.

Jusqu'à mes douze ou treize ans, à Baume, nous passions les fêtes de Noël à quatre : Paula, René, Claude-François et moi. Durant la quasi-totalité du repas, l'atmosphère demeurait silencieuse. René parlait peu. Ses grosses mains découpaient en tremblant la pintade aux marrons que ma grand-mère avait fait cuire quatre heures à basse température. Les couteaux paraissaient minuscules sous les doigts du père de Claude-François. On entendait le crépitement du feu et le mécanisme de l'horloge au milieu des mastications. Au moment du dessert, de la bûche, s'exprimaient toujours les problématiques épineuses qui travaillaient la terre. Comme si l'exceptionnelle audience permettait enfin la liberté d'expression. Ma grand-mère et moi devenions juge et greffière, avocate de la défense et procureure. Les miettes de pain éparpillées sur la table écoutaient sans broncher à la façon des jurés. Les assises s'enhardissaient. Les pieds des chaises cognaient sur les dalles au fil de l'argument ; le ton pouvait monter. Les points de désaccord touchaient invariablement les bestiaux et les champs. Claude-François ne voulait pas garder les bêtes, trouvant plus stratégique de concentrer l'activité de l'entreprise familiale sur les céréales. Orge, blé, maïs, colza. Chaque année les parcelles changeaient de couleur – mais malgré des contrôles sanitaires de plus en plus stricts, mon cousin ne parvenait pas à faire plier son père quant à l'emploi de certains produits chimiques… René avait pris de mauvaises habitudes et usait des engrais à outrance, il en fichait même dans les jardinières. Le père et le fils tombaient rarement d'accord ; Claude-François quittait fréquemment la table et la maison sans avoir touché sa part du gâteau. Mon cousin réagissait violemment, comme piqué au vif. Je me tenais toujours à distance. « C'est la dernière fois… » Tous les ans Paula disait que c'était la dernière fois qu'elle recevait son neveu et chaque année c'était pareil. René déposait sa serviette devant lui, puis, maîtrisant alors moins bien ses tremblements, se resservait un verre de vin rouge, avant de jeter un regard désabusé à ma grand-mère parce que Claude-François était parti et que la nappe était tachée… Ensuite, nous nous rendions à la messe de minuit en utilitaire. Les autres fidèles étaient rassurants. Le chœur et la lumière des cierges aussi.

Est-ce qu'il y a du sucre dans un cheeseburger ? Oui, il y a du sucre dans un cheeseburger. Peut-être que je vais devenir accro aux cheeseburgers à force d'en manger. Deux tranches de pain moelleux grillées. Graines de sésame. Ketchup. Moutarde. Oignons. Cornichons. Tomates. Fromage. Coulant, le fromage. Orange, chaud, fondu et coulant. Qui s'affaisse sous quelques feuilles de salade, comme les pages d'un journal, sur de la viande qui n'en est pas. « C'est incroyable, ça… ! » Dan m'avait d'abord forwardé ce que l'on appelle un publireportage, une chronique qui faisait l'éloge et l'article de l'invention. J'avais immédiatement voulu goûter. Et dorénavant étroitement liée avec ce concept de cheeseburger, l'eau me venait à la bouche rien que d'y penser… « *Impossible foods* »… Pourtant, authentiquement le même goût qu'un bon steak de bœuf saignant, qu'un bon steak de bœuf provenant de l'animal auquel on a déjà depuis longtemps coupé les. Couilles. Un bon steak. Sans bœuf, donc. Sans hémoglobine. Mais les papilles qui frétillent. Aussi vite que la respiration s'accélère lorsque la peur pique le ventre, vide le ventre. Lorsqu'elle se pose en habitant régalien, occupant l'estomac et les tripes comme une forêt domaniale… Aucun moyen de passer si l'on ne reconnaît pas d'abord le principe de la forêt et du régalien. Tant que l'on n'interroge pas le principe même de la peur au ventre, alors elle règne, de la même façon que le régalien sur la forêt.

Harald, je ne sais plus quand, peut-être bien après la séance du film de David Lynch au cinéma, m'avait restitué le propos du Dalaï Lama : « *Know the rules well, so you can break them effectively.* » Connaître son propre fonctionnement intérieur. Pour pouvoir le défaire, le dévier, et s'affranchir de la tyrannie qu'il impose. Cela ne relève pas de l'infraction, mais de la liberté. Car de l'intérieur découle l'extérieur. L'intériorité module l'extériorité. Elle s'y reflète comme dans un miroir. La poésie présente en chacun se pose sur les choses. De la même manière que la douleur. Peu en importent, les raisons... Nous projetons ce que nous sommes sur la réalité et, sans nous en apercevoir, nous la façonnons.

Un homme marchait de l'autre côté du trottoir. Quasiment arrivé à ma hauteur, il a traversé la rue, s'est précipité et m'a hurlé dans les oreilles : « Attention ! Guerre atomique !!! » Je suis restée bouche bée. Je le regardais droit dans les yeux. Perspectives ravagées... J'avais presque envie de lui poser des questions. Pour savoir quelle guerre, quelle désintégration, quels atomes...

Guirlandes, volutes et spirales ; lumières dans les arbres, sur les panneaux, aux murs et sur les poteaux électriques, étoiles sapins boules cadeaux traîneaux – symboles déjà depuis la mi-novembre exhibés. Nature de la saison. Sex-appeal de fin d'année à voltage qui distrait l'hiver et la nuit qui tombe tôt… Sur un rond-point, à Boulogne – où j'avais accompagné Gilbert début décembre pour livrer une commande –, un nombre incalculable de jeunes conifères débarqués de Normandie étaient entassés les uns sur les autres pour en former un plus grand… À mesure que les fenêtres des calendriers de l'Avent s'ouvraient, les pas se faisaient de plus en plus nombreux, de plus en plus pressés. Apogée. Frénésie. Veille des magasins. Derniers jours pour trouver, acheter, emballer… Foule. Monde fou qui foule le sol des centres commerciaux et des boutiques. Clients. Chiffre d'affaires…

Clara est entrée en trombe dans la galerie. Elle avait des paquets plein les bras. Elle a tout lâché, attrapé un stylo sur mon bureau et une feuille de papier dans le tiroir de la photocopieuse. J'essayais de déchiffrer ce qu'elle griffonnait… Clara a fait pivoter la feuille sous ses doigts, c'était incompréhensible. Sous le coup de l'émotion, elle s'était exprimée en russe. J'avais reconnu la langue grâce aux billets – du type « Я тебя люблю » – laissés un peu partout et régulièrement à l'intention de Martin dans l'appartement… Français. Anglais. Danois. Russe. À défaut de parler plusieurs langues, Clara les écrivait. Entre deux actions de bénévolat en langue des signes, elle prenait en charge la version des essais et thèses de recherche du Collège de France ou d'établissements équivalents à l'étranger. Lorsque je lui avais demandé pourquoi elle n'était pas elle-même à l'origine des publications, Clara m'avait répondu qu'elle préférait donner son point de vue au travers d'idées déjà existantes, qu'elle aimait mieux la finesse de cet exercice-là. Elle n'avait pas envie de se positionner outre mesure. Clara aussi interprétait, finalement. Comme Martin. Elle ne composait pas. Sauf qu'en l'occurrence, cela avait la décence de la satisfaire pleinement. Clara n'était pas frustrée ; elle rêvait juste un jour d'apprendre l'hébreu ou l'arabe… Tout en ôtant son manteau, Clara m'a tendu à nouveau la feuille de papier – du français, cette fois. Puis elle a déroulé son écharpe du tour de son cou. J'ai lu. « Martin a disparu. » J'ai lu. « Martin a disparu. Je ne sais pas où il est. » Je lisais. « Impossible de le trouver. Personne ne sait. » Je lis : « Ici ? » « Non, pas là. Pas ici. Pas non plus. Pas vu. » Ce que j'ai répondu. Une larme a discrètement roulé sur sa joue. Clara a écrit « police » sur la feuille de papier. J'ai décroché le téléphone. Seulement, lorsque ceux que l'on cherche ont plus de dix-huit ans, pas de tares et toutes leurs dents, il faut attendre sept jours. Sept jours… Un, deux, trois, quatre, cinq, six, sept.

Comme si tout, absolument tout, se résumait à la peur de la mort. Comme si cette peur-là contenait toutes les autres. Maison-mère, siège, source, état-major, quartier général. La sensation que l'on devient libre de vivre uniquement lorsque l'on n'a plus peur de mourir. À ne plus redouter la mort, on ne redoute franchement plus rien. Je fais de nouveau une incartade, un léger écart… Ascendance. Descendance. Secousses. Turbulences. Cisaillements des vents… La trame de ce carnet me déborde un peu. Elle me ramène à une période dissolue, dépassée. Avant-coureuse, certes, mais pénible. Je n'aime pas m'y replonger… En revanche, j'aime plonger dorénavant. Dans la vie. Me jeter. M'élancer dans le joli gouffre de l'inconnu. Car, s'il y a bien une seule et unique certitude, c'est justement celle-ci : nous allons tous mourir. « Je vais mourir. »

Peu importe quand. Demain, dans cinq minutes, dans cent ans. Une fois la certitude admise et acceptée, tout se passe de commentaires et nous voilà fin prêts à vivre… C'est ce que j'avais dit à Julien et je l'éprouvais, enfin… Je l'éprouve, enfin… Pour mourir vivant, il faut vivre déjà mort.

Quand on a retrouvé le corps de Martin, il n'y avait rien autour. Sauf le sable et quelques galets. Il était nu comme le Christ, recroquevillé comme le bras handicapé d'une vieille femme, aussi grêle sur la plage qu'un chaton mort-né contre le ventre de sa mère, calé dans le sable comme une boule de pétanque… Il était parti mourir en Normandie, en bon Français, en bon Parisien. Sur la plage. Comme les chiens qui sentent qu'ils ne vont plus faire long feu et qui vont se planquer dans les haies ou sous les arbres pour crever en paix… On avait retrouvé sa voiture, la Citroën bleue, garée le long de la grève. La voiture était vide, vidée. Aussi vide que la plage lorsque ce n'est plus l'été. Comme pour être astiquée, nettoyée. On n'avait pas retrouvé les clefs. Ou si, après. Avec le reste. Dans un sac de tissu blanc fermé par une cordelette tressée, de couleur crème. Martin avait fait un nœud de huit. Dans le sac, il y avait tout ce qui n'était plus dans la voiture. Tout. Un paquet de cigarettes, deux briquets, une dizaine de cassettes (dont trois lui venaient de son grand-père), un plan de Paris, une carte de France, un pull-over, un polo, deux slips kangourou, une paire de chaussettes, son blouson, ses tennis, et les feuillets d'une partition de Beethoven. Tout. Puisqu'il n'y avait plus rien dans la voiture. Sauf dans la boîte à gants. Simplement le quart d'une feuille de papier. Dans la boîte à gants. Et juste un mot sur le quart de la feuille de papier. Pas même le feutre ou la bille d'un stylo. Juste un mot.

« Tiens. »

Pourquoi vous donneriez votre vie ? Pour quoi ? À qui ? On en connaît qui la donnent aux dieux, on en connaît… Mais sur Terre. Pour quoi sur Terre ? Pour qui sur Terre ? Pourquoi vous l'offririez votre vie, votre vie à vous ? Quelle raison terrestre vous la ferait donner votre vie ? Il y en a qui ont arrêté de manger. Il y en a qui sont morts. Il y en a qui meurent… Mais tellement petite, la vie, la vôtre. Tellement petite dans le tout du reste… Il y en a qui ont explosé. Il y en a qui explosent…

Je ne comprends pas ce que Martin a voulu dire…

J'ai froid. Je frissonne même. J'ai marché dans Paris, sans savoir, sans vouloir reconnaître. Sans déchiffrer les caractères blancs sur l'uni des plaques bleues, à peine les numéros des arrondissements. Dix-neuvième. Dixième. Neuvième. Dixième fois que je prends la même rue pour me retrouver le long du canal. L'esprit se torture et va plus vite que le rythme des pas. Pas. Pas. Le corps parle, erre pour ne pas rentrer. Faire les cent pas sur le bas-côté. Trottoir. Travaux. Ciment et bétonneuse. Béton, mortier. Finir par se laisser tomber… À qui Martin a-t-il bien pu donner sa vie ? Au

Dieu des juifs ? À Clara pour qu'elle lui pardonne ses infamies ? À la mer pour qu'elle l'engouffre et que les poissons lui foutent des coups de queue au séant ?... Pourquoi est-il parti ? Je cherche une raison... J'essaie de trouver une raison valable. Je n'avais pas encore lu Durkheim, mais je ne pouvais pas croire que Martin ait usé de ce mot terrible qui commence par un *s*. Comme le sifflement du serpent. Peut-être qu'il croyait que c'était la poule qui faisait l'œuf. Sa poule de mère qui n'était pas juive. Il a dû croire. L'espoir de Martin s'est sans doute arrêté au moment précis de sa création, quand le spermatozoïde ashkénaze a fécondé l'ovule chrétien. Vraiment, on se détermine pour des riens ; sur des abstractions. Martin était sorti d'un con impie, à cause d'un autre con circoncis qui n'avait pas respecté la tradition. Le père de Martin ne devait pas, lui, avoir de réponses, et en bon coq, il avait choisi la poule qui lui plaisait le plus et qui saurait lui rendre. Qu'importait la teinte de ses plumes du moment qu'il la trouvait belle ? Il avait dû docilement se laisser atteindre, sans être à cheval sur les principes, pour ne pas que la vie gagne telle qu'on la prend parfois comme prétexte. L'espoir saute des générations... Le bord du trottoir a des airs de précipice, le bas-côté semble falaise. Tout croule. Le vent flanque des leçons à mes joues. Depuis une heure que je suis assise là, il fouette ma peau... C'était un de ces jours d'hiver qui ne vous fait pas de cadeaux et j'avais envie qu'on m'arrache comme un emballage... À Prague, il n'y a qu'à grimper une échelle et à se poster sur une petite lucarne flanquée de l'étoile de David, perchée à huit mètres du sol... Martin est parti en Normandie. Il n'est pas allé à Prague. Il aurait pu. Ce serait devenu un saccage et cela aurait fait scandale. On aurait su que le pianiste était mort et qu'il n'était pas juif. Israël aurait pleuré, encore… Martin avait fini faiblement, comme Polonius, comme un rat sous une tapisserie, d'un coup de dague et la main qui tremble d'être démasquée. Il se prenait pour Hamlet et il avait fini comme Polonius. L'amour qu'il avait du drame ne lui avait pas fait envisager d'autre dénouement que cet ultime-là… Martin avait rendu sa vie à qui en voulait… Je crois que c'est ce qu'il fallait comprendre… La foi de sa mère lui avait ôté le droit de revendiquer la souffrance d'un peuple auquel il avait pourtant l'impression d'appartenir, il avait fait de la musique et il était mort.

Plus rien n'existe, je suis comme vide de sens. Les pieds dans le caniveau, je devine seulement l'air qui entre en moi, reste un peu, puis s'enfuit pour revenir à nouveau… Les voitures passent, klaxonnent. Une fenêtre s'ouvre ; les insultes fusent. Dans quelle mesure est-ce que la manière de conduire de quelqu'un reflète son rapport à lui-même ? Martin pouvait être si brutal à vélo… Ne plus rien entendre. Je ne veux plus rien entendre. Pas même ce souffle qui me fait vivre. Je projette chacune de mes mains autour de ma tête. Calfeutrée sous mes paumes, j'écoute comme dans un coquillage. Je n'entends plus que le fracas sourd du monde. Comme une vague dont on ne sait plus trop si elle s'en va ou revient. La sensation d'avoir de l'eau dans les oreilles. Parenthèse. Apnée. Les battements de mon cœur résonnent de plus en plus fort. Je n'entends presque plus rien d'autre. Le clappement de l'eau, de moins en moins soutenu, s'étiole derrière les martèlements qui proviennent de l'intérieur de ma poitrine. Ils me crient d'inspirer. La ville, plus vivante que jamais autour de moi ; une image de rien devant les yeux. Les pulsations me crient d'inspirer. J'ai mal. Le visage de Martin est arrivé dans ma tête. Aussitôt que je me suis souvenu de ses yeux, l'air est retourné dans mes poumons.

Le monde est au nombre de ceux qui le regardent. Le monde meurt et renaît sans cesse. Et fluctue. Comme le dessin lancinant d'un croquis au crayon sur lequel oscille de l'eau renversée. 2B. 3B. 6B. Gras. Sec. Outils à dessin, à dessein. Les pointes ne sont pas taillées. Le pot à crayons d'Eugène trône infortuné et quasiment déchu sur son établi. L'atelier sent le renfermé. La dernière fois, le soleil passait, tout semblait à sa place. Maintenant, l'espace semble diminué. L'air est moindre. Les plantes ont rempli l'endroit de gaz carbonique et ni les fenêtres, ni les portes, depuis la nuit dernière, n'ont été ouvertes. L'atelier est une nature morte vivante. Il traîne des restes de garrots. Les briquets et les cuillères font la fête par terre. Il y a une référence à Dalí dans la cuillère qui estompe un peu la noirceur du tableau… Si Eugène a envie de claquer à 27 ans comme les rois de la musique, c'est son problème. S'il se prend pour Jim Morrison, Kurt Cobain, Mac Miller ou Amy Winehouse… C'est absurde ce que j'écris : Eugène avait déjà bien plus de 27 ans… La lumière est basse et jaune. Jaune et basse. Il n'a rien à me montrer. Excepté une montagne de triangles en papier découpés dans un grammage anthracite très épais. J'en attrape un, je tapote les angles du bout de mon index. « C'est quoi ? » Eugène n'écoute pas. « C'est quoi ? » Tout en fixant mes mains, Eugène s'approche de moi. « La sainte Trinité dégénérée… » « La quoi ? » « La sainte Trinité… mais dégénérée ! Je voulais faire un collage sauf qu'évidemment, ça ne tient pas ! » Eugène me reprend le triangle des mains pour aller le reposer sur son monticule. « Putain, c'est le seul truc dont j'étais content… » J'essaye de lui tirer les vers du nez à défaut de pouvoir lui subtiliser sa dope. « Ça veut dire quoi ? » Eugène n'écoute pas, je réitère ma question. Eugène soupire. « Trois choses… » « Oui, mais lesquelles ? » Eugène s'affale sur le canapé, faisant tourbillonner la poussière qui en jonche les bords au-dessus du parquet… « Bah, soit que les hommes pensent que Dieu va les sauver, donc ils agissent en bourreaux ou en victimes… Soit que Dieu les a abandonnés, ou même qu'il n'existe carrément pas, et là, ils se mettent à vouloir sauver le monde ou à le subir… Ou alors, dernière option, que Dieu souffre en tyrannisé, et puis bah là, ce sont eux qui veulent le sauver et ils se radicalisent dans tous les sens que tu veux… »

À la fin de l'explication, je devais ressembler à un poisson hors de l'eau. Exactement comme Eugène, plus tard, dans l'un de mes rêves. Il fallait vraiment qu'il aille se reposer. L'artiste planifiait justement de partir quelques jours à la campagne avec sa mâchoire pour Noël. Il allait y retrouver ses cousins, se désintoxiquer avec de bons plats en mastiquant lentement. « Tu fais la grève ? » Je viens de poser la question du ménage à Eugène. Il ne répond pas, ramasse deux ou trois gravats domestiques et ouvre une fenêtre. Le vent s'engouffre. L'air fait frétiller les corps. Eugène enfile un sweat-shirt. Je porte un pull-over vert foncé qui me descend d'une génération. La maille est un peu large, certainement du fait des années et des jours de lessive, mais je n'ai pas froid. Je n'étais pas née qu'il était déjà tricoté celui-là, et je l'avais sur le dos, là, maintenant. À croire que maman, par procuration… À croire que maman.

« Martin ? J'aimerais que Dieu existe, n'importe lequel ou tous en même temps, pour que tu dises à mes parents que tu me connais, que tu m'as vue, que tu m'as aimée à ta manière. J'aimerais que Dieu existe. N'importe lequel. L'un des trois, ou tous en même temps… Que Dieu existe… Martin ? Peut-être qu'au paradis il y a un piano… Tu les enivreras les anges et les déesses. Les nymphes et les séraphins… Les démons n'oseront plus t'approcher – dès la première note, tu les tueras, ces immortels ! Dès les premiers mots de ta musique… »

Devant la sépulture de son fils, le père de Martin a récité le kaddish en pleurant, les yeux fermés… Je le regardais comme un héros. La prière frappait ma poitrine. Son frère, ses tantes, ses oncles et ses cousins la murmuraient aussi à côté… Et moi, je savais qu'à l'intérieur, il y avait cet être qui vivait. Moi, je savais qu'à l'intérieur, il y avait Martin. Encore. Je le savais. Et je ne disais rien… Le soir précédent, lors de la veillée, je les avais tous vus déchirer une petite partie de leur vêtement – chemise ou veste – à hauteur du cœur. Le frère de Martin avait expliqué à Clara que c'était la tradition juive et que normalement Martin aurait dû n'être recouvert que d'un drap blanc. Sa mère lui avait choisi une paire de mocassins noirs. Un costume bleu et une paire de mocassins noirs. Je me suis juré de ne jamais rien choisir pour un mort. Jamais. Moi, je préférerais qu'on me laisse comme on m'aura retrouvée. En pyjama, en sous-vêtements ou en robe de soirée. Avec du sang partout ou pas de sang du tout. Mais demeurer pareille que quand j'étais vivante, que quand j'étais vivante pour la dernière fois. Pareille. Martin, il ressemblait au Christ quand il est mort ; maintenant, il ne ressemblait à rien, à peine à lui, à tout le monde.

La SDF polonaise était encore dans la rue lorsque nous sommes repassées en voiture avenue Jean-Jaurès. J'ai pensé à lui, au grand homme, j'ai freiné. La petite femme, elle, pauvresse, s'était endormie, une couverture sur les genoux. Elle devait avoir les mains gelées et risquait de se faire assassiner par le froid. J'ai freiné. Clara n'a même pas relevé. Depuis les cent cinquante bornes qui nous séparaient du cimetière, ses yeux étaient rivés sur le pare-brise. J'ai mis les *warnings*. Je suis sortie de la voiture, l'air était gelé, j'ai couru jusqu'au porche pour réveiller doucement la SDF polonaise. Elle a ouvert les yeux comme une enfant, elle m'a souri. Je lui ai dit que pour la nuit, si elle voulait, on pouvait l'héberger. Elle s'est levée. Je lui ai posé sa couverture sur les épaules, elle a ramassé son siège tout en le pliant et m'a suivie docilement. Clara n'avait pas bougé. J'ai ouvert la portière arrière, la SDF est montée. On a roulé jusque dans le XVIIe.

Clara pleurait. L'appartement de Martin se réchauffait de larmes. Le piano était en deuil et portait, là, justement sa couleur. La SDF polonaise s'est allongée à côté de l'instrument sur un matelas qu'on lui avait sorti avec un duvet. Elle respirait fort. Mais elle pouvait dormir sans que l'air lui pique le nez, cela devait faire du bien à ses narines et à ses bronches. Dehors, il faisait froid. C'était décembre. La nuit était glaciale. Elle était tombée rapidement et la sortie du cimetière avait pris des allures de cauchemar. De la brume affleurait aux portes des caveaux et chacun avait vite voulu retrouver sa voiture. Personne n'avait patienté jusqu'à ce que la terre recouvre le dessus du cercueil, personne n'avait attendu la dernière pelletée. Quand nous étions parties, la lune se reflétait encore sur l'un des angles de bois laqué qui protégerait Martin des insectes et des vers de terre. Clara avait reçu autant de poignées de main qu'elle avait pu. J'étais restée à l'écart, adossée contre un gros chêne. Parfois je recevais des sourires ; des sourires gênés, défaits, à distance, ressemblant à tout sauf à des sourires. Je ne voulais pas serrer de mains, sentir les paumes froides tremblantes de tous ces gens que je ne connaissais pas. Je voulais juste attendre Clara. Je la ramènerais chez Martin, dans l'appartement vide de Martin… Les blessures de l'écorce s'étaient éprises de mon blouson. Je m'enracinais aux pieds de Martin avec pourtant l'unique envie de tourner la page. Je voulais aussi que Clara la tourne. Je voulais faire avancer le temps, déposséder une année entière de ses jours. Et je restais là, adossée aux tissus externes et crevassés d'un châgne. Pour compenser l'adultère. La raison de mon soutien était immonde. Si encore Martin avait pu combler Clara jusqu'aux noces d'argent – ou au moins dix ans, jusqu'à l'étain –, la compensation se serait faite d'elle-même. Mais aujourd'hui, il fallait compenser autrement. Alors, je restais adossée à l'arbre ; pour que sa sève se mette à couler dans mes veines, pour que la sagesse de son tronc s'accapare de moi, pour que ses feuilles qui étaient tombées repoussent au printemps sur mes bras… Je regardais Clara. Je voulais qu'elle oublie tout, qu'elle aille jusqu'à ne plus se souvenir du mot que son défunt mari avait écrit sur la feuille de papier ; je voulais qu'elle tourne la page, qu'elle chiffonne le quart, qu'elle ne soit plus malheureuse et qu'elle se remette à sourire. Elle avait tendu une dernière main, machinalement offert son buste une dernière fois… Et maintenant que nous étions rentrées, Clara vidait sa peine dans des mouchoirs qu'elle semait tous les deux mètres. Elle marchait lentement, très lentement, au ralenti, à la limite de l'immobilité, satisfaisant chaque pièce de la douceur de ses pas, comme si elle avait marché sur le corps de l'homme qu'elle aimait… Elle marchait sur son corps et lui jetait des mouchoirs usagés et froissés comme si c'étaient des roses. Ils ponctuaient sa marche, du salon à la salle à manger en passant par la chambre… J'avais la tête dans un étau. L'Évangile était posé sur la fonte brûlante du radiateur. Je l'ai ouvert au hasard. « Mais Jésus, se baissant, se mit à tracer du doigt des traits sur le sol. Comme ils continuaient à lui poser des questions, Jésus se redressa et leur dit : “Que celui qui n'a jamais péché lui jette la première pierre.” » J'ai regardé au travers des carreaux. J'ai regardé la nuit de la façon dont Martin avait dû regarder la fin du jour quand Franck était parti… Clara pleurait. Je regardais par la fenêtre. La SDF polonaise dormait.

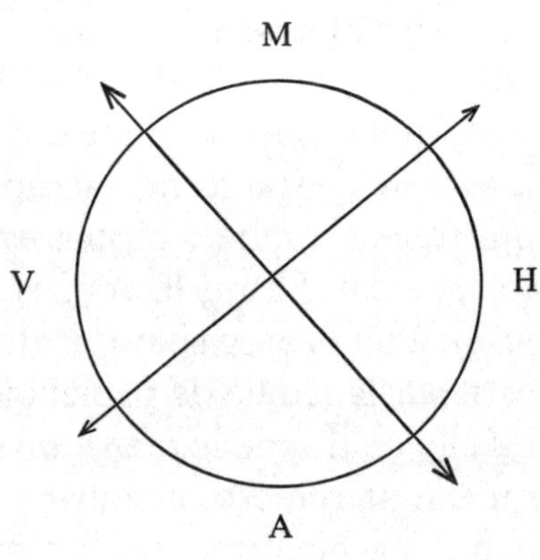

QUATRIÈME CARNET
(incarnat avec élastique)

Entamé le 23 avril 2019
RER B, retour de la Seine-Saint-Denis (93).

Achevé le 9 juin 2019
Latitude : 48.952988 ; longitude : – 30.492178.

Nombre de pages : 83

Premier jour de l'an. Festivités arrêtées à cause du soleil. Boire un café au petit matin sur un balcon. Porter l'anorak délavé d'Eugène qui dort plus loin pour ne pas avoir froid. Boire un café sans sucre parce qu'on veut se punir ou qu'on s'est éprise de certaines résolutions. Ne plus vouloir dépendre de quoi que ce soit. Regarder vers le bas. Les voitures, la rue, les pigeons. Voir débouler une femme à la chemise jaune, perchée sur de hauts talons, qui tient un ballon de baudruche argenté gonflé à l'hélium. Penser au dernier tableau d'Henri Matisse. Regarder la femme à la chemise jaune s'engouffrer dans les toilettes publiques comme une naufragée. Fixer le ballon qui n'a pas su se faufiler à l'intérieur et qui s'échappe des sanitaires comme la Sicile de l'Italie. Fixer le ballon. Arrêter de penser à Matisse. Penser à une paire de chaussures. Boire un café sans sucre. Sur un balcon. Avec ou sans Roméo. Avec ou sans Cyrano. Avec un polichinelle dans le tiroir… Ma vie ressemblait à l'épopée des courants littéraires rameutés sur une seule décennie. J'étais sortie du baroque, j'avais aperçu les Lumières, entrevu le romantique, et je me retrouvais dorénavant confrontée au naturalisme d'un cas classique quasi absurde et surréaliste… J'ai peur. Elles me font peur les choses qui se passent dans le ventre… Pourtant, les seuls restes, les seuls déchets. Comme un infime trésor que la mort a oublié… Je ne dilapiderai pas le magot… Martin ne finira pas dans une poubelle d'hosto. Je ne pouvais pas le tuer à nouveau. Ce serait comme de dire : « Excusez-moi, Madame la Mort, vous avez omis quelque chose ! » Régression sans nom. Ce truc-là, ce fœtus qui poussait, c'était la survie transie de Martin. De Martin qui pourrissait sous la terre, qui pourrit déjà et qui a les ongles longs. Trop longs pour pouvoir jouer du piano sans que l'émail tacle l'ivoire… Quand on meurt, les ongles continuent de pousser. Et les cheveux, aussi. Les boucles blondes de Martin. J'imaginais les boucles blondes de Martin sur le crâne d'un gamin. Je m'imaginais les revoir, étincelantes, sur une tête qui sourit et qui raconte que son papa a les cheveux jusqu'aux pieds…

« Putain… » Eugène s'est réveillé. Je l'ai entendu bouger, poser les pieds par terre, s'appuyer sur ses jambes, se lever. Il m'a rejointe sur le balcon. Ses points de suture lui donnaient l'allure d'un pirate. « Bonne année… » L'air sentait le froid, la grisaille, et malgré tout la nouveauté. « Bonne année… » L'atmosphère décontenançait l'achèvement par tradition et le commencement était à la fête. Eugène a dit qu'il allait arrêter l'héroïne. Les voitures continuaient de rouler en bas. La femme à la chemise jaune est sortie comme une rescapée des toilettes publiques. Elle a lâché le ballon. Il s'élevait. Bientôt l'argenté disparaîtrait, se perdrait dans le gris de Payne des nuages et la pollution… L'aube avait trépassé depuis un moment, l'aurore avait péri, mais Eugène venait de dire qu'il allait arrêter l'héroïne. Il faisait jour. Martin m'est apparu, sur fond de rue, les cheveux traînant sur le goudron, l'air nigaud et les ongles qui se renvidaient en spirales… Je lui trouverai un père à cet enfant. C'était décidé. Comme il aurait fallu en trouver aux enfants des Boches, des Allemands qui avaient engrossé des Françaises et qui s'étaient tirés. Les Françaises, on les a tondues. Les enfants, ils existaient en se prenant des coups de pierre dans la tronche. Pas de père pour les défendre. Pas de père pour relever la mère. Pas de père. Dans certaines tribus africaines, et même sur d'autres continents encore, les enfants sont protégés par tous les membres de la communauté. Peu importent leur histoire, leurs origines, qui ils sont ou à quoi ils ressemblent : les enfants sont protégés, et aimés. Être père, c'est être le père de tous les enfants à la fois. Être mère, c'est pareil. C'est une question de responsabilité. Alors, t'en auras un. Je te le jure, t'en auras un. Tu pourras le dire le mot, tu le diras. « Papa. » J'avais huit mois pour t'en trouver un autre… Le mien était parti tôt, le tien arriverait juste à temps. « Je te le promets. » À toi, fils de Rome ou princesse de Venise, je promets un père.

J'ai échancré les revers d'un short en coton. Il a passé ses doigts – le bout arrondi de ses doigts rongés aux ongles – sous la fibre du tissu, sur la courbe de l'aine. À rebord de sexe et d'organes. Ses doigts. Ses gros doigts d'homme. « J'ai envie de te faire un enfant… » Paroles en l'air, partie de jambes en l'air. Le beau brun était capable de raconter n'importe quoi tant il pouvait parfois s'emporter dans sa fougue. En réalité, il ne s'intéressait qu'à ce qu'il désirait. Dès que la satisfaction se radinait, il prenait la fuite en ayant déjà envie d'autre chose.

C'est ce qui le rendait touchant et magnétique. Cette incapacité au contentement. Il désirait tout et ne voulait rien. Et bien qu'il ait tendance à délibérer naturellement sur des foutaises, la confrontation directe s'avérait toujours assez laborieuse… Au matin, je lui avais tout de même franchement posé la question d'une éventuelle relation. Je ne sais plus précisément comment je l'avais formulé. Je n'en avais, à vrai dire, pas fondamentalement le désir, mais il fallait bien que je prenne sur moi… Le beau brun scrute la marne du sol. Une tasse de café amer réchauffe ma paume. J'imagine son champ de vision massacré par le béton nouvellement ciré de sa garçonnière. J'imagine le minime relief, gris et froid, sur lequel se posent ses idées volages… Je porte la tasse à mes lèvres. Comme si un mouvement en entraînait un autre, le beau brun lève progressivement son regard jusqu'à me l'offrir… Il est présent comme jamais, d'une disponibilité presque paranormale… Le beau brun… Cet entêté. Celui qui a toujours l'air de fermer les yeux à cause de ses cils et qui a de gros doigts bien ronds qui rassurent… Celui qui a peur du vide.

C'est affreux de ne pas vouloir être raisonnable. Affreux. La raison qui explique et la passion qui fait la sourde oreille. « *La cigale et la fourmi…* » Je n'avais même pas évoqué le bébé, mais ce premier échec me crispait par principe. Pourtant, il aurait fait un beau père… Un beau-père. Un beau brun de père… Je lui enviais la liberté de pouvoir dire non. La Fontaine avait raison de ne pas s'établir. Il devait avoir compris beaucoup de choses… Sans doute que le beau brun les a comprises aussi, puisqu'il n'a « pas l'envie », non plus, de s'établir. En tout cas, pas avec moi. « Pas l'envie », qu'est-ce que ça veut dire ?

Clara ne mangeait plus que du chocolat. Rien que du chocolat. J'imaginais l'absence de Martin lui peser comme un fardeau, se dandiner par-delà son dos comme les sacs de pierres par-delà celui des bagnards, sur la route, quand le soleil crame, aussi lourde que les blocs de rochers qu'on déplace dans les kibboutz… Sa figure avait changé. Elle avait perdu la hauteur fière de ses pommettes, troqué l'insolence du relevé de son nez contre une inadéquate tristesse qui ne collait pas à son visage. Il y a des visages qui se doivent d'être heureux. Le visage de Clara était de ceux-là : haut et court, joufflu et riant, sans accroc. Lisse. La perte lui abîmait le teint, la rendait transparente, trop légère ; à parier que si on la tendait, la main passerait au travers. Au travers de Clara comme au travers d'un fantôme…

La veuve de Martin s'était finalement installée pour de bon place de Clichy. Nous avions ramassé les mouchoirs, rempli des cartons, trié les vêtements, donné du linge, rangé les souvenirs, mis en vente les partitions. Seul le piano évoquait encore la présence du concertiste – cénotaphe sans plaque, sans banc, paré d'un tabouret. En moins de trois jours, avec cette énergie du désespoir qui étonne tant elle paraît inadaptée et sur-humaine, les lieux s'étaient transformés, la cave s'était remplie.

Quand nous avons eu fini, après avoir résilié les derniers abonnements, modifié les contrats d'assurance et changé les adresses, en respectant strictement le tracé d'une ligne, Clara a annoncé qu'elle porterait du noir jusqu'au printemps… Le mot « deuil » m'avait toujours semblé vain… Même si la plaie restait ouverte, mettre un terme à la période, sur la période, la contraignait tout entière. Afin qu'elle cicatrise, j'étais persuadée que le remède, au contraire, au lieu du pansement qui recouvre, c'était l'air, le courant de l'air sur l'à-vif de la blessure, celui qui ferait sécher le sang et se former la croûte… Toujours est-il que Clara ne mangeait plus que du chocolat… Sans doute à cause de ce que m'avait expliqué Franck, un jour de grêle, quand les carreaux frémissaient alors que c'était l'été… Je me souvenais : « Les macarons au chocolat Pierre Hermé sont les meilleurs. » Que ce soit Pierre ou un autre, il fallait consoler Clara. Livraison de macarons au chocolat. Pierre Hermé, en vertu des dires d'un grand disparu. Livraison. Réception. Incorporation.

J'ai croisé Harald. Rue Vavin. Il avait les joues rouges. Il avait grandi. Comme s'il avait grandi. L'acteur m'a annoncé une lecture dans un théâtre, deux avant-premières et une conférence, « un genre de conférence », qu'il allait donner au printemps dans une école… Il faisait froid mais le bonheur d'Harald me réchauffait un peu. On a marché jusqu'au jardin du Luxembourg. Harald m'explique que c'est Marie de Médicis qui en a ordonné la création. On a longé les courts de tennis, fait le tour du bassin. L'air piquait. J'ai dit que Martin était mort. « Qui ? » « Martin. Le concertiste. » L'impression d'être séquestrée au beau milieu du givre. « Mince… C'est pas de bol… » Pas de bol. « Il ne s'était pas marié ? » « Si… » Je n'ai pas parlé du ventre. Harald me fait un court exposé sur la notion de résilience. « C'est un noumène fondamental qui nous mène (Harald se marre) sur la bonne voie suite à n'importe quelle perte. » « Un quoi ? » L'acteur fait une moue désabusée mais comique : « Un noumène, un concept… » puis m'explique avoir exploré « le process » du fait des nombreux castings qu'il avait passés sans les réussir. « Déni. Colère. Dépression. Résignation. Acceptation. Reconstruction. » Ce sont les six épreuves à franchir, mais d'après lui, il était très fréquent de rester bloqué au niveau de la résignation, ou bien encore de ne pas même sortir de l'étape du déni ou de la colère. Harald ne peut pas s'empêcher de faire des jeux de mots… « Oh, ça va ! Il faut établir un constat, quoi… Puis traverser scrupuleusement chaque phase du processus afin de parvenir à transformer la perte en expérience… Et tirer parti du deuil. »

Le philosophe-comédien passe ensuite en revue les sculptures, précise qu'il y en a « exactement cent huit »… Il les a comptées un jour qu'il était venu réciter une tirade aux graviers. Celle qu'il préfère, c'est le joueur de flûte – enfin, le *Faune dansant* – près du boulevard Saint-Michel… J'avais les mains gelées ; le bout de mes doigts commençait à cailler comme du lait. L'acteur a proposé un chocolat chaud dans un salon de thé mais je préférais rentrer. Nous sommes sortis du jardin. Harald a dit que l'on se reverrait évidemment avant, mais tout de même lourdement insisté pour que j'assiste à sa conférence au printemps. Nous nous sommes séparés devant le Panthéon.

Je suis rentrée en taxi. L'heure faisait qu'un samedi au même moment, on aurait mis deux fois moins de temps pour faire le même trajet… J'avais collé le haut de ma pommette contre la vitre. Je comptais les poussettes. En fin d'après-midi, en semaine, il y en a sur tous les trottoirs et à chaque coin de rue. 1, 2, 3, 4, 5, 6… Le chauffeur grognait, râlait à cause des embouteillages. 7, 8, 9, 10, 11, 12… Ce que j'aimais chez Harald, c'était précisément tout ce qui faisait qu'il ne pouvait pas être le père. Klaxon. 13, 14, 15, 16… Pas de père comédien. Klaxon. Tant pis. Klaxon. Klaxon.

S'il y en a une que la nouvelle ravissait, c'était ma grand-mère. Elle s'était évidemment attristée en apprenant le décès du « géniteur » (c'est le mot qu'elle avait employé) – quoique j'avais trouvé sa compassion plutôt légère – mais avait littéralement rugi de colère lorsque je lui avais confié, en définitive et par téléphone, mon incapacité absolue à tenir la décision que j'avais pourtant prise deux semaines auparavant, face à un médecin qu'elle qualifiait sans scrupule de « meurtrier »… Le mardi 8 janvier 2019, jour du rendez-vous, je m'étais en effet littéralement enfuie du cabinet comme un braqueur de banque. J'y étais allée pour assurer mon choix et informer les intéressés d'un éventuel changement de perspectives, mais lorsque l'infirmière m'avait nonchalamment demandé si j'avais au moins pris la précaution d'en discuter avec le père, je m'étais carrément sauvée… Dans la précipitation, j'avais oublié, calé au pied du siège sur lequel je m'étais assise, un colis du Jura que j'étais allée chercher le matin même à la poste… J'avais dû faire demi-tour et affronter de nouveau l'infirmière pour le récupérer et découvrir, étripant le carton en pleine rue, une immense écharpe bleu égyptien en poil de lama domestiqué que ma grand-mère m'avait tricotée pour Noël. L'écharpe était si longue que je pouvais l'enrouler jusqu'à cinq fois autour de mon cou. J'avais passé un coup de fil à la couturière pour la remercier. Et maintenant, Paula m'engueulait. Elle déblatérait de long en large et en travers. Comme le pape. « En

Irlande, toute personne qui avorte ou aide qui que ce soit à avorter est passible de quatorze ans de prison ! » J'avais eu beau lui affirmer qu'une nouvelle loi venait d'être votée en décembre, rien n'y faisait – « 18 », « 21 ! » – et ma grand-mère hurlait que c'était terrifiant d'avoir « osé tenter de lui dissimuler un infanticide ». Parce que oui, selon elle, c'en était un.

Clara s'est retrouvée coincée dans une cage d'escalier, entre deux portes coupe-feu… Il était dix heures du matin, elle avait laissé ses affaires dans le bureau d'une société qu'elle avait investie pour une traduction franco-russe, et simplement emporté son porte-monnaie pour acheter des plaquettes de chocolat aux amandes. Ses poings étaient si menus qu'ils n'avaient pas su faire assez de bruit contre le métal blindé anti-incendies. Les caméras de surveillance dysfonctionnaient et Clara avait passé vingt et une heures, soit quasiment une journée, à monter et à descendre les vingt-deux marches qui séparaient le deuxième étage du premier, à l'orée de ce qui était le niveau numéro deux d'une tour qui en comptait trente et un. Clara m'avait rapporté qu'il y avait strictement quatorze marches entre les deux étages. « Deux fois sept avec un entresol… » Elle avait somnolé sur la cinquième marche, pleuré sur la septième, cogité sur la dixième, et s'était endormie sur la quatorzième. Un technicien de surface avait fini par emprunter l'escalier de service. Clara fut sauvée par l'homme au balai. Pour le remercier, elle lui fit porter une botte de bleuets et des financiers.

La seule et unique fois où je suis entrée dans Notre-Dame, j'y suis restée six heures d'affilée. C'était bien avant l'incendie puisque c'était mi-janvier. J'avais d'abord fait le tour de l'édifice, emprunté les couloirs, les escaliers… Les églises, les chapelles, les basiliques et les sanctuaires ont l'odeur du temps. Certaines anciennes demeures aussi. Cette odeur bien particulière, de la pierre, du verre, du métal et du bois gardés au frais. Comme dans un congélateur. Avec par-dessus la foi qui vient napper l'ensemble de mystère. Caramel fondu sur crème glacée. Coulis de fruits rouges. Durant ces six heures, je n'avais eu strictement aucune prise sur mon mental. Je le laissais vagabonder, tirer les fils, exciter les circonstances, décontenancer le présent. J'aurais pu me trouver n'importe où, cela n'aurait rien changé. Ma tête était ailleurs. Coupée. Comme détachée de mon corps. De manière encore plus saisissante que lors du mariage au fin fond de la Touraine… Dans le Jura, pendant mes séances de catéchisme, j'avais procédé à ce genre d'observations sans but précis, mais sous contrôle ; cette fois-ci, j'avais mis plus de six heures à me reconnecter à moi-même, assise sur un banc de bois, derrière les cierges et des pupitres. Peut-être parce qu'au bout d'un moment, mes orteils se sont fait sentir car ils avaient froid. En tout cas, quand j'ai réalisé le phénomène de séparation, ça m'a fait un choc. Un « Vlam » aussi soudain que lorsque le tableau se décroche sur le bateau dans *Novecento : pianiste*, le livre de Baricco. Moi, j'avais *Martino : pianiste* en tête, en tête de file, en tête de liste, en tête de gondole. Sans Venise. Sans bateau. Avec des cellules en train de se multiplier *crescendo* à l'infini dans mon bas-ventre. Et presque mal au cœur.

Je suis ressortie de la cathédrale *illico presto*. Il faisait encore jour... Au début de la rue du Cloître-Notre-Dame, j'avais levé la tête comme pour chercher de l'aide. Parmi les gargouilles du long balcon joignant les deux tours, appuyé d'une main sur la balustrade et caressant sa barbe de l'autre, un vieil homme avec un bonnet phrygien paraissait à la fois satisfait d'avoir résolu un problème et surpris devant un mirage que lui seul pouvait pourtant voir... J'étais encore engourdie par le mien... Chacun son mirage, donc.

Phil, 24 ans. Anatole, 27. Lucas, 28. Gilbert regarde ce que je manigance par-dessus mon épaule. Pour le mettre un peu mal à l'aise et qu'il ne me reproche rien, je lui propose l'ouverture d'une session à son nom... J'avais calibré dans les critères de la mienne un barème d'âge assez large mais suffisamment élevé pour être en mesure de choisir parmi des candidats indépendants et responsables. J'explique le principe à Gilbert qui hausse les épaules, baragouinant un mécontentement inaudible, et se dépêche d'aller réceptionner une immense bulle de savon en latex réalisée par un artiste italien en hommage à Jean Siméon Chardin (peintre français du XVIIIe siècle, dont *La Bulle de savon*, une petite huile sur toile, était conservée au Metropolitan Museum of Art à New York)... J'avais accouru pour aider Gilbert qui ne savait pas où, ni comment, installer le mètre cube très coloré et transparent, extrêmement léger mais incroyablement fragile. « C'est une métaphore du monde, si on l'abîme, on est mort... » Mes réflexions se perdaient dans les nuances arc-en-ciel qui rappelaient l'essence sans en avoir l'odeur... Je me souvenais de mes entraîneurs de volley au collège : à vingt-cinq ans, ils ne paraissaient pas bien avancés… Ils se planquaient derrière le gymnase pour fumer de l'herbe à la mi-temps… « Attention !! » Après un léger déséquilibre, nous sommes tant bien que mal parvenus à faire tenir l'immense sphère sur un socle, et le monde trônait au beau milieu de la galerie…

Hugues, 34. Selim, 41. Gauthier, 39. Ils étaient si nombreux. C'était incroyable qu'autant de personnes soient à la recherche d'un père. Non. D'une mère. Non. Djamel, 28. Thibault, 34. Jérôme, 43. Enfin, qu'autant de personnes utilisent ces interfaces pour disconvenir de ce que leur proposaient respectivement leurs réalités. Hervé, 35. Samuel, 28. Ali, 33. Voir défiler des photographies en boucle et sans arrêt me donnait le tournis. Marc, 36. Saber, 38. Ben, 31. C'était comme de chercher une aiguille dans une botte de foin. Alexandre, 29. Peter, 40. Thomas, 32. Je commençais à recevoir des messages absurdes, drôles ou saugrenus, suivant des approches cocasses ou quelconques : « Bonsoir… » « Ça va ? » « On se voit ? » « Comment s'est passée ta journée ? » « Tu n'as pas froid en cet hiver ? » « Qu'est-ce que tu racontes de beau ? » « Je te cherche depuis tellement longtemps ! » « Ouf, tu es là ! » Je constatais, en passant en revue les profils que la gente masculine affectionnait tout particulièrement les clichés sur lesquels on les voyait réaliser des prouesses, et spécialement celle de sauter dans les airs… Alors, pour les faire bondir et vivifier en eux le goût du challenge, j'avais fini par inscrire la vérité près de la photographie que Gilbert, à contrecœur, avait bien voulu faire de moi devant la vitrine de la galerie : « Femme enceinte, 22 ans, cherche un père pour assumer l'enfant d'un musicien mort. » J'avais hésité à préciser que Martin s'était suicidé, mais l'idée, c'était quand même de trouver quelqu'un de bien.

Le père de Clara est un petit homme assez fort qui parle haut et laisse s'échapper d'atroces rires gras. Clara avait prévenu : son père riait beaucoup. Hors course lors du mariage, j'avais l'impression de le découvrir… Il a un peu de ventre, les cheveux hérissés poivre et sel, et pas vraiment le sens de l'humour. « Quel est l'avantage d'être sourd quand on a un pied dans la tombe ? » Décidément, le père de Clara n'est pas drôle. « C'est qu'on n'entendra pas sonner sa dernière heure ! » Il glousse sans arrêt et raconte des blagues que sa fille ne comprend pas. Il vaut mieux ne plus en avoir. Parfois, vraiment, il vaut mieux ne plus en avoir…

C'était un jeudi. La veille, Clara était passée à la galerie pour savoir si je pouvais l'accompagner au Vésinet le lendemain. Le simple fait de la voir pousser la porte vitrée m'avait effrayée et j'avais dit oui avant même qu'elle ne signe ou n'inscrive quoi que ce soit… Clara s'était tapé la cage d'escalier pendant deux jours, elle était veuve, j'avais donc renoncé à ma séance de natation avec Jeanne et Gilberte pour me retrouver devant une théière d'eau chaude et un sachet de Ceylan, dans le restaurant d'un hôtel des Yvelines…

Le père de Clara avait demandé à la voir pour signer des papiers et il était odieux. « Il faut qu'on parte. » J'ai dit qu'il fallait qu'on parte. Clara a fini de parapher alors que j'étais déjà debout, et embrassé son père alors que je la tirais par la manche. La Citroën de Martin était garée dans un parking souterrain. On a descendu les niveaux à pied. Moins un. J'ai articulé très explicitement une amorce pour aborder la question paternelle. Moins deux. Clara a d'abord fait mine d'éviter le sujet, mais je n'ai pas lâché. Moins trois. Clara obtempère, pose son sac par terre, s'assoit sur les marches et entame un bloc-notes avec le drame du père à la pointe du feutre. Elle désobéit à la marge, me regarde en essayant d'articuler certaines idées de façon sonore. Je lis à contretemps. Clara écrit que l'on choisit de subir ou de ne pas subir. Clara note en lettres majuscules que « ce n'est pas grave ». Clara pleure. Clara sourit. Clara écrit qu'elle ne se sent pas trahie, que chacun fait de son mieux aussi… Clara souligne la dernière phrase. J'arrête de lire ce que Clara griffonne sur les feuilles quadrillées. Comment aurait-il été, mon père ? Merveilleux, forcément. Soudainement, les lumières s'éteignent. Je. Suis. Prise. De. Panique. Respirer. Ne faire que respirer. Clara a attrapé ma main et l'a serrée dans la sienne. Une portière a claqué. Les éclairages se sont rallumés. Béton grisé. Clara semblait aussi à l'aise que sur un canapé. Elle avait pris le pli. Une heure de cage d'escalier. Clara enchaînait.

Je ne suis pas sûre qu'il y ait effectivement un rapport entre ces deux événements, mais durant la nuit au cours de laquelle Clara s'était évertuée à monter et à descendre les marches d'un escalier, j'étais quant à moi, en rêve, tombée nez à nez avec le même âne que celui de la période des fêtes de Noël. Il cheminait cette fois sans idole, sur une route lisse et bleutée au beau milieu du vide. Je le suivais à moyenne distance. Lui et son oreille blanche. Comme avec son maître, le procédé semblait éternel ; sauf que plus j'approchais, moins il avançait… Au départ, c'était amusant ; seulement, au bout d'un indicible laps de temps, il ne bougeait carrément plus. Figé et littéralement vissé au sol. J'avais bien voulu, même si la route montait un peu, le pousser comme une voiture en panne de batterie, mais à peine sur le point de m'adosser à son arrière-train, le voilà qui faisait quelques pas rapides vers l'avant avant de se mettre à hurler. J'avais manqué tomber trois fois. Braiment. Braiment. Braiment. C'était très désagréable. J'avais donc lâchement abandonné et fait demi-tour. Étonnamment, le silence était revenu ; pourtant bien, et sans jugement aucun, têtu comme un âne, le benêt s'était tu.

Depuis que j'avais modifié l'intitulé de mon statut, je ne recevais plus aucun message sur aucune interface. Je pensais pourtant qu'il valait mieux une description limpide et claire pour mettre la main sur un père cohérent, efficace et courageux. Et puis aussi pour qu'il sache dès le départ où il fichait les pieds… Jésus, 33. Ce n'était pas une blague, mais le seul homme qui avait validé mon profil et qui était entré en contact avec moi depuis la mise à jour… Jésus avait posé une ou deux questions quant à ma situation et fini par m'écrire très poliment : « Tu sais, je pense que ça peut effrayer beaucoup d'hommes si tu balances la vérité comme ça, de but en blanc. » J'avais pris son conseil très au sérieux, mais il m'avait suffi de tomber cinq minutes plus tard sur le profil du beau brun pour décider d'arrêter définitivement le virtuel. Tout compte fait, j'étais comme Gilbert… Je me perdais dans les méandres des hallucinations concomitantes générées par un trop-plein de symboles et d'énergumènes. Le célibat masculin parisien représenté à tout-va sur les écrans m'étourdissait et faisait également ressortir des aspects de la société que je trouvais défaillants… Par exemple, une quantité non négligeable d'individus choisissait de ne pas se dévoiler directement et de n'apparaître réellement qu'à la deuxième ou troisième image. Comme s'ils redoutaient de se présenter tels qu'ils étaient réellement, s'excluant eux-mêmes dès le départ. « Est-ce que tu apprécies ton corps à 100 % ? » C'était la question que j'avais posée à Jalil, 37. Il ne m'avait plus jamais répondu… Curieusement, cela m'avait rappelé les réactions des passants lorsque nous circulions à vélo sur les trottoirs avec Martin. Certains nous houspillaient, lançant parfois un « Vous ne pouvez pas rouler ailleurs ?! », tandis que d'autres, à l'inverse, s'écartaient réflexivement en baissant la tête, s'excusant même d'être sur notre passage – alors que c'était nous qui étions sur le leur ! Et ils s'enfuyaient. Exactement comme les taureaux, dans les champs, s'ils se sentent menacés… Bien sûr, il y avait aussi les gens qui n'en avaient rien à cirer ; et puis tous ceux qui s'inventaient toreros inoffensifs, le temps d'un chassé-croisé sur le bitume, esquissant gracieusement un sourire en pivotant d'un quart de tour… Et si chaque être humain était célébré parce qu'il compose la véranda ouverte du monde ? Qu'il y met ses couleurs, ombres et oxydations ? Ô combien ricochées sur la palette Terre comme sur une bulle de savon…

Chantons sous la pluie. Paula visionnait le long-métrage des années 50 tous les premiers dimanches de chaque mois, à seize heures pétantes, juste après avoir mis une soixantaine

(60, 62 : le nombre d'unités variait selon les mois) de croquants à la bergamote au four et inséré la précieuse cassette vidéo doublement étiquetée dans le magnétoscope… L'odeur des biscuits montait jusqu'à l'étage au fur et à mesure que le film-minuteur avançait… Gene Kelly était mort en 1996 et ma grand-mère fantasmait que si l'Américain s'en était allé quelques mois avant ma naissance, il était fort possible que nous nous soyons croisés « dans le cosmos »… Toujours est-il qu'à force de rengaine et de répétition, j'avais appréhendé qu'il devait être judicieux de chanter ou de danser quoi qu'en dise la météo… Gene Deleuze avait d'ailleurs – non, Gilles – développé toute une théorie quant aux humains poussant la chansonnette. D'après lui, on était susceptible de le faire en trois circonstances : chez soi, parce que l'on se sent bien ; en dehors de chez soi, pour se sentir comme chez soi ; ou alors, encore, pour se donner le courage de partir de chez soi. « Tralala. » Le patron du PMU du Jura sifflotait des airs bien à lui du matin au soir. Je n'ai jamais entendu personne siffler dans les rues à Paris… En tout cas, petit à petit, j'avais mis la théorie en pratique, et dorénavant, si mon gros intestin semble contrarié – les émotions et le système digestif sont a priori vaguement liés du fait du nerf « vague » –, je me mets soit à gesticuler, soit à sortir des sons… Cela avait débuté, malgré moi, sous la douche, quand Franck était parti ; au retour du mariage de Clara et Martin, j'avais réitéré l'expérience en criant depuis le toit de mon immeuble ; enfin, à la mort du musicien, j'avais marché jusqu'à n'en plus pouvoir… Je n'identifie pas encore précisément les mouvements qui me traversent… Depuis début janvier, j'ai des sensations assez nettes de solitude intestinale… Comme si mes organes se dissociaient, ou que les boudins de la piscine gonflable de mes boyaux étaient tout bonnement à plat… Un genre de vide… Cela détraque aussi mon appétit, déjà déboulonné du fait de la grossesse : appétence monumentale pour les protéines, fringales nocturnes hors du commun, fruits rouges à gogo et longueur de journée…

Nous avions décidé avec Clara, j'avais demandé à Clara, non, Clara avait bien voulu, sous un prétexte fallacieux de distanciation et de prise de recul, m'accompagner dans les cafés, dans les bars, dans les clubs. Pour elle, l'objectif était de se changer les idées. Pour moi, il s'agissait de trouver quelqu'un en mesure d'assumer la paternité à la place de Martin. Comme Clara ne m'entendait pas commander, je faisais semblant de boire. Je commandais des *virgin mojitos* tandis qu'elle enchaînait les mojitos tout court… En une semaine, à raison d'un cocktail par endroit, et de trois ou quatre établissements par soirée, nous avions écumé une bonne trentaine de rades. Du Sans Souci au Flore, du Francœur au Floréal, du Carillon à la Cordonnerie, du Progrès aux Folies, du Garde-Temps aux Heures, du Select à l'Éclair, en passant par Chez Jeannette et le Point Éphémère, nous avions quadrillé la ville de levées de coude et de toasts qui prenaient fréquemment des allures de miséricorde…

C'est ainsi que nous avions rencontré Anir. Il n'avait rien à voir avec le père que je cherchais mais il avait décidé d'accompagner nos pérégrinations. Ne buvant pas d'alcool, il avait trouvé sympathique que je commande aussi des *virgin mojitos*… Anir semblait à la fois perdu et très sûr de lui.

Il s'exilait doucement de la cité Floréal-Saussaie-Courtille à Saint-Denis, qui l'avait vu naître, qu'enfant il avait adulée, et qui se révélait un douloureux carcan. D'après ce que j'avais compris, il avait fait pas mal de trafic, participé à une série de vols et de larcins, puis s'était mis à dealer pour écoper au final d'une peine qui lui avait valu trois ans de prison ferme et l'abandon général. Maintenant, Anir comprenait le sens du mot « illégalité », mais soutenait de sa voix douce que c'était le pendant d'un autre mot qui s'écrivait presque pareil : « inégalité ». Sans pour autant les défendre, Anir comprenait les attentats, les actes de vandalisme, la révolution – qui était selon lui « en marche, comme le Président » – et les voitures cramées. D'ailleurs, il avait déjà carbonisé une bagnole : une Renault Clio rouge métallisé. Il s'était déterminé sur cette marque pour ne s'attaquer qu'à la nation ayant colonisé ses parents… Il ne se sentait ni bien français ni bien arabe et semblait débouler d'un autre monde. Même carrément d'une autre ère. Mais à défaut d'avoir trouvé une véritable terre d'accueil, Anir disait s'accueillir lui-même. D'ailleurs, sa bouche avait toujours l'air de sourire… « Exactement comme Bouddha ! » avait ouvertement remarqué Harald lorsqu'il l'avait rencontré.

Anir nous faisait bourlinguer. Au point que Clara lui avait même écrit sur son calepin : « Tu es un voyage… » Anir avait souri : « Tant mieux, les voyages permettent de prendre du recul ! » Je n'avais jamais quitté la France que pour aller en Suisse et d'après ma grand-mère en Italie, mais je n'en avais aucun souvenir. Quant à Clara, mis à part pour son travail qui la faisait régulièrement « voyager sans rien voir », elle n'avait profité que d'une série de Club Med dont la localisation importait peu et dont il ne ressortait, au bout du compte, pas grand-chose d'exotique… Anir, lui, était en exode. À Paris, mais en exode.

« Quoi "Putain, c'est trop"… ? Arrête de discuter, Eugène ! Appelle ça comme tu veux : "acompte", "provision", "pré-achat" ! »… Gilbert avait poussé une telle gueulante quand il avait su pour le bois, que pour parer à la pauvreté du support, le galeriste avait, dans l'heure, versé suffisamment d'argent à Eugène pour qu'il puisse se procurer de quoi réaliser « correctement » dix nouvelles œuvres pour une exposition au printemps. Eugène devait passer à la galerie dans la matinée pour dire où il en était… Sans vouloir trop le montrer, mais en pestant quand même environ tous les quarts d'heure, Gilbert l'avait attendu toute la journée… Il aimait tellement cet artiste qu'il le considérait presque comme son fils : il lui pardonnait tout et s'inquiétait d'un rien. Trois fois, il avait essayé de le joindre. Sans succès. Gilbert a attrapé sa veste et les clefs de sa voiture « garée beaucoup trop loin » pour se rendre à son rendez-vous de Saint-Sulpice et précisé qu'il reviendrait « après ». Je l'ai regardé longer la vitrine puis disparaître en direction de sa place de parking. J'ai rappelé Eugène. Il a décroché, balbutié qu'il avait un problème : « Putain… Faut que tu viennes… » J'ai laissé un mot à Gilbert, fermé la galerie et couru vers la bouche du métro. Avec un peu de chance, je n'aurais qu'à sauter. Je préfère sauter dans ces engins plutôt que de les attendre. Couloir. Escalier. J'aime m'y précipiter et entendre les portes se refermer juste derrière moi, les sentir me frôler.

Et le regard des gens autour, les yeux grands comme s'ils voyaient le risque ou la chance à l'état pur. Certains voient l'un, d'autres voient l'autre. Couloirs. Escalier. « J'ai ! »

« L'héroïne peut être consommée en "descente" de la cocaïne (c'est-à-dire après) pour atténuer les effets angoissants de la diminution du produit dans l'organisme, et parfois en *speed-ball* (cocaïne avec héroïne) afin de compenser les effets dépresseurs de l'héroïne par les effets stimulants de la cocaïne. » En moins d'une minute et en regardant Eugène, j'avais compris qu'il avait fait l'un, puis l'autre, puis l'un, puis l'autre, et qu'il en était là… Le peintre ne tenait ni sa résolution du réveillon ni sur ses jambes. Il avait des sueurs froides et la main sur le cœur. Sa voix ne se timbrait d'air qu'à peine. Il respirait mal, marmonnant qu'il n'avait rien pris depuis le 1er janvier. « Les overdoses de drogue surviennent souvent à la suite de périodes d'abstinence ou dans les polytoxicomanies (où les effets des produits se renforcent). » Eugène avait donc cumulé les risques et poussé le bouchon un peu trop loin. Je lui ai dit de s'allonger, il s'est effondré sur son lit en basculant sur le côté, comme s'il savait ce qu'il fallait faire… J'ai appelé les pompiers. « Merci de patienter. » Je n'arrêtais pas de parler à Eugène pour éviter qu'il s'endorme. J'avais la sensation qu'il ne fallait surtout pas qu'il s'endorme. Je lui posais des questions pour qu'il me dise les réponses et pour savoir quoi expliquer aux secours s'ils se décidaient enfin à répondre… Même sous une couverture, Eugène grelottait ; son corps frissonnait et il avait craché du sang. J'avais peur pour lui. Une voix s'est fait entendre. « État comateux, manque à chaque seconde de s'étouffer, son corps tremble et il sourit sans s'en apercevoir. » La voix m'a dit de l'allonger sur le côté. C'était fait. Le sang perlait sur le blanc de ses yeux qu'il n'arrivait presque plus à garder ouverts. Dix minutes ont passé. L'ambulance est arrivée.

Rêve. Le pêcheur appâte. Sans bruit, avec délicatesse. Sa femme veut faire de la friture. Il accroche des sardines, sans filet ni chaloupe. Il ne va pas très vite. Une quinzaine de bestioles frétillent, sursautent et gisent à ses pieds. Le ciel se couvre. Les nues vont faire des étincelles. Le vent s'est levé et les arbres flageolent. Mais, ça y est, l'hameçon a de nouveau servi : il a arraché le palais et les ouïes, défoncé quelques écailles. Le ciel devient noir, l'eau n'est plus qu'une cave, un gouffre, le clapotis ne reflète plus aucune lumière. Le pêcheur ferait mieux de rentrer. Il remet rapidement les choses en question, remonte sa ligne. Ses mains se mettent à trembler avec les étoiles. L'azur gronde et pond des éclairs. Sur un coup de tête, le pêcheur s'enfuit en courant sans même ramasser son matériel ni s'encombrer de son butin… La petite sardine du Pacifique est à terre. Elle frétille au bout de la ligne, suffoque. Le ciel est toujours noir. Il y a un grondement sourd qui se dissimule derrière le silence… C'est le poisson qui se jette sur l'hameçon. C'est un piège. Menace. Estivation. La sardine ne cesse de contracter sa ligne latérale. Elle bat des nageoires, elle bat le sol de ses minuscules nageoires. Son sang passe encore du cœur aux branchies. Une pousse d'herbe s'est introduite dans la plaie qu'a creusée l'hameçon. La petite sardine hurle, les yeux exorbités, rivés sur ceux de ses sœurs, évanouies, entassées, quasiment en arrêt. De la terre est collée sur leurs orbites… La petite sardine hurle parce que cet infime brin d'herbe, sur lequel nous marchons sans même le remarquer, déchire sa chair et la lancine à vif. Les photophores et les nageoires pelviennes se fanent… On entend des pas. C'est le pêcheur qui revient. Il se penche, ramasse la petite sardine, retire l'hameçon sans faire trop attention au brin d'herbe et, d'un coup de pied, rebalance tout ce qu'il avait pris à la mer. Il y a eu une éclaboussure. Les nuages se broyaient entre eux. Le pêcheur a regardé la dernière sirène qu'il avait toujours au creux de la paume ; il s'est mis à genoux ; il a construit un sas en posant sa seconde main sur la première ; puis, après avoir plongé les deux bras dans l'eau salée, doucement, il a desserré les doigts… Et il s'est tenu ainsi, accroupi, sur la rive, jusqu'à ce que la petite sardine prenne une inspiration et se sauve.

Il paraît que le cerveau des femmes change une fois qu'elles deviennent mères. L'hippocampe mute. L'empathie se développe et se tourne vers l'enfant… Je n'ai pas envie que mon cerveau change. Je veux rester la même. Je ne veux pas me préoccuper d'un enfant particulièrement. Je veux continuer à voir le monde au travers de mes yeux sans que leur axe se transforme… Paula prétendait que ça ne changerait absolument rien. Moi, j'étais sûre – et je le suis toujours – que ça changerait tout. Si l'hippocampe mute, tout change, c'est sûr ! Il n'y a qu'à observer autour de soi… Si l'on fait un peu attention, on se rend bien compte que tout se transforme une fois que l'hippocampe a muté. Les femmes sont généralement moins attentives au reste du monde quand elles ont des enfants… Sauf Brigitte Bardot et ma mère. Ma mère et Brigitte Bardot sont des exceptions, sans doute. Il faut des exceptions pour confirmer une règle.

Une fois par mois, avant d'être enceinte, j'avais les nerfs à vif. Comme les fils des circuits électriques que l'on dénude pour faire des branchements. Rouge. Noir. *Le Rouge et le Noir*. Julien Sorel. Verrières. Besançon. Paris. J'avais plus ou moins suivi le même chemin que lui. Vers l'ouest. Province. Capitale. Et à son exemple, j'étais aussi tombée sur Mathilde… Coup de grâce. Ruine. Désastre. Tirée à bout portant alors que j'étais en pleine filature, convaincue que le jeu en valait la chandelle… Sauf que celui que je poursuivais s'appelait donc Mathilde. « Avant c'était Mathieu… Mais je trouve ça pas mal de garder les mêmes initiales… » Voix douce et rocailleuse, corps lourd, traits fins, pores dilatés, transition de genre amorcée et changement de sexe programmé. Ce n'était pas fondamentalement gênant en soi, au contraire, mais cela ne correspondait pas à l'idée pour le moins banale que je me faisais du père idéal… S'en était, malgré moi, suivi un très long débat sur la parentalité ainsi que sur ma vision de la paternité. Je n'en avais pas de vue précise, juste une vague conception qui comprenait, il est vrai, l'aptitude à la conception… Cette simple révélation avait beaucoup peiné Mathieu-Mathilde, et il/elle m'avait plantée sur-le-champ dans la rue comme en pleine campagne. Baisser le menton. Regarder le sol. Le goudron…

Auparavant, j'avais les nerfs à vif pour une raison valable : je connaissais mon corps et les cycles invariables qui, depuis mes treize ans, agitaient, trois ou quatre jours par mois, mon tempérament… À présent, je n'avais plus l'once d'un repère, la composition me paraissait morose. Et depuis cette brève entrevue d'avec Mathilde, mon entrain s'était carrément fait la malle… Pénible. Revêche. Maussade. Rien ne s'amorçait comme espéré – si tant est que j'avais espéré quelque chose – et je me sentais hautement seule face à l'ampleur d'une entreprise gigantesque qui me dépassait et dont je ne savais plus rien ni par quel bout la prendre… C'était vertigineux. J'aurais aimé entendre des voix, avoir des indices, une guidance, que Macadam me conduise sur la trace d'une piste ou quelque chose… Ne surtout pas paniquer… Maintenir le pas en avant et la marche sûre. S'attacher tous les jours à recommencer sans penser au résultat.

Besoin d'aller au cinéma. Harald propose. Un film de science-fiction. Les choix d'Harald – et pour les vêtements, et pour les jeux de mots, et pour les restaurants – sont parfois peu appropriés, mais bon… Un film de science-fiction. Un de ceux qui délocalisent et obstinent. Un de ceux qui donnent envie de respirer l'air à la sortie. Un rêve éveillé aux allures morbides. Un va-et-vient continu dans les strates inconscientes et les méandres d'un cerveau humain. Une histoire d'adultère surveillé qui finit mal. Un meurtre, des vidéos. Le harcèlement mortifère du trouble de l'innocence qui s'acharne à dire qu'elle n'y est pour rien… *Lost Highway*. David Lynch. « Tu imagines qu'ils ont tourné ça en 1996… ! » Je suis née le 10 août 1996. Après, je ne me souviens pas. Après, je me souviens. Et encore après, je suis au cinéma avec Harald… Je l'avais prévenu que j'avais peur du noir, nous nous étions donc installés tout au bout d'une rangée, près du panneau vert fluo de la sortie.

Nous restons assis jusqu'à la fin du générique. Les lumières se rallument. Les gens se rhabillent et se lèvent tandis que l'acteur me confie que les cent quarante-cinq minutes du film visionné confirment absolument ses investigations et qu'il y voit le constat avéré d'un appel à une lutte intérieure… Harald continue : « Et pour la gagner, il faut faire taire son ego ! Tu sais ce que c'est l'ego ? » « Non… » « Ce sont toutes les croyances sur lesquelles s'appuie vainement ton existence, les lobbys de ton mental… Il ne faut surtout pas les laisser te diriger. C'est le combat des Hindous dans les textes ! » Apparemment, on attend toujours très longtemps sur un tournage, entre deux prises, entre deux plans, entre deux séquences, entre deux décors ; alors, pour s'occuper, Harald avait passé les deux derniers auxquels il avait participé à se plonger littéralement dans les textes sacrés… « Et tu sais quoi ?! En réalité, tous les livres contiennent la même chose ! Tous ! Mais sous forme de parabole ! » Je n'écoute pas vraiment Harald… Le comédien évoque *L'Odyssée*, la mythologie hindoue et « la Grande Guerre des Bhārata »… Je n'écoute pas.

Eugène ne bouge pas de son lit d'hôpital. Une grande fenêtre rectangulaire se devine derrière des rideaux blanchâtres laissant passer une faible lumière de crépuscule. L'un de ses cousins lui apporte de la lecture. Une pile d'ouvrages s'amoncelle sur la table de nuit et forme un semblant de tour de garde. L'infirmière passe la tête par la porte pour s'assurer que tout va bien ; Eugène hoche la sienne tandis que son cousin, ôtant son écharpe, lui explique avec une fougue ahurissante et un débit très rapide : « Je fais un classement mensuel et tous ces exemplaires sont dans mon Top 10 des parutions de janvier ! » Le froid se lit encore sur les joues du jeune homme qui s'extasie en tirant sur la fermeture Éclair d'un manteau dont la capuche est ornée de la fourrure d'un loup… Fantastique. Fantaisie. Je n'y connaissais rien. « Personne n'en parle sauf quand c'est adapté au cinéma ou à la télévision… Mais c'est la littérature la plus vendue au monde ! Tu vas adorer ! » Je ne sais pas si Eugène aura le courage de se plonger dans *Les Seigneurs de Bohen* ou *La Porte de cristal…* Mais les univers parallèles dont il semble être question pourraient peut-être l'aider à s'échapper autrement qu'en se démolissant la cervelle…

J'avais tenté pour ma part de me distraire en poursuivant sur ma lancée avec les existentialistes, mais *Le Deuxième Sexe* me donnait tout autant la nausée que *La Nausée.* « On ne naît pas femme, on le devient. » Je comprenais bien sûr la démarche, mais l'ouvrage – pourtant fondamental – avait fait germer un sentiment d'infériorité dans ma tête… La société me semblait de plus en plus contraignante, comme une toile d'araignée… Avant Noël, si les yeux des hommes glissaient sur mon corps, je m'attachais insolemment à les reluquer de la même façon. Je mesurais leur entrejambe, lourdement, jusqu'à ce que l'embarras les saisisse. Depuis Noël, je n'en avais plus la force et certains regards me dérangeaient… J'avais fini par en toucher deux mots à Gilbert pour avoir son avis. Le galeriste avait pris une mine terriblement dépitée, avant de me révéler que tous les hommes n'étaient pas éduqués de manière à maîtriser leurs pulsions, que cela nécessitait une vraie discipline personnelle, et que c'était sûrement la raison pour laquelle on recouvrait les femmes dans tout un tas de pays… C'est effectivement beaucoup plus simple de ne pas se goinfrer lorsque le réfrigérateur est vide. Si j'avais continué à acheter du sucre, je ne me serais peut-être jamais arrêtée d'en ingérer de manière impulsive. Néanmoins, je trouvais un peu facile de faire porter le voile de la responsabilité d'une faiblesse personnelle à quelqu'un d'autre.

Clara avait dû se gaver de crêpes pour la Chandeleur. En moins d'un mois, elle avait pris au moins une bonne dizaine de kilos… Grossir. Devenir obèse parce qu'il était parti. Parce qu'il devait partir. Comme s'il devait partir… Clara dévorait. Elle mangeait à s'en faire exploser l'estomac et dérailler le système digestif. Elle compensait, se remplissait pour ne pas ressentir. Elle tirait sur l'extensibilité des tissus… Anir s'en était aperçu. Il avait d'abord cherché à la rassurer : « Tout est parfait, Clara… Tout est parfait car ça n'est pas autrement ! » Clara lui avait fait des yeux de biche tout en gonflant les joues ; Anir avait rougi, puis s'était repris. Aux troubles alimentaires qu'il associait pragmatiquement à la dépression, il ne voyait qu'un remède : sa sœur. Elle lui faisait « l'effet d'un baume ». C'est ce qu'il expliquait. Il disait que sans elle, il ne serait plus parvenu à rien. Elle savait toujours trouver les bons mots, les paroles justes. Elle s'appelait Louna et l'avait remis sur pied à sa sortie de prison. Anir avait purgé sa peine comme il avait pu dans le centre carcéral d'Osny. En trois ans, à raison de trois heures d'activité par semaine, il avait eu, « entre deux levées d'écrou », le loisir de remettre en question pas mal de choses. Il affirmait que ça lui avait servi – « c'était une cellule de crise ! » – et n'y voyait dorénavant plus qu'une expérience, « mais c'est comme quand on t'enlève un plâtre, après ta peau est hyper sensible… ». Le jour de sa sortie, sa sœur était venue le chercher en voiture. Elle avait ouvert sa portière à onze heures pile pour le prendre dans ses bras devant l'immense bâtiment rayé gris et rouge de la MAVO. Anir avait fondu en larmes. Louna lui avait fredonné, doucement, à l'oreille, en pleurant sûrement un peu aussi, la berceuse kabyle qu'elle lui chantait quand il était petit. *Tahuzzut*. C'était le titre. Anir nous l'avait chantonnée de sa voix malhabile. Les paroles venaient des montagnes du Djurdjura. Djurjura, Jura. Anir nous avait montré des images. Où qu'elles se trouvent, les montagnes restent des montagnes. Glacier, arête, pic, cirque, contrefort… Comme les hommes. Où qu'ils se trouvent. Pareils. Un organisme composé de muscles, de chair, de divers organes – nerfs, tendons ; une peau qui le recouvre, qui recouvre des os, des battements de cœur, des afflux de sang, des ongles qui poussent, des cheveux, des poils – du cartilage, des vaisseaux, des veines, des artères qui s'engouffrent – graisse, moelle, tissus, articulations – des larmes. Je voudrais tellement réussir à pleurer… Juste une fois. Une seule petite fois. Pour pouvoir être comme tout le monde et pour voir ce que ça fait.

Échographie. Petit squelette. « On peut voir la couleur des yeux ? » « Il naîtra avec les yeux bleus. » Systématisme oublié. J'avais tellement peur qu'ils le restent. « Mais en terme de probabilité ? Il y a une chance sur combien pour que les yeux soient bleus ? » L'obstétricien me dévisage, me demande de quelle couleur sont ceux du père. « Bleus ? Alors, une chance sur deux ! Il existe deux versions de chaque gène : celui du père et celui de la mère. Mais un seul s'exprime. Le dominant. L'autre, le récessif, existe mais ne se voit pas… » Génome. Chromosomes. L'obstétricien parle chinois. Deux fois vingt-trois : quarante-six. « Il arrive aussi que les gènes récessifs sautent des générations… Comme certains conflits inachevés… Les Kennedy avaient, certes, tous les yeux bleus, mais notez qu'ils sont tous morts ! » L'obstétricien s'emballe, je le regarde sans comprendre de quoi il parle… « Certains nœuds familiaux, tant qu'ils ne sont pas réglés, continuent de faire des ravages… » Les yeux de Martin… La couleur des yeux de Martin… Le bleu de son regard avait quelque chose de si singulier dans sa nuance, qu'on saurait immédiatement de qui est l'enfant si l'on avait connu le musicien… Les yeux de Martin déclinaient les couleurs du lever du jour, de la nuit et du plein après-midi ; ils reflétaient les abysses des mers et la densité des océans ; il y avait des kilomètres de profondeur derrière ses pupilles – topazes et saphirs, saphirs et topazes.

La ration de raison du jour n'est pas suffisante, la paranoïa l'emporte et la crainte fait son office. Pianote sur clavier. « Conditionnel » ; « inconditionnel ». J'avais tapé le mot « amour » dans la barre latérale tant j'avais, depuis quelque temps, l'impression d'en manquer. Je ne savais pas précisément ce que c'était… L'amour, un pigeon, le ventre, Martin… À l'origine, c'étaient les raisons qui m'avaient poussée à écrire… Quel fatras ! Comme disait Paula, « le chat était allé au fromage» depuis un moment déjà, mais je commençais tout juste à prendre la mesure de la situation… Se laisser envahir tendrement par le souffle d'une peur… Tomber à gauche, flancher à droite. C'est la dégringolade au-dessus d'un imaginaire précipice, ce sont les ombres qui remuent au-devant des yeux, la tête qui s'envahit d'interjections.

« Tu vois, je pense que l'imperfection est pour l'art essentielle car elle est le signe de l'humanité… » Gilbert s'entretenait avec Alain Kirili, un sculpteur qui était passé le voir entre deux avions… « C'est en la considérant que l'on peut passer de l'horizontalité à la verticalité… C'est grâce au yoni-lingam des Indes que la représentation m'est venue à l'esprit… C'était en 1978… Ça date ! » Tenter de refaire surface. Sortir du tournoiement. Tant pis pour les imperfections. Gratter un bouton qu'on a sur le front, puis la seconde d'après, replonger. Oublier Kirili et le prodigieux message de son nom. Qui rit, lit. Qui lit, rit. « Ne pas crever un bouton avant qu'il soit blanc», dit Paula. « Ne pas y toucher et le laisser sécher pour qu'il s'en aille tout seul, sans l'aide des ongles. Ne pas gratter. » Arrêter de penser. Ne pas se prendre la tête entre les mains. Se contenter de regarder ses mains ; se souvenir de ses mains quand on avait sept ans. Visualiser ses mains d'avant. Croire, comme les enfants, que quand je ferme les yeux je disparais… Une ligne de *c* mêlés d'espaces s'est dessinée sur l'écran de mon ordinateur. Comme un moyen de s'échapper… Gilbert a toussé. J'ai sursauté, atterri dans la galerie.

Le beau brun fête son anniversaire. Harald a reçu un carton. Envie de fête, de lieux clos et d'alcool, de musique et de discussions stupides... Envie de dandiner le corps, de trémousser la chair, de sentir des doigts, des paumes, partout. Envie d'ongles et d'égratignures, de souffle, de râles, de sueur... La grossesse, paraît-il, dévergonde la libido. J'avais envie de faire l'amour avec la terre entière... Sauf que le beau brun ne m'avait pas invitée. Un bouquin et du thé. Terminer *Le Deuxième Sexe*. Terminer. Les mots du livre se bousculent ; les phrases s'informent. Laisser tout se mélanger, déchiffrer jusqu'à ne plus rien comprendre. Poser l'ouvrage au chevet. Éteindre la lumière. Ronfler. Je ronfle depuis que Martin s'est tué... Harald dit qu'on ronfle quand on grossit. Je n'avais pas pris un gramme mais c'était peut-être à cause de lui, du ventre... De toute façon, c'était de la faute de Martin... Les lignes éclairées de rouge et de blanc circulent par deux au plafond puis disparaissent. Lentement. À la manière de la série d'OVNI filmée par plus de deux cents personnes l'an dernier dans le Loiret. Bruits mélangés des voitures. Les rumeurs des automobiles s'approchent et s'éloignent avec les traînées... Sur un mur, dehors, aujourd'hui, près de la Seine, il y avait écrit « fils de pute » en lettres capitales. La miséricorde me sera peut-être accordée... J'ai fermé les yeux, espéré la miséricorde et l'astéroïde. La miséricorde, d'abord ; l'astéroïde, ensuite. L'entrée dans l'atmosphère d'un corps étranger, d'un beau qui ne serait pas brun, d'un brun qui ne serait pas beau. J'ai espéré un père. Pour l'enfant et parce que j'avais envie d'entendre le bruit d'un cœur sous mon oreille... Pour que le mien batte plus fort. Parce qu'il entendrait l'autre. Mimétisme. Fantasme du mimétisme. Et fantasme tout court, les paupières baissées, à cause des voitures, des extraterrestres et des prostituées… « La vie, l'amour, la mort », a écrit un cinéaste. J'étais en vie et j'avais besoin d'amour avant de mourir. Pas condamnée à mort mais condamnée à mourir, comme tout le monde, et besoin d'amour avant de mourir. « La vie, l'amour, et la mort », a écrit un philosophe. Alors ? Alors au ciel avec les putes ! Et sans pleurnicheries ! Sans pleurnicheries, oui, mais plus tard. Au ciel avec les putes, plus tard, quand viendra mon tour, Don Juan, et que les voitures cesseront à tout jamais d'illuminer le plafond. Quand les voitures cesseront…

À force de me fabriquer d'imaginaires automobiles, j'ai dû m'endormir. J'ai dû m'endormir parce que je ne m'en souviens pas. Je ne me souviens jamais de l'endormissement. J'espère que la mort sera comme le sommeil, discrète… Parce que là, je me suis aperçue que je m'étais endormie en me réveillant, au matin, la joue écrasée sur le traversin, avec la lumière du jour qui se faisait bien connaître et une faim de loup. J'avais dormi douze heures et cauchemardé à qui mieux mieux. Un de ces rêves absurdes qui deviennent mauvais parce qu'on n'y comprend rien… J'ai regardé par la fenêtre : le ciel était gris, la rue terne. J'ai passé mon blouson. Je suis descendue de mon studio et j'ai fait les cent mètres qui me séparaient d'un traiteur libanais. Je me suis empiffrée de feuilles de vigne.

Coup de fil d'Harald. Je l'écoute avec du riz plein la bouche et une nervure entre les dents. Il me raconte la soirée : « Arnaud Rebotini et du champagne… » Harald était invité grâce à l'un des copains du beau brun qui travaille dans la production musicale. Il avait croisé Harald une ou deux fois et fini par se le taper. Harald avait craqué. Actif, passif. C'était la première fois qu'il faisait les deux. Il sortait à peine de chez lui et voulait me remercier parce que si je ne lui avais pas présenté le beau brun et son copain… Je comptais les grains de riz qui subsistaient dans mon assiette tandis qu'Harald s'esclaffait à l'autre bout de la ligne, faisant l'inventaire des regards et des sourires qu'ils s'étaient échangés sur un morceau qui s'appelle *L'Éternel Retour*… Et puis, au-delà des mots, l'unique dénouement : l'effet « grand-huit », « les joues rouges », « le cœur battant »… « J'ai presque plus de batterie, ça risque de couper… » Ça a coupé. J'ai commandé un dessert, de la mhallabia, une crème aromatisée à la fleur d'oranger et à l'eau de rose. Ça faisait plus ou moins passer les feuilles de vigne. Douceur aux papilles, moral rasséréné, cuillère léchée et l'espérance qui revient… Tant pis pour ce vendredi matin.

Qu'est-ce que j'allais bien pouvoir raconter à Gilbert ? Il ne devait plus en pouvoir de mes mensonges olé olé et de mes excuses bidon. C'était le cas de le dire. Les lunettes qui descendent jusque sur le bout de son nez, Gilbert devait pressentir la catastrophe. J'étais certaine qu'il était en mesure de prédire la secousse sismique qui s'annonçait… Peut-être qu'il n'y aurait qu'une vague, juste une vague, une très grande vague ; la terre ne bougerait pas, ni la roche ; seule la mer se dévergonderait un peu… La mère… Il fallait rester calme pour éviter les soupçons. Je réfléchissais à la contradiction de vérité qu'il me fallait trouver pour pouvoir poser un pied dans la galerie sans baisser les yeux… J'ai pensé à l'inondation. Appartement sinistré par future mère déchaînée. Fuite d'eau. Tuyaux. J'allais balayer les admonestations de Gilbert d'un coup de serpillière et d'une bassine. Envie de vomir… J'aurais pu simplement penser à l'indigestion. Les feuilles de vigne ne passent pas… Nausée. Adam veut se rhabiller.

Psychologique. Physiologique. Avec des scènes de la vie quotidienne. Prémonitoire. Récurrent. Lucide. Compensatoire. Érotique. Cauchemardesque. Le territoire de l'astral semble vaste… Je l'avais compris en moins de temps qu'il faut pour l'écrire tant j'essayais de saisir la raison de mes dernières pérégrinations nocturnes. Elles trottent en boucle dans ma tête… Je n'arrive pas à décoder le message… Parfois, c'est explicite ; mais là, je n'y vois que du feu… En plein milieu de la nuit, à l'intérieur d'une péniche, un tour de magie autour d'une table de poker… Une suspension lumineuse éclaire le tapis. Afin que je vérifie bien que toutes les cartes y figurent et qu'il n'y a pas d'arnaque, me lançant des regards et des sourires, un croupier éternel mais sur le retour fait l'inventaire de son jeu : « Je vais compter jusqu'à trois… » Il coupe, il bat. « Un, deux… » Il s'arrête au « deux », las des mots. Le dénouement se fait attendre, il me désigne le dos d'une unique carte. « Oui, oui… En effet, c'est celle à laquelle vous pensez… Imaginez-la… Réveillez-vous et imaginez-la. » « Je ne peux pas me réveiller, je dors. » Le croupier avance la carte, face contre table, puis me demande d'en désigner une seconde qui lui reviendra. Je m'exécute. « Alors ? » demande le magicien-croupier. « Cette fois, c'est bon, je peux regarder ? » « Allez-y… » Une fenêtre s'ouvre, les rideaux s'envolent. Le flot fait voltiger la table. Ma carte se retourne toute seule, sans même que je la touche ; le GO des rêves avance la sienne… C'est la même ! Deux fois. La même carte… C'est incroyable que ses doigts poussent la même carte que celle qui est devant moi… Comment la même carte peut-elle se trouver en même temps sous mes mains et les siennes ? Réplique. Doublon. « Tout le monde va au même endroit, non ? » « Ça n'a rien à voir ! » Je panique car je ne comprends pas… J'essaye d'élucider la scène… Le huit de cœur me tient en haleine.

Valentin, le saint, s'était fait avoir. On l'avait pris pour Cupidon. Cupidon devait se morfondre, d'ailleurs… Au départ, ils étaient trois à s'appeler Valentin, à être saints, et à être célébrés en ce jour de la mi-février. L'un des trois Valentin, le plus connu, celui dont on se souvient, était moine. Il fut enfermé au IIIe siècle parce que Claude II le Gothique voulait interdire les mariages chrétiens pour que les hommes partent plus facilement à la guerre. La fille de son geôlier, Julia, était aveugle, mais à force de bonté envers le détenu – qui en échange lui parlait du monde –, elle recouvrit miraculeusement la vue. Aussitôt, évidemment, on accusa Valentin. Il fut martyrisé et décapité en pleine rue. Julia planta alors chaque année un amandier près de sa tombe. Raison pour laquelle l'amandier devint symbole d'amour. Néanmoins, il était évident que Valentin n'avait jamais dû se positionner en faveur des cunnilingus et des fellations. Pourtant, c'était de mise en son jour… Cupidon devait se morfondre. Valentin s'était fait avoir. On avait pris Cupidon pour un con et Valentin pour un tailleur de pipes. C'était plus ou moins ce que racontait l'image chargée de caricatures que m'avait forwardée Dan pour fêter le 14 février «*from the USA, with Love*».

Tout près du Centre Pompidou, accoudé au comptoir d'un établissement du quartier de la vieille horloge, Anir dessine une à une les lettres arabes sur la page d'un cahier que Clara lui avait tendu. La veuve de Martin s'émerveille devant le tracé quasi calligraphique des lettres orientales qui font naviguer les pupilles. « Il y a vingt-huit lettres en tout, divisées en quatre groupes de sept lettres, représentant chacun l'un des quatre éléments fondamentaux de l'univers... » Anir explique que c'est un *abjad*, c'est-à-dire un alphabet qui ne se compose que de consonnes. Martin m'avait expliqué la même chose au sujet de l'alphabet hébraïque. Ce sont les souffles qui doivent tenir le rôle des voyelles... Clara se grise devant la lettre correspondant au « s » – « le sin » –, dont le dessin lui évoque une vague. « C'est plutôt des petites dents... Chaque lettre a son secret... En français aussi, je crois... Mais on peut choisir d'y voir ce qu'on veut... » La paille de son mojito en bouche, tout en la mordillant, Clara inscrit les mots « crête » et « écume » près du symbole. Anir parle de la madrague de son grand-oncle, près d'Alger, au bord de la mer. Dans un petit port : El Djamila. Comme la femme de ménage de Jeanne. Clara sourit parce qu'Anir imite son grand-oncle... Il raconte qu'il y a des symétries dans les fratries, qu'il ressemble beaucoup à son grand-père, mais qu'en revanche, son frère, lui... Et il se remet à faire de grands gestes, précisant que le pêcheur du Maghreb parle mieux qu'un homme politique. Clara rit de plus belle. Son visage s'illumine... Elle ne porte toujours que du noir, elle a encore fréquemment des plaquettes de chocolat dans son sac, mais parallèlement à son estomac, elle emplit ses semaines d'activités nouvelles... Son bonheur m'importait tant que cela me ravissait de la voir reprendre goût à la vie... Si j'avais manqué de clairvoyance ou pleinement sombré dans ma géhenne, j'aurais sûrement été capable de lui laisser l'enfant. Faire don à Clara de la composition comme d'une urne. Le Graal contenant la semence du défunt... Certaines théories attribuent ce rôle – celui du Graal – à Marie-Madeleine. Ça tombait bien. À la façon des mères porteuses, donc. Gratuitement. À l'envers du jugement de Salomon... L'anecdote rapportée dans la Bible m'a toujours interpellée. Pour autant, les interrogations qu'elle soulève n'ont trait ni à l'enfant, ni à la mère biologique, ni à Salomon. Cela concerne la femme parjure et trompeuse. Qu'est-ce qui a bien pu la pousser à tant de malignité ? Le supplice de la perte ? Une pulsion vengeresse et péremptoire ? « Sous forme de parabole », disait Harald. Ce qui se jouait devant le roi d'Israël devait probablement se réitérer en chaque être humain. Et le roi, le Seigneur, ne symbolise peut-être rien d'autre que la Conscience...

Je ne suis plus toute seule... Je le sens. Il y a une autre énergie en moi-même. J'ai la sensation d'être un vaisseau spatial traversant tous les temps et toutes les galaxies... Depuis hier précisément. C'est arrivé d'un seul coup. Juste avant que l'heure passe de 11 h 10 à 11 h 11. Distinctement, j'ai perçu, sous mon estomac, quelque chose qui n'était « pas moi ». La lueur d'une minuscule flamme apparaissant dans le noir, ou d'une lanterne, qu'on agite au loin à travers l'épaisse obscurité d'une ruelle... Pendant la nuit, comme le présage d'une annonciation, j'avais rêvé d'une irradiation gigantesque et lumineuse, plongeant de l'espace vers une rivière qui ressemblait à une nuée de globules rouges... Puis, en fin de matinée, cette sensation infime mais précise, nette, claire. J'avais arrêté de bouger, de respirer, regardé l'heure, porté mon attention sur le ventre et écouté… *Plof*… En une seconde, j'étais littéralement devenue un refuge ; la tanière, le repaire, l'antre de quelqu'un. 11 h 11. C'était perceptible et miraculeux. 11 h 12. Sur le moment, cela m'avait même donné du courage. 11 h 13. Un courage immense. 11 h 14. Je voulais croire que nous partions en guerre. 11 h 15. Lui et moi. 11 h 16. La dague précipitée et le corps en vie. 11 h 17. Une espèce de silence. 11 h 18. Comme une espèce de silence… 11 h 19. L'œil qui tourne et la main qui attend. 11 h 20. Contre la chape du fourreau. 11 h 21. Sur le pommeau. 11 h 22. Toute prête à empoigner la fusée et à manier l'arme…

C'était simple comme « bonjour », il suffisait de sourire. Gilbert avait raison, c'était fou. Cela fonctionnait si bien que j'avais décidé de partir tous les matins une heure plus tôt, pour passer ce précieux temps… dans le métro. Depuis le début de l'opération, c'est-à-dire en moins de trois jours, j'avais récolté déjà plus de dix numéros de téléphone. Planquée comme un contrôleur à mater les va-et-vient sur le quai, je montais dans les wagons seulement si j'entrevoyais un quelconque potentiel dans la carrure d'un individu. Ensuite, je me positionnais comme à la bataille navale, j'avançais en trois coups et je torpillais en doublant mon sourire d'une technique infaillible pour pouvoir entamer la conversation : je faisais semblant de remettre les étiquettes des gens à l'intérieur de leurs vêtements. Exactement comme Paula. Sauf qu'elle le faisait vraiment à longueur de journée et à la terre entière : du curé à la boulangère en passant par l'employé de la poste… Ma grand-mère prônait les choses rangées et ne se gênait en aucun cas pour qu'elles le soient, même s'il fallait investir l'espace vital d'autrui… De mon côté, ce n'était pas systématique, et j'indiquais le plus souvent simplement l'étiquette qui dépassait. « Excusez-moi, l'étiquette de votre blouson dépasse… » Comme les étiquettes sont dans le dos, les mains gênées tripatouillaient, brouillonnes, à l'arrière du cou et dans la nuque, cherchant à remettre les fameuses étiquettes en place sans y prêter réellement attention, ni non plus être bel et bien à même de les sentir, puisque, à vrai dire, c'était tout le principe, elles ne dépassaient pas. Sans aucune exception, mes interlocuteurs me remerciaient intensément comme si je leur avais rendu un fier service ou sauvé la mise… Avec les femmes, il y a la technique du rouge à lèvres sur les dents, mais ce n'était pas mon créneau. J'avais trouvé la combine de l'étiquette en repensant à ma rencontre avec Harald. Beaucoup de gens sont effrayés de ce qu'on peut penser d'eux, comme s'ils étaient notés… Et c'était, effectivement, un procédé imparable. En deux coups de cuillère à pot, la discussion s'amorçait ; j'arrivais vite à entrevoir après dans quelle mesure une suite pouvait s'envisager. La démarche étant d'envergure, j'avais comme simple objectif de départ d'étendre ma liste de contacts au maximum, pour lancer ensuite des missives par tirs groupés et récolter ainsi les fruits de mes battues de manière centralisée.

J'avais encore traversé la rue. Ce devait être la vingtième meringue que j'offrais à la SDF polonaise. C'est terrible d'abreuver quelqu'un de sucre lorsque l'on s'astreint à un régime strict… Les viennoiseries me font de l'œil. Meringue ou pain au chocolat ? J'hésite. « Prenez les deux… » L'individu qui vient de prononcer cette phrase me regarde droit dans les yeux, j'ai soudain l'impression d'être le président de la République. Je prends les deux, je paye. Le trentenaire fait un pas de côté pour laisser passer les gens. Il a un visage géométrique. Arrondi aux angles mais dont le menton et la ligne du front forment l'isocèle d'un triangle. Des yeux noisette à la forme d'amande dans lesquels passent des éclairs… « Vous voulez m'accompagner au cinéma ? » Mes orteils frétillent dans mes chaussures. Mon cœur bat. « Euh, non… Si… Je ne sais pas… » « Je vous laisse une minute pour vous décider. » Il me regarde. Je le regarde. Sans arrêt. L'émotion qui me traverse est inconnue au régiment. J'ai chaud tout à coup. Je suis incapable d'évaluer la distance qui nous sépare mais de fines particules y vagabondent. « Plus que trente secondes… » J'ai l'impression que nous sommes les derniers rescapés d'un nouveau monde. Mes yeux pénètrent les siens, jusqu'au fond, comme un seau descendu dans un puits atteint enfin la surface de l'eau. Des clients défilent sans doute à côté de nous mais je ne les vois pas. En revanche, son iris gauche contient une fine traînée d'un marron un peu plus clair, comme une graine de lin. « Vingt… » Un mince rayon tirant vers le vert, qui s'étend de la cornée au cristallin. L'odeur du pain qui sort du four engloutit le temps qui court. « Dix… neuf… » Pause. « Huit… sept… » Arrêt sur image. « Six, cinq… » Doucement, son visage s'est approché ; ses yeux, sa bouche, tout… « Il faut que j'y aille… Salut ! »

J'avais failli tomber en sortant de la boutique, mon sac s'était ouvert, les clés de la galerie étaient par terre, j'avais ramassé mes gants à toute vitesse... Il avait tout juste eu le temps de se précipiter dehors, mais je m'engouffrais déjà dans le métro... Quelque chose m'a fait peur. Comme si je risquais d'y laisser ma peau... C'est idiot. Cela fait des semaines que je m'acharne à trouver quelqu'un pour remplacer Martin, je tombe sur un type qui me tend la main et je me taille...

Bleu. Blanc. Bleu. Blanc. Bleu. Blanc. Le ciel se transforme à chaque seconde. C'est une toile qui danse. Les nuages abondent, se bousculent dans une caresse, lambinent doucement, se fondent les uns dans les autres. Ils ressemblent à du coton... L'amour aussi doit ressembler à du coton... D'après mon histoire familiale, cela me paraissait pourtant clairement un comportement à risque. Coton. Chloroforme. Coton... Mieux valait éviter de se brûler les ailes et rationaliser un maximum afin de garder la situation sous contrôle... D'ailleurs, après tout, ce n'est peut-être pas fondamentalement lié... Ce n'est pas parce que ma mère est morte « par amour », que je... Enfin, que j'ai... Je n'ai peut-être – exactement comme le beau brun – tout simplement « pas l'envie »... Ce qui m'ennuyait quand même là-dedans, c'était la sensation de subir – ou d'endurer – un comportement que je ne choisissais pas réellement. Plus fort que moi. Et ça, comme l'aurait si habilement formulé Eugène : ça m'emmerdait profondément.

Un homme gigantesque est entré dans la galerie. Gilbert avait l'air microscopique auprès de lui ; impressionné, il avait donc déguerpi, faisant mine d'envoyer un fax et de ne pas remarquer que le géant s'intéressait plus à ma jupe qu'aux tableaux… C'était gonflé de la part du galeriste, compte tenu que c'était SA stratégie marketing, même si j'avais intégré que, personnellement, il se fichait de mes choix vestimentaires tant qu'ils respectaient globalement la direction qu'il m'avait intimée de suivre… Les mains du géant faisaient à peu près la taille des feuilles A4 que Gilbert retournait nerveusement dans tous les sens, mais il n'avait pas foncièrement l'air méchant… Le géant parlait allemand, français, allemand, un peu tout en même temps, un peu tout seul, mais tout de même en s'adressant à moi : « *Ich bin nach Paris gekommen, um…* » Pourquoi pas un très grand père ? « *ein* tournoi d'échecs *zu gewinnen…* » Un très grand père ? Un très grand-père… Oh, ce n'est pas possible, à la fin ! Je n'y arrive plus…

Cela n'avait duré heureusement que quelques jours, mais pendant au moins quarante-huit heures, ce qui fut déjà problématique, je n'avais plus eu que le type de la boulangerie en tête. Je ne voulais plus que le type de la boulangerie. Uniquement. Tous les autres hommes me paraissaient fades à côté. Quasi inexistants. À l'image du géant, toujours en train de jacasser devant moi sans les sous-titres. Exactement de la même façon que la télévision lorsque Jeanne n'écoute pas parce qu'elle est trop occupée avec Ajax. Honorablement, mon sourire était, lui, fidèle au poste. Comme pour dire le nom de la galerie, arrêter un 7,5 tonnes sur une nationale ou collecter des numéros dans le métro. J'avais d'ailleurs balancé tous les « 06 » à cause du type de la boulangerie. Je m'en mordais déjà les doigts… « *Jawohl…* Tout ça pour ça ! » Le géant venait sans doute de parachever un propos captivant, mais je n'avais pas écouté. Il ne s'en était pas aperçu, trop affairé qu'il était à mater l'émail de mes dents… Le géant ne s'adresse qu'à mon sourire. Certaines personnes évitent les contacts oculaires. Le patron du PMU du Jura, par exemple, s'attachait la plupart du temps à regarder les gens « sur le haut du nez… Juste là… Ça évite les déconvenues… Et puis, au moins, comme ça, on est tranquille ! ». J'ai zieuté le milieu des sourcils du géant – deux ailes d'albatros légèrement épilées – pendant les deux bonnes minutes qui ont suivi. Gilbert était toujours planqué derrière la photocopieuse. Découragé, le géant a enfin décidé de prendre congé : « *Auf Wiedersehen*… les pe-tits ! » Il m'a serré la main en regardant mes seins.

C'était encore une année sans 29 février mais j'y suis allée quand même. J'ai marché. Nous avons marché jusqu'au cimetière de Vaugirard, dans le XVe arrondissement. Le bébé et moi, nous avons marché. Jusqu'à la bouche de métro, d'abord ; puis nous sommes montés dans le métro (sans plus réfléchir aux étiquettes et aux numéros) ; puis nous sommes descendus du métro ; nous avons emprunté les couloirs ; nous sommes montés dans un autre métro (toujours sans réfléchir aux étiquettes et aux numéros) ; puis encore dans un autre… Il paraît que les changements font progresser dans la vie. C'est Anir qui dit ça. Il cite Karl Lagerfeld, Anir… Je n'ai pensé à rien pendant tout le trajet. Enfin, si. Je pensais à ma mère, à mon père. Sans vraiment penser à eux. Comme d'habitude… Il doit bien quand même, malgré tout, exister un moyen d'ouvrir cette trappe ! Je me disais que le cimetière et les tombes pouvaient en être un… Tout était consigné dans un registre à l'entrée ; le gardien m'a désigné l'allée et donné le numéro des tombes. En passant devant le carré militaire et un signifiant paquet de morts, dont Albert Bettanier – artiste peintre, 1851-1932 – et Marguerite Bourcet – écrivain catholique, 1839-1938 –, nous avons lentement cheminé jusqu'à l'endroit indiqué… Rien ne s'est produit. Rien. Absolument rien. L'espoir qui se décontenance… Harald m'avait recommandé de parler à mes parents, de m'adresser à eux… Je ne savais pas quoi leur dire et j'étais tellement chamboulée que j'avais oublié d'apporter des fleurs. Alors, j'ai noué mon écharpe autour de la croix de pierre. L'écharpe bleue que m'avait tricotée Paula pour Noël…

Peut-être que la trappe était déjà refermée au moment de l'enterrement… Peut-être que mon cerveau avait déjà tout clôturé en accord avec je ne sais quel mécanisme spécifique d'autodéfense… En moins d'une minute, j'avais compris que les émotions naissent dans l'amygdale, avant d'être transmises au cortex orbifrontal qui leur permet d'être conscientisées… L'amnésie traumatique, c'est justement lorsque le cerveau fait disjoncter le système parce que le choc est trop violent. Les émotions restent alors coincées dans l'amygdale et ne se transforment pas en mémoire « autobiographique ». Mais certains déclics peuvent avoir lieu des décennies plus tard et réenclencher le système. Peut-être que cela ne fonctionnera que si l'année est bissextile…

Une dame a jeté sa télévision depuis la terrasse de son appartement de Neuilly. Saute d'humeur. Le petit chat est mort. Brisée, la colonne du chat, sous la vitre anéantie de la vie en boîte. À force de manger des boîtes, il a fini à l'intérieur. Explosé. Exactement comme dans la nouvelle de ce bon vieux Jean du Jura. Et comme dans la pièce de Molière. Harald m'avait raconté que Molière avait écrit une pièce dans laquelle un chat mourait. Je ne sais pas comment. Apparemment, ce n'était pas spécifié. Celui de Neuilly, en tout cas, était mort écrasé par un écran. Jeanne s'était mise à hurler lorsque je lui avais rapporté le fait divers ; elle avait paniqué quelques secondes, faisant du surplace comme une quille qui s'apprête à tomber, lancé un regard furibond à sa télévision – de la même sorte que lorsqu'on y voit jacter le Président américain –, marmotté quelque chose, puis couru donner une friandise à Ajax… La dame du 92 avait un grand appartement, six téléviseurs, trois postes de radio, deux ordinateurs, une chaîne stéréo. Vingt baffles. Elle avait tout balancé depuis la rembarde de sa terrasse.

Le velux de mon studio était ouvert. Les wagons du métro passaient sous les étoiles. On voyait à peine la Petite Ourse. J'avais poussé le volume au maximum. *Black Forest*, le titre d'un groupe allemand. La musique classique et la musique électronique me font des effets similaires. Sauf que la première englobe et que la seconde pénètre. *Euch die Uhren uns die Zeit*. Les rythmes faisaient trépasser les temps. J'avais un mal fou à rester tranquille. J'essayais d'extérioriser les pulsions qui me traversaient, gesticulant dans tous les sens, ondulant le bassin, secouant les bras, piétinant sur la pointe des pieds aussi vite que possible, grimpant et sautant si fort sur mon lit que j'avais fini par m'y écrouler… La grossesse dévergonde incontestablement la libido. Se consoler en imaginant la torture que doivent infliger les mauvais coups, ou les nuits passées avec ceux ou celles dont on se sert pour se contenter, et qui doivent se servir aussi, souvent. Pour saisir, avoir en main, harponner ce semblant d'amour que tout le monde cherche en vain, et prendre du plaisir. Prendre. Prendre. Prendre. C'était fou, agréable comme un bon plat de pâtes, mais je n'y trouvais rien de fabuleusement grand…

Bien que physiquement réconfortante, la pratique du sexe ne me semblait procurer qu'une jouissance vide de sens vers laquelle il était facile de se ruer… Poupées gonflables. Sextoys. Gadgets. « Création d'emplois. Main-d'œuvre », aurait dit Franck. Une maison close de femmes en plastique a ouvert dans Paris : *X-dolls*. Poussé à son extrême, le progrès faisait dérailler les mœurs et vriller les pulsions. Prométhée avait quitté son rocher depuis bien longtemps. Les débouchés civils de l'industrie militaire avaient impulsé une véritable fuite en avant… Tout se dégingandait… À la manière de l'art, le marché s'était libéré à outrance avec une forme de violence. On produisait toujours plus. Pour consommer encore plus. « Le Ciel rabaisse toujours ce qui dépasse la mesure », a écrit Hérodote. Toujours plus fort, plus vite. Encore. 3G. 4G. 5G. Le monde se transformait à une vitesse ahurissante. Rien ne semblait pouvoir l'arrêter. Nucléaire. Famille. Bombe atomique. Tous les concepts avaient explosé. À Florence, au XVe siècle, on prônait les arts ; aujourd'hui, on incubait des start-up dans la Silicon Valley… L'information était partout, les ondes traversaient les murs, cramaient les antennes des abeilles, les écrans courbaient les dos et faisaient péter les veines dans les globes oculaires, permutant les liens sociaux en pulsions digitales. *Like. Like. Like. Like. Like.* Simultanément, des scientifiques s'acharnaient à concevoir des robots de plus en plus brillants pour atteindre la performance productive… « Suppression d'emplois », aurait dit Franck. L'intelligence artificielle allait bon train mais la chair n'avait pas d'équivalent… Je justifiais comme je pouvais le mouvement de ma main qui se mettait à l'œuvre… Je mettais mes doigts au chaud ; je caressais l'enfant d'un peu plus près. Je pensais aux jouets, à ceux des petits et à ceux des grands, aux jouets qu'il aurait lui. Je lui demandais de ne pas faire attention à mes doigts. Œdipe déjà. Ne tombe pas amoureux de ta mère ! Locomotive et chemin de fer… Ne regarde pas les doigts… Pense aux jouets que tu auras.

Celui-là. Je veux celui-là. Il a tout du père ! Il est grand, beau, fort, intelligent, le regard franc, la bouche fine et la voix assurée… Il est comme je ne sais quoi, comme le contraire de moi. Il a l'air heureux et il se couche tôt… Et il est marié… Pas touche. Plus touche ou coup de règle sur les doigts ! Finis, ceux-là, interdits. Parce que conséquences graves. Alors plus touche, et un de ton âge s'il te plaît ! Oui, les cheveux qui grisonnent, c'est sexy, oui, l'assurance de la vie qui s'assume, c'est joli… Oui, mais non ! Pourtant, le type qui achète un tableau est plutôt canon… Avoir l'impression qu'ils l'étaient tous, eux, lui, à la fois. Celui qui pourrait remplacer le père biologique, qui avait conçu et qui était crevé sans même savoir qu'il avait… Martin devait se venger depuis les cieux pour faire en sorte que la place reste vacante, le trou béant… Et une tarte dans la figure, tu connais ?! Ferme ta gueule, Martin ! T'avais qu'à pas mourir, t'avais qu'à pas te marier ! … « Saint Antoine ! » Je te préviens, je dirai « Saint Antoine » jusqu'à ce que je le trouve ce père, celui qui prendra ta place ! Il y a des choses qui n'arrivent qu'une seule fois. Il faut faire gaffe… Fallait.

Pour tenter de ne plus en vouloir à Martin, je m'étais procuré tout un tas d'études, d'ouvrages, d'articles, et littéralement plongée dans le fondamental des textes pour comprendre, du mieux que je le pouvais, le fait de se donner la mort… Je m'étais même rendue à la Bibliothèque historique de la ville de Paris pour consulter *Le Suicide dans l'Antiquité et dans les temps modernes*… Rue Pavée. Une vieille bâtisse construite par une duchesse. Ou une marquise. Il y a une hiérarchie plus ou moins en vigueur dans les titres de noblesse. Écuyer. Chevalier. Baron. Vicomte. Comte. Duc. Marquis. Prince. Roi. Au départ, la noblesse devait, en principe, logiquement, récompenser et témoigner de la grandeur d'âme des individus…

En face de moi, une jeune fille d'à peu près mon âge porte un sweat-shirt orange un peu délavé et s'attaque au cas « LOUIS » (qui semble un exercice de gestion juridique). Je ne sais pas s'il y est question de royauté, j'aurais aimé le lui demander, mais elle vient déjà de se lever pour aller fumer une cigarette… Je pense à Martin en replongeant les yeux dans l'ouvrage de Gaston Garrisson… Que peuvent-ils encore se raconter s'ils en sont là ? Au-devant de rien. À l'arrière de tout. Perplexes et nuls. Au point de vouloir annuler. Défaire. Ne plus être. Que peuvent-ils encore se raconter ? Que peuvent-ils encore… Rien. Faire bien une dernière fois. À leur manière, une dernière fois. Ou vite, sans y penser, avec l'impulsion du geste et la spontanéité de la méthode. Gaz, couteau dans le cœur, médicaments. *Le Mal de vivre* – et Barbara dans un coin de la tête qui ne murmure que le début de sa chanson…

C'est incroyable ce qu'une seule mélodie peut trotter dans la tête ! L'accordéon s'acharne. Cela fait presque huit jours. Dix. Je ne me souviens pas. Mais l'accordéon résiste. Je ne parviens pas à m'en débarrasser. Dès que le calme revient, il débarque, déboule. Il me traque, me poursuit, m'habite, me hante… Comme une vieille baraque. Je suis une vieille baraque hantée par un accordéon. Le bijou de ma grand-mère est pourtant rangé dans la pochette à paillettes bleutée avec tous les billets d'Harald… Pochette : 0. Accordéon : 1. Tout à l'heure, tandis que nous longions l'estuaire, sans daigner demander la permission, j'ai mis en marche l'autoradio, passant hâtivement d'une station à l'autre pour me changer les idées. Tous les styles, avec ou sans paroles. J'ai même fredonné quelques refrains dont je me souvenais… Rien n'y a fait. Bande FM : 0. Accordéon : 1. L'accordéon revient sans cesse. Il se retire, un temps, comme la marée. Puis revient. Encore, toujours. C'est cyclique. Comme les astres… Jeanne dit que nous venons d'entrer dans « l'ère du Verseau ». Et que la transition ne se terminera pas avant 2160. Personnellement, j'ai intégré l'air de l'accordéon… Verseau : 0. Accordéon : 1. Quittant l'Europe, peut-être que la sérénade – quelle heure est-il ? cinq heures –, peut-être que l'aubade s'atténuera doucement… Peut-être qu'elle disparaîtra à la manière discrète de la buée…

Franck. Je ne l'avais pas revu depuis plus de six mois, deux saisons, un semestre, vingt-six semaines, cent quatre-vingt-trois jours. Et il était là, assis. Sur un banc de plastique jaune, sur le quai de la ligne 12. Pareil. Et moi, derrière la vitre du métro qui s'apprête. La main qui chatouille la paroi aux angles ronds, puis finit par revenir se poser sur la cuisse, froissant les pages du livre qui s'y appuie… Supernova. Comme l'explosion d'une étoile. Le centre de l'étoile se contracte, crée une onde de choc qui disperse l'astre et l'ensemble de sa structure vers l'extérieur. En une année, quelques centaines. À des millions d'années-lumière de nous, voire des milliards. Supernova… Franck regarde le violoniste qui joue de l'autre côté du wagon… Depuis plus de deux stations déjà, je n'arrivais plus réellement à suivre Durkheim, et le musicien dérobait encore à mes yeux l'objet de leur attention… Je voudrais que Franck me regarde. Pour que je ne sois pas la seule à me prendre l'explosion au cœur du crâne et que son cerveau dévide aussi la poudre éclaircie des nuits d'août… Supernova. Supernova. Les cordes vibrent, l'archet sautille. Le déchirement de septembre resurgit. Les questionnements saugrenus rappliquent. Force centrifuge. Bouffée de chaleur. Les portes de la rame ne tarderont pas à se refermer, le métro à repartir… J'ai repris bien en main *Le Suicide* qui glissait sur le revers de ma jupe en considérant avec empathie le musicien qui n'y pouvait rien ; et comme par magie – il y a des choses que l'on ne s'explique pas – le Slave a subitement baissé son violon pour répondre au téléphone qui s'excitait dans sa poche. Aussitôt, Franck a tourné la tête. Il est tombé directement sur moi, ses yeux droit dans les miens. Instantanément, j'ai oublié l'endroit où je me rendais, ce que j'allais y faire, les personnes que je devais y retrouver. Toutes ces choses se sont envolées. La vie s'est envolée. Les portes se ferment, le métro va partir. Regards fixes. Obliques. Allongés sur la course du métro qui détale. Pas un signe, pas une main qui salue ou de doigts qui s'agitent. Je suis devenue le point A d'un segment, Franck en était le point B. Une seconde, peut-être deux. Bientôt, je ne le vois plus. Le métro file. J'ai croisé Franck. Il fait chaud. J'oublie que je suis enceinte.

Ne pas avoir de main à tenir chez l'obstétricien. La sensation d'avoir perdu les pièces d'un puzzle. Examen prénatal. Tests sanguins. Sonde. Vagin. Ultrasons. L'obstétricien dit que tout va bien mais formule quand même la question de savoir si tout va bien. « Tout va bien ? » L'obstétricien pose l'éventualité d'un mot de quatre lettres sur le ventre qui ne sort toujours pas. L'obstétricien s'inquiète. « Pour que le bébé sente qu'il est le bienvenu », l'obstétricien conseille d'acheter des robes bouffantes et des pantalons à ceinture élastique… Je ne pouvais pas lui dire ce sur quoi je me concentrais pour le moment, mais il était évident, compte tenu du sujet de ma recherche, qu'il valait mieux que le bébé continue de se faire petit… « Vous êtes ici, donc cela s'apparenterait plus à un déni partiel ou à une dénégation… Ça arrive… Certaines circonstances favorisent une conscience oscillatoire… » Imaginer la tête de l'obstétricien si je le mets finalement au parfum de mes intentions. « Les êtres humains sont composés de quatre corps… » Glousser intérieurement en observant l'obstétricien qui théorise encore à tout-va… « Physique. Mental. Émotionnel… » Beau mec, d'ailleurs, l'obstétricien… « Et spirituel. » Un peu compatissant, mais beau mec. « Vous avez plutôt l'air en forme, mais des déséquilibres dans les autres corps peuvent sans conteste générer des défaillances… C'est quoi l'ascendant de votre signe astrologique ? » Je me suis rhabillée afin d'esquiver sa question lunaire. À la fin de la consultation, j'ai tenté un « Vous ne voulez pas être le père ? » sur un ton dont on ne savait pas trop s'il était sérieux ou non. L'obstétricien m'a regardée de travers. J'avais ma réponse.

Anir écrit certains des mots qu'il prononce sur les dernières pages d'un des blocs-notes de Clara (celui qui avait servi d'exutoire paternel) et sur-articule pour qu'elle comprenne. Il avait tout de suite pris le pli du stylo et des mouvements appuyés de la mâchoire. Depuis le premier soir, dans ce bar du XIe arrondissement qui portait le même nom que sa cité du 93. Je les avais traînés cette fois-ci dans un petit bistrot du côté de Montmartre pour y retrouver Maxime – un étudiant en aéronautique, musicien à ses heures – que j'avais rencontré le jeudi précédent avec Jeanne et Gilberte à la piscine, et qui y donnait un concert… Tandis que le groupe règle ses balances, Anir expose certaines théories qu'il a développées en prison : « Un enfant ne peut pas apprendre correctement à marcher si on lui tient constamment la main… » D'après lui, les Occidentaux avaient empêché les peuples du reste du monde d'apprendre à marcher convenablement, et surtout, de la façon dont ils avaient chacun envie de le faire… Harald, qui s'était joint à nous pour la soirée parce qu'il squattait chez moi quelques jours, prend part à la conversation : « Ah, c'est sûr que les Tibétains n'ont jamais emmerdé personne ! » Anir avait beau, depuis quelque temps, se construire sur ses erreurs de manière indépendante, il avait tout de même le sentiment d'avoir subi le même genre d'assaut et d'influence que son pays d'origine. « On ne peut pas décider pour les autres sous prétexte qu'on croit avoir compris certaines choses… » Clara lui répond en écrivant : « LSF = fruit de générations de personnes comme moi = trésor… » Anir prend des gants pour faire remarquer à Clara que c'est un cas particulier parce qu'elle a un handicap et que, même si cela part d'une bonne intention, « il y a quand même une légère différence entre la langue des signes, l'armement et le Coca-Cola… ». Anir dit : « On ne met pas un fusil dans les mains d'un gamin, Clara. » Harald demande à Anir s'il fait un parallèle entre la maturité des hommes et les évolutions respectives des peuples. Anir valide. Harald ajoute que « tous les individus vivent la même chose dès lors qu'ils naissent », puis se plonge dans l'étude scrupuleuse des musiciens… Il zieute le bassiste. J'ai bu un peu de sang du Christ et mangé des chips.

Le concert a commencé. C'était de la folk revisitée. Maxime a chanté jusqu'à minuit. Il avait la fougue d'un torrent mais venait tout juste d'avoir dix-huit ans et peinait à payer son loyer parce qu'il faisait de la musique… Dalida pouvait bien raconter ce qu'elle voulait, et il avait beau avoir récupéré la paire de lunettes de Jeanne au fond de la piscine, je le trouvais définitivement trop jeune… Anir et Clara sont rentrés. Harald a discuté avec le bassiste sans discontinuer. Maxime m'a offert un verre. J'ai pris un jus d'ananas pour laisser le crucifié tranquille, il devait en avoir ras-le-bol des perfusions, tout le monde lui pique ses globules, et les rouges et les blancs, ça fait vingt siècles qu'on lui pompe le sang et on s'étonne qu'y ait la guerre…

J'ai retrouvé Eugène dans le jardin du Palais-Royal. Près du bassin. Depuis sa sortie de l'hôpital, il y venait pour réfléchir, pour s'extraire de son atelier qui ne l'invitait, pour le moment, plus du tout au travail. Les lieux se teintent, s'abîment. Aux babines de la vie, à l'orée de tout ; passifs et témoins – résistants. Comme le corps d'Eugène… Nous ne parlions pas mais nous étions ensemble. Assis. Tous les deux. Sur un banc un peu froid… Cela me faisait un peu le même effet qu'à l'église. Bercée par ma respiration, j'entendais mon cœur battre. Ce que j'aimais par-dessus tout, c'était compter mes vertèbres. Depuis que je suis gamine, je les compte. Comme ça. Pour passer le temps. De haut en bas. De bas en haut. Du coccyx à la base du crâne. Les lombaires, dorsales et cervicales, c'est facile ; le challenge se joue au niveau du bassin. Mais ça se fait. Une fois arrivée à trente-trois, j'ouvre les yeux… Ce jour-là, mon attention discerne en plus de micromouvements dans mon abdomen. Comme des pulsations. Infimes. Minuscules. Au niveau des lombaires justement. J'essaye de les ressentir au maximum. À côté de moi, Eugène respire lentement. Très lentement. Et fort. De plus en plus fort. J'ai beau essayer de me focaliser sur mon bas-ventre, je n'arrive plus à me concentrer… Au bout d'un moment, j'ai fait exprès de tousser. « Ça me calme ! J'inspire cinq secondes, j'expire cinq secondes… Putain, je te jure, c'est le seul truc qui me fait du bien… » Eugène ajoute que le processus relie son cœur à son cerveau – « Enfin, à ce qu'il en reste… » –, puis se remet en position. Ses paupières tremblent, même fermées ; cependant, sa respiration devient presque silencieuse…

Derrière une rangée d'arbustes, un petit garçon est installé au bord d'un bac à sable. Il regarde sa main farfouiller jusqu'à trouver le sable humide sous la blancheur de celui qu'avait péniblement réchauffé le soleil… La petite main s'enfonce jusqu'au poignet. Les genoux s'écartent, les jambes plient comme pour substituer la structure d'un forage. L'autre main se jette pour aider la première. Les petits doigts retiennent la chute en cascade des grains blancs qui se déversent sur la masse unie et dense des grains plus foncés. Les paumes s'appuient sur les parois d'un gouffre pas plus gros que le poing mais déjà envahi par une multitude d'importuns secs et blancs qui dessécheront la denrée brune et humide. Un éclair, à peine le temps d'une respiration. Considération du trou, du fond brun persécuté par la surface blanche qui s'infiltre… Dans un élan de sagesse obscurcie par la capitulation du jeu devant la raison, le petit garçon a retiré ses mains… Il a laissé le trou se reboucher, le sable rester humide, au fond.

Rêve. Rêve. Rêve. Rêve. Cela fait quatre nuits de suite que je revois le type du mois de décembre. Celui qui vagabonde sur son âne. Le décor change, plus ou moins à chaque fois, mais la démarche reste identique. Celle de sa monture et celle de mon rêve. Lente et – pour un oui, pour un non – suceptible de s'arrêter brutalement sans plus vouloir avancer. L'homme est toujours accoutré de la même longue blouse marronnasse. Il me regarde. Je le regarde. Il me regarde. Une fois. Deux fois. L'air de rien… Et il faut que je le suive ! Je sais qu'il faut que je le suive, je l'ai bien compris ! Donc je le suis ; j'avance vers lui… Et systématiquement, je me réveille. Ou bien je le perds de vue ; et là encore, je me réveille. La dernière sentence était tombée au beau milieu de la pampa, sur un talus bosselé et brouillé par la chaleur, au creux d'un petit village, voire d'un hameau, sans doute italien… Le pèlerin – le moine ou je ne sais pas quoi – s'était retourné vers moi en descendant de son bourricot… Il me faisait penser à quelqu'un mais je ne savais pas à qui… Je m'approche de lui tandis qu'il attache le filet de sa bête à un arbre avant de pénétrer une masure… Il entre… Et c'est fini ! *Basta.* En plus, apparemment, il y avait une « *degustazione dell' olio di oliva* » à l'intérieur. J'étais sur le point de découvrir, de nuit, l'origine de la *bruschetta* : à savoir du pain frais trempé d'huile d'olive… Et je me suis réveillée. C'est agaçant… J'ai l'impression de passer toutes les heures de ma vie à traquer des gens. J'aimerais tant le rencontrer à la terrasse d'un café et simplement commander un *expresso*…

Crèche. Faire la sortie des crèches. J'avais eu l'idée quand Harald m'avait demandé s'il pouvait « crécher » chez moi quelques jours parce que son nouvel appartement du XXe arrondissement était en travaux, plein de poussière et d'ouvriers kazakhs non déclarés que son architecte d'intérieur lui avait dépêchés… Électre, Antigone, Hécube, Médée, Andromaque… Emberlificoté dans un drap, le comédien contrefaisait en gloussant et en accéléré les plus grandes tragédies grecques avec des coussins. J'avais eu droit, chaque soir, à une hilarante série de profondes singeries. Source magistrale d'inspiration pour me mettre moi-même à en faire… Recenser les établissements. Planifier des déplacements. Ordre établi d'abord selon les huit institutions qui jouxtaient la galerie. Associative, familiale, parentale, municipale, halte-garderie. « Halte là, qui va là ? » Faire chou blanc. Toute une semaine. Je n'étais pas parvenue à entrer partout, mais j'avais au moins pris le réflexe de regarder les mains gauches des hommes pour connaître leur statut marital et glané des informations pour structurer mon plan d'action. Les pères de famille étaient nettement plus présents lors du dépôt des marmots au matin. J'avais aussi compris le principe des casiers. Avec les ours en peluche, les parapluies, les goûters…

L'INSEE avait déballé des statistiques qui concédaient à la rive droite la caractéristique d'être une zone bien plus propice aux divorces que la rive gauche. J'avais donc ré-envisagé le secteur géographique, investi une crèche privée de la rue d'Aboukir en me faisant passer pour une étudiante en sciences sociales, et imprimé des prospectus en tâchant d'être moins abrupte que sur les sites de rencontres. J'avais tourné la chose sous forme de poème et énoncé cette fois-ci le suicide de Martin… Laissant totalement à désirer, mon mode opératoire avait provoqué au moins une dispute et des atermoiements. Le personnel de la crèche aurait clairement pu porter plainte… Je commençais à manquer de recul. Je me retrouvais en plein dans les travers du catéchisme, à faire un genre de prosélytisme et à prêcher par tous les moyens pour ma paroisse. Jusqu'au-boutisme. Extrémisme. Je voulais tenir ma promesse coûte que coûte, atteindre à tout prix mon objectif, et cela devenait dangereux. Les émotions liées à ma quête prenaient le dessus sur mon entendement. Suffisamment du moins pour que je ne sois plus véritablement capable de discernement. Rien ne m'intéressait que ce qui m'intéressait. Je ne respectais plus ni les lois, ni les institutions… Passion pour le père et déraison…

A priori, on révisait les textes qui concernaient la laïcité tous les cent ans. La loi d'Aristide Briand remplaçait le concordat de 1801. En 2019, il me fallait impérativement abroger un nouveau projet plutôt que d'aborder certains points en détail – ce qui ouvrait finalement une brèche, une crèche, et permettait au fil des jours une remise en question générale et des compromissions… À moi toute seule, je ne pouvais certes pas grand-chose, mais il aurait suffi que je m'associe à deux ou trois femmes dans la même situation pour finir par faire d'authentiques conneries… Pour la première fois, une forme inélaborée d'envie s'était nichée en mon for intérieur… J'avais donc, suite à ce raid pouponnier et aux troubles causés aux familles via les casiers, pris la décision de ne plus polluer l'espace public des conséquences débilitantes de mes convictions, afin de l'affranchir de la mission que j'avais, en définitive, pour moi-même, choisi d'accomplir. La sagesse voulait qu'on ne fasse pas d'une affaire personnelle une affaire d'État. Aussi n'allais-je plus rien tenter de volontariste… Ce qu'il y a de bien avec les grandes lois, c'est qu'une fois votées, elles se doivent d'être respectées à la lettre sans qu'on y revienne jamais.

Un rejeton. Le mot donne des maux de tête. J'ai comme une barre qui me descend du haut du crâne jusqu'au-dessus de l'œil. Certains jours sont plus difficiles… Les doutes m'assaillent comme les doryphores dans les champs de patates. « Ce qu'il faut, c'est sauver les pommes de terre. » Paula était formelle : les doutes n'étaient que de petites bêtes vicieuses qui ne servaient à rien d'autre qu'à m'égarer de mon chemin. Ma grand-mère se souvenait très bien de l'école communale qu'elle avait fréquentée en 1944 à la Libération, des travaux qu'on leur faisait faire et des garçons qui lui tiraient les tresses… Je ne savais pas bien si c'était vrai. Ce que Paula avait pour rare habitude de me raconter au sujet de son enfance m'avait toujours semblé sorti d'improbables tiroirs et justement tiré par les cheveux… Quoi qu'il en soit, ma grand-mère se fichait pas mal que je trouve un père et m'avait même proposé de venir « couver mon œuf incognito dans le Jura »… Et à part Paula, il n'y a personne à qui je peux le dire ?! Je suis là, pleine de perplexités, de la couleur aux joues d'avoir trop pensé et la ride au front qui se dessine. Je suis là, pleine. Et peine au juste, parce qu'il n'y a plus rien à faire : dés lancés, ovule fécondé. Et Martin qui virevolte dans le cosmos, comme avant que le spermatozoïde touche au. But. Je n'avais jamais eu de but. Crayonner un but et l'atteindre. Être en mesure de l'atteindre… Si parce que j'ai pris cette décision, la trajectoire n'est plus la bonne. Si parce que je me suis fourvoyée, le train se manque. Si. Si. Si. Et encore des bouteilles. Et Paris… Dans ces moments-là, je me forçais à me souvenir des mots de Franck et de sa « managériale » appréhension du monde : « Il n'y a pas de problème, il n'y a que des solutions. » Il s'était mis à raisonner de cette façon après un séjour en Australie. (Franck m'avait parlé de la mentalité positive du continent et d'une journaliste américaine qui s'était plongée dans la vie d'une tribu aborigène. Il avait lu son livre. Une scène l'avait marqué : le chef des Aborigènes – qui ne mangeaient de la viande qu'exceptionnellement – convenait d'un seul regard avec celui du troupeau d'antilopes de l'animal le plus faible qui pouvait être sacrifié aux humains.) L'Océanie me semblait loin, et apparemment, il y avait fait cette année vraiment beaucoup plus chaud qu'à l'ordinaire, mais je tentais d'envisager des solutions… Ce n'en était pas vraiment une, mais j'ai envoyé un email à l'Américain, à Dan. Je lui ai demandé des nouvelles du roman qu'il n'écrivait pas et s'il pouvait garder un secret…

L'hiver semblait terminé. Déjà, la fin de mars bleuissait de printemps et les odeurs de bourgeons se répandaient jusqu'aux végétations et aux sinus. Les poumons inspiraient l'air à température. La condensation avait disparu.

Au balcon de Jeanne, le laurier et les véroniques fleurissent déjà… Comme d'habitude, le poste de télévision est allumé. Sur la table basse, des fraises biologiques d'une lointaine provenance attendent d'être mangées. Jeanne pleure devant les championnats du monde de patinage artistique. Ajax ronronne. Un couple glisse sur la glace. Ce sont des Français. Une femme noire et un homme blanc. La femme virevolte au-dessus de l'homme. Chacun met au profit de l'autre les attributs de ses caractéristiques. La femme est souple, légère, elle s'adapte, s'élève. L'homme est fort. Il la soutient, lui permet de prendre de la vitesse, de l'élan et de la hauteur. Ensemble, ils parviennent à créer d'incroyables figures… Jeanne renifle en parlant de complémentarité : de l'intuition et du cœur aimant des femmes, de l'esprit analytique et de la puissance des hommes… De mon côté, j'envisage un sportif… Et si j'allais dans les stades ? Non. Ma nouvelle loi est passée, je ne peux pas revenir dessus. Pourtant, en me débrouillant bien, cela devrait même être possible de faire une annonce via les écrans géants. Je me souvenais d'une chronique répertoriant les demandes en mariage diffusées en direct des gradins pendant les matchs. Je m'imaginais solliciter le public pendant les arrêts de jeu au Parc des Princes. Je m'imaginais un prince. Allez ! Louis XX de Bourbon…

J'avais un mors dans la bouche. Comme les chevaux. Harnachement métallique. Contrôle de la vitesse et de la direction. Je m'obstine et ça tire. Comme ma cicatrice quand j'ai lavé ma peau au savon et que je n'ai pas encore passé de crème. C'est Paula qui m'a appris pour la crème. Pour toutes les crèmes. De jour, de nuit, et fouettée. La crème fouettée, c'est super avec les fraises…

Depuis l'héroïne, Eugène avait pris le parti de réorganiser ses journées de façon à ne jamais se retrouver le soir à la terrasse d'un bar. Conséquemment, il passait la globalité de ses nuits chez lui, essayant d'« envisager l'idée de se remettre au travail ». Il buvait du café à n'en plus pouvoir et quittait généralement son atelier vers neuf heures pour aller au cinéma. C'était habituellement après cette séance matinale que nous nous retrouvions dans les parcs. « Je me suis fait une toile. » La première fois qu'Eugène avait utilisé cette expression, je lui avais demandé ce qu'il avait peint. Il allait voir tout et n'importe quoi, se remplissait la cervelle d'âneries et avait carrément mis de côté les versions originales. Il se retrouvait souvent seul dans la salle. Le rouge et le noir, le blanc de l'écran. Et Eugène, rivé sur ce qui allait lui remplir les yeux sans lui faire péter les veines, rivé sur dérivatif… Je crois qu'il ne dormait plus. Je crois qu'il n'a plus dormi pendant au moins un mois. Un mois d'insomnie et les cernes qui raboulent sous les yeux. Le gris et le brun qui tirent au violet. Il faisait du mieux qu'il pouvait. Je trouvais déjà formidable qu'il arrive à tenir… Eugène avait refusé le Subutex et les anxyolitiques et s'était sevré tout seul grâce à dix jours d'hospitalisation, des séjours répétés à la campagne et beaucoup d'eau… Pour autant, quelque chose en lui semblait terne. Endolori ou décoloré. On avait la sensation qu'il ne pensait qu'à lui tout en sachant très bien qu'il ne pensait à rien sauf à tenir. J'essayais de rester à l'écoute de ce rien qui forcément un jour redonnerait à voir son contraire. Bientôt, Eugène n'aurait plus l'impression d'être dans le noir, il regarderait les étoiles autrement, percevrait des lueurs et dormirait la nuit… Le jardin des Tuileries se remplissait doucement. Les oiseaux gigotaient dans les arbres. J'ai posé ma main sur l'épaule d'Eugène. Mes doigts ne savaient pas trop comment se positionner sur le jean un peu rêche de son blouson. « Putain, c'est gentil… Merci… Je suis un énorme boulet, là… » Baisser les yeux, comme lui. Le haut d'un prospectus dépassait de sa poche : « Le séminaire Saint-Sulpice se présente comme un ensemble institutionnel qui comporte deux cycles.… » Tapoter à plusieurs reprises sur le dos d'Eugène. « Bientôt, tu te surprendras à regarder la vie depuis l'ombre patiente d'un parasol rouge et jaune, Eugène… » J'avais parlé sans réfléchir… Pour moi. Pour lui. Le peintre avait souri.

Paula souriait assez peu souvent, mais le phénomène se produisait tout de même à tous les coups lorsqu'elle écoutait Nana Mouskouri. La dizaine de vinyles classés par année en bas de la bibliothèque me semblait donc la clé du bonheur. Et ce, particulièrement le jour de leur anniversaire. Les deux femmes étaient nées à la même date. Le 13 octobre. Alors, au début de l'automne, chaque année, ma grand-mère bougeait les doigts sur un clavier invisible en plissant beaucoup les lèvres et en surarticulant approximativement les paroles de *Tous les arbres sont en fleurs*… Elle qui pouvait parfois être si coriace, c'était insensé de la voir se laisser atteindre de cette manière, aux larmes parfois (ce qui me paraissait surhumain), simplement en écoutant le titre 1 de la face 2 du 45 tours de la chanteuse grecque… Lorsque j'avais dû lire *Nana* au collège, ma grand-mère avait refusé d'acheter l'ouvrage d'Émile Zola pourtant au programme… Selon elle, il n'y avait qu'une seule Nana, et il s'agissait de Nana Mouskouri.

Le fétichisme familial s'avérait décidément traditionnel… Je m'étais toujours demandé comment mon grand-oncle et sa femme avaient pu, sans aucun scrupule et sous couvert d'hommage, appeler Claude-François, « Claude-François »… Un soir d'hiver, au coin du feu de la cheminée, dans la cuisine de la maison du Jura, j'avais pris connaissance de l'existence du chanteur de variétés françaises à la fin tragique… Mon cousin devait avoir quinze ou seize ans et s'était plaint une énième fois de son prénom à ma grand-mère. Ses camarades se moquaient visiblement sans cesse de lui au collège, braillant des « Alexandrie, Alexandra » à tout-va dès qu'il arrivait… Même les deux initiales de son prénom, déjà lourd à porter, traînaient dans la boue un « Cf » dont mon cousin avait du mal à se défaire. *Confer*. Claude-François se réduisait, en plus, à une pauvre expression latine ; il n'était qu'une analogie barbare, un report d'attention malencontreux vers un autre passage, voire un autre ouvrage, auxquels bien des gens ne font guère attention même sur certains documents très officiels… Sa mère ne lui avait sans doute pas non plus accordé la considération qu'il réclamait. Sans ménagement, elle avait quitté son père et la ferme ; conséquemment, Claude-François avait quitté l'école et les moqueries pour se consacrer à l'exploitation agricole familiale. René avait décidé pour lui : « De père en fils ! » Claude-François s'était occupé des foins plutôt que de passer le brevet des collèges. « C'est trois jours pour une parcelle. On fauche, on fane, on andaine, on passe une machine pour *roundballer*, et après, hop, on stocke. »

J'ai fait l'amour avec Harald. Je dis : j'ai fait l'amour avec Harald. L'inattendu. Rêve égaré du comédien communiqué via téléphonie mobile. « De toi, dit-il, enroulée dans une serviette verte, seins nus et poursuivie par la mafia. » Une approche comme une autre. Et deux jours après : invitation à dîner. Harald précise qu'il préfère aller dans un endroit calme, tranquille, dans lequel surtout on ne le reconnaîtra pas. La star m'a donné rendez-vous près du Centre Pompidou, à huit heures du soir. « Dans le noir. » Un restaurant sans lumière. Juste le goût et la voix. Harald, quoi…

Sur le coup, j'ai paniqué ; ensuite je me suis dit que c'était un bon exercice pour drainer ma phobie…

J'avais des fourmis dans le corps entier, des sueurs froides, les jambes qui flageolaient… Arômes. Textures. Saveurs. On devine ce que l'on mange… Harald est un peu particulier dans l'obscurité. Il m'explique que désormais, lorsqu'il joue, il a décidé de « parler du monde au monde », puis cite Lao Tseu – « La plus grande révélation, c'est le silence » – et se tait. Mon verre grelottait déjà dans ma main comme durant un séisme, il ne fallait surtout pas arrêter de parler, sinon ce serait la débâcle… J'ai posé mon verre, fermé les yeux pour feindre que tout était normal, et essayé de faire s'exprimer Harald en imaginant que j'étais un écran de cinéma, ou une caméra, ou les deux en même temps… J'attendais le dessert avec impatience : comme d'une rassurance, j'avais démesurément envie de chocolat… Juste après le plat de résistance, le pied du comédien est venu à la rencontre du mien, timidement, tel un chat ; puis il s'est subitement mis à se frictionner contre ma jambe… Je n'ai plus eu envie de chocolat. Il avait fondu sous la table… Se lever. Trébucher. Se raccrocher au bras de celui qui a tendu le pied et qui ne tarderait pas à tendre autre chose si cela continuait.

Et cela a continué. À quatre pattes. Une main sur chaque fesse. Harald se prend pour John Wayne, il se croit dans un western américain, chevauchant une vache enragée… Sur les interfaces des sites de rencontres, certains hommes proposaient ce genre de rapports. Maxence, 40. « Dominant expérimenté propose initiation à la soumission. » Je laisse Harald faire à sa guise, même si le comédien ne semble franchement pas à son aise… Tour de Pise. Acmé décontenancé. La fin de l'acte ressemble à la fonte d'un glacier. Dans un râle, l'acteur s'étend comme l'Antarctique. Ses côtes agencent un semblant de relief ; sa toison brune sur la peau blanche de sa poitrine s'apparente à la vue aérienne d'une colonie de manchots clopinant sur la glace… Il n'y a que des manchots au pôle Sud. C'est au nord, dans l'Arctique, qu'il y a des humains, des renards, des morses, des rennes, des phoques et des ours… « Arctique » vient du grec « *arktos* », qui veut dire « ours », parce que les navigateurs suivaient les constellations pour s'y rendre… Harald grogne, se gratte, grogne. Peut-être qu'il fait une allergie… Il y a de la poussière partout, les travaux ne sont pas finis… Mes yeux piquent. Finir par s'endormir. Ronfler une heure avant de se réveiller car le cow-boy qui prend toute la place se gratte, grogne, se gratte… Imaginer Harald dans une paire de santiags, sur un scooter des neiges, au beau milieu des pingouins qui font des culbutes… Encore vingt minutes. Chut. Lever planifié avec la RATP. Ne pas déranger celui qui dort. Se saisir d'un bouquin qui traîne près de son lit… Une histoire londonienne. Le début me fait de la peine. Encore dix minutes. Cinq. Abandonner discrètement le tiers de l'édredon qu'on a négocié une bonne partie de la nuit. Récupérer à tâtons les vêtements éparpillés, le bouton de chemisier gentiment arraché (qu'il aurait fallu donner à Paula pour qu'elle le recouse car je n'avais jamais réussi à passer un fil dans le chas d'une aiguille)… Tout enfiler, subtiliser le livre entamé et s'arracher soi-même, comme le bouton, du tissu dégoûtant qu'était devenu, ce matin-là, l'appartement d'Harald.

Un père. Deux pères. Trois pères. Le gamin dans mon ventre devait les compter comme on compte les jours. Le vrai et les autres. Le biologique, le bon, la brute. Pas de truand. Pas encore. Mais dans l'ordre des choses, il arrivera, le truand, celui qui se fera passer pour, qui prendra la place de. Dans l'ordre des choses, il arrivera… Et alors, après ? Qu'est-ce que ça changera ? Est-ce que ça lui fera du mal au gamin dans mon ventre ? Père mort et remplacement nécessaire du titulaire absent. « Stabilité malmenée, trouble à l'éducation… » C'est ce que d'aucuns diraient. Et après ? Si bien fait, si chose saine et proprement établie. Diversité et ouverture culturelle – on dit que c'est bien, non ? De toute façon, aucune alternative. Solution unique puisque mort du père. Qui propose quoi ? Célibat ? Encore moins. Encore moins sain… Ne pas trouver la bonne case à cocher sur les formulaires à la rentrée scolaire. Inventer soi-même une option pour indiquer chaque année sur papier la défaillance parentale. Je me souvenais de tous les mois de septembre… J'allais accoucher d'un orphelin alors que j'étais déjà orpheline. Alors, qui propose quoi ? Directement l'orphelinat ? Juste après l'accouchement ? Ça peut faire une belle histoire. J'étais en train de vriller. De twister. J'ai refermé le livre de Dickens.

Harald m'a couru après pendant une semaine pour savoir si le problème c'était lui… Ce n'était pas lui le problème, enfin si, mais non, pas particulièrement. Le problème, c'était moi : mon envie de baise et les livres de Sartre. C'était ça le problème. Essentiellement, c'était ça : les livres de Sartre.

Harald faisait le pied de grue dans le bistrot d'en face. Je le voyais au travers de la vitrine, il écumait les cafés puis finissait par commander une bière à la pression. Deux fois, j'étais sortie de la galerie : automatiquement, il s'était enfui. Il pouvait toujours boire des demis ! Gilbert râlait ponctuellement parce qu'il se sentait observé : « C'est qui ton ami ? C'est la Gestapo ?! »… Harald n'est pas discret. Il scrute depuis le trottoir d'en face tous nos faits et gestes, et par certaines de ses postures, ressemble à une racaille de détective privé qui s'acharnerait sur une affaire dont il ne comprendrait rien… Lorsque nous avions éteint les lumières et que nous nous apprêtions à quitter les lieux, Harald s'enfuyait… Encore. Toujours. Sans doute par peur de la confrontation. Il réglait son addition et désertait comme s'il était en retard, vers l'un des deux bouts du pont des Arts…

Pendant trois jours, Harald a appliqué la même méthode. Au milieu du troisième, parce que Gilbert voulait avoir la paix et aussi parce que je commençais à culpabiliser vraisemblablement à cause de mon foie, je suis de nouveau sortie de la galerie. Harald ne s'est pas enfui. Il est resté. J'ai traversé la chaussée pour venir m'asseoir à côté de lui. Il portait son fameux K-way. J'ai commandé un café. Harald a plongé les yeux dans son expresso. Ses joues étaient devenues toutes rouges. Il remuait la jambe compulsivement. C'était délicat. Tout ce que j'allais dire pourrait être retenu contre moi. Je l'ai regardé plusieurs fois. Il ne parlait pas. J'ai déballé les morceaux de sucre pour les lâcher dans ma tasse, touillé avec la petite cuillère. « Oh, c'est ridicule… » Remettre du sucre alors que je m'abstenais depuis trois mois. Harald a rigolé, nerveusement, laissant échapper un genre de spasme. Puis il s'est mis à baragouiner des idées. Je ne saisissais pas tout mais se formaient quand même quelques îlots de compréhension… Pour lui, le problème, ce n'était pas moi : c'était lui. Il m'a dit qu'il se sentait perdu. Qu'il ne savait plus qui il était parce qu'il ne savait jamais à qui il avait envie de faire l'amour. Des femmes ou des hommes, il n'arrivait plus à trancher. Pansexualité… Il avait envie des deux. Il a admis que c'était étrange. « Non. » Je lui ai dit que non. Harald a esquissé un sourire… L'acteur croyait à Platon et à la séparation en deux des femmes, des hommes et des androgynes, puis aux retrouvailles des moitiés… Sauf que d'après Platon, il fallait qu'il choisisse ! Harald aimait les hommes et les femmes. C'était pour ça qu'il jouait la comédie, parce qu'il n'arrivait pas à choisir ! Platon est un con. « Oui, mais tu vois, Shiva et Parvati, par exemple, c'était clair, non ? »

Mon téléphone sonne. Vibre. Sonne. Je décroche. Harald se tait. C'est Franck. Franck, aperçu dans le métro environ trois semaines avant la catastrophe haraldienne, sept mois après avoir été porté disparu. Franck, au téléphone. Harald a vu mon souffle faillir, mes yeux gémir surprise et colère.

L'immeuble est gris, comme le ciel. La porte est ouverte. Je monte les escaliers… C'était Franck qui avait connu le père en dernier, c'était lui qui l'avait éprouvé avant que Clara n'entre en scène. Clara ne pouvait pas être le père. Franck semblait plus à même d'endosser le rôle. Ma main s'accroche à la rampe. Le tournoiement de la longue pièce de bois m'aspire vers le haut. Au fur et à mesure des étages, la cour devient de plus en plus petite, s'ajuste dans le rectangle des lucarnes qui ornent assidûment la cage d'escalier. Je suis essoufflée. Les marches sont passées trop vite sous mes pieds. Quatrième étage, gauche. La porte qui attend que l'on cogne du revers de l'index son bois verni. La main qui approche. Les doigts qui effleurent le vernis écaillé, s'apprêtent à frapper. Plier le doigt pour cogner le bois. Bruit de pas derrière la porte fermée. Le cœur plus rapide qui fait monter le sang jusqu'au visage. De l'autre côté, quelqu'un saisit la poignée. Le cran s'enclenche. Le verrou tourne. La tête tourne. Les yeux. La porte se met à virevolter. Le couloir. Sensation unique. Extase, ralentissement des battements du cœur et des paupières. La porte s'ouvre. Extinction totale. Éclipse. Chute. Tout devient absolument lumineux. Périmètre resserré sur paillasson. Noir. Un temps. Puis la fraîcheur humidifiée d'un gant de toilette tapoté sur le front, au-dessus des sourcils et sur les tempes, me ramène soudain à la surface d'un canapé… Une voix se rapproche ; le timbre d'une voix. Un prénom. Mon prénom. Son prénom dans ma tête. J'ai beau être sens dessus dessous, la voix de Franck m'émeut aussi violemment que lorsqu'il avait ouvert la porte, place de Clichy…

Sèche-cheveux. Salle de bains. Voix féminine. La voix n'est pas la mienne. Franck choisit des mots simples à son intention pour décliner mon identité et décrire mon état… Quand j'étais au collège, un jour qu'il y avait un cirque établi au beau milieu du Jura – avec encore des lions, des tigres et des lamas –, un trapéziste m'avait raconté qu'il était tombé de plus de vingt mètres de haut, sans filet. Il était resté dans le coma près de six mois. Il m'avait dit qu'il avait entrevu un genre de paradis et qu'ensuite, il entendait tout… « *Wǒ dé zǒule. Yǒngqì ! Zài jīn wǎn. Wǒ xǐhuān nǐ…* » Ouverture des yeux. Flou, trouble. Une certaine idée de la myopie. La porte d'entrée laisse s'échapper de l'appartement une silhouette fluette à la morphologie asiatique… Verso. Redécouverte du monde à l'envers. Position inconfortable. Je me redresse pour essayer de me tenir convenablement. Recto. Franck est assis juste en face de moi. Il a coupé ses cheveux. Très court. Quasiment rasés. Ses beaux cheveux bruns… Je vois à moitié gris, à moitié en couleur ; mais je vois qu'il a coupé ses cheveux. Je crois qu'il sourit. « C'est pas une façon d'entrer chez les gens… »

On a discuté de la femme aux yeux bridés, pas du tout japonaise, qui venait de quitter la salle de bains puis le domicile. Franck s'était épris d'une attachée de presse longiligne d'origine vietnamienne qui travaillait avec lui. Ils échangeaient quotidiennement en chinois et s'étaient installés ensemble. J'étais tombée dans les pommes. Franck s'était casé, comme Martin, sauf qu'il n'était pas mort. Enfin si. Celui que j'avais dans la tête s'était éteint au moment même où l'autre était apparu, le vrai. On s'obstine à peupler nos vies d'images. Franck avait remporté la course à la falsification et au laisser-dire, puis il était mort. Celui que j'avais dans la tête. L'autre, le vrai, était bien vivant ; les dents très blanches et les cheveux coupés… Je n'ai pas parlé du ventre. Pour Franck, le sujet, c'était Martin.

Martin s'était approché doucement. Il avait relevé la bretelle d'un maillot de corps que je mettais le soir pour vagabonder dans l'appartement. Ses doigts effleuraient mon épaule. Franck était accoudé à la fenêtre, nous tournant le dos. « Le temps est plus doux qu'hier… » Mon cœur battait. Martin avait cette espèce de puissance qui rendait inéluctable le moindre de ses gestes… Il se tenait au siège de ma bouche. Là où la neige s'endort et bloque les portes. Là où il n'y a plus moyen de demander asile. L'église se meurt… Asile ! Franck a tourné la tête. Il a vu les doigts de Martin s'éloigner de la fine lanière de coton, puis ses pas vers la chambre, bourrés de gêne parce que je n'avais pas envie…

« On sort ? » Franck a hoché la tête. Les premières notes d'une fugue de Beethoven. La main de Franck m'entraîne. Descendre l'escalier, sortir de l'immeuble, prendre le métro, traverser Paris, passer au-dessus d'un pont, longer une écluse… L'air venait chatouiller la peau des jeunes gens, se faufilant sous le lin et le coton. Légèrement plus froid que la chaleur des corps. Franck désigne la terrasse d'un café. S'installer, commander. De la bière, blanche, avec au fond des chopes une rondelle de citron. Le son d'une guitare nous parvient depuis l'autre rive. Une main qui s'avance vers une autre main. Les doigts qui se frôlent. Puis subitement, discrète séparation des phalanges. Franck met les coudes sur la table, place ses mains autour de ses oreilles… « Pour mieux entendre. » Il m'avait expliqué un jour qu'il avait l'impression d'être une caisse de résonance, simplement parce que la musique le faisait trembler et qu'il considérait que si les pores de ses avant-bras portaient l'ensemble de son système pileux jusqu'à se dresser à l'audition d'une production musicale, c'est qu'il y avait une raison… La clameur désinvolte devait l'oppresser, tapager son écoute… Il y avait dans ses yeux le soupçon d'une frayeur… Sur le coup, je n'y avais pas prêté attention… Si l'on s'était assis à l'autre table, si je n'avais pas tourné le dos au passage des bicyclettes, si je n'avais pas soufflé naïvement sur la mousse de ma bière, j'aurais vu Martin, dans le calme de sa chemise blanche, en dehors du moment que je croyais vivre, au-dedans de celui de Franck.

Rêve. Cauchemar. Martin descend l'escalier. Mille heures de grossesse. Un prince. Un petit prince que l'on avait appelé Antoine. Attendu, arrivé, déclaré, reconnu. Antoine. Martin descend l'escalier. La peinture est encore fraîche. L'odeur embaume, donne ce goût de neuf qui propulse vers l'avenir. Martin descend l'escalier. L'escalier. Martin. Lâche. Martin lâche la rampe de l'escalier… Et hop, papa tombé. Les pleurs de sa petite majesté. Prince devenu roi. Le mal au loin qui s'empoisonne… Eau sur visage, mains sur évier. Reflet. Comme si je l'avais poussé. Comme si j'allais devoir, sans cesse, me justifier… Parce que mon rêve ; parce que Clara… Je n'aurais jamais la force d'avouer qui est qui. Le père ou le fils de. S'il a ses yeux ? Une chance sur deux. Et sinon ? Inconnu au bataillon. Pas de mort au combat mais inconnu au bataillon quand même. Trop dur de révéler a posteriori l'adultère d'un mort et l'irrespect manifeste de la mère face à celle qui, déjà veuve, se serait révélée la belle-mère du bambin si le mort était resté vivant… Père inconnu, donc. Et hop, encore un orphelin ! Pupille de la nation. Non. Ni pompier, ni gendarme, ni colonel. Orphelin tout court… Pupilles marron. Les yeux ne seront pas bleus ! Et jamais je ne le dirai… Même à celui qui se dandine sous la peau de mon ventre au milieu de mes boyaux. Si, peut-être à lui. Quand je serai prête à mourir, sur un lit… Entre-temps, il faudrait simplement que lui arrive un père de substitution. Pour le civil. Pour la nation, justement. Un père aux yeux marron.

Musée du chocolat. Jeanne m'avait proposé de l'accompagner. Sûrement parce que Gilbert avait téléphoné à Gilberte qui avait téléphoné à Jeanne. Ou que Paula avait téléphoné à Gilberte qui avait téléphoné à Jeanne. À eux quatre, ils formaient une véritable congrégation… Ils ne disaient rien, n'en parlaient pas, mais j'avais le sentiment qu'ils étaient tous au courant de la situation. Je les laissais faire le bien en cachette. Ça devait leur faire l'effet de la Résistance… Quoi qu'il en soit, au-delà du fait que c'était absolument de circonstance, je voulais saisir le mystère du chocolat… Dès la première salle, tout s'est éclairé. Les Mayas et les Aztèques s'étaient fait décimer par Hernán Cortés en 1519 et en 1521. C'étaient ces deux peuples qui avaient découvert le secret du cacao. Les fèves constituaient leur monnaie. Ils préparaient des boissons chocolatées qu'ils faisaient mousser et auxquelles ils ajoutaient des épices. Des offrandes destinées aux dieux et constituées de cacao étaient mêlées au sang humain chez les Mayas quand ils ne s'entaillaient pas la langue ou les lobes d'oreilles avec des lames d'obsidienne. Jeanne m'explique : « C'est une pierre mirifique qui permet de voir dans les profondeurs du soi… » Je reviens aux panneaux : les Aztèques, eux, sacrifiaient des prisonniers pour que la vie perdure sur la Terre. Les divinités des deux communautés étaient liées à la nature : montagnes, sources, forêts, chutes d'eau… En 1492, fraîchement débarqué au Nicaragua – qu'il avait pris pour le Nouveau Monde –, Christophe Colomb avait tenu des fèves de cacao dans la paume de sa main mais n'avait pas relevé. Il s'était contenté de monter les tribus les unes contre les autres et d'exterminer les ancestrales civilisations… Que Colomb soit véritablement le premier à avoir abordé ces rivages, rien n'est moins sûr : la sagesse est rarement bruyante… En revanche, il est certain que c'était le premier à le faire avec autant d'irrévérence et de fracas… Trente ans plus tard, suivant l'exemple, Cortés avait quand même eu suffisamment de jugeote pour saisir que les fruits du cacaotier étaient une mine d'or… J'imaginais un possible embargo sur le chocolat… La production se concentrait majoritairement en Afrique, en Amérique du Sud et en Indonésie… Jeanne s'était régalée à la fin de la démonstration animée au sous-sol. Le contour de sa bouche et le bout de ses doigts avaient pris la teinte du henné. Châtain, chaudron et brou de noix. Comme il y avait plusieurs points de dégustation dans le musée, en bonne maquisarde, Jeanne avait garni de gourmandises l'intérieur d'une enveloppe en papier craft qu'elle avait dans son sac. « C'est pour Ajax… » Le héros grec, l'animal sacré d'Égypte antique, raffolait, lui aussi, du condiment magique.

Bientôt savoir si fille ou garçon. Dans six semaines. À peine. J'aimerais que ce soit un garçon, comme Martin. Avec les cheveux de Martin. Je voudrais qu'il naisse avec les boucles blondes de Martin, les yeux marron, et entouré de tous les pères de la Terre, qu'il en ait plus que tout le monde… À vingt-cinq ans, vingt-cinq pères. Au moins un par an. Sans compter le biologique, mais en ayant hérité de ses cheveux… Je voudrais qu'il naisse tout blond, entouré d'hommes, avec un prénom qui lui aille… Un prénom qui lui raconte son histoire, déjà.

À la galerie, je n'avais plus mon mot à dire. J'avais mis du temps à le remarquer. À comprendre que je n'avais plus mon mot à dire. Mais j'avais fini par m'en apercevoir. À force d'essayer d'en placer une pour que Gilbert l'entende, je m'en étais aperçue. Et d'un seul coup, le restant fragile de ma motivation s'était évanoui. Répétition. Supplice. Roulement. Roulement de tambours, travail à la chaîne et exécution. Répondre au téléphone. Remplir des dossiers. Réceptionner des fax. Recevoir des gens. Rappeler des gens. Je souriais bêtement en décrochant le téléphone ; je redonnais l'adresse aux visiteurs égarés alors que je ne pouvais plus voir le nom de la rue en peinture… Gilbert se débarrassait de moi régulièrement en m'envoyant faire des livraisons aux quatre coins de Paris… Je klaxonnais sans cesse, je roulais à toute berzingue avec les pièces et les œuvres dans le coffre de son break métallisé… Grisaille. Embouteillages. La ville ne m'émerveillait plus, les monuments ne me faisaient ni chaud ni froid… À la vérité, je crois que j'étais triste ; et la plénitude de mon sentiment donnait à tout le même caractère… L'ennui, la peur, la colère, le dégoût, la honte, la rage, le chagrin, la tristesse, la surprise, la joie, la quiétude… L'amour… Les émotions sont nombreuses. Elles se pavanent, de toutes les couleurs. Fauves. Félines et fauves. Il faut les apprivoiser comme des panthères. J'essaye de les regarder dans les yeux. Je les invite à se présenter. Je leur offre le thé. À l'anglaise. Avec un nuage de lait… Harald dit qu'il y a deux catégories d'émotions, « les angéliques et les démoniaques… » Il ne doit rien y avoir de pire que de rester terrassé par une émotion… Est-ce qu'il est possible de passer sa vie entière terrassé par une seule émotion ? La criminelle prendrait le dessus, apposant son filtre, sa torpeur, générant ainsi une forme d'insensibilité, ou au contraire d'hypersensibilité… Accueillir le trouble, ne pas laisser infuser trop longtemps, prendre son mal en patience, souffler…

J'écoutais *These Armes of Mine* d'Otis Redding en boucle. Le titre datait de 1962. Mes parents avaient dû l'écouter aussi… Le musicien américain était également mort à moins de 27 ans. Dans un accident d'avion. Comme le professeur de Martin. Comme Saint-Exupéry. Sauf que l'on avait retrouvé le corps du chanteur. Son jet personnel avait fini au fond du lac Monona dans le Wisconsin. Il avait réussi à faire de la musique universelle avec sa culture noire américaine et il était mort.

Je suis de nouveau entrée dans une église. Je me surprends à en avoir besoin régulièrement. Le son des cloches m'apaise. À Saint-Eustache, le dimanche, le souffle de l'orgue emplit le volume de vibrations mystiques. Parfois, les pièces interprétées ne sont pas sacrées. L'effet que ça me fait est franchement similaire. Mon corps frémit comme un diapason et j'ai la sensation d'une puissance indescriptible m'ancrant en moi-même par le bas comme au beau milieu des bois… Depuis une ou deux semaines, en plus des pulsations, d'éphémères bulles de savon éclatent imperceptiblement dans mon abdomen. L'obstétricien m'a expliqué qu'il s'agissait des premiers mouvements du bébé. Quand je suis à l'église, je parviens à les compter. Il faut vraiment y prêter attention ; cela trépigne un peu comme du morse… Je suis capable de rester une heure à guetter le moindre message en mirant le bord métallique des vitraux… Au bout d'un moment, je me découvre souvent, respirant lentement, un peu à la façon d'Eugène, par le ventre, le diaphragme libre et heureux…

Clara, qui, depuis peu, suivait des cours de chant près de la place Monge, m'avait expliqué que sa professeure lui intimait justement l'ordre de respirer par le ventre, en utilisant son diaphragme. Comme les enfants. Comme la nuit lorsque l'on dort. La professeure se fichait complètement des sons que Clara pouvait sortir, ce qui l'intéressait, c'est qu'elle arrête de s'oxygéner par la poitrine en soulevant malencontreusement les épaules. Selon l'ancienne cantatrice, c'est même la raison pour laquelle les femmes perdaient connaissance à l'époque des corsets. Parce qu'elles ventilaient, encore et toujours, par le haut, sans cesse, alors que cette respiration-là n'est liée qu'à l'angoisse... C'est pourquoi, le soutien-gorge s'est avéré révolution. Pour ma part, je n'ai jamais saisi l'intérêt de ces infrastructures... Quand j'étais gamine, un jour d'été, à l'école, il faisait si chaud que nous avions lancé une bataille d'eau pendant la récréation. Les garçons s'étaient mis torse nu, et plusieurs filles, dont je faisais partie, les avaient imités... On s'était ramassé une de ces soufflantes ! « Où est-ce que vous vous croyez ?! Rhabillez-vous immédiatement ! » Je ne voyais pas en quoi les tétons des hommes différaient de ceux des femmes... A.B.C.D.E.F. Pourquoi fallait-il cacher les uns quand on laissait apparaître les autres ? 85, 90, 95, 100, 105. Ma poitrine se portait bien mieux quand elle était libre... Encore récemment, sur les conseils de l'obstétricien, j'avais essayé de porter une brassière : ce fut un calvaire. Mais le spécialiste avait insisté pour une simple et bonne raison : mes seins avaient gonflé comme des diodons.

J'ai sauvé un pigeon dont les pattes s'étaient prises dans le béton. Il avait dû atterrir sur la surface grise et plane sans se douter qu'elle était en train de prendre, s'y enfoncer et s'en dépêtrer du mieux qu'il avait pu. Tapie contre une façade, la palombe traînait deux boulets grisâtres au bout de ses frêles petites pattes. Je l'ai enveloppée dans un torchon pour la remonter dans mon studio. J'ai fait couler l'eau chaude et gratté avec une fourchette, doucement, longtemps, jusqu'à défaire l'emprise. L'oiseau se laissait faire sagement, s'endormant presque dans le creux de ma paume… Si j'étais un pigeon dans les mêmes circonstances, j'aimerais que quelqu'un me ramasse et me libère. Harald a raison, il faut se mettre à la place des êtres pour les comprendre. Cela devrait être interdit de manifester pour des causes qui nous concernent, on ne devrait se déplacer que pour celles qui intéressent les autres. Ce serait le point de départ d'un altruisme général et généreux. Ou les balbutiements d'un b.a.-ba solidaire. Si je m'étais mise à la place de Clara, je n'en serais définitivement pas là…

Je me faisais la réflexion en grimpant sur le toit avec le pigeon pour qu'il s'envole. C'était périlleux d'escalader d'une seule main, mais j'avais réussi à faire basculer la lucarne en m'appuyant du coude sur le zinc… Il y avait de la fumée partout… De gigantesques flammes grattaient le ciel de leurs mèches volages. Il ne pleuvait pas. Dieu en avait décidé autrement… Le pigeon a claudiqué sur quelques mètres avant de battre des ailes pour regagner les nuages, slalomant entre les cheminées et les antennes… Je me suis retournée vers le sud. J'ai regardé Notre-Dame et j'ai décidé de me mettre à écrire. Plus ou moins dans l'ordre. En essayant de commencer par le début. En cherchant à me rappeler tous les détails et le nom des morceaux que Martin jouait au piano. Pour faire avec.

Pour comprendre. Pour m'alléger et faire le point. Surtout. Sur tout.

Anir m'a invitée dans sa cité. Il m'a proposé d'aller voir le lieu, l'endroit, la place, la zone, le complexe, l'appartement dans lequel il avait grandi. Clara était partie rendre visite aux canassons libérés du Val-d'Oise, je m'étais donc rendue seule en Seine-Saint-Denis avec Anir… Sortir de Paris. Sortir. Les champs dépravés ressemblaient à des friches. Le réseau ferroviaire était déficient et j'avais mis longtemps pour arriver. Anir m'attendait sur le quai. On a marché le long d'une route bordée de coteaux. Béton. Plaine. Béton. Plaine. Béton… Une fois dans la cité, Anir m'a d'abord fait faire le tour des bâtiments et des détours entre les tours qui, de loin, ressemblaient aux barres verticales d'un graphique. Dès que le soleil a disparu, nous sommes revenus à notre point de départ : la porte fracassée d'un immeuble. On a emprunté l'escalier. Des gamins traînaient en rigolant dans les coins puis se mettaient à courir très vite. Deux femmes étaient voilées au troisième étage. Au huitième, un cri rauque s'est échappé de l'appartement qui faisait face à celui de la famille d'Anir. J'ai fixé la porte métallique. Anir m'a dit que c'était normal tout en sonnant chez ses parents. Sa mère a ouvert une porte identique à celle du cri. L'atmosphère de l'appartement contrastait avec celle du dehors. Il y faisait chaud dans tous les sens du terme. Anir m'a présenté toute sa famille. Sauf sa sœur qui était partie près de Baraki, et son père qui préférait se recueillir en tête à tête avec le Coran. Parce que c'était le jour de la fête de Lailat Al-Bara'ah. « La Nuit du pardon. » Les musulmans devaient prier et en profiter pour se pardonner les uns aux autres. La mère d'Anir avait préparé des cœurs d'agneaux à la poêle et une ojja aux œufs avec des boulettes.

Dans la cuisine de la Seine-Saint-Denis, il n'y avait qu'une seule poubelle… Les discours de Jeanne sur l'écologie me revenaient à l'esprit… J'essayais de saisir la position de la famille d'Anir ; peut-être que les troubles concentraient invariablement les hommes sur eux-mêmes au lieu de les déployer sur leur environnement. Il n'y avait qu'à observer mon comportement vis-à-vis de ce qui se passait contre ma paroi utérine… En quelques mois, tout le système de mon existence s'était transformé. C'était structurel. J'étais définitivement du côté de Lévi-Strauss… Ikken, le frère aîné d'Anir, travaillait depuis cinq ans dans le secteur des VTC mais comptait se reconvertir « incessamment sous peu » dans l'alimentation biologique… Il avait le crâne rasé, un trou dans la gencive supérieure, une dent en argent sur le côté gauche, et une autre contre « l'économie totalitaire ». C'était l'expression qu'il employait pour désigner le fonctionnement actuel des choses. « Les Occidentaux sont allés partout pour conquérir, grossir, fructifier… » Je pensais à Christophe et à Hernán. Je me souvenais de Franck et de ses démarches constantes d'optimisation du profit. C'était l'intitulé d'un cours qu'il avait suivi durant ses études supérieures… Ikken a précisé que même l'agriculture biologique, c'était encore un bobard : « Si ton kiwi vient du Zimbabwe, t'as beau l'acheter chez Bio-machin-truc, ça n'a aucun sens ! Les politiques ne décident plus de rien. Le pouvoir a pris l'argent, puis l'argent a pris le pouvoir ! » Je repensais à Nietzsche. Finalement Dieu n'était peut-être pas mort. Il y avait juste eu confusion. L'argent était devenu Dieu. Ikken poursuivit : « Les hommes ont voulu s'étendre sans contraintes, et ils l'ont fait sans scrupules ! Ils se sont accommodés des frontières, ont fait fi des états d'âme, et sans loyauté aucune, ils ont gravi les échelons imaginaires d'un règne capitaliste qui n'existe que dans leurs têtes ! Tant que le système ne changera pas, on restera bloqués… Y a trop d'inégalités ! » Anir écoutait son frère, captivé. Ikken s'exprimait bien, riait beaucoup, et taquinait sa mère tandis qu'elle apportait le dessert qu'elle avait préparé. Je regardais les hommes se faire servir. J'observais le postulat de la hiérarchie des sexes s'illustrer devant moi… D'après ce que je comprenais, dans tous les domaines, les hommes étaient capables de démolir les objets qui se trouvaient sur le passage de leurs désirs de puissance… Forêts, femmes, tribus, frontières. Martin n'avait pas pu faire exploser les traditions du judaïsme alors il s'était fait péter la cervelle. Le mot « bourbier » a rappliqué dans mon lobe frontal. « Mais c'est pareil pour les femmes, non ? » Ikken me regarde sans comprendre de quoi je parle… Du coin de l'œil, sa mère m'avise qu'elle sait.

CINQUIÈME CARNET
(brique ou fauve, reliure cuivrée)

Commencé le 17 avril 2019
Rue de l'Aqueduc, sur le grand lit carré de mon studio.

Fini le 1er juillet 2019
Dans l'herbe, littéralement au « Parc de la bonne vie »,
après une série d'yeux ouverts-yeux fermés.

Nombre de pages : 53

Il a neigé pendant trois jours. Les routes avaient disparu. Il semblait que le givre rendait les choses vivantes : les joues étaient plus rouges que d'habitude, la chaleur se voyait aux souffles, au gaz et aux buées, à la fumée qui partait çà et là des pots d'échappement pour aller se noyer dans le blanc du ciel… Quelques heures d'infini, très tôt au matin, lorsqu'il fait encore nuit ; puis l'activité de la ville reprenait le dessus, exterminant les flocons, transformant en boue les cristaux jusqu'à la prochaine rafale… « Il n'y a plus de saisons ! » Gilbert s'écriait qu'il n'y avait plus de saisons tandis que les bouches râlaient d'avoir froid et les pieds mouillés en avril… À Paris, ce n'est pas comme dans le Jura : les gens font semblant de porter des bottes ! Les bottes doivent être doublées pour être chaudes, plastifiées pour être imperméables ; et le sel est mauvais pour le cuir. Il y a les bottes pour la neige, les bottes pour la pluie, et les bottes pour faire le rigolo. Les Parisiens font majoritairement les rigolos…

D'ordinaire, les livraisons s'effectuaient à domicile, mais Gilbert m'avait indiqué cette fois une adresse, qui s'avérait entre autres celle d'un kinésithérapeute : « Il faut attendre devant ! »... Au milieu de la nuit et de la neige qui tombaient, le cadre de l'œuvre enrobée de papier bulle sous le bras, je reluquais la plaque couleur soleil tout en espérant l'arrivée de l'acheteur qui avait préféré le bas d'un immeuble... Mon champ de vision ressemblait à la robe inversée d'un dalmatien tant il neigeait. Le vent brûlait mes joues ; je plissais les yeux sous ma capuche... À trente mètres, je l'ai vu. Je l'ai reconnu. Vêtu d'un long manteau qui lui descendait jusqu'à mi-mollet, il avançait calmement, d'un pas leste, brave. Le froid semblait plucher sur ses épaules... Je me suis dit qu'il allait me faire des enfants... Supporter celui que j'avais déjà dans le bidon et m'en faire d'autres... Il paraît que ces choses-là se sentent. Je n'y crois pas. N'empêche que j'ai senti... Il s'est immobilisé devant moi. Il avait un visage géométrique. Arrondi aux angles, mais dont le menton et la ligne du front formaient l'isocèle d'un triangle. Des yeux noisette en forme d'amande, dans lesquels passaient des éclairs, petits, perçants. Les lueurs de la ville faisaient de la courbe de son nez un exemple de droiture et de dévouement. Le nez parfait, qui ni ne dissimule, ni ne ment. Le nez franc, à l'aplomb rectiligne et au galbe dévoué. Son nez ; et sa bouche en dessous, fine et rouge et sensuelle, comme les deux minuscules tentacules d'une pieuvre dansant la salsa... Le sang ruisselait dans mes veines, frappait mes tissus comme le son tyrannique d'un tamtam. Percussions. Batterie. Je n'avais plus peur de lui... Ses lèvres ont souri, avec précaution, à peine, comme dans la boulangerie ; puis, sans même avoir prononcé le soupçon d'un mot, avec le soin frémissant de la lenteur, se sont posées sur les miennes.

Julien était instituteur et portait des bottes de pluie quand il neigeait. Il travaillait dans une école primaire de la proche banlieue. Petite couronne. Il disait qu'il aimait son travail. Double niveau. CE1, CE2. Car effectifs croissants et paupérisation du métier. Lui s'en fichait, rentier. « Rentier, fonctionnaire et communiste ! » Parce qu'il s'était découvert une de ces ascendances qui vous associent à un courant de pensée et à une idéologie, Julien se les était appropriés tout de suite et à l'exponentiel… À dix-huit ans, il s'était inscrit en faculté de droit. Il avait lu pendant l'été et bifurqué en histoire à la rentrée. Trois ans plus tard, il avait passé le concours de la fonction publique. Je n'avais jamais rien compris à la politique, je trouvais fou que l'on puisse s'y intéresser. Moi, j'avais l'impression que c'était comme une plante vénéneuse, un de ces machins, si l'on s'approche trop près, qui vous bouffe la moitié du visage. Je n'avais jamais trop voulu m'y frotter. Julien était tout près… Quand il avait fini par m'avouer que c'était avec Lénine qu'il avait un lien de parenté, je ne l'avais pas cru… Je suis le fils de. Mon frère est marié avec. Le frère de la femme de mon oncle est. Je suis l'arrière-petit-fils de. Le grand-oncle du cousin germain de ma demi-sœur, la belle-sœur du grand-père du parrain de mon beau-frère… « Et ta mère ? » Sa mère vivait à Bordeaux et venait lui rendre visite de temps en temps. Mais ce n'était pas le sujet. Le sujet, c'était son aïeul. Julien avait recoupé les arbres et les branches en tous sens pour retracer la filiation. Et du moment qu'il avait su, s'était impulsée en lui l'évidence de s'engager. Il s'était encarté. Aujourd'hui, cela ne lui semblait plus véritablement viable à proprement parler, mais Julien continuait d'affirmer ses positions. La toile qu'il avait achetée à la galerie représentait un laconique soleil rouge, dans un cadre mordoré auquel la flavescence de l'astre semblait se mêler… *Rouge Seigneur*. Cet homme pouvait affirmer tout ce qu'il voulait, je le trouvais aussi beau qu'une forêt. J'aimais le rythme de sa parole, le timbre de sa voix, sa manière de bouger et son immobilité. Ses pupilles me faisaient un effet hypnotique. Ses prunelles m'aimantaient. J'aurais voulu pouvoir littéralement m'y coucher, m'allonger dans ce camaïeu de bruns comme dans un hamac, face à la mer, sur la rive de ses paupières… Faire une bonne sieste dans les yeux de Julien… En moins de deux jours, nous nous étions vus presque trois fois. La donnée des durées se perdait systématiquement en chemin et le silence était léger comme une plume.

Clara avait beaucoup minci. Peut-être qu'elle avait rencontré quelqu'un aussi… Elle semblait parée de joie et d'agapes. Sa taille de guêpe retrouvée apostrophait l'automne comme une chanson que l'on a oubliée mais qui ravive subitement la mémoire si par mégarde on l'écoute… Les restes de neige gelaient. Il faisait froid. Clara portait une gabardine jaune et des moufles. De jolies moufles vert d'eau – comme une camisole à ses mots. Elle les avait ôtées à l'intérieur de la brasserie dans laquelle nous avions prévu de déjeuner.

J'avais tout juste eu le temps de me noyer dans un verre d'eau. Arrivée un poil en avance, à l'instant précis où j'entrais dans l'établissement, je m'étais souvenue que j'étais enceinte. Fondu croisé entre l'ambiance sonore de la rue et celle du restaurant. J'avais pris la porte dans la figure et la nouvelle de plein fouet. Sans transition. Secousse. Électrochoc. Gros titres. Pleine page. J'avais complètement oublié le bébé. « J'attends un bébé ? » En hommage à Eugène, une vaste série de jurons était sortie de ma bouche. Puis, reprenant mes esprits, je m'étais installée sur la banquette, sage comme une image, le ventre bien camouflé sous la nappe à carreaux rouges et blancs… Rien n'apparaissait encore objectivement mais j'étais terrifiée à l'idée que Clara devine ou découvre – selon le procédé que je venais moi-même de suivre – ce cataclysme intersidéral. J'avais fait le choix de garder l'enfant sans en envisager toutes les conséquences. Pour faire front au décès. Par principe. Et je parvenais de moins en moins bien à assumer la décision que j'avais prise…

Couverts. Fourchette. Couteau. Cuillère. Je parle de Julien pour faire diversion : « C'est quelqu'un de… » J'aime articuler silencieusement face à Clara, ne m'exprimer que pour elle… « Spongieux ! » Les yeux de Clara s'écarquillent, ses sourcils forment une vrille. « Comme les éponges, tu sais, dans les fonds marins… » Sans lancer pour autant des myriades d'invitations à dîner, certaines personnes ont une incroyable capacité à recevoir. « Certains êtres savent accueillir l'autre », n'importe qui, dans sa globalité, en eux-mêmes… Je ne savais pas dans quelle mesure Julien s'accueillait lui-même effectivement en son être, mais avec un tempérament constant, une certaine finesse, et beaucoup d'élégance, cet homme savait accorder aux gens – et je l'imaginais faire pareil avec les enfants – de l'importance. Simplement en les distinguant. Il n'y avait rien de surjoué ni d'incorrect, il les considérait, c'était tout. Son regard pétillait. Il savait amadouer, écouter, ne pas brusquer… Je ne me forçais à rien avec Julien… Il m'invitait simplement à m'exprimer, en posant des questions, en glissant un mot, en riant à propos, pile au bon moment, pour détendre l'atmosphère, apaiser la ionosphère, tranquilliser la stratosphère.

La lune embrumée luit. Je vais le retrouver. Mes talons résonnent sur le pavé, sur le goudron, sur les bords interminables des trottoirs… Je marche. D'un pas si rapide que je m'en étonne moi-même. Je souffle dans le creux de mes mains pour qu'elles se réchauffent avant de caresser sa joue, avant d'entourer sa nuque… Je me dépêchais. Le ciel s'était donné un moment de répit mais semblait vouloir gronder à nouveau. Je n'avais pas de parapluie. J'ai tourné à droite, au bout de la rue Martel. Rue de Paradis. Rue de Paradis, sans parapluie. Il y avait une fourgonnette blanche stationnée à l'angle, et deux personnes à l'intérieur. J'ai reconnu la SDF polonaise. Elle était dans la fourgonnette, à l'avant, côté passager. J'ai reconnu son visage. La petite crispation de son visage. C'était plus ou moins grâce à elle que j'avais rencontré Julien et elle m'attendait en bas de chez lui… Un homme était assis à la place du conducteur, tourné vers elle, le bras tendu, la main sur la tempe qui lui faisait face. Elle ne le regardait pas, elle regardait droit devant. À travers le pare-brise, elle m'a vue. Il y avait dans ses yeux un mélange de gêne et de stupeur. L'homme a retiré sa main et m'a fixée de ses yeux noirs. La Polonaise a baissé la tête. J'ai traversé la rue. L'eau reflétait la lumière des lampadaires. Lundi soir. Il était tard. La ville était déserte. J'ai composé le digicode de Julien. Je suis sûre que c'était la Polonaise. Avec ce type. Dans la fourgonnette. Sans qu'elle le veuille vraiment. Pour de l'argent. Sûrement pour de l'argent. Elle avait l'âge d'être ma mère. La

Polonaise. Dans la fourgonnette. En France, mais dans la fourgonnette.

Julien vivait dans un endroit dément. Son appartement était si grand qu'on aurait dit un château. À commencer par la porte, au double battant si haut qu'on aurait pu y voir passer des géants, lourde comme la pierre d'une grotte derrière laquelle se cacheraient quarante voleurs, aussi intrigante que la coque d'un navire englouti au fond de l'océan, recouverte de sable, de gorgones et de plancton… Le parquet avait dû voir passer des foules de générations. Les meubles, abîmés par le temps, étaient chargés d'histoire. Appuyés contre les murs d'un immense couloir, des cadres – vides ou ornant des toiles – honoraient, d'un semblant de haie, les jambes qui passaient… Quelques bustes de bronze, de marbre et de pierre bornaient également le chemin qu'il fallait faire pour gagner la salle à manger… De grandes fenêtres attisaient les lieux d'une lumière indolente qui soulevait la poussière comme on découvre le grain d'une peau au soleil. La couleur des tapis était fatiguée, ternie par les ans et les UV. D'éminentes cheminées ponctuaient les perspectives et vrillaient le pan des murs, s'étirant jusqu'au plafond. Des livres aux couvertures de cuir, ou de demi-cuir (dont les plats me rappelaient le plus petit des carnets que j'avais achetés pour écrire), s'enlisaient le long d'une bibliothèque infinie qui me faisait de l'œil… Des lustres pendaient comme des grappes, pareilles aux pampres du muscat. Les moulures avaient fait leur temps et ornaient tant bien que mal les angles jaunis des corniches. De lourds rideaux s'affalaient sur le sol, depuis d'épaisses tringles dorées qui supportaient encore le fardeau des tissus… Je me suis installée en face de lui… Une pile de cahiers du jour à ses pieds, Julien arrache machinalement de petits morceaux de cuir qui dépassent de l'un des bras du fauteuil sur lequel il est assis. Il y a un trou à l'extrémité de l'accoudoir. Il me regarde, me quitte des yeux pour déterminer plus précisément l'endroit où pinceront son pouce et son index, me regarde… Je ne sais plus exactement quand j'ai rencontré Julien… C'était avant l'incendie de Notre-Dame… Mais j'avais commencé à dévaler les lignes dans un ordre qui lui avait tout de suite consacré le début de ce carnet… « Quand est-ce qu'on s'est rencontrés ? » « La première ou la deuxième fois ? » « Celle que tu veux… » « La première, je ne sais plus… En revanche, je t'ai remis la main dessus le mardi 9 avril 2019, à 19 h 21, rue du Cygne, dans le Ier arrondissement… Tu portais une salopette blanche… Non, écrue… Et un duffle-coat de la même couleur que tes joues lorsque je t'ai embrassée… »

De manière générale, Julien parlait peu… Il avait le charme mystérieux. Ou plutôt, son charme était son mystère. Je n'avais qu'une infime partie pour reconstituer l'ensemble. De la même façon que moi, il avait pris l'habitude de placer devant lui comme une carapace… Si l'on dévêt l'habit, si l'on désarme blindages et accoutrements, l'âme parle. Julien avait fini par baisser son bouclier et faire tomber le caparaçon. J'avais enlevé mon tee-shirt. Capitulation de la défense. Confiance et drapeau blanc. Omoplates. Bas du dos, la peau plus souple des fesses. Empoigner, agripper. Mordre le lobe d'une oreille, mordre la peau des joues, les lèvres, le corps entier. Mordre. S'encastrer. S'écouter et s'attendre. Saisir la jouissance. Sans qu'il n'y ait plus d'air. Collés. Débordements. Troubles. Sommets. J'ai crié. Pour la première fois, j'ai crié. La main de Julien contient ma tête. Son bras sous mon aisselle. Caresse des cheveux trempés.

Julien avait un perroquet qui venait du Congo. C'était une femelle. Il n'y a que les perroquets femelles du Congo qui parlent. Julien lui avait appris des poésies de Baudelaire et *L'Internationale*. Le perroquet récitait. Il répondait aussi aux salutations tous les matins et reconnaissait les fruits dont il raffolait. « Poire. Donne-moi la poire. » Pour qu'il se taise et qu'il dorme, il fallait recouvrir la cage d'un tissu noir qui le privait de lumière et lui rappelait la nuit. Il pouvait dormir plusieurs jours de suite si Julien oubliait de passer de la cuisine au cellier. L'oiseau dormait souvent plusieurs jours. Julien n'avalait plus de viande mais préférait déjeuner, dîner ou souper (il ingérait une quantité astronomique de « soupe du jour ») au restaurant. Il n'y avait, de fait, quasiment jamais de vaisselle dans la cuve de l'évier, ni de pâte qui reposait, ni d'eau qui bouillait, ni rien au four, ni rien à surveiller. En revanche, Julien faisait très bien le café. On le prenait souvent sur le balcon, dans le petit salon, ou près de la grande cheminée qui réchauffait la bibliothèque. Mais quand la faim commençait à taquiner les estomacs, ce qu'il y avait à manger s'énumérait sommairement en une description plutôt exercée des trois ou quatre établissements végétariens du quartier… Tous les habitants de la rue de Julien faisaient, par ailleurs, l'expérience du « zéro déchet ». Julien ne comprenait pas qu'il faille d'abord tester ce comportement pour le généraliser, ça l'agaçait un peu, mais il jouait le jeu. Il était même assez engagé… La viande, les habits aussi. Il ne portait que des sous-vêtements bicolores fabriqués dans le nord de la France avec du linge de maison recyclé. Des fleurs et d'autres types de motifs surannés décoraient, joyeux, ses deux cuisses… Quoi qu'il en soit, assez fréquemment, le perroquet dormait… Julien m'avait expliqué comment lui apprendre des phrases. Il fallait lui répéter les mots en boucle, lentement. Le volatile pouvait rester concentré une bonne vingtaine de minutes… Ses plumes étaient grises, d'un gris pâle, légèrement poudré. Il avait la queue rouge. L'iris de ses yeux était couleur maïs et j'avais la sensation, en le regardant, qu'il savait absolument tout me concernant.

Le métro a du bon, parfois ; parce que Franck, un jour ; et qu'un autre, nez à nez avec Caroline. Amie d'enfance retrouvée. Coïncidence. Hasard. Synchronicité. Papillon. Tornade. Chaos. Uppercut. Coup droit. Ring mental. Crocheté. Projetée. Dans les cordes. Théorie des cordes. Infiniment grand. Infiniment petit. Gravité quantique. Vingt-six dimensions. Dix dimensions. Physique. « Non, chimie ! Je fais de la chimie… » Caroline étudiait la chimie à l'université depuis quatre années et voulait partir travailler sur les molécules d'eau avec Masaru Emoto, un enseignant-chercheur japonais qui avait fait des découvertes incroyables sur les cristaux… Caroline soutenait que les structures moléculaires se transformaient en fonction des flux énergétiques et que l'eau était même sensible à la musique… « Ce n'est pas parce que nous ne les percevons pas, qu'ils n'existent pas… Nous vivons dans un océan d'énergie ! Tout vibre… Les violons, toi, moi, le chapeau de ce type, le chien de cette dame… Et tout ce qu'on a dans la tête ! C'est pour cela qu'il faut surveiller ses pensées… » Selon Caroline, les théories des scientifiques modernes quant à la notion de conscience manquaient l'étape de l'observation, ne mettant en lumière qu'un processus mental évidemment dualiste, sur lequel on ne pouvait rien si l'on ne s'attachait pas d'abord à y être attentif intérieurement et avec du recul… Son propos me paraissait assez obscur avant qu'elle ne décrive de façon très concrète un genre de mode d'emploi, puis qu'elle prenne la peine – sans doute car je demeurais interdite – de m'éclairer en contrefaisant ce à quoi devait ressembler un cours magistral : « La dualité, c'est le caractère de ce qui est composé de deux éléments opposés mais inséparables… Et le dualisme, contrairement au courant monisme, affirme sottement que les éléments de cette dualité sont de nature bien trop différente pour pouvoir être conciliés… » Caroline n'avait pas changé. Elle était toujours petite et blonde… Il y avait des violons à Châtelet… Une petite blonde est passée à Châtelet devant les violons en réfléchissant à l'effet qu'ils faisaient… C'était Caroline qui passait… Je l'avais croisée en haut de l'escalier au bas duquel on frottait les cordes.

Eugène avait décidé de changer la teinte de son blanc. On ne croit pas qu'il peut y avoir une différence entre le blanc de zinc et le blanc de titane, alors que si. Lorsqu'on mélange, par exemple, au même bleu, l'un et l'autre, le premier obscurcit tandis que le second illumine… Mineur, majeur. Couvert, découvert. Eugène utilisait du blanc de zinc depuis

« un putain de milliard d'années »... Sans savoir pourquoi, il éteignait tout, alors qu'il avait besoin de lumière. « Bordel, y a des trucs comme ça, tu t'en aperçois même pas... » Sa peinture risquait désormais d'être plus joyeuse. On ne savait pas ce qu'il en adviendrait. Il ne s'y remettait toujours pas... Mais Eugène avait fait du chemin et n'écartait plus cette option. Il disséquait sa démarche, prenant des notes dès que lui venait une idée. Elles traînaient un peu partout : sur la barre de son chevalet, le long de l'établi, dans ses tiroirs qu'il avait plus ou moins rangés... « La terre est. L'air devient. L'eau arrive. Le feu fait devenir. » Même si je le soupçonnais encore de fumer de l'herbe – son atelier ne sentait plus le renfermé, toutefois une belle odeur de ganja s'était accaparé tous les tissus –, l'art recouvrait la place centrale qu'il lui avait donnée quand il avait su ce à quoi il voulait consacrer sa vie... Il y a quinze ou vingt ans...

« Putain, j'avais eu un vrai déclic... Juste en matant un tableau de Kandinsky... *Moscou... La place Rouge...* » Moscou. Russie. Dans les yeux d'Eugène et dans la tête de Julien. Lénine *vs* Kandinsky. « Chacun voit midi à sa porte... » Paula. « Tu me casses les oreilles... » « À qui tu parles ? » « À ma grand-mère... » Eugène hausse les sourcils en rigolant et traverse l'atelier pour mettre en marche la chaîne hifi... Satie... Je relis ses notes en pensant à Martin. « La terre est... » En arrêtant de respirer, de faire battre son cœur, Martin avait renfermé toutes ses perceptions à l'intérieur de lui. Le monde selon Martin n'existerait plus jamais. Pour personne. Ni pour lui, ni pour personne. « L'air devient... » Comment aurait-il bien pu la jouer, cette *Gymnopédie* ? « L'eau arrive... » Gilbert affirme que l'art est un catalyseur, et qu'il est plus facile de s'y exprimer quand le mal est trop grand… Le concertiste balançait toute sa souffrance dans sa musique. Au début. À la fin, il jouait de moins en moins. « Le feu… » Je me demande si Eugène retrouvera un jour le courage d'attraper un pinceau… « Pourquoi le feu fait devenir ? » « Parce qu'il transforme… »

Au dos du même morceau de papier, l'artiste avait inscrit que si on lui enlevait la peinture, sa vie, la perception qu'il aurait de sa vie, perdrait toutes ses couleurs… Harald devait penser la même chose vis-à-vis de l'interprétation… Il voulait jouer envers et contre tout. C'est ce qui le rendait vivant. Si on lui ôtait le jeu, Harald s'écroulerait comme un pantin sans fil… Eugène allait mieux mais semblait fragile.

Je suis passée chercher Julien à la sortie de l'école primaire dans laquelle il travaille. Les enfants traversent la cour sans tout à fait tenir le rang… Julien prônait une éducation douce et sereine fondée sur la bienveillance plutôt que sur la distinction. Il disait préférer apprendre à ses élèves à s'aimer plutôt qu'à se battre les uns contre les autres, et avait d'ailleurs entrepris la mise en place d'un « cours d'empathie », comme au Danemark…. Je regarde les enfants quitter l'école… Mes mains tremblent. Être à l'arrêt devant une école fait s'agiter ma mémoire… Sur le crépi jaune du mur, près de la grille, une plaque commémorative perpétue le souvenir des 11 400 enfants juifs déportés au cours de la Seconde Guerre mondiale, de 1942 à 1944, « par les nazis et avec la participation active du gouvernement français de Vichy, assassinés dans les camps de la mort parce que nés juifs ». Julien passe le portail accompagné d'un homme plus âgé que lui, un peu strict, un peu chauve, un peu fier, aux allures de brigadier. Un, deux, trois, quatre, cinq véhicules garés sur le parking. Gris, noir, noir, noir, bleu. Dans les films des années 60, les voitures sont de toutes les couleurs. Aujourd'hui, le parc automobile est globalement noir. Ou gris. Je m'appuie sur la taule d'une camionnette dont la carrosserie sort du lot, tandis que Julien continue de s'entretenir avec le nouveau directeur de l'école… La conversation semble sérieuse. Ils ne sont pas d'accord. Le directeur piétine, tourne en rond, s'agite, lève le menton, se gausse lui-même à force d'autorité mal placée… Apparemment, le nouveau chef d'établissement s'avérait surinvesti dans sa mission, tant et si bien qu'il avait même réinvesti un ancien logement de fonction, passant sa vie sur place… Julien me voit, me jette un coup d'œil qui signifie tout et rien à la fois… J'ai la mort de mes parents dans la tête, mélangée aux atrocités de la Seconde Guerre mondiale. « Pardon, mademoiselle… » J'avais oublié que mon corps tenait autrement que sur mes jambes. Le directeur veut passer pour ouvrir sa portière. Je m'écarte en saluant poliment. Julien me tend les bras comme à une enfant. Il est beau. Il est grand. Il m'enserre et m'embrasse… Les filets d'amour dont il m'emberlificote estompent toutes les horreurs, m'apaisent et me calment.

Politique. Le tic du mec poli, c'est de s'engager et de manifester. S'engager avec des moutons sur une voie qui mène aux pâturages. Parfois, les moutons sont des nazis. Et souvent, majoritairement, la quasi-totalité du temps, il n'y a pas de pâturages. Juste des moutons. Mais l'important, c'est de s'engager quand même avec les moutons et de revendiquer le fait d'en être un. Le mouton est un citoyen. Attention, s'il n'y avait pas de moutons, il n'y aurait vraisemblablement pas de droits à revendiquer, ni revendiqués, ni abolis, ni rien… Et la peine de mort. Encore. Ici, en tout cas. Dans ce pays. Et les têtes dans les paniers, qui tombent, et des moutons pour regarder. « Bêêê… » Alors, finalement, après tout, le mouton, ce n'est pas si mal. L'important, c'est d'être suffisamment lucide pour bien choisir le clan de moutons auquel on appartient, le troupeau qui nous ressemble et qui va à notre rythme. Même si l'on peut en changer, tout est une question de troupeau. Il y en a des gros, des petits, des denses et des éparpillés. Il y a aussi des moutons tout seuls qui revendiquent le fait d'être des moutons quand même. Donc finalement troupeau ou pas, l'important, c'est d'être un mouton – actif ou pas –, l'important, c'est d'être un mouton…

Il était une heure du matin, j'étais fatiguée, et tout court et à la longue d'écouter Julien et ses camarades. « Il y a une partie des êtres humains sur la planète qui n'ont pas le droit de circuler comme les autres. Et ce n'est pas normal… » Les lèvres de Julien rappelaient l'orage tellement elles se pinçaient quand il s'offusquait, tremblaient quand il tonnait – tellement elles grondaient lorsqu'elles embrassaient… « Il risque d'y avoir un drame humanitaire en plus d'un drame écologique ! » Il avait le menton bien dessiné, la mâchoire qui articulait les mots avec autant de finesse qu'elle dessinait le bas de son visage… « Il faut se rallier au POI et ajourner le système ! » Julien répond qu'il ne croit plus aux partis mais aux initiatives. Quelqu'un lui rétorque que sans parti, c'est compliqué d'en prendre. Julien propose dans ce cas de réformer la république. « Mais enfin, quelle république ?! Il n'y a pas eu un seul référendum depuis 2005 ! »

C'était vrai. Il n'empêche que j'ai profité de la riposte qu'on lui lançait pour aller compter les moutons. Celui qui me sautait et les autres. Au bout d'un moment, j'ai entendu les salutations se succéder dans l'entrée. Tous les gens partaient. Tous les gens qui tournaient autour de Julien comme des satellites. La télévision s'est allumée dans la pièce d'à côté. Julien passait d'une chaîne à l'autre. Comme pour faire un d'état des lieux de ce que le média diffusait. J'ai fini par ne plus compter les moutons. Je m'endormais. Le bruit de la télévision s'est arrêté. Julien est venu se glisser sous les draps… Il avait les pieds froids. Je sentais ses lèvres sur ma nuque, son cœur battre dans mon dos. Et son corps, chaud comme l'écrin d'un bijou, qui m'enveloppait comme pour me protéger des voleurs. Il a fait plisser la peau de mon ventre entre ses doigts… J'avais peur de lui dire que sous sa main, il y avait un petit bout de Martin, qui allait grandir et tirer sur mon nombril… Si au moins j'avais gonflé. Mais non, à peine… Cinq mois et rien. Si j'avais été un mouton, j'aurais dit « Bêêê ». On n'en aurait plus parlé. Il aurait compris.

« On s'en fiche, non ? » « Pas du tout ! On ne s'en fiche pas du tout. » Harald m'avait priée de le rejoindre chez lui à midi pour une extrême urgence : il ne savait pas comment s'habiller. Le comédien hésitait, réfléchissait à voix haute. « T'as vu, c'est marrant, tous les vêtements commencent par la lettre *c* quasiment. » « Ah bon ? » « Chemise, cravate, culotte, cape, chapeau, cardigan, chaussette, chaussure, caleçon… C'est parce que ça Couvre ! » J'observe Harald enfiler un Pantalon et une Veste assortis. Il répète les mots « look » et « style » – les cintres se balancent, esseulés, dans la penderie, tandis que les tenues s'empilent sur le lit. L'acteur avait rendez-vous avec un chroniqueur apparemment « très en vue » dans le métier. « Dis donc, il est très en vue aussi le parc de Belleville ! » Je n'avais strictement rien remarqué de nuit, mais la baie vitrée de l'appartement d'Harald est gigantesque et les arbres font office de papier peint. Les travaux ne sont toujours pas finis… Des pots de peinture traînent encore dans tous les coins. Harald grimpe dessus pour se contempler dans le miroir de la salle de bains, fait des grimaces, soupire. « Comment je vais faire ?! »

Et moi, donc. Si Harald savait, il redescendrait vite fait de son « gris clair satiné ». Est-ce que je veux lui dire ? Non. Je ne veux le dire à personne. Sauf à Julien. Au téléphone, sans même que je lui pose la question, ma grand-mère m'avait conseillé de révéler le pot aux roses via télégramme : « Je porte la vie. STOP. Pardonne-moi. STOP. Je t'aime. STOP. » Pourquoi pas un pneumatique ? Décidément, Paula provient assurément d'un… « Aïe ! » Harald vient de se casser la figure. Il s'est pris les pieds dans l'anse du pot, a basculé dans sa douche à l'italienne et s'est rattrapé du mieux qu'il pouvait au mitigeur… L'eau coule à flots sur son costard. Harald ne moufte pas, demeure impassible sous le pommeau. « Une douche froide tout habillé, ça remet les idées au clair. »

Julien allait courir dans le bois de Vincennes. Il courait à s'en faire péter les poumons et dérailler le cœur. Deux fois par semaine, il défaisait la contenance du chronomètre et raflait la mise. De plus en plus vite. Julien courait, entre les arbres et par-dessus les fossés, effleurant les troncs, écrasant les ronces, bousculant les feuilles. Jusqu'à la rive du lac Daumesnil, jusqu'à voir le kiosque romantique au-dessus de la grotte de l'île de Reuilly. Son but était de minimiser ses temps. Mais au contraire de l'identique chemin goudronné qu'il suivait tous les matins à vélo pour aller travailler, lorsqu'il courait dans le bois de Vincennes, Julien établissait un nouveau parcours dès qu'il était lassé…

Je craignais qu'il se lasse. Je devenais chaque jour un peu plus confuse à force de ne pas tout lui dire et j'avais le sentiment grandissant d'être éprise. Mes lèvres étaient rouges, gorgées de sang. Je souriais tout le temps… Dormir l'un contre l'autre, respirer au même rythme, accorder les températures, brouiller les odeurs… Ne plus savoir où ; ne plus savoir quand. Ne plus compter ni l'époque ni les temps. N'être plus qu'un remous, qu'un flot, qu'un courant… Les épaules qui chavirent au lest de la tête. Les doigts qui dansent. Les corps qui vont et viennent comme des vagues. Le lit, furieux, qui tangue. Les tissus se confondent, les pieds s'enfoncent dans les draps comme dans du sable. Nos deux crânes sont recouverts d'algues, les ongles s'y accrochent… Je disais « Julien » à n'en plus finir… Sa tête brune. Ses lèvres parsemant ma peau de baisers. Avec précaution. Comme si j'étais un trésor fragile, un plâtre ou une amphore de Céphalonie…

Je pense à ma grand-mère à cause de l'amphore et aussi parce que la voix de Nana Mouskouri sort du vieux transistor posé sur la table en marbre noir du salon… Elle raconte un épisode de son enfance à un journaliste… Âgée de sept ou huit ans, alors que la guerre venait d'éclater, la future chanteuse avait demandé à son père qui partait au front ce que c'était justement que la guerre. « Je ne peux pas te répondre pour le moment… » Six mois après, à son retour, le père de Nana lui avait expliqué que : « La guerre, c'était quand les gens ne s'aimaient plus. »

Depuis que j'avais rencontré Julien, j'étais plus douce avec Gilbert. Et j'avais l'impression qu'il me le rendait. Sur le moment, je croyais toujours que Paula avait prévenu Jeanne qui avait averti Gilberte, et que Gilbert était au courant pour le ventre… Mais j'ai su plus tard, en mangeant des pois chiches écrasés sur des galettes de riz, que ma grand-mère n'avait jamais rien dit… A posteriori, c'est vrai que si Gilbert avait su, il n'aurait pas pu affecter tant d'impéritie et d'ignorance et se serait plutôt attaché à lorgner la zone de mon corps censée dissimuler le secret… Sauf que comme à son habitude (bien loin des tergiversations à la mode d'Harald), le galeriste ne prêtait absolument aucune attention à la façon dont je pouvais me fagoter du moment que cela correspondait plus ou moins à sa vision du « marketing vestimentaire »…

En tout état de cause, peu de temps après ma rencontre avec Julien, Gilbert s'est mis à me parler des voiliers – du six mètres JI (jauge internationale) avec une coque rouge dont il rêvait – et à m'ouvrir des gués que je ne connaissais pas… Il m'a raconté que, quand il était petit, pour son anniversaire, le jour de ses trois ans, son père lui avait offert un bateau – qui ressemblait d'ailleurs à celui qu'il briguait maintenant – pour qu'il le pousse à la surface de l'eau sur le bassin du jardin du Luxembourg… Puis, le soir même, le père de Gilbert avait disparu. « Sans même donner l'excuse du paquet de cigarettes comme Véronique Sanson à Michel Berger… » Tel un navire à l'horizon. D'une heure à la suivante. Avec une autre femme… Cinquante-sept ans plus tard, Gilbert avait accompagné sa mère à l'enterrement de son père. C'était la seule fois où ils l'avaient revu. Derrière le bois d'un cercueil fermé parce qu'il n'était plus suffisamment présentable pour être « visible ». C'est-à-dire qu'il commençait à tirer sur le jaune et à pourrir de l'intérieur à partir de chacun de ses organes… Maintenant, Gilbert venait d'avoir soixante-cinq ans, il avait vendu des tableaux toute sa vie parce que sa mère aimait la peinture, et il assumait enfin ses désirs de navigation.

J'avais pris une douche froide tout habillée et je m'étais décidée à dire la vérité à Julien. Toute la vérité. Rien que la vérité. Seulement, quand je suis arrivée chez lui, la bouche prête à parler, il y avait une famille de migrants dans le salon. Pas encore des réfugiés parce qu'ils n'avaient toujours pas reçu de réponse positive à leur demande d'asile. Des migrants. Julien m'a présenté dans l'ordre : Nyaber, Ahmed, Garang, Kamal et Jwan. Ils venaient tous de Juba. Kamal et Jwan étaient mariés, ils s'étaient enfuis de leur pays six mois auparavant avec leur fille d'à peine cinq ans… Aïssa jouait avec les franges du tapis persan qui s'étalait devant la cheminée. Julien avait servi du café à tout le monde… Le gouvernement du Soudan était extrêmement répressif. De nouveaux accords de paix avaient beau avoir été signés à la fin de l'été 2018, la guerre civile n'était pas terminée et l'esclavagisme faisait encore rage au Darfour. Les naufrages étaient monnaie courante et une grande partie des échappés finissaient noyés. Nos invités avaient fait un périple quasi miraculeux pour se retrouver là…

Julien, que je regarde à la fois ahurie et ébahie, me précise qu'on les accueillera environ une semaine. Le temps de leur trouver un autre endroit où patienter et que les administrations veuillent bien accélérer le processus. Julien ne critiquait pas la France, il aimait son pays et ses innombrables infrastructures, les services sociaux et l'accès favorisé à la culture… Mais « se mêler de ses oignons » était une expression qui revenait souvent dans sa bouche. Julien était formel : la colonisation à outrance, la globalisation de l'économie, l'exploitation des matières premières, la corruption des gouvernements, avaient bel et bien un pendant… Et ce pendant était assis en ligne sur son canapé. Julien incriminait l'inconscience démesurée des marchés et du pouvoir dans les soubassements de l'histoire… Ahmed, qui parlait le mieux français, racontait celle de son pays et le pourquoi du comment tous s'en étaient enfuis : la violence du régime, le fait d'être enfermés, isolés, pillés, la frustration que génère l'existence du monde civilisé et occidental tout près, le manque insensé qu'ils avaient tous de cet ailleurs inexploré… Julien cherchait des informations complémentaires, s'arrêtant sur des dates : « En 1896, les Anglais déglinguent Dongola, puis l'année d'après Abu-Hamad, Berber… Ce qui les intéressait à l'époque, c'était de contrôler les eaux de la vallée du Nil… Ensuite, l'Angleterre a partagé le pactole avec la France. On nageait déjà en plein libéralisme… »

Ahmed comprend sans comprendre. Nyaber hoche la tête. Jwan, en s'excusant, pose la question des couchages. Julien se lève et m'entraîne avec lui dans le long couloir, batifole contre un mur, m'embrasse, me soulève, puis me porte jusqu'à la buanderie pour me déposer devant l'immense armoire. En ouvrant l'une des deux portes sur les plis de la literie, il revient sur le mot « libéral », soulignant que ce n'est pas réellement le bon terme pour qualifier le mouvement et la démarche. Julien prononce le mot « viol » en tirant sur les draps, les taies et les housses de couleur. Comme une analogie entre les violences faites aux femmes et aux pays… Rose pâle, bleu ciel, vert à motifs, rouge à fleurs… Tout le monde s'attelle à faire les lits. Julien déplie les édredons, tape sur les traversins, tend les bras pour que je lui lance un à un les coussins, répartit les oreillers… Nous avons installé Nyaber et Ahmed dans la deuxième chambre, le triolet familial dans la troisième, et Garang sur le canapé. L'appartement de Julien était plein. Comme mon ventre.

Le lendemain matin, je suis allée faire des courses diluviennes. Il fallait tenir une semaine. La cuisine a pris un sérieux coup de fouet : ragaillardie de va-et-vient, de mijotés… Foul, gâteaux de semoule… Le perroquet était continuellement en alerte. Le soir, avant que Julien ne dispose le drap par-dessus la cage, Aïssa s'approchait timidement jusqu'à accrocher ses petits doigts sur le bas des barreaux en métal. Elle chuchotait à l'oiseau des mots qui venaient d'Afrique, comme lui : « *Mandai a kuaka, a kuaka mandai ai ai ai ai ai-ay ai ai ai ai ai-ay… Alundé !* » J'aimais la façon dont Julien la regardait. Un élan d'allégresse troublait ses yeux, même s'il ne disait rien, se détournant comme pour paraître au-dessus de tout épanchement ou de la moindre faiblesse.

Julien dormait. Familièrement, je me suis penchée sur lui. Comme la mère au-dessus du lit du fils. Comme la mère qui remonte le drap jusqu'au menton. J'ai vu les cercles de ses narines s'agrandir au rythme de ses inspirations, vibrer les poils de son nez. J'ai vu les ridules au coin de ses yeux, fondues de sommeil… Si je me référais à ce que Julien donnait à voir, il semblait plutôt doux et ne manquait pas d'audace. Je trouvais incroyable qu'on soit huit à dormir chez lui… Cependant, je ne savais pas qui était réellement Julien. J'entrevoyais. Et il est probable que de cette incapacité, de cette défection de ma masse cérébrale à deviner ou à percevoir, soit née une forme de terreur. Simplement parce que c'était moi qui lui cachais quelque chose…

Mon cœur est pourtant si chaud. Une énergie sensationnelle semble s'en dégager… Je ne sais pas si c'est grâce à la grossesse, le bébé ne moufte pas depuis un mois. Je ne discerne même plus les petites éclosions d'air. J'ai beau compter mes vertèbres et porter toute mon attention vers mon ventre… Julien respire. Julien dort… Ne pas y arriver. Se relever. Marcher silencieusement jusqu'à la salle à manger. Allumer la lumière. Julien dort et ne doit, lui, rien camoufler du tout… Passer les doigts sur la tranche des livres, sur chacune des gibbosités qui contiennent les histoires… Je voudrais tomber sur un conte ou une berceuse… « Tiens, ça alors ! » Mes cartes de visite me sourient tout à coup, une petite pile qui s'est séparée en deux par le milieu quand j'ai décalé un ouvrage – glissées toutes ensembles qu'elles étaient entre *Une vie* et *Bel-Ami*… Je trouvais joli que Julien ne m'ait rien dit pour optimiser l'opération du charme… Et comme j'avais tiré Maupassant de la bibliothèque, tandis que Julien, Nyaber, Ahmed, Garang, Kamal, Jwan et Aïssa dormaient, je m'apaisais en relisant : « Quel mystère que la pensée inconnue d'un être, la pensée cachée et libre, que nous ne pouvons ni connaître, ni conduire, ni dominer, ni vaincre ! Et moi, j'ai beau vouloir me donner tout entier, ouvrir les portes de mon âme, je ne parviens point à me livrer. »

Avoir un secret, c'est comme garder une citadelle. J'ai compris les palefreniers, les gardes, les veilleurs de nuit et les concierges… Parfois, le secret affleure, il se montre au-dessous des mots, s'entend derrière le flux des paroles. Il a plus ou moins d'importance selon les jours. Il fait du yoyo. À la façon de Clara, il gagne et perd des kilos… Aujourd'hui, mon secret est lourd comme la terre. Il m'enfonce dans la boue. Le bas de ma robe est sale. Je m'embourbe. Ne rien oser dire. Se taire. Admirer la béance infirme qui salue dans ces moments-là et se taire. Les circonstances m'empêchaient de parler et ma conscience s'alourdissait graduellement. Je prenais du poids… À trop faire l'autruche, Julien allait s'apercevoir du ventre qui gonfle sous les mailles, derrière le coton, la viscose et la laine. À force de le toucher, de le caresser, de passer les mains dessus, il va finir par sentir qu'il s'arrondit et qu'il devient comme un ballon. Baudruche. J'aimerais pouvoir le crever sans bruit avec une aiguille et un peu de savon. Non. Si. Avec une aiguille. Non. Si. Non. Pardon.

Premier mai, journée nationale du muguet. Fête internationale des ouvriers. Rues désertes, calmées. Opéra Garnier. Avenue et rue en paix. Rue de la Paix. Homme âgé, étranger, assis sur cageot, muguet aux pieds. Écriteau : deux euros. Un autre homme, debout, pas étranger du tout, lui explique avec un tact incroyable : « Plus tu restes longtemps, plus tu fais de recettes ; plus tu fais de recettes, plus t'as de pourcentage. » Fête du travail bien fait. Quand je suis repassée en fin d'après-midi, le type était toujours là, toujours du muguet entre les pieds. Je lui ai donné un billet, je lui ai dit que c'était pour lui, sans rien ni pourcentage. Fête du travail mal fait. Je n'ai pas pris de muguet. Il a eu beau insister, me tendre un bouquet pour que je m'exécute… Sans aucune raison valable, j'ai toujours eu une aversion pour ces fleurs ; les petites clochettes blanches ne m'ont jamais inspirée… Même l'odeur me rebute.

Julien était parti manifester après avoir accompagné les Soudanais dans un centre d'accueil non loin de l'OFPRA (Office français de protection des réfugiés et apatrides). J'avais appelé Anir, et Ikken avait déboulé tôt le matin pour faire monter l'équipée dans le gris métallisé de son van. Direction Fontenay. Il y avait encore quelques formalités à régler, des entretiens à passer… Mais les démarches avaient été effectuées convenablement et Julien pensait qu'ils pourraient rester. On les enverrait sûrement en Lorraine. Peut-être parce que c'était près de l'Allemagne et que les institutions germaniques avaient tendance à montrer l'exemple quant au sort réservé aux migrants.

L'appartement s'était vidé d'un coup. Mon ventre était toujours plein. J'avais regardé partir le convoi ; puis, une fois remontée dans l'appartement désert, j'avais ouvert les fenêtres avant de m'allonger dans la chambre. Je tournais dans un sens, puis dans l'autre, sur la largeur du lit… Observer le plafonnier, les moulures, les rideaux qui se gonflaient et ondulaient. Passer en revue les exemplaires de la *Revue du MAUSS* que Julien empilait sur sa table de chevet. Il y avait un ouvrage qui traitait des épicuriens : « Avant d'être une pratique matérielle et sociale, l'économie commence pour eux dans la discipline individuelle des désirs. (…) Ce travail subjectif de délimitation du nécessaire et du superflu permet à chacun de lutter contre l'aliénation aux désirs vains, et de devenir un sujet éthique, libre et heureux dans la suffisance à soi, *tel un dieu parmi les hommes*. » J'ai soulevé mon tee-shirt pour regarder mon nombril. Une légère dune s'était formée…

« Hé, banane ! donne-moi la banane ! » Le perroquet a crié. Tout en continuant de lire, avancer en gigotant jusqu'à la cuisine. Je suis crispée des pieds à la tête, même remuer ne sert à rien… Observer le volatile devant la porte du cellier… Aïssa avait accroché un petit ruban mauve au bas de la cage avant de partir. Presser un pamplemousse, deux pamplemousses. Avaler la vitamine C. Répéter à voix haute les phrases d'Épicure : « Ne dissipent le trouble de l'âme et n'engendrent la joie digne de ce nom, ni la richesse, ni l'honneur et la considération qui viennent de la foule, ni quoi que ce soit d'autre qui relève de causes indéterminées. » L'oiseau semble réceptif. Il retient vite et son bec s'amuse des philosophies détruites par les Romains lors de l'avènement du christianisme…

Après vingt minutes d'intense concentration et le tiers d'une banane, je suis partie à pied chez Jeanne, qui m'avait invitée à partager un brunch biologique et sans gluten… Sur l'île de la Cité, derrière le marché aux oiseaux, la voirie était bloquée par les forces de l'ordre empêchant les touristes d'approcher. Il y avait une grue et de lentes cascades de bruits métalliques. La cathédrale semblait nue mais sereine. Les gens photographiaient le chantier en construction, filmaient tout ce qui leur était permis depuis la rue Massillon.

« Ce qu'il faut, c'est en tirer des leçons ! » Les mots de Jeanne résonnent. Quelles leçons ? J'étais littéralement en train de trahir la confiance de Julien. C'est la seule leçon que je pouvais en tirer. Non. Je trahissais aussi la confiance de Clara. C'est la deuxième leçon que je pouvais en tirer. Je déambule dans un dédale depuis décembre… Je suis dans le noir complet… Il est tard, la galerie est fermée, je me suis enfermée dans les cabinets… Pour me confronter. De nouveau. À ma phobie. Je veux me souvenir. Je veux me rappeler. Depuis que je suis enceinte, ça me titille. L'impression d'avoir une psyché aussi sectorisée qu'un parking et de ne pas être assez robuste pour tout supporter simultanément… Je n'avais absolument pas prévu de tomber amoureuse, c'est vrai… Néanmoins, la seule confiance que je ne trahissais pas, c'était la mienne. Qu'on la donne ou non aux autres, c'est d'abord à soi-même que l'on tient parole… Circonspection momentanée. Les dommages collatéraux me semblaient inégalables, mais il fallait l'admettre : j'avais d'abord pris un engagement vis-à-vis de moi-même et du bébé… Pour l'exemple. Pour n'importe quoi… Mes doigts fourmillent… Jeu de quilles avec les rouleaux de papier. Chamboule-tout à l'aveugle… L'oxygène entre dans mes poumons, j'essaye de respirer de la même façon qu'Eugène – j'inspire, j'expire –, je laisse la peur m'envahir…

Le temps d'une éclipse, à la vitesse de la lumière, tout s'est déboulonné : c'était le premier soir, dans le Jura, le tout premier… Je n'avais jamais fait le lien entre l'obscurité et les circonstances de mon arrivée à Baume avec ma grand-mère. Mon cerveau, en revanche, avait associé l'ensemble mieux qu'un culottier. C'était d'une logique inébranlable. Du sur mesure. Bien coupé. Gros comme le nez au milieu de la figure mais j'étais passée à côté… Impassiblement. Sans heurt. Je m'étais construite sur une frayeur comme sur un calque. Bon sang ! Désormais, au moins, je savais. Et étrangement, même si c'était terrible, cela me faisait un bien fou de comprendre pourquoi.

On a mangé le tiramisu que sa mère avait fait. Julien a dit que c'était trop sucré… Pas « merci de l'avoir préparé », non, « trop sucré ». Pourtant, sa mère paraît charmante. Un peu envahissante, mais charmante. Elle était arrivée de Bordeaux pour trois jours, les bras ouverts, avec des cannelés… Julien a pris un cannelé… Apparemment, il semblait avoir un rapport à la mère, à la sienne en tout cas, qui s'avérait difficile. Je n'arrivais pas à deviner dans quelle mesure, si je parlais, Julien me considérerait comme telle. Comme une mère. Je n'arrivais pas à savoir dans quelle mesure, si je parlais, je resterais femme ou rebasculerais dans l'état de fille auquel il accolerait le statut de mère. Fille-mère, et on n'en parlerait plus…

J'ai débarrassé la table des assiettes, des cuillères et du tiramisu… Dans la cuisine, Julien faisait réciter des vers au perroquet tout en préparant le café… « Et son bras et sa jambe, et sa cuisse et ses reins. (…) » Julien me demande si j'ai grossi. « T'as grossi, non ? » Comme une constatation. « Oui, un peu, légèrement… Ce n'est pas moi, c'est lui. » Il a cru que je parlais du tiramisu. Des gâteaux, du chocolat ou du sucre de manière générale. « (…) Polis comme de l'huile, onduleux comme un cygne (…) » Peut-être que Julien se doute. Peut-être qu'il a deviné. « (…) passaient devant mes yeux clairvoyants et sereins (…) » Peut-être qu'il m'a vue me recueillir sur le ventre, j'évite mais peut-être qu'il m'a surprise… Le perroquet me regardait fixement : « (…) Et son ventre (…). » Je suis ressortie de la cuisine illico avec les tasses et les soucoupes. Panique sidérale dans le couloir. « (…) Et ses seins (…) » Le perroquet se taisait avec mes pas. « (…) Ces grappes de ma vigne… » Un seul verre de vin et j'aurais parlé : « Julien, je voulais te dire à propos du ventre, ce que je sais déjà que tu sais… Julien, je voulais te dire, te révéler, te confirmer, non, te confier… Julien, je voudrais te confier… » C'était bien le seul intérêt de la grossesse : arrêter de boire. Quoique, finalement, même ce comportement, au bout d'un certain moment… Même cette abstinence-là devient suspecte.

Avenue Jean-Jaurès. Parvis fleuri. Le nom d'une école de théâtre. Harald et ses joues rouges. Comédien devant apprentis comédiens. Le premier m'avait dit de me mêler aux seconds, que ça pourrait être drôle… Drôle… « On l'est ou on ne l'est pas. » C'était ce qu'il était en train de développer. « À force de travail. » Ce qu'il venait d'ajouter. Spécificité. « Défendre sa spécificité sur le plateau. » Harald portait un jean faussement usé, du cachemire et une paire de lunettes branchées… Western moderne revisité. Je me suis assise entre les airs gracieux d'une jeune fille coiffée de longues rastas entremêlées de mèches roses et l'allure désinvolte d'un jeune premier aux yeux clairs. « Il ne faut pas réfléchir. Il faut exister. Ne cherchez pas à être différents de qui vous êtes réellement… N'ayez pas peur de prononcer tel ou tel mot de telle ou telle manière… En somme, nous sommes qui nous sommes ! » La salle et Harald rigolent. « J'ai mis du temps à le comprendre mais c'est la meilleure façon de ne pas souffrir et la meilleure façon de jouer ! » Harald parlait – prenait le temps de parler. Il choisissait les termes qu'il employait, sélectionnait les adjectifs, préférait un adverbe plutôt qu'un autre, favorisait l'emploi d'un participe… Tout en lançant des regards presque hautains à la jeune masse qui s'était agglutinée pour l'entendre… « Il faut être décontracté, ne pas s'exaspérer avec des réflexions, exister simplement et prendre du plaisir à dire, à formuler… »

Plus le temps passait, plus Harald faisait montre de suffisance… J'écoutais tout de même ses conseils en priant de parvenir à les appliquer. J'avais perdu toute spontanéité, je me sentais totalement coincée et à côté de mes pompes. J'ai regardé mes pieds. Puis ceux d'Harald. Ses lacets étaient défaits. À croire que les chevilles du comédien avaient enflé jusqu'à faire lâcher le double de chaque nœud. Parce que d'habitude, Harald lace ses chaussures très serré. À la fin de son intervention, tandis qu'il tirait sur la languette pour refaire ses boucles, je lui ai posé la question des chevilles sur le ton de la blague. « Tu crois que j'ai pris la grosse tête ?! » Harald s'envolait de succès en succès depuis quelques mois et il ne redoutait qu'une seule chose : prendre la grosse tête.

« Remets ton K-way. » J'ai dit à Harald de remettre son K-way. Puis j'ai éternué. Harald m'a tendu des mouchoirs en papier. Un seul me suffisait, mais il a insisté pour que je garde le paquet entier.

La SDF polonaise n'est plus la SDF polonaise. Elle a été remplacée par une autre SDF, polonaise aussi, sans doute, qui lui ressemble, mais qui n'est pas elle. Elle a le même petit manteau, le même morceau de carton avec la même inscription. Mais ce n'est pas elle. Peut-être que la SDF polonaise s'est enfuie pour aller retrouver sa fille et qu'une autre a pris sa place. Assise sur la même chaise, au même endroit, portant les mêmes vêtements… Je l'ai dévisagée en vacillant. Je suis certaine que ce n'est pas la même femme installée sur le petit siège pliant. C'en est une autre qui ressemble à la première. Et je sens qu'elle voudrait me faire croire qu'elle est bien celle de la fourgonnette blanche, celle qui a dormi le long du piano en décembre…

On aurait cru le début d'un film paranormal… Tout me semblait franchement paranormal… Je vivais dans une dimension totalement étanche au reste du monde. À force de cacher la vérité, je devenais imperméable à tout, je me demandais même si ma lucidité ne me faisait pas défaut… En rentrant, j'étais tombée sur un portrait de Julien, un photomaton oublié, glissé tel un marque-page dans une vieille édition d'un livre de Karl Marx, près d'une phrase soulignée au stylo : « Le comportement borné des hommes en face de la nature conditionne leur comportement borné entre eux. » Sur le cliché, Julien a plus ou moins mon âge, les cheveux plaqués en arrière avec de la gomina. On aurait dit qu'il faisait partie de la mafia. L'air vicieux, le menton en avant et les yeux qui sous-entendent inimitié et malveillance… J'essayais de trouver des raisons de m'en défaire… Je n'avais jamais ressenti d'inclination de ce genre et je ne savais pas comment m'en dépatouiller… Je ne pensais plus droit. Tous mes membres étaient nerveux. Les idées raisonnaient, martelaient ma boîte crânienne… Simone de Beauvoir disait qu'elle avait peur de l'amour car il la rendait légèrement idiote. Je nageais en plein désarroi. J'avais toutes les sonates de Beethoven simultanément dans la tête… Lorsque Martin les jouait, je me souviens que l'ambiance de l'appartement s'alourdissait d'un coup.

Le voisin crie après le perroquet, trépigne sur le paillasson, sonne et cogne à la porte. Julien fait semblant de ne pas l'entendre… Depuis plus de trois jours, le drap noir recouvrant la cage a basculé dans la cour, alors le perroquet et le voisin braillent. « *C'est la lutte finale. Groupons-nous, et demain, L'Internationale sera le genre humain…* » Le drap moisit dans l'eau de pluie ; en se penchant depuis la fenêtre de la cuisine, on peut le voir macérer en bas…

Les douches froides tout habillée ne produisant plus le moindre effet, je suis retournée à la piscine avec Jeanne et Gilberte. L'eau chlorée me fait du bien. Dans le Jura, l'été, quand j'étais petite, je me baignais dans les torrents avec

Macadam… Le chien hésitait un moment sur le coin d'un rocher, il trépignait un peu – puis d'un seul coup, il s'élançait. Où que je sois, il me rejoignait. La tête bien droite, les oreilles en l'air, battant des pattes. On ressortait plutôt vite parce que l'eau était froide… Aigue-marine. Turquoise de Chine. Le soleil irradie entre les nuages. Les couleurs du ciel glissent à travers la verrière et me rincent les yeux… Jeanne dit que la turquoise de Chine est la pierre de « la parole juste ». D'autant plus qu'elle est composée d'eau. Jeanne dit que « les pierres composées d'eau détendent et drainent la pollution ». J'imagine les rues de Paris, revégétalisées et ponctuées à tout-va de minéraux… J'imagine nager dans Paris rempli d'eau… J'imagine nager dans d'immenses turquoises de Chine… Exactement pareilles aux deux grosses pierres qui pendent aux oreilles de Jeanne… J'imagine nager au beau milieu des boucles d'oreilles de Jeanne…

J'ai dit que le ventre était plein. Plein d'un autre, plein d'un mort. Julien a d'abord voulu savoir depuis quand. « Depuis quand quoi ? » « Depuis quand le ventre plein. » « Depuis bien avant toi, six mois. » Il a baissé la tête, les yeux, tout. Il a relevé la tête, les yeux, tout. Il faisait une moue terrible. Terrible de désarroi et de chagrin. Comme si la vérité le mutilait, lui ôtait force et volonté. Être aimé et cher, en face, qui fait une moue terrible. Être aimé et cher, en face, choqué et pris de court, surpris et décontenancé. Pneu crevé, roue voilée, panne d'essence et grève des transports. La bouche de Julien reste loin. Loin de la mienne. Loin. Loin. Loin. S'il avait voulu, il m'aurait embrassée tant qu'il aurait pu. Comme la première fois, rue du Cygne, entre les lampadaires, son visage moitié rond, moitié triangulaire… Il aurait posé ses mains carrées et nigaudes sur mes joues. Il aurait parsemé ses doigts de l'odeur de mon cou, reconnu ma voix, l'enfant et le reste. Il aurait dit « oui » comme à l'église. Comme à la mairie. Par amour. Par envie. Il aurait dit « oui ». Le « oui » qui libère, le « oui » qui frappe, le « oui » qui fait vaciller parce qu'on ne l'attendait plus – d'un seul coup, les yeux pétillent, la tension se relâche, la bouche se tend en arc de cercle jusqu'aux oreilles – le « oui » qui tranquillise, apaise ; le « oui » qui vous installe sur un nuage – cirrus, cumulus, stratus – quelques secondes, comme si vous étiez une divinité à robe bleue… Au lieu de cela, Julien s'est mis à pleurer ; uniquement d'un œil, du gauche. L'autre, le droit, restait sec comme la branche morte d'un arbre. Il n'y avait rien dedans que sa pupille, terne et mate, semblant se délecter du spectacle que lui offrait sa voisine… Rien n'était pourtant grave. J'allais juste avoir un bébé. Et il mourra, lui aussi, à la fin.

Rien n'est grave. Je suis soulagée d'avoir parlé. Julien pleure. Tout est grave. Je ne sais pas pourquoi… Parce qu'on va mourir. Peut-être. Parce qu'on meurt ? Julien pleure. Quelqu'un a dit de ne pas prendre la vie au sérieux, que de toute façon, on va en mourir… Julien pleure. Je n'aurais jamais pensé voir pleurer cet homme. Il ne bougeait pas, il pleurait juste. Crocodile. Je ne bougeais pas, je le regardais juste. À la manière de l'oiseau qui nettoie les dents du monstre, je me tenais prête à lui offrir un des mouchoirs en papier d'Harald, pour qu'il nettoie son nez qu'il avait plein de la morve liquide et transparente que produisent les chagrins. Julien renifle. J'ai tendu le mouchoir. Il l'a pris. Il s'est levé. Il est sorti de la pièce. Le perroquet a piaillé le début d'un hymne. J'ai pensé que Julien voulait parler à l'oiseau, préférait parler à l'oiseau. Comme j'avais préféré parler au chien. Puis soudainement, Julien est revenu. On a fait l'amour comme jamais. Sur le tapis, devant la cheminée. J'avais l'impression qu'il se servait de son sexe comme d'une arme pour tuer le petit moribond du fond de mon ventre. Ses doigts s'accrochaient, griffaient mes fesses comme on marque les murs d'une prison. « Casse-toi. Prends tes affaires et tire-toi. » Il ne l'a pas dit mais je l'ai pensé. J'ai griffonné trois mots sur le programme d'un concert qu'il avait entendu la veille à la Philharmonie – *Les Métamorphoses* de Philip Glass, un pianiste dont Martin était jaloux – et je me suis tirée…

J'ai quitté l'appartement. Pas Julien, je l'aimais trop. L'appartement lui appartenant. Je ne voulais pas rentrer chez moi, alors je suis allée sonner chez Jeanne. Elle m'a ouvert avec Ajax dans les bras. Elle portait un peignoir rose en taffetas. Ou en molleton. Sur Jeanne, franchement, à contre-jour, c'était difficile de faire la différence.

Harald, qui m'avait donné rendez-vous près de la gare de Lyon parce qu'il devait sauter dans un train pour Cannes, axiomatise, en costume trois-pièces, sur les premières amours, soutenant qu'elles sont les plus violentes et que l'on s'en souvient toute sa vie… Il savait de quoi il parlait puisqu'il en avait deux fois fait l'expérience : une fille qui s'appelait Jessica, et un garçon du prénom de Thomas. Harald était d'abord tombé amoureux de la fille. Il devait avoir quinze ans. « Je pensais à elle tout le temps… J'inscrivais son prénom partout dans mes classeurs. J'étais même allé écrire "Jess" en géant, de nuit, à la bombe rose, en bas de chez ses parents… » Harald explique qu'il a fait des crises de panique pendant des mois après son deuxième premier amour (Thomas) et qu'il n'avait plus rien voulu envisager de ce registre-là : « Lorsque tu as bien souffert une fois, deux fois ; ensuite, tu te protèges… » D'après le comédien, les Tibétains ont recours à la méditation pour effacer leurs frayeurs et défaire les systématismes qu'elles génèrent. « Lorsque l'on médite, on devient comme une montagne… C'est ce qui permet aussi aux moines de léviter ! » Harald précise que si la science est toujours incapable d'expliquer ce phénomène, « c'est bien qu'il y a un truc ! ». Pour conclure sur l'amour, Harald parle encore de Platon en me faisant simultanément don d'un paquet de mouchoirs en papier. « Encore ? Je ne pleure jamais… » Harald insiste – « Ça fera venir les larmes… » – tout en classant les émotions dans deux grandes familles qui méritent l'accueil autant les unes que les autres afin de pouvoir être dépassées… « Tu sais que, chez les Grecs, on récompensait le dramaturge qui avait le mieux fait pleurer la cité ? »

Je mets la nouvelle donation d'Harald dans la poche d'un immense imperméable emprunté à Jeanne que je n'ai pas ôté, tandis que l'acteur revient au philosophe avec lequel il a carrément décidé de rompre… Harald est formel : Platon s'est trompé. Je l'écoute, quelque peu dubitative, en terminant mon thé glacé. « Il a raison sur le principe de la séparation, mais pas sur le nombre de morceaux ! C'est certes une séparation, mais globale, tu comprends ? Générale ! Crache dans ton verre. » J'avais lu des extraits du *Banquet* par correspondance en classe de terminale et trouvé, comme Harald dorénavant, relativement absurde de fonder l'existence des hommes sur un manque à combler ou sur une supposée partie à retrouver… Je ne voulais pas me sentir à moitié vivante parce que prétendument coupée en deux par un philosophe. Alors, j'ai craché dans le fond de mon verre. « Encore », dit Harald. « Allez ! » J'ai de nouveau craché. « Maintenant, bois. » J'ai dévisagé Harald. Il avait les yeux d'un vieil alchimiste en train de réaliser une expérience. « C'est dégoûtant… » « Pourtant, c'est ta propre salive… Pourquoi est-ce que ce serait dégoûtant ? » Je ne savais pas quoi répondre. « Tu vois, c'est ça, la séparation originelle… Dès que tu te coupes de l'unité générale, tout s'enclenche. »

Le perroquet de Julien a disparu. On l'a enlevé. Julien me l'a annoncé quand je suis revenue chercher le reste de mes affaires. C'est le voisin qui l'a enlevé. Il a laissé un mot. Très court. « Voilà ! » Le minimalisme accompagne décidément les disparitions. Martin avait écrit « Tiens » ; le voisin a noté « Voilà ! ». Cage vide et feuille de papier. Et désormais, tandis que Julien s'acharne, c'est le voisin qui fait le mort. Peut-être que le perroquet est parti retrouver ses congénères dans la forêt tropicale. Dans la nature, ils vivent en bande, à cent ou à deux cents. Et ils volent tous ensemble… Je ne savais pas ce que cela signifiait, mais Julien chialait de l'autre œil que lorsque j'avais annoncé le bébé, ce qu'il y a dans mon ventre et qu'il n'a pas conçu… La femme a son histoire, l'homme a la sienne. Elle s'émancipe et il ne comprend pas. Quelle mère fait un enfant toute seule ? Pas la sienne, en tout cas… Sa mère fait du tiramisu.

Aller dans le Jura. Se rassasier de Paula. De son petit corps toujours droit mais tassé, toujours droit mais ridé, frêle et ridé. Les taches sur le dos de ses mains sont plus nombreuses ; sa peau s'affaisse plus violemment sur ses globes oculaires et entre les maillons dorés des chaînes autour de son cou, sur ses poignets… Paula m'a manqué. Je suis heureuse de la retrouver même si j'associe lourdement la notion d'enfermement à qui elle est… Il a suffi qu'un de mes coudes s'égare une seconde sur la table pour qu'elle me reprenne sèchement. J'avais bien failli me refermer comme une huître face à sa dureté mais j'étais parvenue à faire de cette réaction viscérale un événement banal sur lequel mieux vaut ne pas s'attarder…

J'essaye d'aimer Paula telle qu'elle est. Elle doit bien m'apprécier un peu dans le fond… Même si elle ne me fait don d'un semblant d'affection que si je me tiens correctement, que si je fais strictement ce qu'elle veut ou ce qu'elle dit… Elle doit bien m'aimer au fond… Si. Si. Si. Avec des « si », on mettrait Paris… En bouteille, je sais. Mais on s'empêche tout un tas de choses, surtout. Si, si, si. Bémol. Gros bémol sur le « si ». « Tu ne feras pas ce que tu veux, tu feras ce que tu peux. » Paula rumine qu'on ne peut pas choisir tout, qu'il y a des déterminismes… Paula rumine et fait des listes qu'elle planque sous la télé. Je les lui chipe en cachette… Je ne veux pas croire aux héritages familiaux, à la puissance de la lignée… Je préfère me dire que je suis libre. Paula me raconte le contraire…

J'ai fait la sieste dans l'herbe avec Macadam. C'était bon. J'avais trop tardé à revenir. À Noël, à cause de la mort de Martin, j'avais annulé voyage et billets de train ; maintenant cela faisait plus d'un an que je n'avais pas remis les pieds là où j'avais grandi… J'étais presque devenue un événement. Ma grand-mère met les petits plats dans les grands – potée, ragoût, blanquette ; blanquette, ragoût, potée –, elle cuisine avec un entrain hors du commun. Le dernier soir – en rouspétant car il n'y avait plus moyen de l'ouvrir, mais en disant tout de même que l'ornement était « de circonstance » et des circonstances qu'elles étaient « aussi vicieuses que le pourceau de saint Antoine » –, Paula m'offre le bijou de sa jeunesse. Puis elle me fait une surprise en agitant un enregistrement des années 90. Mon père et ma mère chantent *Relax-Ay-Voo*. Le titre de Dean Martin en duo avec Line Renaud. J'ai défailli pendant trois minutes. La voix de mon père est exactement la même que celle de Franck.

Je me sens toute petite. Ça m'a fait quelque chose de passer devant l'abbaye et au-dessus des petits ponts du bourg. La maison sent la poussière. Tout à l'heure, le soleil a percé et l'air était rempli de petites particules qui dansaient dans la lumière au-dessus des draps qui recouvrent la plupart des meubles dans certaines pièces. Personne ne vient plus jamais ici… Paula attend. On dirait qu'elle attend. Les boiseries craquent. Les deux pieds au centre du double soleil de parquet qui s'étire dans la pièce ronde de l'entrée, j'ai sept ans.

« Antoine de Saint-Exupéry (écrivain), Teddy Vrignault (acteur), Philippe de Dieuleveult (animateur de télévision), Jim Sullivan (auteur-compositeur-interprète), Alain Colas (navigateur), Joe Pichler (acteur), Connie Converse (chanteuse), Vladimir Alexandrov (physicien), Sean Flynn (acteur), Michael Rockefeller (fils du vice-président des États-Unis), Richey Edwards (musicien), Alain Kan (chanteur), Jean Adam (inscrit provisoire), Henri Agnès (matelot 3e classe), François Aguirre (matelot 3e classe), Elie Aillet (matelot), François Aimable (matelot 3e classe), Antoine Alban (matelot 3e classe), Jacques Alban (novice), Augustin Albistur (matelot), Manuel Alcayaga (non inscrit), Antoine Alix (matelot 3e classe), Aimé Allain (matelot 3e classe), Guillaume Allain (novice), René Allain (inscrit provisoire), Jean Allanic (marin), Alfred Allard (matelot), Claude Allard (matelot 3e classe), Jean Allo (inscrit provisoire), Louis Allo (matelot 3e classe), Alcide Allory (matelot), Jean Allory (matelot 3e classe), Julien Allory (inscrit provisoire), Jean Allot (matelot 3e classe), Constant Almange (matelot 2e classe), Pierre Ame (matelot), Emmanuel Ameline (quartier-maître), Joseph Amelot (matelot 2e classe), Pierre Amelot (inscrit provisoire), Aimable Amourette (matelot 2e classe), Jacques André (matelot 3e classe), Jean-Baptiste André (novice), Raphaël André (novice), Yves André (inscrit provisoire), Alphonse Andrieux (mousse), Julien Andrieux (mousse), Louis Andrieux (novice), François Anfray (matelot), Yves Antoine (matelot 2e classe), Étienne Apessetche (matelot 3e classe), Joseph Apesteguy (matelot), Jean Arantzabe (matelot), Gratien Aranzabe (matelot), Victor Archenoux (matelot 2e classe), Juan Armonaritz (matelot), Louis Arribard (mousse), Arsène Arrondel, Joseph Artola (non inscrit), Alix Arzur (inscrit provisoire), Augustin Aubert (matelot 2e classe), Prosper Aubert (novice), Joseph Aubry (matelot 2e classe), Pierre Aubry (matelot 3e classe), Joseph Audoux (matelot), Prosper Audoux (matelot), Victor Audoux (matelot 3e classe), François Audren (inscrit provisoire), Isidore Auffray (inscrit provisoire), Louis Auger (matelot 3ᵉ classe), Pierre Auguste (matelot), Louis Autin (matelot 3ᵉ classe), Auguste Auvray (matelot 2ᵉ classe), Eugène Auvray (matelot 3ᵉ classe), Joachin Avril (matelot 2ᵉ classe), François Ayet (matelot 2ᵉ classe), Jean Badouard (matelot), François Bafoil (inscrit provisoire), François Bailbé (inscrit provisoire), Louis Bailleul (matelot 3ᵉ classe), Amand Bailly (novice), Éléonore Bailly (inscrit provisoire), Eugène Bailly (mousse), Pierre Bailly (matelot), Napoléon Baïront (matelot 3ᵉ classe), Hyacinthe Balan (novice), Alain Balasnam (matelot 3ᵉ classe), William Bamberry, Eugène Banatre (matelot), Francis Banatre (lieutenant), Jean Bannier (inscrit provisoire), Pierre Bannier (matelot), Siméon Banquet (matelot 3ᵉ classe), Jean Bantasse (matelot), Étienne Barbe (marin), Honoré Barbe (hors service), Jean Barbe (matelot 3ᵉ classe), Pierre Barbe (matelot 3ᵉ classe), Amand Barbedienne (maître au cabotage), Pierre Barbedienne, Jean Barbot (matelot 3ᵉ classe), Paul Barnetche (matelot 3ᵉ classe), Eugène Baron (matelot 3ᵉ classe), Louis Barre (matelot 2ᵉ classe), Eugène Barrieux (matelot), Benjamin Barthelet (matelot), Albert Basle (novice), Henri Basle (matelot), Jacques Basle (matelot 2ᵉ classe), Victor Basle (matelot 3ᵉ classe), Zacharie Basle (mousse), Henri Basset (matelot), etc. »

C'était un mardi. Personne n'avait passé le seuil de la galerie, hormis un électricien qui était enfin venu vérifier les circuits électriques d'un halogène circulaire éclairant les œuvres. Gilbert avait fini par l'appeler parce que le clignotement du néon en question avait dégénéré depuis quelques jours… Il était dix-huit heures. L'électricien était arrivé à douze mais l'une des extrémités du tube ne s'éclairait toujours que par sursauts… Le visage de la femme représentée en dessous pâtissait des éclipses. C'était une gravure. Mangée par un flot d'énergie et surplombée d'une auréole, une prêcheresse semblait faire pousser de son dos deux ailes d'ange… L'artiste m'avait expliqué que la pièce datait de sa conversion : « C'est l'irruption de la sanctification. Ce que Dieu veut pour tout être de chair et de sang. » Cela me paraissait un peu obscur, mais les soubresauts lumineux donnaient à l'œuvre une dimension nouvelle… « Rechercher la paix avec tous et la sanctifiction sans laquelle personne ne verra le Seigneur… » ; « Ce n'est plus moi qui vis, c'est Christ qui vit en moi… » Je me souvenais des mots du peintre… Il avait même évoqué Greta Thunberg, la jeune activiste suédoise, en la comparant à Jeanne d'Arc. C'était surréaliste, mais il affirmait avoir peur pour elle…

« C'est pas le bon voyant, faut que j'aille chercher une clé de 9, j'en ai pour dix minutes… » Alors que l'électricien – qui, sans relâche, s'était affairé à enjamber régulièrement sa boîte à outils ainsi que le matériel et les câbles qui s'étalaient au sol – venait de quitter la galerie pour aller quérir la pièce manquante, Gilbert me fit un aveu : il était amoureux. La question que je lui posai fut banale. Je lui demandai de qui. Sa réponse fut originale. Gilbert me répondit qu'il était amoureux de sa sœur. « De Gilberte… » Je ne sais pas pourquoi j'ai trouvé ça beau. On se serait cru à Deauville, en haut d'un escalier de pierre qui descend vers la mer à murmurer « Agatha »… Puis j'ai réalisé que Gilberte n'était pas sa sœur mais sa mère… Je me suis dit qu'il était fou. J'ai pris peur. Jamais plus on n'a abordé le sujet.

« De salon, oui ! » Anir s'applaudit à l'autre bout du fil. Polka. Valse. Tango. Rock'n'roll. Anir trouvait l'idée de Clara admirable. Il travaillait toujours sur son projet d'épicerie biologique avec Ikken, mais puisque la boutique n'ouvrirait pas avant six mois, en attendant, il allait apprendre à danser avec Clara. Le binôme n'avait encore suivi qu'un seul cours mais déjà la valse musette l'amusait. « Il suffit de tourner en rond, c'est comme en prison. » Anir ajoute pour rigoler qu'il a hâte d'apprendre les pas de bourrée… « Venez avec nous, si vous voulez ! Clara m'a dit que t'avais trouvé chaussure à ton pied ! » « Ah oui, non, on s'est séparés… » Quelle tannée d'annoncer une rupture… Anir réitère sa proposition : « On te trouvera un autre cavalier ! » Mon ventre n'est toujours pas bien visible mais c'est trop risqué. « C'est gentil, mais… je suis très occupée… » Je ne sais pas comment je vais m'en tirer. À la fin, je veux dire. Pas de côté, pas de côté, pas de côté… J'imagine Anir et Clara… Je les imaginais sur le parquet. Au milieu de tous les autres couples. Au milieu de tous les autres pieds… Et d'un seul coup, j'ai réalisé : Anir la faisait danser.

« Les lévriers sont les chiens les plus rapides du monde ! Ils peuvent aller jusqu'à 65 km/heure… Plus vite qu'un scooter ! » L'accordéon s'approche… « C'est une race super ancienne ! Des gravures de lévriers anglais ont même été retrouvées dans les tombes des pharaons en Égypte, c'est pour dire… » Ça y est, l'accordéon valdingue… « Alors là, c'est Darius… Sur la page d'après, vous avez Scott, Yoko… Et le petit dernier, notre héros national, Kim… » J'entends la valse… Cette rengaine merveilleuse et péremptoire… Le bruit des touches se mélange aux souffles… C'est le mouvement du soufflet qui produit la musique. Il faut que l'air passe, s'engouffre et passe… La musique se faufile, s'affaire autour de moi… En cavale, comme un cavalier… Comme une cavalière que l'on fait tourner… Le pendentif en argent ciselé que Paula m'a offert renferme un minuscule carnet de bal. Des prénoms y sont inscrits. J'imagine tous les galants faire danser ma grand-mère. Les uns après les autres. Elle n'avait sans doute plus eu de nouveau cavalier après y avoir inscrit le prénom de mon grand-père. « Jack ». Il est noté en dernier sur les feuilles d'ivoire. Tous les bals de France et de Navarre s'invitent dans ma tête… Bals, bastringues, guinguettes… « Ce qu'il flotte ! » Le pourtour de la partie supérieure du bijou est sertie de minuscules rubis rouges giroflée… Je l'ouvre, je le referme. Sans difficulté. L'antiquaire de la rue Rossini s'était armé de patience et d'une lime à ongles pour dégager les charnières et repositionner le mécanisme à l'intérieur… Peut-être que si j'ôte le collier, je n'entendrai plus la musique… Ma grand-mère tourne sur elle-même. Elle s'envole, comme les notes. Elle tourne et s'envole. Ses pas font le bruit des doigts sur les touches…

Quinze jours ont passé, rien de nouveau et pas grand-chose de neuf. Le bidon qui grossit et les seins qui réclament des soutiens-gorge… Après l'épisode de Gilbert qui aime sa mère et le silence radio d'un mouton, je m'étais laissée dériver doucement. Doucement, mais sûrement. Le long de tout. Avec la lenteur d'un escargot et la détermination d'une limace… Il y a de ces jours gris. L'âme monte au ciel ; vague à l'âme s'il y a du vent. Ça souffle. Mouvements de l'atmosphère. Père-Lachaise, bise, galerne… Je déambulais sur le pavé… En deux semaines, huit cortèges m'avaient conduite dans Paris d'un point A à un point B. Contre le régime algérien. Contre l'antisémitisme. Contre la PMA. Contre l'homophobie. Contre la loi Blanquer. Contre les violences policières. Contre le gouvernement… À la veille des élections européennes, j'avais même failli pleurer grâce à une grenade lacrymogène. Mes yeux piquaient et j'avais cru sentir grimper un raidillon d'eau salée, mais l'événement s'apparentait plus à l'expérience que j'avais déjà faite avec des oignons qu'à tout autre chose… En définitive, la manifestation qui m'avait, de loin, le plus affectée – la moins offensive et pourtant celle dont la revendication touchait concrètement l'ensemble des populations –, c'était la marche pour le climat… Je ne voyais pas bien comment passer à côté… Si la Terre s'arrête de tourner, on aura beau faire des galipettes dans un sens ou dans un autre… Le monde me semblait dans un cul-de-sac. Julien me manquait… Et soudain, je trouvais ma mère sublime d'avoir tant aimé mon père. Et soudain, je me ressouvenais de l'acte ; à nouveau, je le contemplais ; et j'y voyais la beauté, l'adoubement aveugle, la fidélité absolue. Et je pensais alors, telle une évidence, que son amour, celui de ma mère pour mon père, était pur, noble, entier. Religieux. Et soudain, je me figurais Martin, et il m'apparaissait droit, grand, intransigeant et intégral… Je méritais des claques ! Cette idée de l'amour était invincible, de passion, d'ardeur ; mais puait, d'une certaine manière, le martyre.

Naître sous X. J'imaginais la tête du gamin, plus tard, devant cette appellation obscure. « Ma mère était jeune, pas mariée. » Une honte, avant. Une situation banale, maintenant. Je ne dois pas m'en faire. Tout est normal. Normal.

Eugène a préparé de la mousse au chocolat. Il a fait fondre les carrés au bain-marie, battu les blancs en neige, puis tout mélangé – il n'avait pas arrêté de répéter « j'incorpore » en faisant de larges ronds avec son fouet… À défaut de peindre, Eugène s'attachait maintenant à suivre des recettes de cuisine dégotées sur internet… Tandis qu'il rangeait, le peintre a remarqué que j'avais le même teint que les coquilles d'œuf qu'il était en train de rassembler près de la cuve de l'évier. L'allégorie était jolie. J'avais le cœur en mille morceaux… « Putain, putain, putain, putain… » Eugène vient de faire glisser du saladier au moins la moitié de la mousse, directement cacaotractée sur le lino recouvrant le parquet de son atelier dans le coin-cuisine. « Arrête de dire ce mot, Eugène… » Cette expression me sortait par les trous de nez. Eugène ramasse tandis que je ressasse… Paula me répétait invariablement au téléphone que tout se passerait bien mais j'avais clairement l'impression qu'elle perdait la boule. Elle avait préparé deux fois à dîner le même soir quand je lui avais rendu visite dans le Jura ; et un coup sur trois, elle oubliait que j'étais enceinte… Coquilles. Oui. Justement. Comme une faute de texte. Même quand j'écrivais, je passais du présent à l'imparfait sans m'en rendre compte. Je défaisais la norme des traditions littéraires et familiales… En vain, je tournais – comme Martin, place de l'Étoile – sur un rond-point aux directions déviées… J'évitais Clara, comme on évite les feux rouges en voiture ou les contrôleurs dans le métro. Je zigzaguais comme je pouvais entre les panneaux triangulaires… Le visage de Julien se déformait dans mon crâne. Ses canines avaient poussé… Comme son perroquet, il s'était envolé… Pourtant, j'avais avoué le bébé… J'avais avoué le bébé de Martin mort… Je me demandais quelle aurait été la réaction d'Harald si je lui avais dit ce qui s'annonçait à l'intérieur. Il aurait rigolé ; sûr ; Harald aurait rigolé. Le beau brun aurait plissé les yeux, légèrement froncé les sourcils, et demandé : « Mais tu baises quand même ? » Franck aurait eu l'air triste. Julien s'était tiré. Alors, je ne sais pas pourquoi, j'ai tout balancé à Eugène. Il a d'abord souri en me taquinant – « T'es gonflée, la planète est déjà en surpopulation totale… » –, puis il m'a servi une coupe de mousse au chocolat.

Je ne sais pas si c'est parce que dans la même journée, je suis retournée à l'église, passée devant une mosquée, ou alors si c'est parce que j'ai tenté de pénétrer dans une synagogue, mais la nuit dernière, j'ai rêvé de saint François d'Assise. J'avais enfin réussi à l'approcher. C'était lui, le type sur son âne… À vrai dire, il n'était plus sur son âne, il faisait une pause. C'était peut-être grâce à cette halte… En tout cas, quand je suis arrivée à sa hauteur, je l'ai reconnu instantanément : il faisait partie de la ribambelle de saints vénérés par Paula à Baume. J'avais entrepris quelques recherches pour en être absolument certaine… C'était bien lui ! Tonsure, blouse et compagnie. Petite barbe de trois jours. Avec une flopée d'étoiles au-dessus de la tête. Exactement comme celles qui sont scotchées sur les voûtes de l'église dans laquelle j'avais justement passé une heure à Saint-Germain-des-Prés… Attablé à une terrasse qui semblait vénitienne car entourée d'eau, sous un soleil de plomb, il me regardait avec bienveillance en terminant lentement une écuelle de spaghettis *alla carbonara* très généreusement parsemés de parmesan. Son âne était attaché à un arbre lui offrant un peu d'ombre et broutait des pissenlits… Après un court instant, saint François s'arrête de manger, essuie délicatement sa bouche avec la serviette qu'il avait sur les genoux et boit une gorgée d'eau pétillante… Toujours en silence, le saint homme sort ensuite de son habit une plume qu'il trempe dans son verre d'eau, puis se met à griffonner sur l'addition de son repas… Le verre d'eau a fait office d'encrier, les mots apparaissent distinctement… J'espère que ce n'est pas du latin… Lorsqu'il a fini, il me tend l'étroite bandelette de papier qui s'enroule encore sur elle-même tel un parchemin. Je l'attrape…

Et je me réveille – sans même avoir eu le temps de saluer Giovanni di Pietro Bernardone (c'était son nom de baptême) – en en écartant les bords. Comme si l'absence de la sensation physique du papier sous les doigts m'avait ramenée à la réalité. Pour autant, je me suis souvenue de la première phrase parce que je l'avais prononcée pour moi-même, à voix basse et les paupières closes : « Il n'y a pas de gaieté de cœur qui puisse être une honte… »

Un garçon ! C'est un garçon. Ce sera. Maintenant que je connaissais le sexe, j'avais d'autant plus envie de lui trouver un prénom… Un pré dans lequel il se sente bien avec le nom de sa mère derrière… Je me suis souvenue de cette errance chez Martin ; de moments volés, arrachés comme à son inconscient, à cette partie de lui que je ne comprenais pas… J'ai fermé les yeux… J'ai vu Martin avec les ongles longs, sa crinière blonde et un pantalon pattes d'éléphant. J'ai murmuré : « Antoine. » Comme dans mon rêve… Parce que je me souvenais du sculpteur d'Orsay et d'un film de François Truffaut que Martin avait regardé… C'était un soir où j'étais entrée dans l'appartement sans faire de bruit. Minuit, ampoules aux pieds et talons retirés dans l'escalier. Martin était assis en tailleur. Il avait arrêté l'image. Appuyé sur pause. Noir et blanc de Nouvelle Vague à l'écran. Et Martin qui murmure, tout bas, comme l'acteur : « Antoine Doinel. Antoine Doinel. Antoine Doinel. » Martin qui murmure.

J'ai failli manquer ma correspondance ! Les heures grignent, se contorsionnent vraiment comme des acrobates… « Prêt, feu, partez ! » et un paragraphe, deux paragraphes… À Baume, on courait sur des kilomètres jusqu'à perdre haleine avec Macadam… Il comprenait le nom de toutes les zones qu'il fallait regagner le plus vite possible. On traversait les champs d'orge à crinière, et quand nous touchions au but, qu'apparaissaient au loin le calvaire, les granges ou la rive de la Seille, mon chien aboyait d'allégresse. Macadam Cowboy… Si je me concentre, je peux encore sentir sa présence. Son énergie. Tous les êtres véhiculent leur énergie propre... Singulière. Particulière. En fermant les yeux, si l'on pense à n'importe qui, on peut identifier l'énergie que diffuse la personne. Ou l'animal. L'énergie de Macadam est douce, loyale et forte... Terrestre.

« Les pieds dans le sol, la tête dans les étoiles... » C'est le mantra qu'Harald répète en boucle avant d'aller passer ses castings. S'il me voyait. Assise là, dans cet énième wagon ! C'est un peu grâce à lui, le train... « Il faut agir ! » Je repense au comédien, déballant ses théories, s'extasiant comme un révolutionnaire, la tête haute, les idées nobles et arrêtées : « La liberté véritable n'est que libre arbitre ! Et le libre arbitre ne peut en aucun cas être sous-tendu d'impulsions malades ou régies par des systématismes... Dès que l'on réagit, sans recul ni discernement, cela signifie qu'on n'est pas libre ! Que l'on n'est pas conscient ! » J'étais donc partie à la chasse aux réactions : le vase de ma grand-mère, l'épisode du dessin d'Eugène, lorsque Claude-François m'a attrapée par le bras... Et si les pensées se doivent d'être en accord avec les paroles et les actes, il y a aussi tous les réflexes invisibles venant garrotter la justesse... Les consignes de Caroline me revenaient : « Il faut vingt et un jours pour créer de nouvelles connexions mentales et changer ses habitudes de pensée, à partir du moment bien sûr où l'on identifie les chemins qu'on ne veut plus emprunter ! » Vingt et un jours pour mater ses synapses. Je ne me souviens pas précisément du jour où j'ai commencé... En tout cas, désormais, cela ne me paraît plus si compliqué.

Le 17 mai 2019, Dan m'a écrit une lettre. Une lettre sublime à message caché. Une lettre où les premiers mots de chaque ligne complotent ensemble pour dire autre chose que ce qui est écrit… Je me suis prise pour George Sand ; j'ai pensé à Dan comme à Musset même s'il n'écrivait pas de roman.

« *If /*
You /
Need /
I /
Agree /
To be /
The /
Father. »

Et but ! Et goal ! Et smatch ! Et badaboum ! Depuis l'autre côté du monde, une candidature spontanée. Alors, j'ai eu envie d'y aller, là-bas, en Amérique. Ruée vers le père.

Gilbert n'aimait pas les Américains. Il les voyait comme des envahisseurs, et simplement parce qu'ils étaient économiquement plus puissants, ne les considérait pas. Comme les Chinois. Le jour où Gilbert avait appris que Hong Kong était devenu « la place incontournable du marché de l'art », il avait littéralement piqué une crise… Il a donc haussé les épaules quand j'ai évoqué Dan et maugréé quelque chose – un baragouinage râleur que toutes les langues comprennent – puis terminé sa pensée par un à peine audible « pas la même culture »… Il avait emprunté les mots de Paula pour ruminer la différence qu'il n'admettait pas. Gilbert avait la nostalgie d'une autre époque, d'un autre pays, et il était coincé en un siècle qu'il ne reconnaissait plus. Le monde avait changé. Pas lui. Et il ne s'identifiait qu'à ce à quoi il pensait appartenir. C'était pourtant contradictoire de profiter du système-monde de façon quotidienne sans vouloir assumer les conséquences de ce même système… J'avais failli lui demander de cracher dans le fond du verre à whisky qu'il planquait sous son bureau pour lui expliquer le principe de l'Unité mais je m'étais abstenue… La culture est un leurre. On s'enferme. À force de tout classer, on perd le nord et la guerre n'est plus qu'une bataille des cases et des catégories. S'il fallait ôter quelque chose aux êtres humains pour qu'ils s'apprivoisent, c'est la culture qu'il faudrait leur ôter. Pas l'art, la culture. Pas les rizières, la culture. Pas les traditions, la culture. Ce mot-là ; ce grand tout qui n'est rien… Dan était américain. Et alors ? On se fichait de quel pays il venait. Ô dieux, si vous êtes plusieurs, mêlez-vous, reconnaissez-vous les uns les autres et faites la paix pour que les hommes la fassent aussi, pour que les Noirs aient les yeux bridés et les Blancs le teint jaune. Le métissage est un acte politique. J'ai envisagé quelqu'un dont la peau n'était pas de la même couleur que la mienne. Ni le pays ; ni la langue ; ni la religion ; ni rien ; pour ouvrir encore plus. Je ne voulais pas être un mouton… À défaut de lui faire faire l'expérience d'Harald, j'ai brièvement exposé ma théorie à Gilbert qui s'est effrayé tout à fait : « Mais à ce train-là, ma chérie, bientôt, il n'y aura plus de Blancs… »

Préférer une couleur, c'est mettre de côté toutes les autres. Ça fonctionne avec tout. Préférer : aimer mieux, avoir une préférence pour. Antonyme : haïr.

Il y a une lumière dans la forêt. Pas si loin. Je m'enfonce. La lumière fait étinceler les branches et vaciller la nuit. Il faudrait que Julien arrête de courir ou que l'on réinvente la boussole. Encore quelques pas, les mains au-devant des yeux, puis le visage de l'être aimé qui s'octroie le droit d'avoir l'air d'un monstre parce qu'il a placé la lampe-torche juste au-dessous de son menton… J'avance vers Julien. Il me repousse. La lampe tombe. Je me penche. Mes mains frôlent les ronces. Orage interne. Les ronces me rappellent les roses. Je ramasse la lampe et j'éclaire vers le haut. La lumière se diffuse à la manière d'un halogène. Je m'acharne à dire, à redire. J'articule, j'explique, je cherche à mieux formuler encore pour qu'il comprenne. La pile s'use. La lumière baisse. Julien ne comprend pas. Il a peur de moi comme j'ai peur du noir. Je sens la flippe trôler dans son dos. Un train passe. Filament bruité. Noir… Trop tard. Je rends sa lampe à l'usager. Nos doigts ne se touchent pas durant l'échange. Le vent tringle les nervures des feuilles. Je sens la terre sous mes pieds, mes jambes, la façon dont s'agence mon bassin, le port de ma tête et les frissons dans ma nuque. Julien passe devant moi, je respire l'odeur de sa sueur mêlée à celle de son parfum. Julien se remet à courir. Il fait complètement noir. Je n'entends plus ses foulées… Bras d'honneur au ciel ! J'ai injurié le ciel. Comme un mauvais service au volley. Pas de revers mais volée. L'avant-bras qui rougit d'avoir été claqué si fort… Mon rêve devait sûrement se passer dans le bois de Vincennes.

SIXIÈME CARNET
(rouge carmin)

Débuté le 23 mai 2019
TGV – 9777, voiture 10, siège 56 – du côté d'Auxerre.

Terminé le 31 juillet 2019
Dans mon studio, velux ouvert, bouteille d'eau,
jambes en l'air.
(Je ne sais vraiment pas comment je vais redescendre…)

Nombre de pages : 31

« Paris est tout petit pour les gens qui s'aiment comme nous d'un aussi grand amour. » Paris est tout petit tout court. J'ai marché. J'ai fait à l'envers le chemin que je faisais sur le guidon de Martin le dimanche matin pour aller chercher du pain frais et des croissants… J'avançais à l'envers, vers le vert d'eau d'une fontaine que je voulais retrouver. Une petite place perdue comme en dehors de Paris. D'un côté ou de l'autre de la rue La Fayette… « Cité de Trévise. » Je me suis souvenue du nom tel celui d'un lieu où régnait le théâtre antique. Je reculais dans les souvenirs de Grèce et de Rome, des héros et des dieux que l'on apprend au collège… Hésiode, Thétis… Je remontais la piste. Hermès, Apollon. Ils m'accompagnaient dans ma quête… La verdure au loin. Un brin de couleur verte. Le gris-brun des murs des immeubles. Les nuages blancs du ciel par-dessus, comme dans l'emporte-pièce des côtés pairs et impairs… Au fur et à mesure, la petite place ronde prenait forme au bout de la rue. Comme l'ombre d'un sous-bois. Oasis. Fraîcheur. Le cœur qui se soulève un temps dans la poitrine. Comme si tout n'avait tenu qu'à cela. Qu'au cœur. Aux saccades de sang qui en partent à chaque inspiration. J'imaginais l'oxygène circuler dans mon corps grâce au myocarde. Les battements écoutés chez l'obstétricien me revenaient en mémoire… J'aurais voulu voir Martin lâcher son vélo et sauter par-dessus les grilles pour aller épouser la forme incurvée de la fontaine. Derrière les allures divines du lieu qui restait le même, jouait le triste état des circonstances.

Un homme est passé. Casque noir sur cyclomoteur rouge. Je me suis appuyée contre le frisquet des barreaux de métal. J'ai fermé les yeux et penché la tête en arrière, laissant ma nuque aller. Des moineaux piaillaient. J'ai respiré l'odeur nouvelle des bourgeons qui comblait le printemps… Et tout à coup, un chant. La gorge d'une femme qui s'ouvre pour laisser sortir le timbre rond et plein d'une tessiture alto. Il me parvient d'un troisième ou d'un quatrième étage. Je rouvre les yeux, essayant d'identifier la pièce qui contient la voix, la fenêtre ouverte qui la laisse s'envoler… Un oiseau, deux oiseaux. À force de regarder vers le haut, je me suis sentie toute petite. Et le monde, autour, si grand. Comme s'il me regardait. Comme si le monde avait des yeux, ronds et souriants, et qu'il me disait « Viens ». Je me suis emplie d'une tendresse ahurie. À ce moment précis, dans cette infime partie de la ville, sur cette minuscule parcelle de planète, l'air aurait pu m'envier une envie folle de vivre. Si j'avais été à la piscine avec Jeanne et Gilberte, j'aurais sauté du plus haut des plongeoirs… L'homme est repassé sur son cyclomoteur. Il avait acheté une baguette. J'ai tourné la tête. Dans l'encadrement d'une porte ouverte, un gamin à la peau noire, de dos, tient dans sa main un gros sac-poubelle de plastique bleu vif, immobile au beau milieu d'un couloir blanc ambré par la lumière scintillante du soleil, et au bout duquel s'échappe un escalier. J'aurais voulu le photographier, garder l'image de cet enfant dont je n'avais pas même vu les yeux… Capture des couleurs. Quand j'étais plus jeune, je trouvais incroyable que Macadam ne voie la vie qu'en noir et blanc. Je me rappelle le vieux labrador. L'enfant reste planté devant l'escalier, dans la splendeur rare au printemps de ce jaune qui teinte la fin du jour en été. « Macadam Cowboy… » Au moment où j'ai prononcé le nom du chien à voix basse, il a disparu.

Ma grand-mère est morte. Paula est décédée. Elle est allée rejoindre tous les autres qui sont déjà là-haut, ailleurs, quelque part, dans les limbes. Elle y est allée. Coup de téléphone du Jura. Coup de téléphone de Claude-François, dernier membre de quoi que ce soit. Combiné décroché avec le sourire. Combiné décroché et annonce du. Décès. Paula. Combiné raccroché. Rien à dire à celui-là, rien à dire à Claude-François. Paula… Claude-François a rappelé, j'ai demandé à Gilbert de répondre, de mentir, de dire que je pleurais. Gilbert a répété le constat à voix haute : « Hier soir, vers vingt et une heures, une femme âgée de 83 ans a été découverte sans vie à son domicile, au beau milieu de son jardin – 14, rue de Calonne à Baume-les-Messieurs. » L'enterrement aurait lieu à dix-sept heures le mardi suivant. Gilbert a appelé Gilberte qui a appelé Jeanne. Enterrement. Le mardi suivant. Dans le cimetière collé à l'église, tout au bout de la rue Poupet, de l'autre côté du village, près des champs. Ce qu'elle voulait. Parce que, de toute façon, mari enterré il y a un paquet d'années au fin fond de l'Angleterre, et sûrement déjà bouffé par les vers. Le père de mon père parti à la guerre, bouffé par les vers. Même dans la mort, ils ne se retrouveront pas… Même pas.

Paula n'est plus là. Plus rien donc de tout ce qui veut dire famille au sens de ce qu'on a envie d'entendre. Les parents de ma mère avaient disparu de la circulation depuis belle lurette ; je n'avais pas spécialement envie de les retrouver… Après Martin, ma grand-mère. À croire qu'ils s'étaient donné le mot. J'avais une impression de mauvais œil, de tarot malsain ou de lignes de la main dégénérées. J'avais la rage au ventre, j'étais en colère. Les instructions de ma grand-mère étaient claires : ni fleurs, ni couronnes. « Mettre de l'eau dans un vase pour faire boire les fleurs, c'est comme garder quelqu'un sous assistance respiratoire, ça ne se fait pas. Quand on crève, on crève. » Paula était morte d'un seul coup.

Vouloir pleurer et ne pas y arriver. Réussir à imaginer comment c'est. Se frotter les yeux. Ne pas y arriver. Tous, ils pleuraient. Même Claude-François. Ils pleuraient. Tous les gens du Jura. Et Gilbert, et Jeanne, et Gilberte qui avaient pris le train. Je devais avoir l'air insensible, hautaine et avec une pierre à la place du cœur. Pourtant je savais qu'elle me manquerait, Paula. Puissamment. Elle me manquerait. Et ses milliards de conseils. C'est la seule qui savait, la seule à qui j'avais confié le bébé. Je l'avais aussi dit à Eugène mais il n'avait pas compris. Pas comme elle… Je me suis regardée dans le miroir. J'ai ouvert l'un des quatre petits tiroirs de la coiffeuse et sorti un rouge à lèvres. Je l'ai ouvert en tournant le tube jusqu'à faire coulisser l'entier du rouge. J'ai reniflé en fermant les yeux, sursauté.

La voix de Claude-François venait d'en bas. Elle a monté l'escalier. Ses pas, lourds comme ceux de son père, sont venus jusque dans la salle de bains attenante à la chambre de ma grand-mère. « Le chien… » Je n'avais pas retrouvé Macadam en arrivant. « … est crevé, ouais. Faut l'enterrer. » Mon cousin m'a attrapée par le bras ; je ne l'ai pas supporté. Je lui ai dit de… « Crame-le ! » Claude-François a redescendu l'escalier en trombe. Il est sorti de la maison et il a couru jusqu'à la remise pour choper un bidon d'essence. Il est allé jusqu'au chenil chercher le corps du chien, l'a aspergé d'essence, puis il a sorti une boîte d'allumettes. Il en a craqué une, deux. Le corps a pris feu. Je le regardais depuis la fenêtre, à l'étage. J'ai vu le brasier à travers les carreaux, la fumée qui commençait à s'en dégager. Claude-François restait debout, à côté. « Macadam… » Je voulais hurler le nom du chien mais je l'ai dit tout bas pour ne pas que mon cousin l'entende. Il y avait de plus en plus de fumée. Le ciel a grondé. Claude-François a relevé le col roulé de son pull-over et fini par courir à l'intérieur. La porte a claqué. Les flammes devaient se refléter dans mes pupilles. J'avais envie de me vomir tout entière et je devais avoir les yeux du même rouge que celui qui s'écrasait dans ma main. Je regardais Macadam brûler. C'était un cow-boy et il finissait comme une sorcière. Comme les milliers de femmes qu'on avait brûlées parce qu'elles étaient libres. Des éclairs ont traversé les nuages comme des fusées. Il s'est mis à pleuvoir. Je me suis mise à pleurer. Enfin. Comme le ciel. Sauvagement. Brutalement. Violemment. Liquidation des stocks ; déluge et dégringolade sur mes joues. Le front devient plage, les plissures dunes, le reste est mer jusqu'au menton ; sur le cou, flot, rivière, torrent. Déluge, crachin. J'essuie, rien n'y change, tout se déchaîne et se moucher ne sert à rien. L'océan se démonte, les sourcils plient et les joues se retroussent ; mouillés, tous, comme à la sortie d'une douche ou sous l'averse. Il pleut sur moi. Je me pleure dessus. Comment toute cette eau peut-elle sortir de mon corps ? Le ciel s'acharne. Il pleure. Je pleus. En pleurs, je vais aux toilettes. Avoir envie de voir du sang couler, rouge aussi, comme mes doigts à cause du maquillage, entre mes cuisses, pour que plus rien n'y soit que les règles. Menstruation. Envie de menstruation. C'était exactement au même endroit que je les avais eues la première fois. J'avais mis trois jours avant de le dire à Paula. Elle m'avait évidemment flanqué une gifle pour marquer le coup... Pleurer de trouille et pisser d'angoisse. Pleurer de chagrin. Pleurer. Pisser. Pleurer. Pleurer. Pleurer. Pleurer. Comme jamais.

Impossible de dormir cette nuit-là. J'avais des images affreuses en permanence devant les yeux, elles défilaient comme des diapositives – un diaporama d'images affreuses. Je me lève, je me relève alors que je me suis couchée. Le bois craque. Il n'y a pas un bruit dans la maison, seul le vent s'engouffre. Il siffle. Je n'allume pas la lumière. J'emprunte le long couloir aux cinq chambres, je frôle les cinq portes, je vois briller les cinq poignées. Je descends l'escalier sur la pointe des pieds et la rampe bien en main, comme si quelqu'un pouvait surgir. Les tommettes sont froides. Le feu de la cheminée est en train de s'éteindre. Je suis passée par la cuisine. J'ai allumé la lumière, bu un verre d'eau, pris la lampe de poche dans le tiroir à couverts, éteint la lumière et quitté la pièce. Je suis repassée devant la cheminée. Le feu était mort. J'ai longé la longue table carrée, j'ai ouvert la porte-fenêtre de la salle à manger, les volets, je suis sortie et j'ai avancé. Il y avait de la rosée dans l'herbe. Je ne savais pas quelle heure il était. La lune était blanche. Le saule pleureur qui défendait la serre du blizzard et du zéphyr avait des allures de méduse, d'innombrables tentacules bougeaient, lentement, comme des danseuses, ensemble et synchronisées. Je me suis faufilée entre les branches jusqu'au bas de la cime de l'arbre, jusqu'à son pied. J'ai posé ma main sur son tronc et je l'ai contourné. Je me suis dirigée vers la serre avachie sous les feuilles. La porte était fermée. La clé devait être dans le pot de fer rouillé qui datait des années 60, planqué sous l'une des marches du petit perron de bois. Je me suis accroupie, j'ai tendu la main, cherché, trouvé, ramassé le pot et fait tomber la clé dans ma paume ; ouvert la porte. J'ai foncé tout droit jusqu'à l'établi du fond où Paula rangeait ses kilomètres de bâche. J'ai empoigné le plastique, fait demi-tour, puis quitté la serre pour repasser sous l'arbre. J'ai couru jusqu'au brasier ; jusqu'au cadavre à moitié calciné de Macadam. Les étoiles brillaient. J'ai déplié le plastique, je me suis accroupie, et une fois sur les genoux, doucement, j'ai soulevé mon chien. Il était lourd alors même qu'il avait brûlé. Puis, tout à coup, il s'est fait léger. Je l'ai porté comme une femme qu'on enlève, comme un enfant qu'on berce ou comme un sacrifié, les mains sales, mouillées, de la chair entre les doigts. Le corps du chien a roulé sur la bâche. Je l'ai emballé dedans comme un cadeau fragile auquel il faut faire attention. Je n'ai pas trop serré. Je suis allée chercher la brouette qui traînait entre saule et serre. Il y avait des boutures au fond. Je les ai laissées. J'ai ramené la brouette et de nouveau soulevé le vieux labrador, tendrement, calmement… Macadam est dans la brouette. Je l'ai bien installé, la tête à l'avant, avec son reste de truffe qui dépasse pour renifler. J'avais écarté le plastique pour qu'il puisse respirer, ressentir la nuit sur ce qu'il lui restait de museau. On est partis. On a traversé le jardin, les pieds nus avec le bruit de la brouette qui roule écrasant un peu l'herbe et heurtant des cailloux. On a pris le petit chemin de terre et l'on s'est retrouvés devant la maison, j'ai soulevé la pelle qui servait de cale au battant du portail, je l'ai mise dans la brouette. On a continué, suivi le chemin jusqu'à la route et avancé. Silence. Juste les résonances de la nuit… Je dis à Macadam que je vais lui chanter des chansons, dans le noir, comme ça, pour le rassurer, des airs, un peu de musique que j'invente. J'ai fredonné des notes qui se suivaient. On a roulé, roulé jusqu'à voir les premiers lampadaires de Baume-les-Messieurs. Je me suis excusée après avoir chanté. Je me suis excusée auprès de Macadam. L'église s'est rapprochée. Le cimetière est arrivé. On a longé la clôture, puis le mur de pierres jusqu'à ce qu'il devienne assez bas pour qu'on puisse l'enjamber. On a abandonné la brouette. J'ai fait passer la pelle de l'autre côté et serré Macadam dans mes bras. On a avancé jusqu'à Paula. J'ai creusé. Macadam attendait dans le chemin de graviers qui longeait la rangée. Le trou que je faisais jouxterait la tombe de ma grand-mère. La terre se mélangerait, celle de ce soir avec celle de ce matin. J'essayais d'entendre les bruits qui m'entouraient, mis à part celui que faisait la pelle qui creuse. J'écoutais. Il n'y avait pas de fantômes, simplement l'âme de Macadam qui se baladait. Sous la terre, Paula devait être toute fraîche. J'ai creusé encore un bon moment. Puis j'ai soulevé Macadam une dernière fois pour le mettre au fond du trou. Je lui ai dit des choses que je ne répéterai jamais à personne. On s'est dit au revoir. Un jour ou l'autre je le rejoindrai. J'ai rebouché le trou sans regarder, à l'aveugle, le front vers la lune qui brillait, devinant à tâtons la terre avec la pelle. Je me suis souvenue des boutures, j'ai couru les chercher. Il y en avait sept. Je les ai plantées. Une à une. Désagrégeant le terreau autour de chaque pied, défaisant les nœuds qu'avaient fait les racines. Cinq pieds pour Macadam et deux près de Paula. Ils seront bien, là…

J'ai récupéré les sept petits pots de plastique noir et je suis retournée avec la brouette jusque sous les lampadaires ; le soleil se levait ; subitement, ils se sont éteints. La brouette, plus légère, voguait sur le goudron. À l'unisson, le village ne tarderait pas à se réveiller. Le petit village français. J'ai roulé. L'air était moins frais et le ciel plus clair car le jour s'annonçait… Je ne sentais plus mes pieds. La route s'est transformée en chemin, le vert de la campagne suintait encore la nuit et l'engourdissement, mais les formes s'étiraient, les couleurs s'exposeraient bientôt… J'ai poussé le battant du portail, puis je l'ai recalé avec le manche de la pelle. Je suis rentrée dans la maison par la porte-fenêtre de la salle à manger demeurée ouverte. J'ai refermé les volets… La clé de la serre était restée sur la porte, la brouette à l'entrée.

Le lendemain, je suis partie dès que les papiers ont été signés. Paula me laissait de l'argent, pas mal d'argent, les dettes de mes parents, le bungalow du Pradet et la maison. Claude-François a ronchonné parce qu'elle ne lui léguait rien d'autre que la longère dans laquelle il vivait. C'était normal, il n'était que le neveu de ma grand-mère, le fils de son frère,

René, qui était déjà en maison de retraite depuis dix ans avec Parkinson… Claude-François a dit que c'était injuste, comme tout le reste, que la maladie de son père était due aux pesticides, au paraquat, à ce « putain d'herbicide » qu'on autorise toujours pour augmenter les rendements, que tout le monde le savait mais que personne ne faisait rien, que les agriculteurs étaient des opprimés, que c'était la raison pour laquelle sa mère était partie, que son père ne s'était jamais vraiment occupé de lui et qu'il aurait été bien content, lui aussi, de pouvoir rester chez Paula, mais que depuis que j'étais arrivée dans le Jura, il n'avait plus fait que passer en second ! Ensuite, Claude-François s'est tiré de chez le notaire… J'ai remercié le notaire. J'ai remercié Paula. Je suis repartie à Paris… *Bye-bye Macadam.* Dans le train, je me remets à pleurer en écoutant le titre d'un musicien qui s'appelle Rone. De son vrai nom Erwan Castex. Je me suis mouchée dans l'un des derniers kleenex d'Harald tandis qu'on ne voyait plus la campagne.

J'ai perdu l'univers. Ma poche était trouée. Si Paula m'avait appris la couture, si j'avais bien voulu apprendre, j'aurais recousu la doublure… De ma poche, toutes les pièces ont dégringolé dans le caniveau ; puis du caniveau, elles sont passées dans les égouts… Si au moins j'avais pu me retrouver dans les égouts, dépasser les grilles, les bouches, seule et sans service d'ordre, sans ces satanés six mois écoulés, j'aurais pu me perdre sous la terre… Cent nuits et cent jours, comme Louis XVIII… Tout meurt, et soi au travers… Comme un 29 février…

Je suis encore dans une église. Seule, assise, les mains jointes et le regard bas. Je n'ai pas adressé un mot au fœtus depuis quinze jours. Ni une caresse, ni même le soupçon d'un soupir. Rien que de l'arrogance, rien que de l'ignorance… Quand j'étais gamine, tout un après-midi, alors que ma grand-mère s'entretenait avec le curé d'une ancienne paroisse à l'intérieur de la maison, Claude-François m'avait fait croire qu'il ne me voyait pas, qu'il ne m'entendait plus, que j'avais disparu… Sous les longues branches du saule que le vent faisait tressaillir un peu, du haut de ses cinq ans de plus, il avait défait ma conscience. Jusqu'à ce que j'en braille si fort que Paula déboule dans le jardin. Elle m'avait crié de me taire. J'étais comme morte, hurlante, la vie dans les poumons et quasi en apnée à cause d'une menteuse supercherie… J'avais cru ce que le cousin disait. J'avais écouté Voltaire et exagéré Zadig… Sortir de l'église. Vite. Sortir. Emporter tout que j'y trouve avec moi et sortir de l'église.

Je me demande pour les boutures, quelles fleurs c'étaient.

Paula disait – c'est difficile d'employer le passé pour parler des gens qui sont morts – Paula disait, donc, fréquemment, que le temps est nécessaire et qu'il faut le laisser passer avec obligeance et abnégation. J'essayais d'y croire. Peut-être qu'il faut aussi d'abord éprouver la thèse pour être en mesure de la soutenir. Peut-être que je suis trop jeune… Quoi qu'il en soit, pour un temps indéterminé, j'avais décidé de ne plus travailler à la galerie. Je n'étais plus capable de rien assumer et j'avais, de toute façon, la chance du « congé maternité »…

Gilbert, Gilberte et Jeanne étaient tombés des nues. Je les avais tous supposés au courant, je m'étais trompée… Une fois passé le vacarme de l'annonce, Jeanne avait soutenu ma décision. Le conciliabule s'était réuni dans son appartement autour d'un gigantesque plat de houmous… Gilberte a évoqué le jardin de la maison du Jura et l'emploi d'un éventuel jardinier : « Deux mille mètres carrés, ça ne se coupe pas avec les dents ! » Gilbert a baragouiné que ce n'était pas urgent ; Gilberte a bondi, rétorquant que « si ! ». Gilbert s'est redressé, il a regardé sa mère droit dans les yeux et lui a dit très calmement mais d'un ton ferme : « Non, maman, ce n'est pas urgent. » Gilberte est restée bouche bée. Elle n'a plus rien dit pendant cinq minutes. Jeanne a fait passer les galettes de riz. Je n'étais en mesure de faire aucune démarche constructive. « J'irai ranger après… Je retournerai trier après… » Le gang me regardait avec compassion. C'est le propre des gens aimants. « Certaines souffrances donnent le *la*, montrent le chemin ! » Jeanne semblait convaincue tant elle bougeait les bras et s'agitait comme une poule : « Lorsque j'ai eu ma tumeur, il y a vingt ans, mon corps me parlait… Il me disait : "Tu meurs !"… Et il se trouve que j'étais, dans ma vie, littéralement en train de me laisser mourir… Moi ! » Gilberte jette un œil à Gilbert – « On se remet de tout ! » – avant d'évoquer le concierge de son immeuble qui marche dorénavant trois kilomètres par jour et qui est « refait » alors qu'il y a quelques mois encore « il ne boutonnait même plus son gilet… ».

Il fallait peut-être que je touche le fond pour remonter à la surface et sortir de cette nuit noire. « Qu'est-ce que tu vas faire ? » a demandé Gilbert. « Je vais me débrouiller. » Je préférais les relever de la mission qu'ils n'avaient jamais eue.

Ils m'ont prise dans leurs bras. Je ne savais pas comment j'allais parvenir à surmonter cette phase, mais je voulais terminer ma grossesse sans tutelle, en tâchant de me rasséréner autant que possible… Pacifier. Amadouer. Cajoler. Tout ce qui existait encore à l'intérieur de mon corps. Mon âme… « Même quand il fait jour, même derrière les nuages, il y a toujours les étoiles ! »

Jeanne m'avait préparé une petite pochette en soie bleu électrique, recouverte de paillettes et de constellations, avec à l'intérieur des huiles essentielles pour me tranquilliser et m'aider à dormir. Elle me l'a tendue en essayant de se souvenir du nom d'un oiseau qui avait la particularité de renaître de ses cendres…

Ils étaient deux. Grande Chinoise et petit Chinois, magasin plein d'épices. La main sur le journal. Le journal gratuit de la distribution – sortie de métro. Je me souviens de la main tenant le journal que tout le monde tient, les informations que tout le monde a, puis que tout le monde jette. Petit Chinois compte les abricots secs. La mère compte les pièces et les billets. La mère fait tomber rouleau au sol. Elle ramasse. Petit Chinois mange un abricot sec. Je pose une plaquette de chocolat blanc sur le comptoir. Bruit de caisse. Les doigts tapotent sur les chiffres comme sur les touches d'un accordéon. « *Tss-tss…* » Grande chinoise me rappelle à l'ordre. Pièces données, monnaie rendue. Mort de l'emballage et du packaging. J'imagine la fine pellicule de plastique dans le ventre d'un poisson ou d'une tortue… Les cachalots avalent même des jerricans. Rectangulaires. Carrés. Un, deux, trois. Ce qui se passe dans le corps des cétacés me semble similaire au déroulement des choses sur le globe et dans mon ventre. Chocolat qui fond sur palais. Pendant deux jours, je n'avais pas pu quitter mon lit. Mon bassin semblait s'étirer avec mes organes. J'avais eu la sensation d'être écartelée. Seule une douche brûlante m'avait calmée. Un, deux, trois. Mon ventre était pourtant encore si petit. Comme la Terre. Sucer, mâcher, avaler. Les ordures ont beau être déplacées de pays en pays, rien n'y fait. Les décharges débordent. Embouteillage infernal. Un, deux, trois. Plus aucun moyen de rétablir l'équilibre interne. Un, deux, trois. Douze carrés de chocolat.

Un château en Espagne. Cet endroit ressemble à un château en Espagne. Ça change de l'Italie… Il y a une grande fête, un genre de fête. Dont l'ambiance s'apparente assez à celle du *Grand Meaulnes*. Chapitres 12, 13, 14 et 15. Il y a des chevaux à l'extérieur de la bâtisse ; à l'intérieur, des balustrades et d'étroits escaliers de bois qui mènent à des enfilades de chambres, des bougies, l'odeur de la menthe ou de l'eucalyptus. De longues guirlandes de couleur pendent aux fenêtres, se balancent au souffle du vent. Aucun âne en vue… Un orchestre joue de la musique, des gens dansent. Il y a aussi un piano. Les notes sont sucrées à l'oreille. Le musicien porte une paire de bretelles rouges par-dessus sa chemise blanche… Puis soudain, charabia sonore : les accords sortant de l'instrument s'altèrent. Même le pianiste ne comprend pas, il lève les mains en l'air… « Ceci est un hold-up ! » La mélodie est entêtante ; le tempo, très rapide. Les invités crient, se mettent à courir comme s'il y avait une bombe. Montée en *sol*. Descente en *si*. Les membres de l'orchestre s'enfuient. Ils vont se planquer dans les étages, sous les lits, derrière les armoires… Silence. Plus le moindre bruit. Je me tourne, me retourne, je ne sais plus où je suis. Je tire sur mon index pour être bien sûre que je rêve ; mon doigt se déforme, s'allonge… J'avance, je recule ; je cherche des yeux les grands disparus ; seul le parquet craque sous mes pieds ; seules les flammes crépitent ; il n'y a plus personne, l'Espagne entière est déserte. C'est terrorisant. Je me pince pour ne rien sentir ; je cours comme pour attraper un train, je trébuche… Puis je me réveille. Et là, je me souviens de tout. Tomber de douze étages en moins d'une seconde. Regretter formellement l'Espagne. « Y aurait-il une fête dans cette solitude ? »

Il y a quatre types de suicide selon le sociologue français. Égoïste. Altruiste. Anomique. Fataliste. Celui de Martin relevait du premier type. Défaut d'intégration communautaire. Celui de ma mère, du quatrième. J'avais beau réfléchir, aucune des catégories prédéfinies ne me correspondait réellement. Toutefois, le fil de mes jours prenait un caractère anomique – plus rien ne me tenait, aucun cadre – et mes idées devenaient morbides… La société me semblait trop dure, les être humains trop mauvais… Je n'acceptais plus les invitations de Clara parce que mon ventre était perceptible, alors que c'était la seule que j'avais envie de voir. Je lui avais annoncé le décès de ma grand-mère mais je trouvais toujours un prétexte pour ne pas la croiser. Sombre et lasse, enfermée dans ma cachotterie. Il y a le mot « cachot » dans « cachotterie ». Cachot, cage, cellule, capsule, couverture, cachette, camouflage, caveau, capeau… A contrario, Julien savait tout du bébé mais rien du décès de Paula. Utiliser le tsunami familial pour l'atteindre me semblait la pire des options… Je me prenais en pleine face mes déboires, mes erreurs, mon histoire, celle de ma famille, des générations qui précèdent, de l'humanité tout entière et je ne voyais plus rien…

Comme la famille d'Anir. Alors, j'ai téléphoné à Anir. Et c'est grâce à lui que je me suis relevée. Il m'a sauvée et j'ai béni le regroupement familial… Je lui avais fait promettre de ne surtout rien dire à Clara. C'était moche, mais je n'avais pas le choix. « On a toujours le choix. » Dixit Paula. Ma grand-mère affirmait fréquemment ce qui l'arrangeait. Disons, alors, que c'était pour préserver Clara. « La lâcheté est l'apanage des faibles, des mirliflores et des avortons. » J'étais franchement faiblarde et dans un sale état. « Eh oui, la vie n'est pas une partie de rigolade, c'est Dieu qui l'a voulu ! »…

Anir m'avait rendu visite à plusieurs reprises. Le dernier soir, lorsqu'il avait déboulé chez moi avec sa sœur, Louna avait chanté l'immortelle berceuse… Il avait insisté, alors elle avait obéi. Jeanne m'avait donné de l'huile essentielle d'hélichryse. L'assemblage fonctionnait. La fleur italienne me relaxait et je voyais les lettres arabes défiler tandis que Louna fredonnait. Sa voix était claire, d'une beauté déconcertante… Je portais un enfant et j'étais telle une enfant auprès de cette femme qui me faisait penser à ma mère sur les photographies. On allait mieux rien qu'à la regarder tant elle racontait le miracle de la création et le cœur qui bat. Ses yeux étaient verts, sa peau mate, ses cheveux raides et noirs comme ceux de Cléopâtre. J'étais réconfortée par une reine. Louna, en arabe, ça veut dire « celle qui console ». Après la douleur d'Anir, elle se retrouvait à calmer les peines d'une inconnue et le faisait volontiers. Par amour. Pour son frère. Pour la vie. Pour le monde.

Lorsque Julien m'embrassait, il m'emplissait d'un amour ineffable. Cet amour que l'on porte aux enfants. Ou plutôt que les enfants nous portent, et que nous leur rendons sans réfléchir. J'avais eu la sensation, à la crèche, en observant les adultes face à leur progéniture, que c'était cet amour-là qui les rendait accros, fous. Cette énergie pure et simple… Je crois que la bouche de Julien m'avait reconnectée à l'amour originel que j'avais sans doute oublié pour ne pas m'effondrer de souffrance. Je crois que je n'avais plus connu cet amour-là depuis mes sept ans…

La rue semble calme. La petite rue de la Paix. C'était l'ancien nom de la rue Carcel. Ce que le contraste peut parfois être nauséabond entre le bleu du ciel et les mines personnelles qui fracassent intérieurement. Je m'étais postée devant le numéro 17. La double porte de bois me disait vaguement quelque chose. Harald m'avait parlé de « la perception imaginative », une forme d'intuition que Platon décrivait comme « la saisie immédiate de la vérité par l'âme indépendamment du corps ». J'essayais de m'en servir, de me figurer les pompiers soulevant le corps de ma mère sur le goudron… Pourquoi maman avait-elle sauté par la fenêtre ? Comme si elle était liée à mon père, telle une sœur à son frère siamois, par le cœur, par les veines, par le cerveau… Comme si mon père lui était vital. Au sens propre. Et si l'inverse s'était passé ? Si le camion avait heurté ma mère ? La vie est une succession de considérations. Souvent inutiles, parfois habiles. On ne fait pas toujours le tri. J'essayais de m'imaginer grandissant avec mon père suite au décès de ma mère… Je ne pouvais pas savoir ce qu'il aurait fait, lui, mon père, dans ces circonstances. Je savais ce qu'elle avait fait, elle, ce qu'elle avait choisi de faire, cette décision qui la déterminait, en propre et réellement dans son existence puisqu'elle l'avait prise. C'était la douleur la plus infâme que j'avais jamais éprouvée. Ce choix de ma mère. Ce chemin, cette option, cette alternative… Le seul exemple équivalent que j'avais trouvé dans l'histoire, c'était celui de Porcia, une femme de la Rome antique : elle s'était suicidée en avalant des charbons ardents lorsqu'elle avait appris la mort de son mari Brutus…

Alors ? D'où vient que la femme qui était ma mère – lâchement à mes yeux, bien que fidèlement aux siens sans doute – a délibérément sauté par la fenêtre de notre appartement ? D'où part la chute ? Où s'engage-t-elle, cette chute, libre et consciente ? Chut. Je cherche… J'essaie de poser le problème de façon à permettre sa résolution… Je ne veux pas reproduire le schéma… Il était hors de question que je sois à mon tour dépendante d'un homme au point de lui donner ma vie. Ni non plus dépendante d'un Dieu au point de lui donner ma vie. Je ne voulais ressembler ni à ma mère, ni à Martin… Et lorsque je pensais à mon grand-père parti au Vietnam, je ne voulais pas non plus lui ressembler… Je veux demeurer libre. Être exclusivement en moi-même Dieu et esclave. Régner sur le royaume de mon corps, siéger à la chaire de mon esprit. Être strictement responsable, respecter le monde comme moi-même et n'emmerder personne.

Il y a une fête dans la solitude. La solitude en elle-même est une fête. J'ai traversé l'adolescence et ce dont je me souviens de mon enfance de façon assez solitaire ; mais la plupart du temps, j'étais satisfaite. Pas satisfaite à proprement parler. Bien. À l'aise… Ce que la peur sait être puissante pour brouiller les pistes ! On ne distingue plus rien. Seule la crainte se dévergonde, le discernement disparaît sous un brouillard épais… À l'opposé de l'illusion, la réalité : « Il y a bien une fête dans cette solitude ! » Je parle toute seule dans le jardin du Royal Palais. Dans le jardin royal du Palais. Les colonnes se taisent, accueillent les mains des enfants qui jouent à saute-mouton avec elles… Buren les a conçues à la bonne hauteur. Moi aussi, j'aimerais de nouveau sauter un mouton… J'entends l'accordéon… La valse. Depuis hier soir. Sans arrêt… Faire avec ce qui est. Siffler. Siffloter… Penser à la formidable capacité d'adaptation des cloportes tout en respirant à la façon d'Eugène. Lentement. Ma grand-mère est morte. Accueillir le présent. Accepter… Anir m'a répété deux fois : « N'importe quel événement, toutes les situations, c'est comme un couteau : soit tu décides de l'attraper par la lame, soit tu décides de l'attraper par le manche… » Les colonnes se taisent. Les enfants sautent. Je parle toute seule. Ni avec les enfants, ni avec les colonnes. Peut-être au chien qui est en haut. Se dire qu'on parle au chien sur un air d'accordéon… « Tout va bien. » Parler haut, voir clair… Grâce à Anir et à force d'écrire, je m'observe différemment… Il y a deux présences en moi-même : une première instinctive, et une seconde beaucoup plus calme, sage, qui contemple la première tendrement et paraît prendre la mesure de la situation avec une grande justesse… Comme si, depuis ce poste d'observation, tout semblait plus simple… « La solitude est le terreau des plus grandes pensées pour passer à l'action ! » Répéter ce qu'affirmait ma grand-mère. Parler haut, voir clair. Choisir des mots et résonner avec. Fléchir les idées et considérer des hypothèses. Penser à la lettre *from California* qu'il y a dans la poche de ma veste…

Une jolie statuette de bronze. Drouot. Sept mille euros. Cheveux dans les yeux ou mal mis sur l'oreille et la main qui y va. L'index lisse la mèche, le commissaire-priseur prend le geste pour une enchère. Personne ne dit rien. Moi non plus. « Adjugé, vendu ! Au fond, à la jeune fille en bleu. » Il a dit « adjugé ». Tétanie sous chemisier. Les battements de mon cœur retentissent derrière le pendentif de mon collier. Jeune femme à moitié nue, belle et de bronze, acquise par jeune fille paumée, en cloque, de marbre, et d'un seul coup ruinée. *Phryné*. C'était le nom de la statuette à patine brune et haute d'un peu plus de 40 centimètres que je venais d'acquérir malgré moi. Circa 1840. La pièce datait du XIXe siècle – comme le bijou de Paula. Le sculpteur s'appelait James Pradier. Fin de la vente, fin de la séance. Récupération du lot. Sortir sa CB, payer, montrer une pièce d'identité, puis fourrer la statuette et le certificat d'authenticité dans son sac… Je n'avais même pas eu l'idée de m'excuser ou de faire une réclamation… « Tout est parfait », dit Anir. Je me suis perdue dans les couloirs qui desservent les salles des ventes…

Dehors, le ciel grogne. Il y a des tourbillons qui sont de vraies tornades. Envie d'appeler Eugène et de lui montrer l'objet. Le bronze est froid sous ma main. Les bras fins de la courtisane grecque, dessus son drapé, s'arrangent sous ma paume. Je sens ses coudes passer entre mes doigts. Je marche. Toujours avec l'envie d'appeler Eugène pour lui raconter… J'imagine la voix d'Eugène me révéler qu'on surnomme Pradier « le dernier des Grecs », que le sculpteur sait mêler la sensualité à l'harmonie des proportions, que le détail de la toge que revêt Phryné est d'une grande minutie… J'imagine Eugène aller bien et tout savoir… Puis d'un seul coup, j'ai eu faim. Mon corps me joue de ces tours… S'asseoir en terrasse. Commander une margarita. « Avec beaucoup d'huile pimentée, s'il vous plaît. » Pas assez de piment, c'est vrai. En rajouter. Sortir tous les carnets que j'ai dans mon sac et les disposer sur la table comme des galets. La simple idée de l'huile pimentée me met l'eau à la bouche. J'ai des envies bizarres… Celle d'écrire. Encore celle d'appeler Eugène. Celle aussi d'aller aux toilettes. Et celle de me laver les mains, surtout, avant de manger. Passer la porte, pénétrer dans la salle du restaurant, observer le grand four en pierre d'où sortent les pizzas, zieuter la pâte qui vole au-dessus des mains du cuistot, avoir envie de jongler, descendre au sous-sol vers les sanitaires qui sont sous la terre, s'enfermer à clé. Absence de papier hygiénique. Penser au dernier mouchoir d'Harald comme unique rempart aux désarrois de la cuvette. L'affaire est dans le sac. Je n'ai pas pris mon sac. Remonter l'escalier, passer la porte, retrouver la table et la margarita déposée à côté des carnets. Ne pas retrouver le sac. Plus de sac. Volé. Avec la statuette et le dernier kleenex d'Harald. Je n'ai pas même crié. À peine regardé pour voir qui s'enfuyait. Deux individus couraient vers la bouche du métro. Je serrais, comme un talisman, le carnet de bal de Paula que j'avais encore autour du cou. Mes yeux ont perdu de vue les coupables tandis que mes doigts ouvraient et refermaient nerveusement le bijou… Je suis allée voir le serveur pour lui dire qu'on m'avait chapardé mon sac. Il a appelé le patron du restaurant. C'était un gros moustachu qui avait dû manger beaucoup de pizzas. Il a dit que c'était le quatrième vol du mois, qu'ils couraient très vite et qu'ils s'engouffraient dans le métro, que la délinquance augmentait, qu'il fallait aller voir la police, porter plainte et voter à l'extrême de la droite, mais qu'il m'offrait la margarita si par hasard j'avais toujours faim. J'avais toujours faim. J'ai mangé la margarita.

Est-ce qu'il y a du sucre dans un cheeseburger ? Oui, il y a du sucre dans un cheeseburger ! Peut-être que je vais devenir accro aux cheeseburgers à force d'en avaler… *Fuck. Are you serious ?!* Je ne peux décemment pas évoquer les cheeseburgers ici, à cet endroit, ça n'a pas de sens… Carnet fourre-tout à motifs. Il est préférable de parler cheeseburgers dans le carnet fourre-tout à motifs. Celui qu'il est difficile de finir car Martin va mourir. Martin doit mourir dans le carnet fourre-tout à motifs… Il faut que j'enterre Martin… Je n'ai pas envie d'enterrer Martin.

Plus un rond. Plus un radis. Plus une tune, rien, nada. Mon sac et la statuette étant restés à disposition, aucune assurance ne prenait en charge le sinistre. Je ne savais pas quand je toucherais l'argent de Paula… Aussi, j'étais comme les pays, les entreprises et les ménages : endettée. Et subissant, exactement comme tout le monde, le principe d'opacité sur le détenteur final. C'est-à-dire que je ne savais pas, au bout du bout, à qui je devais réellement l'argent…

Une orange, seule, là, dans la corbeille à fruits. Je regarde l'orange dans la corbeille à fruits. L'orange qui d'un seul coup reprend sa place au pied du sapin. Paula m'avait raconté que c'était le cadeau qu'elle recevait le 25 décembre quand elle était petite, au pied de l'arbre ou dans le fond de longues chaussettes rouges pendues au-dessus de la cheminée… Je regarde l'orange dans la corbeille à fruits. L'orange qui trône, pareille à un trésor, qui brille à la manière de l'or… À croire que c'était Noël et pourtant ressentir l'envie dévorante de jouer au loto… J'ai imaginé les courses de chevaux, les jeux à gratter. J'ai rêvé de partir à Deauville pour m'enterrer deux jours dans un casino en priant pour que le fantôme de Martin, qui forcément devait traîner par là, tripote les hanches des croupiers et détourne leur attention… Un 8 août, à huit heures du matin, pour huit millions d'anciens francs, après avoir justement misé sur le 8 au casino de Deauville, Françoise Sagan avait tant gagné en jouant qu'elle avait pu s'offrir un immense manoir près de Honfleur… Je n'avais même plus suffisamment d'argent pour me payer un de ses livres. Et puis, nous étions le 27… Alors, finalement, j'ai passé un coup de fil à Harald.

« On ne peut pas plaire à tout le monde. On ne peut pas, dit Harald. Il y a des gens qui vous détestent, qui détestent votre jeu, votre voix. Il y a des gens qui vous détestent. Ce n'est pas grave. » Harald dit que ce n'est pas grave. Tant pis s'il y a des gens qui le détestent. Ce qui est important, c'est que ce soit vraiment lui qu'on déteste, pas un autre. « Ce qui compte c'est d'être soi, entièrement. » J'avais passé un coup de fil à Harald et il s'extasiait sur le fait de parvenir à se recentrer. Je l'ai coupé, je lui ai dit que je voulais partir aux États-Unis pour aller voir Dan. Que c'était mon choix et que personne n'aurait rien à y redire. Harald m'a filé un rancard dans un café. J'ai enfilé un poncho mexicain qui dissimulait si bien ma taille qu'on n'y voyait que du feu ; et de nouveau, je me suis retrouvée dans un western…

L'acteur a sorti une liasse de billets de la poche centrale de son K-way et l'a avancée sur la table. Il me faisait un prêt ou un don, comme je voulais. Avant même que j'en parle, Harald avait flairé la détérioration de mes finances, pressenti l'histoire de la statuette et avancé l'argent. « Comment t'as deviné ? » « Je le savais ! À la voix, juste à la voix ! Ça s'appelle le balayage superficiel… C'est une autre forme d'intuition… » Je n'avais aucune idée de ce qu'il décrivait, mais j'ai regardé Harald droit dans les yeux pour lui promettre, juré, craché – avec glaires, glaviot et mollard –, que je lui rendrais la somme « jusqu'au dernier dollar ». Et j'ai eu le cran de prendre les billets. Je précise que j'ai eu le cran parce que, parfois, il faut du cran pour accepter ce que d'autres nous offrent, pour aller jusqu'à tendre la main sur le marbre de la table d'un bistrot et prendre des billets. « Merci… » Grâce à Harald, je pouvais m'offrir un vol, un aller simple, et garder tout le reste pour là-bas…

Cependant, pareil à certains producteurs dont il me parlait quelquefois, Harald tenait quelque peu à transformer l'histoire parce qu'il y mettait de l'oseille. En l'occurrence, il soutenait qu'il valait mieux que j'y aille en voiture, ou en bateau, comme je voulais, mais que ce ne soit pas la simplicité même… Ses mots : « Pas la simplicité même. » Pour que je me rende bien compte du chemin qu'il fallait faire pour arriver en Amérique et que j'aie vraiment l'impression de me ruer vers l'or. Harald se prend pour James Dean. « Et puis, c'est bon pour la santé de voyager, t'es encore jeune et les voyages forment la… » Je l'ai regardé de travers, j'avais l'impression d'avoir cent ans. « Ça permet de prendre de la hauteur, de changer de point de vue… » Les mots d'Anir me sont revenus tandis qu'Harald se levait avec fracas en parlant de plus en plus fort : « C'est une question de vie ou de mort ! »… L'acteur se croyait dans un film ; il était fanatisé d'excursions, de périples et de traversées, mais travaillait tellement ces temps-ci qu'il semblait frustré d'escapades. J'ai fini par sourire. « En camion ! » « Hein ? » Je pensais qu'il me racontait des bourres, qu'il me bourrait le mou. Mais non. Harald s'est exclamé : « En camion ! », « On s'en fout ! » et « Il faut que l'acte compte ! » Sur le coup, j'ai eu la sensation que, même s'il ne comprenait rien à la situation, il avait raison… « Il faut agir ! Si t'agis pas, t'es morte ! » Le comédien s'était vaillamment emparé de sa chaise qu'il soulevait à la manière d'un trophée : « Pensées, paroles, actes ! Choisir ce que tu penses, assumer ce que tu dis, déterminer ce que tu fais ! La liberté ne se subit pas, elle s'assume ! » ; puis, prenant par le nez une grande inspiration : « Et ça s'hume ! » Harald ressemblait à un corsaire. Son discours avait duré le temps qu'il avait fallu à la serveuse pour venir le rabrouer. Un peu moins d'une minute. L'acteur s'est rassis, les joues rouges et le sourire aux lèvres… Je lui ai dit que je garderai l'argent en espèces. Si je le mettais sur mon compte, cela ne ferait qu'amoindrir le négatif d'une somme, alors j'ai précisé que je garderais l'argent en espèces. Malaise de celui qui emprunte. « Il faut faire des économies. » Paula. « Et tenir ses comptes. » Paula. « Et savoir ce que tu fais de ton argent. » Paula. Ne pas écouter, n'y plus penser, ne pas avoir de regrets et faire avec ce que j'ai. « Je garderai l'argent en espèces. Je le planquerai bien, je ferai attention à mon sac, je ne me le ferai pas voler. »

Je me demandais où avait atterri la statuette, la petite statuette de bronze, celle que j'avais achetée. *Phryné.* Je me demandais dans quelles mains elle était tombée, à qui elle était revenue… Je ne le saurai jamais. Je ne la reverrai jamais. A priori, je ne la reverrai plus jamais… J'espérais revoir Harald. Au moins pour lui rendre ses billets. Et que Dan dise « oui », que Dan signe une décharge ou quelque chose, pour n'avoir pas rêvé Musset et que l'enfant ait un père… J'avais l'impression de sauter à l'élastique. Je n'ai jamais sauté à l'élastique… Si je saute, si j'y vais, si mes pieds décollent du sol, mais que je ne m'arrête pas de tomber ? Ou que l'attirail lâche ? Si, si… La frousse de ne pas savoir ce qui va se passer après. Ignorer absolument tout de ce qui va se passer après. Après que les pieds ont décollé.

On ne sait jamais exactement ce qui va arriver… C'est la vie. Il faut apprendre à tolérer l'incertitude, s'en faire une amie… À l'heure où j'écris, nous sommes le 31 juillet, il fait extrêmement chaud et je viens de monter six étages à pied… Quelle idée ! Il est inutile de tout vouloir contrôler, néanmoins il peut être salvateur d'anticiper un peu. Je ne sais pas comment je vais redescendre… Ni s'il faisait aussi chaud en 1944… C'est le 31 juillet 1944, lors d'une mission de reconnaissance au large de Marseille, qu'Antoine de

Saint-Exupéry a disparu. Il ne devait pourtant pas s'attendre à en finir ce jour-là. Il devait être prêt à en découdre, mais pas à en finir. Ma mère non plus n'avait pas dû se réveiller un 29 février en se disant que c'était son dernier matin. Ni mon père, d'ailleurs. Ni Martin. Ni Paula. Ni personne. Les débris de l'avion de l'écrivain, un *Lightning P-38*, ont été retrouvés à plus de 70 mètres de profondeur en l'an 2000. Plus de soixante-cinq ans après… Je savais bien que cette date me disait quelque chose.

« Carte d'identité sur soi, passeport dans tiroir. » Merci Paula. Avec le visa que je venais d'imprimer, je pouvais partir dès le lendemain. Passer voir Eugène dans son atelier rue de Surène : idée dernière d'avant départ. Pour lui montrer, à défaut de la statuette, l'arrondi du ventre, qui enfle légèrement le coton de mon chemisier, et lui parler, à défaut de Pradier, de Dan et des États-Unis…

Quand je suis arrivée, Eugène fumait de l'herbe. J'avais senti l'odeur rien qu'en traversant la cour. Le joint qu'il avait dans la bouche était énorme, à peine conique. Je n'ai pas raconté la misère, simplement annoncé le départ pour le lendemain. « C'est bien… » Eugène a dit que c'était bien sans même demander pourquoi, comme ça. Sûrement parce qu'il avait les yeux rouges, des excès d'euphorie, et l'inconsidération de tout ce qui n'était pas lui… Alors, comme ça, aussi, je lui ai demandé de me dessiner. « Pour signifier le bout du bout de la phase qui se termine. »

Eugène n'avait pas fait un trait depuis qu'il avait arrêté les injections, pas une trace depuis qu'il avait arrêté la dope. Je le savais. Mais je lui ai demandé quand même. Sans vouloir me rappeler que c'était tabou, avec le même dédain que lui quand j'avais prononcé le mot « Californie ». Eugène a hésité à relever le défi. « Putain, je suis pas en forme aujourd'hui… » ; « Arrête de dire ce mot, Eugène ! » Je devais avoir de l'arrogance plein les yeux. Les siens s'en sont remplis… « Bon, okay, okay… Mais c'est vraiment parce que c'est toi… » Il m'a dit de me mettre à l'aise. Je me suis mise à l'aise : j'ai juste gardé ma culotte, mon collier et mes tennis. À poil, sur le canapé, en toile blanche à lacets. J'ai regardé mon ventre. Sept mois de grossesse incognito. Presque. Quasiment. Il allait forcément naître petit… Eugène s'affairait, faisait des allers-retours d'un bout à l'autre de l'atelier, puis déposait tout ce qu'il allait chercher devant le canapé. Lorsqu'il passait près de moi, je l'entendais respirer. Vite. Fort. Pouffant parfois de nervosité parce qu'il allait peindre et que j'étais à moitié nue. Je m'en fichais. J'avais l'impression d'être hors d'atteinte. Le rire nerveux d'Eugène m'éclatait comme si j'étais la bille d'un flipper, mais je m'en fichais. Le matériel s'amassait. Le peintre a fini par s'asseoir maladroitement devant moi, sur les dix mètres carrés de parquet qu'il y avait autour du canapé, à moitié en tailleur, à moitié affalé. Il a tiré sur le rouleau de papier qu'il avait déposé à mes pieds et saisi le premier fusain qui s'est présenté, approché la mine de la feuille, respiré. Sa main crispait son corps entier. L'artiste a vacillé, lâché le fusain, puis l'a regardé rouler jusqu'à ce qu'il disparaisse sous le canapé. Il a soufflé, attrapé un crayon : 9B, bien gras, mal taillé. Il s'est lancé, a gribouillé trois traits. Raté. Je m'en fichais. Je me fichais de tout comme de l'an quarante ; je fredonnais en regardant la soupente… Eugène a changé de support, essayé de poinçonner les contours de mon ventre sur de l'ardoise. De toute façon, ce n'était pas le mien ; c'était celui de Martin. Celui de Martin et de ses cheveux longs, celui de Martin et de ses cheveux blonds… Je fredonnais la musique de l'accordéon pour essayer de la faire fuir, tandis qu'Eugène abandonnait déjà les clou et marteau dont il avait semblé vouloir se servir. Il est revenu à la rame. Il a choisi un autre crayon, plus gras encore, 12B, et dupliqué mon corps sans hardiesse, avec la gaucherie d'un chirurgien qui n'a pas exercé depuis dix ans. La tension montait. J'ai demandé à l'artiste de me faire « une tignasse jaune qui descende jusque sur mes godasses ». Coup de pied. Eugène a gloussé. J'ai posé la main sur mon ventre. En sept mois, c'était la première fois. La première fois que je ressentais ça. Eugène s'est levé, il est allé chercher des pastels et un marqueur. Il a contouré mes traits sur le papier, on aurait dit l'empreinte d'un corps tombé devenu cadavre et nécessiteux d'enquête. Ma mère est arrivée dans ma tête. Eugène ricanait. Il a demandé : « Pour les cheveux, jaune d'or ou jaune poussin ? » « Comme tu veux. » Eugène a commencé à mélanger la graisse des couleurs au synthétique de l'encre. Le noir bavait sur le jaune. Je pensais à Dorian Gray. À l'agression du reflet, à l'image renvoyée. Je voulais retirer l'ordre de la tignasse. Je me suis redressée. Eugène rajoutait du jaune à tout-va, il appuyait tellement sur le dessin que le papier se froissait. Coup de pied. Le bâtonnet s'écrasait. Coup de pied. « Enlève les cheveux s'il te plaît ! » Coup de pied. « Je peux pas gommer… » Coup de pied. « Tu peux pas effacer ? » Coup de pied. Coup de pied. Coup de pied. « ARRÊTE ! » J'ai hurlé au bébé d'arrêter. Eugène a stoppé net. Il s'est mis à chialer. On avait dépassé le stade de la convention depuis un bon moment et je me suis précipitée pour le prendre dans mes bras. Eugène a plaqué mon buste contre le sien, du plus fort qu'il pouvait. L'enfant s'est calmé. Le ventre d'Eugène devait probablement le masser. Il y a des techniques pour que le père masse l'enfant au travers du ventre de la mère pendant la grossesse. Les sanglots du peintre tombaient sur mon épaule et glissaient sur mon flanc. Je me suis mise à serrer Eugène comme je n'avais jamais serré personne. Il n'y avait jamais eu que Macadam que j'embrassais comme ça. J'ai senti une légère caresse me venir de l'intérieur. Et des picotements dans mon nez… On est resté ainsi, figé comme au musée Grévin, pendant quasiment le temps qu'il faut pour en faire la visite…

Lorsque nous nous sommes enfin séparés, le ciel avait foncé. « Bordel… Tu m'as encore vu pleurer… » Eugène a appuyé sur l'interrupteur et sorti une bouteille de vin pour se faire pardonner. Du rouge. Pour s'accorder avec ses yeux, qui avaient séché mais qui gardaient, à la manière des nuages, la teinte de l'averse. J'avais remis mon chemisier, entouré mes jambes du plaid gris qui traînait à dos de canapé. Eugène nous a servi du bordeaux. Château Latour Pauillac. 1990. Je n'étais même pas née. Cabernet sauvignon, merlot. Juste un verre. Juste un fond. Du pain et du caviar. Eugène s'attachait à ne plus manger que des bonnes choses pour oublier toutes les mauvaises qu'il avait ingérées. D'où les œufs de poisson et le millésime de la bouteille. On s'est goinfrés d'ovocytes en buvant du pinard. Nous nous sommes goinfrés. C'était bon. Les émotions creusent. Les acteurs doivent sans doute manger plus que les autres. Je demanderai à Harald en rentrant… Tandis qu'Eugène débarrassait, je me suis excusée en regardant du côté de mon nombril. Pour les cépages et pour le dessin. Je me suis excusée. Eugène a lavé ses mains, chiffonné ses premiers essais, remis un peu d'ordre et enlevé son pull-over. Il s'est rassis, il a regardé dans mes yeux, tourné la page, repris ses instruments et recommencé.

La lumière naturelle avait disparu, la nuit était tombée. Une lampe, au travers des filaments d'un vieil abat-jour, vieillissait les circonstances. Sépia. Quelques miettes picotaient mes fesses… Comme par enchantement, la main d'Eugène, tête baissée, a foncé sans plus s'occuper de rien d'autre que des mouvements qu'elle exécutait. La main d'Eugène calquait les clavicules, copiait les coudes, contrefaisait mon corps sur le papier… Sa main dessinait. Pendant des mois, Eugène avait dû se regarder faire, et là, maintenant, enfin, il s'oubliait. J'ai pensé à Martin quand il jouait. J'ai entendu Bach et Tchaïkovski. Je regardais les phalanges du plasticien s'agiter… Je me suis prise pour de la drogue… On aurait dit qu'il s'en était trouvé une autre d'héroïne, au ventre gros et au drame menstruel, assise là, sur le velours cramoisi et usé de son canapé rouge sang. Eugène était en train d'accoucher d'un portrait plus ou moins expressionniste comme j'allais bientôt faire un môme… Il l'a agrafé au mur, jurant haut et fort qu'il dessinerait la suite. « Une série, tu vois… Un triptyque… » Ensuite, Eugène m'a dit de partir où j'avais envie. « Vas-y. » Puis il m'a dit de revenir aussi, de ne pas y rester, de faire ce qu'il y avait à faire et de me casser. Il a ajouté que si je voulais, il pouvait assumer la paternité tout aussi bien qu'un Américain – mais qu'il comprenait : « Si t'as besoin de l'Atlantique pour t'éclaircir les idées, faut y aller… »

SEPTIÈME CARNET
(bleu outremer, feuilles agrafées)

Débuté le 9 juin 2019
Latitude : 48.952988 ; longitude : – 30.492178.

Terminé le 21 juillet 2019
Les pieds dans l'eau, au bord du canal Saint-Martin.

Nombre de pages : 54

« C'est un temps à faire des gosses », avait dit Sylvain. Il pleuvait comme vache qui pisse et d'après lui, c'était « un temps à faire des gosses ». Il était deux heures du matin. J'étais montée pile au bon moment. Juste avant que l'orage éclate. La route nationale des Yvelines se devinait à peine derrière le pare-brise, au passage des essuie-glaces… J'ai imaginé un millier de couples en train de forniquer sous le bruit de l'eau… Il n'avait pas plu le soir où Martin m'avait légué un peu de vie. Avance empoisonnée sur héritage, sans pluie, au sec. D'ailleurs, il n'était pas question d'héritage, ni d'avance, juste d'un genre de donation… On se trimbale de ces casseroles… Je crois que si mon père était mort dans un accident d'avion, je n'aurais plus voulu en prendre. Je n'aimais pas les camions. Les poids lourds. Je trouvais ces engins comminatoires. J'étais rancunière. Et jusqu'au dernier moment, jusqu'à la dernière minute, j'avais tenu bon : il était hors de question que j'aille à San Francisco en camion ! Il n'y a bien qu'Harald pour avoir des idées pareilles… Harald est fou. Quand Eugène avait fêté son départ avec trois tonnes de cocaïne dans le pif, Harald s'était quand même fait un point rouge entre les deux yeux et il avait passé son temps à déambuler dans l'atelier avec des bâtons d'encens. Je me souviens qu'il en avait apporté un stock énorme qu'il épuisait au rythme des coupes de champagne qu'il s'enfilait, le nez bien blanc et les joues rouges. Avec son K-way bleu vif... Et ses tifs, qu'il avait tressés « comme ceux du fils de dame Gautami », le fondateur du bouddhisme, parce qu'en septembre, Harald s'essayait à ce courant-là... Il avait fini la tête dans la cuvette des chiottes. On n'a jamais su si c'était le champagne ou la fumée des bâtonnets qui l'avait fait gerber. Alors, autant dire que Paris–San Francisco en camion, la cale d'un bateau et le lever de pouce, autant dire qu'au début, je ne l'avais pas vraiment pris au sérieux.

À cause des camions et du père dégommé, j'avais mis une option sur les voitures. Seulement, passé Le Vésinet, elles ne s'arrêtaient plus. J'avais fait Paris–Sèvres en BMW, Sèvres-Fontenay en Saab, maintenant je tendais le pouce. Pourtant, je faisais des sourires comme pour dire le nom de la galerie. Pouce, sourire. Pouce, sourire. Pouce. Pouce. Routiers. Tant pis. Il faut faire des concessions. Il n'y a que les imbéciles qui ne changent pas d'avis... S'il y a bien une phrase que Paula ne disait jamais, c'était celle-ci. Ma grand-mère restait toujours campée sur ses positions. Évoluer. Changer. Remettre en question. Très peu pour elle. Je m'étais fait la réflexion en choisissant ses vêtements pour le cercueil. Les pompes funèbres m'avaient demandé de déposer des habits le jour précédant la cérémonie, et alors même que je m'étais juré de ne jamais rien choisir pour un mort, j'avais choisi... On m'avait remis tous les bijoux de ma grand-mère dans une poche en plastique. J'avais demandé à ce qu'on lui laisse sa médaille miraculeuse et ses bracelets. J'avais juste gardé une fine chaîne d'argent pour y passer le pendentif qu'elle m'avait offert un mois auparavant et qu'enfin j'allais pouvoir porter…

Originaire de Carcassonne, le premier routier s'appelait donc Sylvain. Au bout de deux heures, je lui répondais avec l'accent du Sud. Il n'allait pas du tout aux États-Unis, mais il avait un album photo de ses lévriers, plastifié et planqué sous le siège passager. L'un de ses chiens avait sauvé une petite fille lors des inondations de septembre. Lorsqu'il était tombé « l'équivalent de deux mois de pluie en six heures ». Le chien de Sylvain avait sauvé quelqu'un. Paris–Le Mans en mode canin. C'était bien. J'ai compris que la vie était ce qu'on décidait d'en faire. Sylvain, c'était les chiens ; moi, c'était rien.

Il m'a déposée sur le bord de la route départementale 147. J'ai marché. J'avais une envie folle de café et de croissants au beurre. Il était cinq heures. Mon pouce tremblait d'impatience. Mais rien. Pas un routard, quelques rares voitures qui ne s'arrêtaient pas. Je croisais les doigts pour un poids lourd. Cinquante minutes dans le vent. Il n'y a que des rillettes au Mans. J'ai tergiversé dix minutes, un quart d'heure, une demi-heure, toute seule, à propos de la charcuterie… Je mange de la viande ; pourtant, je trouve immonde la façon dont sont traités les animaux. Je rêve d'un Paris où l'on circulerait encore à cheval, je rêve d'une cohabitation digne de ce nom entre les êtres vivants, à peau, à poil, à cornes et à écailles. Quel prix cela coûte-t-il d'être cohérent ? Faire le lien entre l'animal mort et son assiette. Si je ne suis pas capable de tuer un lapin, je ne mange pas de lapin. C'est peut-être ainsi qu'il faut raisonner pour être responsable… Et même si j'arrive à tuer le lapin, le goût du lapin – même à la moutarde – mérite-t-il la douleur du lapin ? Est-ce qu'on absorbe sa souffrance en l'ingurgitant ? Au bout d'un moment, avec mon gros sac et mes réflexions à la con, je transpirais comme un cochon. Sauf que « le cochon ne possède pas de glandes sudoripares, donc il n'élimine aucune toxine via la transpiration ». C'est ce que m'avait expliqué Jeanne lorsqu'elle avait décidé d'arrêter le jambon. Mon ancienne logeuse affirme que « Chaque aliment est doté d'une énergie susceptible de nous vider ou de nous remplir. Donc il faut bien choisir ce qu'on avale ». Porc mort. Lapin mort. Poule morte. Vache morte. Mouton mort. Dinde morte. Canard mort. Cerf mort. Sanglier mort…

Tandis que je passais de la terrine à la mortadelle en faisant le compte du courage qu'il me faudrait pour les tuer tous, un gros cylindré est sorti de nulle part. J'ai levé le pouce, puis le bras. Le type a freiné, s'est arrêté. C'était Roger. Il m'a demandé où j'allais. « États-Unis ». « C'est parti, chérie !… »

Coup de bol extraordinaire ou coup du destin, Roger n'était pas qu'un simple routier. Il était commissionnaire. Car il sous-traitait plus de 15 % de son volume d'affaires. C'est pour ça qu'il traversait l'Atlantique. Il organisait et faisait exécuter en son nom et sous sa responsabilité, « conformément à l'article L.132.1 du Code de commerce, selon les voies et moyens de son choix, des opérations qui lui étaient confiées dans le cadre d'un contrat qui portait sur la marchandise». Je me faisais atrocement penser à la SDF polonaise. Mis à part les papiers en règle, c'était la même chose. J'avais bien fait de penser aux andouillettes et au cervelas quarante-cinq minutes auparavant : je me retrouvais avec un porc entier au volant ! Aussi, directement, par-dessus le bruit du moteur et sans passer par les réseaux sociaux, je lui ai balancé toute la vérité... Je lui ai dit que j'étais enceinte, que ça ne se voyait quasiment pas mais que ça faisait presque sept mois, que le père était mort, que j'allais aux États-Unis justement pour lui en trouver un autre, que je prenais sur moi parce que mon père à moi s'était fait buter par un camion, que c'était une idée d'Harald, qu'il n'y avait qu'Harald pour avoir des idées pareilles, que j'avais levé le petit doigt à Drouot, que deux blaireaux m'avaient piqué mon sac à la terrasse d'une pizzeria, que ma grand-mère n'était pas enterrée avec son mari, que j'avais le mal de mer en voiture, que Clara était sourde, que les Polonaises se faisaient peut-être tringler dans des fourgonnettes mais que les mœurs étaient en train de changer à cause d'un producteur américain, que plus jamais je ne laisserais un type me reluquer le cul dans un bar-PMU, que j'étais bien vivante, que tous les êtres se devaient le respect de manière générale, et que je n'avais pas du tout, mais alors pas du tout, l'intention de lui tailler une pipe ! ... Roger a compris. Plus rien dit jusqu'à midi. Six heures de silence. La route, le péage, l'essence, la route, le péage, le port du Havre, le quai, l'embarquement, les grandes structures métalliques. Pas un mot. Stoïque. J'avais tendu le passeport quand il fallait, le reste du temps je suivais à deux mètres.

Le gros Roger n'a pas bronché avant qu'on ne voie presque plus la terre d'Europe. Il a rouvert la bouche sur le pont du cargo pour me demander si j'avais faim. On a déjeuné comme tout le monde : des saucisses – porc mort – avec du riz et des lentilles. On est remontés sur le pont. Je n'avais jamais pris le bateau. Juste une barque, sur le Dard, la rivière de Baume-les-Messieurs qui jaillit des cascades. Secousses sous les pieds. L'air fouette le visage. L'iode remonte les sinus. Le vent souffle, tamponne la peau, chatouille la nuque et rafraîchit la mémoire… Enrouleurs, cordages. « Orthodromie. » C'est le mot employé pour calculer la distance la plus courte entre Le Havre et New York. Plus de trois mille kilomètres. Autrefois, on disait « à vol d'oiseau ». Le bateau avançait doucement. Le capitaine m'avait parlé d'une trentaine de nœuds à l'heure. Deux fois plus que le nombre de personnes qui composaient l'équipage. Première manche : la Manche. Puis la terre disparaît. 1492 à l'envers. 2941. On en sera où en 2941 ? Cheveux emmêlés dans les yeux. Regarder droit devant depuis le pont d'un bateau remet les idées en place.

On a passé l'après-midi, Roger et moi, assis. Sans m'en rendre compte, en l'engueulant, au petit matin, dans le camion, je m'étais méchamment réconciliée avec Simone de Beauvoir… Plus jamais je ne laisserais les inepties du monde me perturber… Le ciel s'est mis à geindre. L'onde s'est accélérée. Maintenant, le soleil se couche et donne vraiment pour une fois l'impression de faire le tour de la Terre. L'horizon rose est presque rond. Les radeaux s'imaginent. L'eau aussi, le sel, et tout ce qu'il y a en dessous. Les algues. Les poissons. On se demande s'il y a encore des coraux au milieu des pipelines… S'il y a des requins, des dauphins, des orques… Le ciel se fonce de gris. Extérieur nuit. Senteur iodée. Ou le non-rapport qu'il y a entre le vrai air marin et du déodorisant pour WC. Dans la cabine, Roger m'a laissé le matelas. « C'est bon pour ce que j'ai… Les flots masseront mes cervicales… » Je n'ai rien dit, j'ai dormi.

Le lendemain, j'ai interrogé un matelot sur la possibilité d'une deuxième couchette. Le matelot m'a proposé une deuxième cabine. Il n'y avait personne sur ce bateau, seulement des cargaisons, des containers d'acier parallélépipédiques de toutes les couleurs – les mêmes qui servent à acheminer les déchets par la mer de pays en pays – et le camion. Le soir même, Roger et moi, on a fait chambre à part.

Une forme de routine s'est installée. La vie à bord n'était pas très palpitante. Il ne se passait rien. Seul le vent faisait la différence. J'écrivais beaucoup. Je complétais petit à petit tous les carnets que j'avais commencés sans les finir. Je continuais à panser, à penser et à réfléchir. Le soleil scintillait à la surface de l'eau. Le capitaine avait des allures de mage. Il aurait pu s'appeler Noé. Face à lui, j'avais l'impression d'avoir toutes les espèces animales de la planète dans le ventre. L'équipage était aux petits soins avec la jeune fille en cloque. De la cantine, sortaient de douces mélodies des tropiques, tandis que la cuisinière réunionaise me préparait des menus spéciaux, généralement à base de riz, en évitant la viande, en fonction de la météo et de ce qu'elle ressentait. Une fausse couche à quarante ans, c'était son seul rapport à la maternité et la raison pour laquelle elle s'était résolue à quitter son « petit caillou ». Elle disait qu'elle sentait l'âme de l'enfant mort-né toujours dans ses tripes, qu'il faudrait qu'on l'exorcise…

Le matin du septième jour, mon ventre est sorti d'un coup ; et dans l'après-midi, on a vu une baleine. Le temps ne passait plus. Mercredi et dimanche se sont mélangés. Ça faisait l'effet du paradis. Je sentais la proximité de tous ceux que j'avais perdus… Dieu n'est pas mort, il est parti en voyage. « Loin. » Comme ma mère et comme mon père. Et il m'aura fallu partir loin aussi pour en avoir le cœur net et les retrouver tous. Traverser des routes et la campagne. Survoler les océans… Dieu est en voyage. C'est Nietzsche qui l'a dit. Les philosophes sont les seuls à se concentrer sur l'essentiel, au sens propre, sans figurer. Mieux vaut les écouter… Je me surprenais à parler à maman, à papa, à Paula. Je m'adressais aussi souvent à Martin. Au bout d'un moment, je me suis aperçue qu'ils avaient chacun droit à un moment précis de la journée. J'essayais de leur pardonner à tous. Et de me pardonner à moi, aussi, en premier. Comme on le fait dans la famille d'Anir. C'était si agréable qu'au fil des jours, j'ai carrément élargi le processus… Le monde tout entier y est passé. Même Claude-François. Le soir, je m'endormais en imaginant que Macadam était auprès de moi. Je l'ai presque senti une fois. Son esprit était venu me rendre visite. Encore aujourd'hui, j'en suis sûre… Je ne pensais plus à Julien. Du moins, je constatais le fait de ne plus penser à lui… Je n'entendais plus, non plus, l'accordéon… La valse. La valse de Baume… Celle qu'avait jouée Jean à la sortie de l'église… Cette valse mélancolique, triste et satisfaite tout à la fois. Comme une balançoire que l'on pousse, les notes s'envolaient au-dessus du cimetière, s'en allaient et revenaient tandis que les gens marchaient sur les graviers derrière le cercueil. Claude-François se tenait près de Jean comme une sentinelle. Le ciel était gris et couvert. Gilberte s'affairait déjà pour repartir à la gare ; en voulant rattraper sa mère, Gilbert avait trébuché sur les marches du perron ; Jeanne l'avait retenu dans la chaleur d'un *sol* ou d'un *fa*. La musique faisait valdinguer les secondes comme on envoie balader la rhétorique dans les moments cruciaux. Le temps semblait suspendu. En partant, le patron du PMU m'avait regardée droit dans les yeux… J'avais la sensation d'avoir défait un nœud, débrouillé la pagaille emmêlée d'un crochet ; le fouillis des fils s'était enfui avec la musique du piano à bretelles…

Bourrasques et dépressions. Deux fois de suite, à quelques jours d'intervalle – je ne sais plus combien –, les flots se sont déchaînés. C'était merveilleux. La nature reprenait le pouvoir. Les objets glissaient des meubles et des encastres, tout se pétait la figure. Cela me rassurait de me sentir si fragile face au grand océan. On assistait chaque jour à un nouveau spectacle tant le ciel et la mer s'agaçaient. Continuellement, la lune brillait… De mon hublot, je voyais un morceau du pont et l'horizon… Je parlais aussi beaucoup au tout petit garçon qui se trouvait sous ma peau, au milieu de mes entrailles. Comme si j'avais des comptes à lui rendre… L'idée que je me faisais de Dan, là-bas, outre-mer, me donnait le sourire. Je me disais qu'avoir un père romancier devait forcément aider. Dans la vie. Je me disais que ça l'aiderait lui…

Roger ne connaissait rien à la littérature. À midi, il me faisait lui raconter tous les livres que j'avais lus. J'avais mis des jours à lui faire comprendre que, comme en peinture ou en musique, la création littéraire suivait des mouvements, parce que tous les hommes s'affairaient ensemble dans un sens ou dans un autre, réfléchissant, sans le savoir, collectivement. Et puis que le temps faisait le tri, après, en fonction des descendants et surtout de la pertinence de ce qui avait été créé aux yeux des gens à un instant T… Roger me regardait avec des yeux de merlan frit, s'étonnant de ce que je lui racontais. Comme s'il était fier.

« La vie est une chanceuse qui s'est égarée. Plat de la main, dos du pied. Martin, m'entends-tu ? Fût-il de loin, m'entends-tu ? Fût-il à l'orée de tout, par-dessus les nuages, est-ce que tu nous vois ? Fût-il avec autour les gros bruits des réacteurs, qui se croisent infiniment et qui tracent des lignes, des sillons au ciel comme pour le rendre drogué, pour le tenter et le tuer d'overdose, Martin, m'entends-tu ?… Je voudrais que ton image redescende jusque sur les rebonds d'un caillou qui ricocherait sur le coin de l'océan… Lorsqu'un galet est lancé obliquement sur l'eau, il rebondit ; car la puissance de l'eau l'emporte sur le poids du galet. La gravité ne tarde pas ensuite à ramener le galet à l'eau, qui ricoche, ricoche… jusqu'à ce que la puissance de l'eau ne domine plus le poids du caillou. Alors, il disparaît… Je voudrais te voir Martin, fût-il de loin et à rebonds, mais que tu nous aperçoives et que tu nous donnes ta bénédiction de suicidé… “Il semble qu'en refusant la sépulture chrétienne, l'Église atteigne l'extrême sévérité. Quelques catéchismes, pourtant, vont plus loin : ils envoient les suicidés en enfer.” Il n'y a pas le temps pour la pénitence quand on meurt trop vite et en le décidant. Il ne faut pas mourir sans autorisation, c'est péché, ce sont les flammes, Satan et Belzébuth. “Ne disposez pas de vous-même, dit Dieu, j'en dispose.” Martin, tu feras des ricochets à n'en plus pouvoir, à en traverser l'Atlantique… Tu ricocheras à l'infini dans les yeux du gamin, de celui qui me donne des coups de pied au ventre…

Parce qu'il y a la foi et qu'il y a le dogme ! Aucun des deux testaments n'évoque le suicide ; Aristote, Sénèque et les Hindous en font l'éloge ! Martin, tu n'es félon que dans mon souvenir… Et ça, je l'oublie… Pour que la paix soit et que l'enfant ait envie de grandir, pour que la récolte se fasse… Ce sont tes mains qui battaient l'ivoire, je voudrais que les siennes puissent lancer un ballon, pousser une balançoire, chatouiller les hanches et tirer les oreilles… Je voudrais que Dan te dise oui aussi, en nous regardant, parce qu'il n'y aura jamais qu'un musicien dans la famille… Je suis devenue une famille, à moi toute seule, avec ton souvenir et le ventre gros.

La terre se rapproche et nous longe d'écume. Je vois des arbres. Martin, je voudrais que tu sois le dernier des Mohicans à regarder passer son fils en bateau, le dernier à contempler sa progéniture sursauter dans les vagues et vrombir le progrès de la technologie, je voudrais que tu sois le dernier, depuis l'île de Manhattan jusqu'au lac Champlain, des rives de Long Island jusqu'à la vallée de la rivière Housatonic… Je voudrais, Martin, que ta mort ne soit que ta mort et que tu te laisses oublier, doucement, pour que Clara n'arrête jamais de sourire et qu'elle enfante aussi, qu'elle métisse la surdité avec une autre couleur… Je ne veux plus avoir mal. Je veux cheminer sans plus avoir mal, jamais. Être protégée de la vigueur des astres, n'avoir plus d'ascendant que le libre arbitre. Je veux que les choses tournent bien – comme la lune autour de la Terre, comme la Terre autour du soleil –, calmement, rondes et constantes. Martin, je voudrais ta bénédiction de suicidé… Donne-la, s'il te plaît. »

L'Atlantique disparaît. Au-devant, l'Amérique fait de l'œil à la France, à la réfugiée française qui ne se pose pas la question de l'accueil et qui se tient debout sur le pont ; à cette réfugiée-là, au chemisier bleu et aux joues rouges. Sur le blanc du ciel, je devais être comme une pièce de monnaie en couleur, comme un médaillon qu'il aurait fallu passer au cou de la liberté, au cou de cette femme verte et les pieds dans l'eau, tant j'avais l'impression d'être plus que jamais l'une de ses fidèles… L'Atlantique disparaissait, je voyais l'Atlantide… S'il est possible de distinguer un arc-en-ciel au beau milieu d'une nuit sombre et obscure, alors tout, absolument tout, sans aucune espèce d'exception, tout est franchement possible. J'imaginais les mondes engloutis en dessous du bateau. Le capitaine m'avait raconté que les Atlantes étaient grands comme des géants. Selon lui, c'était eux qui avaient aidé les Égyptiens à construire les pyramides. Puis la civilisation avait disparu parce qu'il y avait eu une guerre terrible. « Entre les fils de l'Un et les fils de Bélial… Les premiers se battaient pour l'unité, l'équité, le respect, l'harmonie et la fraternité entre les peuples, en essayant de se rapprocher au maximum des lois universelles et de la sagesse divine… Les seconds, par contre, n'avaient pas de morale ni de conscience, sinon la satisfaction de l'ego… » Cela me rappelait Harald et les romans du cousin d'Eugène… J'avais envie de lire tous les livres que je n'avais pas emportés et d'enlever mes chaussures. J'ai enlevé mes chaussures. J'étais terrorisée mais je respirais. Le vent me fouaillait le visage. Doucement, je lâchais prise, j'oubliais la réalité…

Le bâtiment était à l'arrêt depuis plus d'une heure et demie dans le port de New York, en face du Red Hook Terminal. Les gratte-ciel découpaient le dessus du rivage comme de la vigne mal taillée ; tout semblait gigantesque, outre mesure, étincelant, vertigineux et impassible… On attendait le pilote et sa vedette pour pouvoir débarquer. Nous avions vogué vers Dan, mais étrangement maintenant que nous étions arrivés, je n'en espérais plus rien de précis… En résultait une sensation de légèreté incommensurable. J'acceptais l'inconnu sans plus rien en attendre de particulier. L'avenir, c'est le vide. Il faut sauter dedans les deux pieds joints. Ne s'accrocher à aucune rembarde, balustrade ou bastingage, il faut sauter. J'ai sauté. Je me suis littéralement jetée dans l'océan depuis le pont du cargo. C'était bien plus haut que le muret quand j'étais gamine. Roger, qui me surveillait toujours du coin de l'œil, a donné l'alarme. La vedette venait tout juste d'arriver et les marins sont venus me repêcher comme un de ces trésors perdus au fond de l'eau… Je riais aux éclats. L'eau salée m'avait rendu la vie. Je m'étais baptisée moi-même.

Une zone désolée. Le camion traversait une zone désolée, triste et sans coloris. L'horizon s'étalait comme du béton. Il avait pris la forme plane et aplatie d'une surface géographique cartographiée. Il ne manquait plus que le nom des aires et des périmètres sur les couleurs faibles et opaques qui cernaient le véhicule pour qu'une légende soit établie. L'échelle aurait été de 1/1. Le ciel calquait la terre et ressemblait à une eau sale. Roger ne faisait pas tache avec son teint mat et son veston marron. J'avais l'impression d'être dans un de ces mondes que l'on invente et qui n'existent pas. Même s'il y avait du vent, rien ne l'indiquait. Les arbres ne poussaient pas, la végétation était absente. Une marée d'anthracite flottait à la surface des choses ; çà et là gigotaient des nuées de poussière. La climatisation sifflait entre les rainures crasseuses des voies d'aération de la pompe à chaleur qu'ébruitait la cabine du camion. On ne pouvait pas se douter de la lourdeur de l'air. La Louisiane gardait pour l'instant son climat pour elle… Plus tard, en se rapprochant de la côte pour la longer, des habitations étaient submergées au ras de l'océan… Comme au Sénégal, le niveau de l'eau ne cesse globalement de s'élever. C'est ce que m'explique Roger : « C'est pareil qu'un lavabo dont le flux ne s'arrête jamais, sauf que la Terre n'a ni bonde, ni James Bond de la bonde… ! » Roger a un gros rire qui lui ressemble. Endurant et débonnaire. Comme le réchauffement climatique. La logique était partout la même : au Bénin, dans la vallée du Mékong… « C'est la mer qui monte, c'est tout ! »

Une fois arrivés à La Nouvelle-Orléans, j'ai pris le train pour San Francisco. Le billet coûtait deux cents dollars. Avec plusieurs changements, dont un au beau milieu du Texas, à Houston. Roger était monté jusque dans le wagon pour vérifier que j'étais bien installée et Dan m'attendait sur le quai de la gare à Emeryville.

De la brume dans la vallée, sur la baie et au-dessus du Pacifique. Le matin, tôt, on voyait à peine le pont, ni rien d'Alcatraz. Plus d'infini, le gris hantait. Le frimas s'épaississait quand le temps était médiocre, la température baissait. Lorsqu'il faisait beau, les rayons du soleil rebondissaient sur les vitres des buildings. Comme le flash de Dan. Il travaillait avec différents appareils – il m'en avait fièrement fait la liste :

Canon 5D Mark IV et Mark III, Hasselblad Xpan II, Hasselblad 500 CM, et des Kodak jetables – pour plusieurs revues, notamment un magazine pornographique plutôt chic. Dan n'écrivait pas de roman. Il photographiait des filles. Des filles nues à bijoux. Des filles nues qui portaient des émeraudes aux poignets et autour du cou ; des diamants sur les doigts et aux oreilles… Je le suivais partout. Je l'accompagnais dans d'immenses studios pour les shootings. Les filles se baladaient en kimono et portaient des tongs. Elles abandonnaient le tout à des assistants qui leur couraient après durant les pauses, et qui se précipitaient, une fois qu'elles avaient pris la pose, pour réajuster une avalanche de perles ou le pendant d'une boucle. *Ping-pong*. Dan lançait, envoyait, donnait une indication aux modèles qui réagissaient en fonction, puis une autre, puis une autre. Entre chaque, il enclenchait la captation, volait l'image. Le photographe bougeait comme un feu follet derrière le pied de son appareil et finissait par dévisser l'engin pour le prendre à la main. *Ping*. Indication. *Pong*. Chorégraphie. *Ping*. Indication. *Pong*. Acrobatie. *Ping*. L'index qui s'excitait. *Pong*. C'était fou.

Dan portait des chemises à fleurs sous lesquelles on ne devinait pas spécialement d'abdominaux, très serrées et rentrées dans des pantalons aux couleurs souvent vives et aux pattes imposantes. Tout comme celles qui descendaient le long de ses oreilles, de la tempe jusqu'au haut de la mâchoire. Longues et imposantes. Ses cheveux rebondissaient, encerclant sa tête d'une farandole noisette. Il ressemblait à un hippie échappé de Woodstock. Il avait l'air un peu dingue… Comme sa terrasse : recouverte de gazon en plastique, d'un salon de jardin en teck, d'un parasol bicolore, de guirlandes pailletées, et dorénavant d'une tripotée de cactus vert pomme aux allures de chandeliers – des « saguaros », comme dans le Far West – qu'on avait déplacés, le jour de mon arrivée, après que j'avais répété à Dan, dans un mauvais anglais, ce que Jeanne m'avait confié au sujet des épines empoisonnées : « *They are bad people, like devil, maybe outside it's better : they could guard your place…* » Dan m'avait regardée, médusé – « *Are you serious ?!* » –, et on avait tiré, un à un, tous les pots, depuis le salon jusque sur la terrasse… Ensuite, Dan était allé prendre une douche parce que « *all that shit* » lui avait donné chaud ; puis, les cheveux mouillés, en peignoir orange à capuche, il m'avait offert une montre high-tech à bracelet épais et aux motifs aventuriers, assortie aux cactus et synchronisée avec la sienne, qu'il m'avait fait jurer de porter tout le temps pour savoir H24 où j'étais… Dan était drôle. Il ne se prenait pas au sérieux. Je l'aimais bien, il me faisait rire.

Partir faire les courses. Emprunter Buena Vista Avenue, longer le plus vieux parc de la ville, Buena Vista Park, forêt de chênes et de pins perchée au sommet d'une colline ; se dire que le nom de l'avenue et du parc tombent à pic, puis descendre la pente abrupte de Central Avenue et admirer les maisons victoriennes, pour enfin arriver sur *Haight Street*, une rue rendue mythique par les hippies et le « *Summer of Love* », où l'on trouve encore des perles du passé comme les nombreuses friperies ou la librairie anarchiste Bound Together… C'est là-bas que j'avais rencontré Simon et Helen. Simon avait la peau ébène ; Helen, des origines colombiennes. Simon portait de fines lunettes rondes, comme John Lennon, et ses cheveux crépus prenaient la même forme que ses verres autour de sa tête ; Helen séparait sa chevelure brune en deux tresses épaisses qui lui descendaient jusqu'au bassin si elle ne les enroulait pas en chignons. Je les avais rencontrés en touchant du doigt *Le Meilleur des mondes – Brave New World* – d'Aldous Huxley. Simon m'avait fait tout un speech en anglais sur le déclic incroyable que lui avait provoqué la lecture de l'ouvrage qui datait pourtant de 1932. « *It still makes sense now. It tells you about what you have to feel to be right… I mean… About the spirit.* » J'essayais de comprendre tout ce que Simon disait. Helen crapahutait dans la langue française avec plus de brio que moi dans l'anglo-saxonne et traduisait quand je semblais perdue. De fil en aiguille, d'explications en arguments, nous avions spontanément décidé de déjeuner ensemble, au soleil, dans une petite impasse qui s'affalait comme un ruban sur la colline californienne.

Mon voyage les réjouissait… « Le voyage est une espèce de porte, par où l'on sort de la réalité, pour pénétrer dans une réalité inexplorée qui semble un rêve… » Helen avait cité un auteur français dont elle avait oublié le nom. Son accent – doux et rond – rendait la phrase prononcée d'autant plus énigmatique que sa voix semblait elle-même en voyage au beau milieu de la langue étrangère qu'elle parlait… Simon et elle fabriquaient des vêtements recyclés. Il récupérait des fibres, des chutes ; et Helen, modiste de formation, confectionnait des patrons simples et uniques, permettant ainsi l'optimisation des matières d'ores et déjà existantes… Un de leurs amis, Craig, nous avait rejoints pour le dessert. Il avait quant à lui fondé une entreprise de multiplication virtuelle. C'est-à-dire qu'il dématérialisait des séries d'objets via un logiciel pour pouvoir en confier la production à qui remplissait certains critères à travers le monde, en s'adaptant rationnellement aux matériaux et aux outils disponibles. C'était une forme d'exportation sur mesure et écologique. Craig était convaincu qu'il fallait que chaque pays recouvre une production nationale car les épicentres de la délocalisation décontenançaient ce qu'il qualifiait de « *balance point* ». D'après lui, il fallait prendre des chemins de traverse… Les avions, les bateaux, les voitures, devaient drastiquement ralentir. Et sa démarche s'attachait à utiliser au mieux la magie du digital pour corriger le tir. C'est ce qu'il formulait : « *It's not too late to remedy the situation… We just have to find other ways… The more you fight against something, the more it gets strong… It's better to give energy in what you believe in to solve a situation…* »

J'avais expliqué à Dan le principe, qui lui semblait intéressant, mais qu'il qualifiait paresseusement d'« *utopy* ». J'avais la sensation que la démarche de Craig ressemblait à mon voyage : peu importe à la fin ce qu'il en ressortait, ce qui comptait c'était l'intention… J'étais tellement heureuse depuis mon départ. Libérée de pouvoir me promener le ventre à l'air. Enfin pas à l'air, mais sans dissimuler plus rien de mon état. Ça me galvanisait de pouvoir apparaître telle que j'étais sans avoir à me cacher. C'était surtout cette mascarade-là qui m'avait épuisée. Mentir. Berner. Tricher. Forcément, j'étais à côté de mes pompes. Il n'y a pas de meilleur oreiller que sa bonne conscience.

La chambre dans laquelle Dan m'avait installée se trouvait au-dessus de son salon, sur une mezzanine. Depuis la baie vitrée qui dominait la ville, j'avais compté sept terrasses aménagées au milieu des buildings. Les Américains disent « *rooftop* ». Les draps étaient frais, la couette et les coussins faisaient le bruit du duvet de canard ; et même s'il faisait une chaleur de bête, je dormais à poings fermés.

J'ouvre les yeux. Mon regard se perd par-dessus les toits. Je respire… Quelle histoire ! Tout me paraît encore sens dessus dessous, et pourtant, désormais, avec un certain recul, j'apprécie l'ensemble…

Hier matin, dans Buena Vista Park, on pouvait voir jusqu'au Golden Gate à travers les arbres. Le vent sentait bon. Je marchais pieds nus dans l'herbe et en suivant un papillon, j'étais tombée sur un ancien professeur de qi gong qui semblait voler tel un dragon au-dessus de la pelouse. Son corps bougeait lentement. Comme si l'air était liquide… Je m'étais approchée doucement, à tâtons, tout en essayant d'imiter ses mouvements, et puis naturellement, j'avais suivi son cours qui n'en était pas un… Le principe était simple : il fallait, par des déplacements spécifiques, faire circuler l'énergie… L'ancien professeur disait « *Ch'i, ch'i…* ». Il n'y a pas, je crois, de terme équivalent en Occident. « *Ch'i, ch'i…* » Même avec mon ventre, je parvenais à suivre tant la cadence était molle. Je comprenais ce que l'ancien professeur disait, malgré son accent à couper au couteau et mon anglais qui ne tenait pas bien la route. « *Consciousness… Incounsciousness…* » Les yeux fermés, c'est l'inconscient. Les yeux ouverts, c'est le conscient. Observer comment l'énergie circule dans les deux cas… Si tout est en ordre, on peut effectuer les mêmes mouvements les yeux ouverts et les yeux fermés. De jour et de nuit. Sans difficulté. « Je suis ce que je vis. Je vis ce que je suis. »

Rêve. J'avance sur la muraille de Chine. Je sens la pierre millénaire réchauffer la plante de mes pieds. Le chemin est balisé. Je ne peux pas me perdre si je reste sur la muraille.

Pourtant, c'est autour de la muraille que se déploie la forêt… Je sais très bien d'où part la muraille et jusqu'où elle va. D'est en ouest. De Shanhaiguan à Gansu. Il me faudrait sauter les sept mètres qui me séparent du sol pour pouvoir modifier ma trajectoire… J'hésite. Je regarde le sol, le ciel… Un phénix traverse les nuages, suivi d'un pélican. Le bruit de leurs ailes s'abattant sur l'air frappe mes oreilles… Comme un appel. Avant qu'ils ne disparaissent, je grimpe sur le parapet, sur le petit muret qui longe perpétuellement la muraille. Les deux mains autour de la bouche pour que ma voix retentisse, je me mets à crier. Je rappelle les deux créatures, je leur fais des signes avec les bras, comme une naufragée… Le pélican fait un cercle autour du soleil. Monte. Descend. Se rapproche. Je crois qu'il vient me chercher…

Quelques jours après mon rêve, en pleine nuit, tous ensemble, Dan compris, nous sommes allés nous baigner dans un lac bordé de terre rouge. Nous avions roulé près de quatre heures pour rejoindre le pied du mont Shasta… La nuit était claire. La lune se reflétait dans les innombrables vaguelettes dont les sons frétillaient aux oreilles à la manière du craquement brûlant des braises… La terre était molle et douce sous les pieds ; la température de l'eau, plus élevée que celle des corps… Le silence s'étouffait dans la chaleur de l'air, garrotté, asphyxié par les dunes dont le rubicond, hors de la portée des phares du 4×4 électrique de Craig, paraissait subitement noir… Je faisais la planche en regardant les étoiles. Le clapotis réverbérait les accents des quatre voix amies qui s'y mêlaient. Délicatement, je me suis éloignée de la rive.

J'ai plongé dans l'obscurité sans la craindre. Mettre la tête sous l'eau. Nager. Avancer. Peu importe la direction. Droit devant. Sans connaître. Revitalisée et relativisant parce que j'oubliais tout. Oublier ses attaches, ne plus se cramponner à ce corps spécifiquement, ne plus penser pour cette vie spécialement. Penser avec son âme… Tendrement disparaissaient les craintes et les tiraillements… Il n'y avait plus que la peau de mon ventre qui se tendait un peu. J'imaginais l'enfant évoluer dans le liquide amniotique. Depuis plus de sept mois maintenant, il allait avec moi. Il ne m'avait pas quittée. Il m'accompagnait fidèlement. Dans mon ventre. Tout rond désormais. Rond comme les planètes. Rond comme la Terre. Rond comme la mappemonde qu'il y avait dans la classe de l'école maternelle du XVe arrondissement… Je vois la mappemonde, au fond de la classe… Posée sur la commode dans laquelle la maîtresse rangeait les dessins… Je me souviens des dessins tandis que je nage la brasse au milieu du lac en retenant ma respiration… Je me souviens de la mappemonde, des dessins, de mes premières lignes d'écriture ; du grand bac à sable rectangulaire qu'il y avait dans la cour… Je sors la tête de l'eau pour respirer, puis je m'enfonce à nouveau. Toujours en ayant conscience du ventre. Je me laisse aller au fluide. Je m'entortille comme une anguille… Mes cheveux tournent autour de ma tête, se dispersent, s'éparpillent… Ma mémoire résonne. Une porte s'est ouverte. Un flot d'images se bouscule et bascule dans ma tête… C'est presque trop… La poussette, la main de papa qui m'aide à monter les marches, la main de papa qui me pousse pour que je parvienne à faire du vélo « sans les petites roues »… Je me souviens d'une glace à la fraise en Sicile… Des épaules de mon père, sur lesquelles j'étais perchée… Je me souviens du visage de maman. De ses yeux qui brillent, de sa voix qui parle… De son doigt escortant les rythmes d'une partition… De la musique qu'elle m'apprend à lire, à ponctuer. De la mesure que je bats des deux mains tandis qu'elle chante. Je me souviens de ma mère en train de chanter. De la voix de ma mère qui swingue sur du jazz… Je me souviens de mon père faisant claquer ses doigts pour l'accompagner… C'était comme un voyage dans le temps, une allitération de la conscience. Tout refaisait surface. Craig m'a attrapée par le bras. « *What are you doing ? We were afraid…* » Il avait nagé jusqu'à moi. Nous avions de l'eau jusqu'à la taille. Je lui ai juste répondu : « *I remember.* »

En plein milieu de mon voyage, Eugène m'a laissé un message vocal. C'est à ce seul et unique moment, ayant des nouvelles du front européen, que je me suis remémoré qu'il existait un ailleurs… « Salut, c'est Eugène… Alors, écoute… Je sors d'un magasin qui s'appelle *Minerales do Brasil*… C'est à Mirosmenil… Mais bon, comme le Brésil, ce n'est pas non plus trop loin des États-Unis… Nan, je voulais juste t'informer que j'avais terminé la série, le triptyque… Je suis assez content : c'est beau… Enfin, c'est pas mal… Mais j'ai pas hyper envie de parler "boulot", là… Ça prend déjà assez de place dans ma tête… Nan, ce que je voulais te dire, c'est qu'il y a vraiment des trucs, dans la vie, qu'on pige pas… Et puis, d'un coup d'un seul, tu pannes le délire… Tu te rends compte que tu subis un machin qui t'appartient pas, tu vois ?… Je sais pas si je suis très clair… J'ai eu un genre de déclic, en fait… Putain, j'arrive pas à m'exprimer… Merde, pas "putain"… Pardon… Nan, mais aussi, c'est que je suis habitué à dire “putain” tout le temps, moi… Bref… Qu’est-ce que je disais… ? Ah ouais… Je me pose pas mal de questions sur la notion de liberté en ce moment et… Enfin, je veux pas t’emmerder… Mais, comme un con, j’ai pensé que ça te ferait plaisir d’entendre ça… Enfin, j’en sais rien… Comme je ne sais pas du tout où t’en es de ton côté… En tout cas, t’inquiète pas : ça va… Relativement… Nan, si, on peut dire que ça va… De toute façon, chacun sa merde, hein… Bon… Bah… Fais signe quand tu rentres quand même… »

Simon descendait d’une lignée d’esclaves africains issus du Kenya. Aux États-Unis, peu de gens parlent ouvertement de ces origines-là. Mais Simon avait fait de la magie avec ses états d’âme, justement pour rester uni. « *Everybody comes from everybody…* » Test ADN. DNA. Helen disait qu’au fond, tous les êtres émanaient de la même source – et à l’origine, il y a des centaines de milliers d’années, du Sud-Est africain – même si beaucoup de gens s’avéraient incapables de l’admettre. Le Président américain, en premier, avait une fâcheuse tendance à l’oublier… Partout sur le globe, les luttes régaliennes semblaient fréquemment prendre le pas sur le bien-fondé du bon sens, encourageant une forme de violence… D’après Simon, au départ, les mouvements populistes venaient contrecarrer un sentiment d’insécurité primordial – tant vis-à-vis des élites dirigeantes que vis-à-vis du monde – et pouvaient apparaître comme un système légitime d’autodéfense. Sauf que fondés sur la peur, inévitablement, ils ne pouvaient qu’avoir des conséquences néfastes… Visiblement, même en Californie, c’était perceptible : la ségrégation et le racisme augmentaient, parallèlement à une division citoyenne de plus en plus complexe à gérer. Néanmoins, Craig, Simon et Helen n'avaient absolument pas l'intention de quitter leur pays. Ils affirmaient haut et fort que l'optimisme individuel couplé à une forme de responsabilité collective pouvait décontenancer tous les heurts. Comme Caroline, ils disaient que tout était « *energetically connected* » et qu'imperceptiblement nous basculions vers un ordre nouveau... Simon avait même une théorie farfelue quant à la couleur de peau. Noire. Rouge. Blanche. Jaune. D'après lui, chaque couleur correspondait à un corps et à un élément. Ses lèvres roses et charnues en font la liste ; l'obstétricien surgit dans ma tête. Je vais dessiner un tableau, ce sera plus clair :

Peau noire	Peau jaune	Peau blanche	Peau rouge
Corps physique	Corps émotionnel	Corps mental	Corps spirituel
Élément Terre	Élément Eau	Élément Air	Élément Feu

Mon nouvel ami d'origine kényane, qui ressemblait à un chamane tant ses paroles vibraient, m'explique qu'il faut nettoyer – « *clean up* » – tous les corps. « *But the thing is that each is dependent on the others to be effective...* » Chaque couleur souffrait des maux susceptibles de traumatiser le corps lui étant associé... Helen a complété en français : « Par exemple, on voit les Jaunes toujours essayer de contenir leurs émotions *because* ils ne savent pas les gérer ; et les Blancs sont submergés par leur mental... » Helen a saisi ma main et appuyé sur le haut de ma paume avec son pouce, assez fort, juste au-dessous de mon index, sur le premier mont. Après quelques secondes, on ressentait déjà une modification intérieure. Un flux différent. Quelque chose qui s'échappait. Apparemment, c'était un « point de grâce ». Et celui-ci servait justement à apaiser le mental… Un deuxième point se trouvait en plein milieu de la main. Simon s'amusait de mes yeux écarquillés. Au départ, j'avais bien failli tomber de ma chaise. Puis je m'étais laissée aller à les croire, pour essayer, pour voir, et surtout parce que j'avais décidé de ne plus jamais avoir peur de l'inconnu… Comme Harald, l'étonnant duo faisait aussi beaucoup référence à l'ego. En les suivant sur les chemins qu'ils se disposaient à me montrer, j'avais la sensation de faire des pas de géant en moi-même… Dan, de son côté, avait organisé en sous-marin et comme un chef tout ce qui concernait les démarches administratives quant à sa future paternité. Je ne savais plus réellement si c'était bien utile… Mais Dan garantissait qu'en tout cas, si besoin, il était là.

« *It's gonna be amazing !* » Je n'avais saisi réellement ni le principe, ni l'intérêt de la démarche, mais j'avais quand même décidé de jouer le jeu. Un copain coiffeur de Dan – « *Not only ! I am a hair stylist, but also a make-up artist, sweetheart…* » – nous avait rejoints à domicile et s'était acharné à réaliser sur ma tête un genre de crête, puis avec un pinceau, à colorier ma bouche d'un rouge très vif et à faire briller mes paupières. Miroir, mon beau miroir. L'impression d'être un manga… Nous nous sommes installés sur la terrasse. Dan avait tout réorganisé et installé une « *red head* » – un système d'éclairage – que son copain maquilleur semblait éventer à l'aide d'un réflecteur. Dan disait sans cesse : « *I am checking the gate, man… I am checking the gate…* » De la musique, genre électro-techno-dance-experimental – dont *Love*, un morceau totalement déjanté du groupe Kazaky, sur lequel chacun se secouait en rythme – sortait d'une enceinte portative. Dan l'avait posée sur sa table en teck, près d'un plateau en bambou contenant un pichet de kéfir et trois verres. Son pseudo-assistant souriait tout le temps. Le ciel était très bleu, les cactus en fond étaient très verts, et moi, après quelques minutes, j'étais très à l'aise, les pieds dans une piscine gonflable remplie d'eau sur laquelle flottaient des balles de plastique roses et orange et un flamant. Je portais une jupe à volants jaune fluo assortie à la piscine ; mon ventre surgissait avec fracas, comme on passe le mur du son, d'un tee-shirt blanc à pois violets très serré ; et Dan m'avait aussi fichu dans les mains un immense biberon et le drapeau américain…

C'était la deuxième fois de ma vie que je posais pour quelqu'un, et cette fois encore, je n'étais absolument pas sûre du résultat. Cela dit, l'exposition m'était plus douce. Je ne subissais rien. Je m'amusais comme une enfant. Comme une enfant de sept ans, six ans, cinq ans, quatre ans, trois ans, deux ans, un an. Cela me passait simplement au-dessus, en dessous, un peu partout. Comme l'eau de la piscine. Au bout d'un moment, j'ai lâché les accessoires pour jongler avec les balles en plastique comme je le faisais dans le Jura avec les pommes de pin. Faire l'andouille, finir trempée, les cheveux défaits, à patauger dans le rouge de mes lèvres… Dan, qui s'était follement excité pendant deux heures, semblait tout bonnement ravi. De fil en aiguille, on en était arrivés là, car passant sous le porche du quartier chinois quelques jours auparavant, il m'avait avoué qu'il était triste de ne pas pouvoir se concentrer plus à fond sur son « *personal work* »...

Yin-yang. Robert Arnson. « *It's one of the "eggheads"*... » Helen continua en français pour m'expliquer l'origine de la sculpture devant laquelle nous nous étions arrêtées : deux visages, deux masques, ronds et blancs comme des œufs, l'un debout, l'autre couché, l'un regardant, l'autre parlant, séparés de quelques mètres... Le titre ne me disait rien. J'avais déjà entendu parler des deux polarités mais je ne savais absolument pas ce qu'elles signifiaient. Helen essayait d'utiliser des mots simples : « *It's like man and woman !* » Déclinaisons. Associations d'idées. *Yin* : féminin, nuit, terre, inconscient, guide, recevoir, lune, ombre, froid, humide, immobile... *Yang* : masculin, jour, ciel, conscient, action, donner, soleil, lumière, chaud, sec, en mouvement... La dichotomie me paraissait un peu facile, mais d'après Helen, qui s'impatientait dans sa combinaison biodégradable violette parce que nous étions déjà en retard pour retrouver Simon, il était question de deux forces régissant sans aucune exception toutes les énergies du monde et du cosmos. La société n'avait eu de cesse de privilégier l'une à l'autre, et le masculin régnait depuis toujours sur le féminin... « *The balance is exactly the same in the world than inside people.* » J'écoutais attentivement tant j'avais la sensation qu'Helen me révélait un secret. « *Peace will come...* » La paix viendra... « *When the war will stop into each person...* » Quand la guerre cessera au sein de chaque personne... « *It's like an intern ecology... Everybody is able to sign peace in itself... It's inside... In your heart... It's as simple as making love… Not sexe… Love… Peace is our natural state… It's our mind that destroys it…* » En soi-même donc, d'abord, apparemment.

Juste après sa période bouddhiste, Harald s'était penché sur le taoïsme et m'avait expliqué une dualité du même type à partir d'un symbole circulaire noir et blanc qu'il avait manqué de se faire tatouer sur l'avant-bras. Ce devait être la même chose… D'après le comédien, l'une des deux polarités prédominait en chaque être humain. Et le but ultime était donc de parvenir à la compenser. « Tout élément masculin a une partie féminine, et tout élément féminin a une partie masculine. Il faut respecter l'ensemble. Si l'on favorise une force plutôt qu'une autre, la balance est impossible et donc l'individu déséquilibré. » Je comprenais théoriquement la bifurcation mais je ne l'éprouvais pas encore au sens propre. Tous les contraires énumérés par Helen me semblaient irréductibles et indépendants…

Puis, la nuit est tombée. Et tandis que nous nous dépêchions, entre chien et loup, après avoir contourné le petit rond-point sur lequel trônait la double statue, j'ai entrepris en moi-même, furtivement et en marchant encore justement sur des œufs, la compréhension bigarrée des complémentarités…

Retour. Après deux semaines de côte Ouest, trois de voyage, et une de réflexion, n'ayant presque plus rien de l'argent d'Harald, je me suis offert un billet d'avion avec ce que Paula m'avait laissé et que mon cousin avait bien voulu virer d'un compte à l'autre. (J'avais appelé Gilbert qui avait appelé Jeanne qui avait appelé Claude-François, à qui j'avais dû faire parvenir un pouvoir, pour qu'il aille récupérer un formulaire au centre des impôts et qu'il passe à la banque pour s'occuper du transfert)… Allez savoir pourquoi, c'était deux fois moins cher de passer par la Grèce ! Trois avions, une journée d'escale. Une journée et le temps de me rendre aux temples. Simon m'avait expliqué que dans ce coin-là, une série de monastères et de sites sacrés se trouvaient bizarrement sur la même ligne : du mont Carmel en Israël jusqu'aux îles de Skellig à la pointe de l'Irlande, en passant par Rhodes, Delphes, le Mont-Saint-Michel… « *One direct and straight line !* » Tant pis pour le carburant. Je passerais par Athènes pour faire une offrande à la déesse de la Guerre afin qu'elle n'agite plus ses troupes sur des pacotilles et qu'elle me donne le courage de gagner toutes les batailles.

Jusqu'à la douane, la première partie de mon voyage fut une partie de plaisir. J'en prenais un malin à user des sonorités anglo-saxonnes et à comprendre ce que le moindre personnel de l'aéroport de San Francisco pouvait me raconter. Jusqu'à ce qu'une grosse femme en uniforme se mette subitement à lorgner mon ventre. Peut-être parce que j'avais omis de retirer la montre au bracelet kaki et aux motifs militaires de mon poignet et qu'une sonnerie avait retenti quand j'avais passé le portique… La femme a parlé dans son talkie-walkie. Deux hommes l'ont rejointe. Ils m'ont demandé de les suivre dans l'une des petites pièces carrées qui cernaient la longue ligne des guichets. Ils ont fermé la porte à clé. J'ai vidé le contenu de mon bagage à main sur la table. Ils ont inspecté tout ce qu'il contenait. L'un des deux hommes m'a demandé de me déshabiller. La femme a toussé. Les hommes se sont tournés. L'autre me regardait, la femme. Elle a dit que je pouvais garder le bas, puis s'est mise à palper mon ventre. Je me croyais chez l'obstétricien. Ce qu'il y avait sous ma peau était effectivement l'objet d'un délit, mais d'un délit qui n'avait rien à voir avec le trafic de drogues… Ils avaient supposé que mon bébé n'en était pas un. Ils m'avaient prise pour une camée à la fausse poche blindée de stupéfiants. Ils s'étaient trompés… Je me sentais innocente de porter un enfant devant ces gens. Je me sentais innocente de porter cet enfant. La femme s'est retournée, bredouillant rapidement sa bévue aux oreilles de ceux qui ne regardaient pas. Ils se sont excusés. Ils ont dit « *sorry* » une dizaine de fois, puis m'ont accompagnée jusqu'à l'embarquement en demandant que je sois surclassée en business sur tous mes vols.

Acropole. Les yeux s'égarent sur le marbre qu'il ne faut pas toucher. La main s'oublie sur une colonne. Les cannelures grisent ma paume. Juste en bas du sanctuaire, chantent les ruines du théâtre de Dionysos. J'imagine l'antique passé s'accorder au présent ; la structure ancienne surpasser l'horizon et dissimuler les quelques arbres ; la voix d'Harald se perdre jusque dans les nuages qui planent sur la capitale grecque et la ville européenne… Il faudrait qu'on joue de nouveau dans cet amphithéâtre, il faudrait que les mots s'y disent encore et que les pas résonnent… Cinq siècles avant Jésus-Christ – il y a deux mille cinq cents ans –, dix-sept mille spectateurs s'asseyaient sur les gradins. L'herbe, pourtant un peu jaune, semble à peine remise de la rosée du matin. La terre est humide. La nature crie. Tout a l'air d'apparaître pour la première fois, commémorant l'éternelle naissance. Se promener seul, comme Rousseau, en rêvant aussi, mais sans plus chercher à retenir ceux qui nous ont quittés…

Dans l'avion, du fait des nombreuses turbulences, tous mes carnets avaient glissé sous les sièges de la grande rangée centrale, et je m'étais imaginé mourir à plusieurs reprises. Au début, cela m'avait effrayée ; une intense panique m'avait saisie… Puis j'avais réalisé que, même si cela arrivait, tout compte fait, ce ne serait pas si grave… Et un calme profond s'était emparé de moi… Les oiseaux s'égosillent toujours sur le bruit des moteurs. On entend la ville sans la voir. La pollution habite l'air et on se souvient que le gazon pousse uniquement parce que les visiteurs ont l'interdiction formelle d'y marcher… En parcourant les informations glanées en vue de ma visite, je m'étais étonnée d'apprendre que « la divinité aux yeux pers », à laquelle était consacré l'un des temples dont il ne reste – à cause des Perses et d'un incendie – plus que les fondations, au contraire d'être la déesse de la Guerre, était celle de la Victoire et surtout de la Sagesse. Au loin, juste au loin – au fil des murets étalonnant le bas de la colline, sous la perspective des masses de verdure, entre les temples et les vieilles pierres –, deux silhouettes : une femme et un enfant. Une fine pluie s'est mise à tirailler le ciel. L'eau céleste mouille ma joue. L'abîme goutte. Athéna m'a donné à boire… Une larme. Plus de lame de fond.

La musique de Martin ressemblait à de la danse du ventre… Elle envoûtait… Elle se terrait au loin comme le chant des sirènes et ensorcelait les tympans… J'avais voyagé comme Ulysse, Martin nous attendait peut être quelque part, comme Pénélope… Peut-être même qu'il faisait de la couture… Je l'imaginais loin, très loin, tissant les nuages à la manière de la tapisserie…

La file d'attente était patiente. Tout le monde stationnait, le regard droit devant, comme sur un bateau mais pour aller prendre l'avion. On a avancé lentement vers les marches qui conduisaient à l'appareil. Un Boeing 747. J'ai dit au revoir à la Grèce… Il y avait un type devant moi, beau comme un héritier et qui devait porter un prénom à la mode d'Elizabeth. C'était un Anglais, ça se voyait… Je le regardais, faisant abstraction des trois voyageurs qui nous séparaient. Entre lui et moi, se trouvaient : une microscopique Asiatique, qui avait littéralement dévalisé le duty-free et le chic pour faire tomber ses paquets ; un quarantenaire au yeux sévères, la bouche déformée, dont chaque pas semblait mener à un tombeau et qui ressemblait à Neptune ; enfin, derrière lui, une haute et frêle brindille, a priori sa fille, qui faisait nonchalamment éclater d'éminentes bulles de chewing-gum vertes tout en jouant avec la flamme d'un briquet. Le type aux allures de royauté britanique buvait un *diet* Coke. Il a terminé son soda sur la passerelle et écrasé la canette d'une main en pliant le métal avant de la remettre à l'hôtesse qui nous accueillait à bord. On a longé des dizaines de compartiments à bagages pour passer d'une classe à une autre. On est arrivés en business. Il n'y avait plus personne entre Cambridge, Bristol, Portsmouth, Southampton et moi. Je me suis arrêtée devant le numéro inscrit sur ma carte d'embarquement. Nos sièges étaient côte à côte. L'Anglais voulait passer. Avec mon ventre, il fallait un peu manœuvrer. Créneau. Marche arrière. Subitement, l'Anglais s'est immobilisé et m'a demandé si je ne préférais pas sa place à la mienne. Parce que lui, les nuages, il les connaissait… Il a dit : « *Really, I don't care…* » C'était peut-être la dernière fois que je prenais l'avion, impossible de dire non. L'Anglais m'a souri. Il prévoyait de rester huit jours à Paris, venait du Lincolnshire, portait effectivement le prénom d'un prince et travaillait dans le secteur minier pour Pékin. Il m'a tendu sa carte de visite. Nous avons entendu les gros bruits des réacteurs. L'engin s'est déplacé. Le pilote a accéléré. Nous nous sommes envolés. J'ai regardé le ciel. C'était holistique.

Eugène portait une veste grise de velours mou dessinant sa carrure avec le zèle d'un fusain et mâchouillait un bâton de réglisse devant l'aéroport. Je le trouvais changé. Le blanc de ses yeux n'était plus de la couleur du foie gras avant d'être dénervé. Il avait un peu grossi. « Oh, la vache ! » Moi aussi. Il m'a prise dans ses bras. Nous avons pris un taxi. Sur le périphérique, Eugène parle de la distance et du temps, de la cicatrice de sa mâchoire qui commence à l'exact endroit où finit la mienne, de la pluie et des envies qui s'écharnent aux frontières… J'étais ahurie de ce qu'il disait. Il m'aimait. Moi aussi, je l'aimais. Pas comme lui. Sûrement pas comme lui. C'est, mot pour mot, ce que je lui ai dit. Taxi. Berline. Coupé. Break. Truck. Camion. Essence. Électrique. Grâce à Roger, je n'avais absolument plus peur de prendre la parole en voiture… J'ai regardé Eugène dans les yeux. J'avais la sensation qu'il allait se mettre à pleurer, comme dans son atelier, mais curieusement, il s'est mis à rire, d'un beau rire, qui monte doucement à la manière de certains manèges à la foire, puis qui s'éclate comme un feu d'artifice. « Ça te fait rigoler ? » « Bah, ouais… » « Pourquoi ? » « Parce que j'ai décidé de ne plus prendre la vie qu'avec humour. J'en ai marre de la foutre en l'air… Et puis merde, quoi… Y a rien de grave à ne pas être aimé de la même façon qu'on aime, si… ? » « Non… »

Eugène a vraiment changé. Il dit que c'est grâce à Jeanne. À défaut de s'occuper de moi, elle s'était occupée de lui. Apparemment, elle avait déboulé un jeudi après-midi sans lui laisser le choix et l'avait traîné à la piscine. Elle l'avait aussi incité à se mettre à la lithothérapie. Pour se reconnecter aux éléments. Eugène avait des bracelets de pierres colorées à tous les poignets. Deux d'entre elles précisément lui avaient servi : l'œil-de-tigre et l'aventurine. « J'ai décidé d'accepter tout ce que je peux pas changer… Dont moi… Bordel, quoi, c'est vrai… Je me suis assez humilié comme ça… » J'avais la sensation de voir un extraterrestre. Avec un peu de ventre. Ensuite, Eugène-l'alien m'a dit qu'il avait acheté des saucisses et des cocos plats au marché, mais que si j'acceptais, « en amie », de dîner avec lui, il serait strictement interdit de parler « peinture »…

Le taxi est entré dans Paris. « Oh, regarde ! » Le visage d'Harald est placardé partout. Sur toutes les colonnes Morris, sur tous les panneaux d'affichage, sur toutes les devantures de tous les kiosques à journaux… Suite à la sortie de son film, Harald fait la couverture d'un magazine pour cinéphiles à la mode. Derrière la vitre du taxi, longeant les Grands Boulevards, il me regarde tous les cent mètres. Il est brillant. Il ressemble à un acteur américain, sauf qu'il est français. Il a des airs de Belmondo. Il prend une pause d'homme d'affaires, de l'espoir plein les yeux et des rêves à revendre. Eugène me fait le pitch du film : « Un homme prétend pouvoir sauver le monde grâce à des idées plus ou moins identiques à celles de Luther King, sauf que dans le scénario, le personnage parvient à en faire un business… » Sur les affiches, les yeux d'Harald semblent savoir quelque chose que nous ne savons pas. Comme si l'acteur était au courant d'un secret grandiose. Les célèbres paroles du leader noir américain venaient se loger juste sous son coude gauche… C'est étrange d'apercevoir Harald partout, de cette manière, avant même de l'avoir retrouvé… Peut-être que je vais me demander s'il est bien vivant en le voyant… À force d'immobilité démesurée sur papier glacé, peut-être qu'il aura changé et pris pour de bon la grosse tête. Cela doit faire bizarre de se voir en miroir aux quatre coins d'une grande ville… D'être mis en exergue, au-devant des yeux de tous les gens, avec ses nom et prénom en lettres capitales… Peut-être qu'Harald se dit simplement qu'il le mérite… Peut-être qu'Harald est content que tout le monde connaisse son visage, la façon dont sont implantées ses dents et les mèches de cheveux qui chatouillent ses yeux…

J'ai assez d'argent pour payer mes dettes et pour acheter des meubles, une table à langer, des tee-shirts très larges, une salopette, des baskets, de minuscules chaussettes, une grenouillère, des bavoirs, des biberons, une écharpe de portage, une poussette, des couches lavables, un berceau, un mobile musical, une veilleuse, des jouets… Assez d'argent pour élever un bébé avec tout ce qu'on a inventé… Je pensais à Aïssa. Au nécessaire et au superflu. Sur la pyramide de Maslow, je me souvenais qu'à la base était inscrit le mot « survie » et qu'au sommet trônait « la réalisation de soi ». La question était de définir correctement cette notion… Peut-être que la réponse me viendrait de nuit… Le décalage horaire m'avait un peu chamboulée, je ne savais plus bien où j'étais. Je repensais à tous les cheeseburgers avec de la viande qui n'en est pas que j'avais ingurgités ; à la photographie que Dan avait faite de moi devant ses cactus, sur sa terrasse, avec ce biberon gigantesque. Je n'avais jamais trop aimé jouer à la poupée mais je me faisais de plus en plus à l'idée. Maintenant qu'il avait un père américain… « Ton papa vit en Californie, il est photographe de mode. » Et hop, les rêves, et hop le miracle du père qui vit outre-Atlantique. Dan m'avait simplement signé une décharge et autorisée à inscrire son nom sur les formulaires si je défaillais devant les déclarations et les cases vides… Je ne réalisais pas vraiment ce qui venait de se passer, je crois même que je n'y voyais plus réellement d'intérêt, mais j'avais le doux souvenir d'une quête préalable et tout de même la sensation d'avoir accompli quelque chose.

Je remerciais Paula tous les jours pour le blé. Je suis allée poser des cierges au moins dix fois, j'ai fait des prières. Je sais qu'elle aurait aimé. Je lui parlais tout bas – comme si j'étais encore sur le bateau, sauf que je n'étais plus sur le bateau – comme à quelqu'un qui dort, à qui l'on parle mais dont on ne veut ni le réveil ni l'écoute consciente. Je lui parlais des vérités qui ont fait nos vies, des fleurs qu'elle aimait, de la mort de papa, de la mort de maman, de celle de son mari ; je lui disais qu'elle était presque arrière-grand-mère et que lorsqu'on devient arrière-grand-mère on se sent vieux, qu'elle ne serait jamais fanée, qu'elle resterait toujours pile à l'âge qu'on a avant d'être arrière-grand-mère, que Macadam Cowboy l'avait suivie, qu'il était avec elle sous la terre, qu'elle n'était pas toute seule, qu'elle nous retrouverait toujours parce que mon fils allait porter le même prénom que le saint, que j'avais fait exprès de casser le vase, que, que, que.

J'ai retrouvé Harald près de la rue du Faubourg-Montmartre. Il était juré au concours d'entrée d'une école publique d'art dramatique. Une longue robe pourpre aux allures de toge fort à propos tentait d'ingurgiter mes formes. Harald m'avait dit de le rejoindre à la sortie. Ses cheveux, qui avaient poussé, lui tombaient jusque sur le nez, et ses mains passaient compulsivement derrière ses oreilles pour les y remettre. Harald ressemblait à un pilote de ligne mais le port de lunettes était justifié tant les rayons du soleil se frayaient un chemin court et violent depuis l'ouest du ciel jusque dans le creux de la rue, faisant étinceler les roues des vélos… Son K-way était roulé en boule et accroché autour de sa taille. Il était plus de vingt heures. Les résultats venaient de tomber, contre une vitre, à l'entrée du conservatoire : deux colonnes, quinze filles, quinze garçons, alignés noir sur blanc. À l'angle, sur les marches arrondies de l'entrée d'un immeuble, une jeune fille aux longs cheveux blonds pleure toutes les larmes de son corps… Harald la regarde avec une infinie tendresse, fait la grimace, puis me confie à voix basse que s'il avait été tout seul… « Attends, je vais aller lui dire… » Il s'approche d'elle et lui tend un paquet de mouchoirs. La jeune fille se mouche, tandis qu'Harald lui répète tout haut ce qu'il m'a dit tout bas. « Sauf que concours et que votes et que voix… Et puis, le soleil ne s'arrêtera pas de briller… ! » Harald, quoi… Ensuite, il m'a suppliée d'aller voir son film. J'avais tout raté avec mon voyage. Et les avant-premières et les soirées. « Il faut absolument que tu ailles le voir ! » Le film avait été primé à Cannes. « C'est pas rien, il a quand même reçu deux palmes… Un masque et un tuba ! » Harald se marre et ajoute que pour éviter les histoires d'orgueil démesuré, il préfère croire que ce n'est pas lui dans Paris, sur toutes les affiches, sur tous les panneaux… « Ah bon ? » « Oui, si les gens m'en parlent, je fais mine de ne pas savoir de quoi il retourne et je me mets tout de suite à parler du rôle, ou de mon rapport avec le réalisateur… » Harald m'explique qu'il a beaucoup mûri en mon absence – c'est vrai qu'il semble encore plus grand qu'en janvier – et que son succès – « qui n'a rien d'intéressant en soi » – lui a permis de saisir un point crucial de l'existence… Selon lui, il y aurait trois différents états de conscience dont il faudrait faire la part : « Ce que l'on croit être ; ce que l'on prétend être ; et qui l'on est vraiment. » Le premier est un état sur lequel il faut prendre du recul pour être en mesure d'entrevoir le dernier – quant au deuxième, Harald proclame qu'il est radicalement à proscrire : « Il ne faut surtout pas prétendre être qui que ce soit ! C'est la meilleure façon de dérailler… »

Sur ce, Harald propose d'aller dîner dans un restaurant japonais. Je le sonde discrètement pour savoir s'il a la sensation de manger plus que la majorité. Le comédien me répond que de manière générale il a faim. Puis, sur la même intonation que celle que j'avais prise pour l'interroger à propos de son appétit, de façon légèrement anodine, il me demande combien de temps je compte encore l'embrouiller. Je suis devenue toute rouge. Comme ma robe. « Arrête ton char… » En poussant la porte de l'établissement nippon, Harald me dit qu'il a tout compris à cause de mes « nichons », le jour où je lui ai volé son exemplaire d'*Oliver Twist*…

J'ai ouvert le velux et je me suis regardée dans la glace. Bien en face. Dans le courant de l'air qui filait jusqu'à la fenêtre grande ouverte de la salle de bains. Face aux fantasmes du père et à la réalité du ventre gros… Je m'étais imposé à moi-même toutes mes obsessions. Pour rentrer dans le moule, sans doute. Pour continuer à marcher sur la muraille en suivant les desiderata de la société et les conventions tacites collectives… Possiblement aussi parce que mes parents m'avaient laissée tomber, et qu'en Occident, les faiseuses d'ange hantent les pages de la littérature… Couvrir ses oreilles, ne pas vouloir voir, ne pas vouloir entendre, tenir sa position coûte que coûte. Préférer le petit recoin du confort à la certitude déconfite. Tracer des lignes avec de mauvaises règles. À la mauvaise échelle. De la mauvaise taille. Tracer des lignes… Je m'étais acharnée, obstinée, frétillant comme un poisson, sans observer, sans ressentir… Et au bout du compte, je n'avais rien fait d'autre que d'essayer de « sauver mon père ». Le mien. Annuler sa mort. Revenir en arrière. Ma douleur s'était exprimée comme une chienne s'effraye brusquement lorsque du bruit se fraye un chemin depuis la route, parce que sont déjà venus des cambrioleurs et qu'elle est bien dressée… J'avais aboyé, hurlé intérieurement contre cet abandon primordial, sans rien écouter de ce que m'indiquait la peur, subissant ses ordres, tout ce qu'elle pouvait me dicter pour m'empêcher de revivre le drame tout en en demeurant prisonnière… Au bout du compte, c'était aussi une réaction. J'en pleure. J'en ris. C'est fini… Agir, oui ; mais de façon cohérente, toujours en observant la nature de l'intention et du mouvement qui propulsent… Je me souvenais du concept des alphabets arabe et hébraïque… Nous sommes les voyelles des consonnes de nos carcasses, c'est la responsabilité en propre d'en être conscient pour souffler convenablement entre les lettres et produire les bons sons… La quête du père n'avait soudain plus aucun sens devant le velux ouvert qui se reflétait dans le miroir… Sécher ses larmes. Rire. Sourire. Comme dans l'océan. Penser au soleil, aux planètes, aux milliards de vies, trouver tout dérisoire, et rire !

Le 7 juillet, jour de la Saint-Raoul, j'ai acheté un agenda et passé toute la journée au téléphone. D'abord avec Gilbert, qui m'explique doucement que les autres lui font mal à la tête et qu'il veut que je revienne. Sa voix me supplie carrément. Gilbert me propose de racheter quelques-unes de ses parts pour que l'on devienne associés et que l'on s'occupe ensemble de la galerie, du moins jusqu'à Noël – parce que après, « j'ai décidé de m'installer en Vendée »… J'ai pensé à sa mère. Je ne sais pas pourquoi j'ai pensé à sa mère, à Gilberte, puis promis à Gilbert de passer le lundi suivant rue des Saints-Pères pour que l'on puisse en discuter de visu et en détail… Je ne savais pas encore réellement ce à quoi je voulais consacrer ma vie, mais j'avais intégré le principe, et j'allais bel et bien m'atteler à trouver… Doucement, j'apprenais à écouter mon cœur. Julien l'avait réactivé. Et depuis quelques jours, je sentais de nouveau la magie s'en échapper, encore plus fortement qu'avant. Une douce chaleur, se diffusant à la manière d'une brise délicieuse et qui désormais m'englobait tout entière. Une vibration. De haut en bas. Des pieds à la tête. Comme du coton… Écrire peut-être, sur l'art, ou pour servir une autre cause que la mienne…

J'envisage tous les possibles tandis qu'Harald me transmet les informations concernant « l'ultime projection du moyen-métrage », le second film dans lequel il a un second rôle, mal distribué mais qui vaut « absolument le détour ». Il faudrait que je me rende à la cinémathèque le lendemain…

Jeanne a voulu prendre ensuite des nouvelles du bébé, mais surtout m'en donner d'Ajax, qui avait fugué quarante-huit heures et qu'elle venait enfin de retrouver chez une voisine. Jeanne se réjouissait de la multitude d'affichettes avec le portrait d'Ajax et la désignation « chat d'une valeur inestimable », qu'Eugène avait élaborées puis épinglées à toutes les caisses enregistreuses de tous les commerces du quartier des Invalides…

Le téléphone sonne de nouveau : Craig et Dan se sont retrouvés par hasard à un concert, ou une performance, de musique minimaliste – « *It's drone !* »… J'imagine d'abord un objet volant identifié, mais Dan me montre, via connexion vidéo, cent synthétiseurs pour enfants qui résonnent dans la même pièce. Les sons d'Asuna Arashi, l'artiste japonais qui en était apparemment responsable, me rappellent le bruit d'une cornemuse… « *It's absolutly amazing, it's like the cosmic system !* » C'était si bon d'entendre parler anglais. Cette langue me rassérénait. J'avais envie de l'entendre encore et encore…

À l'heure du goûter – en dégustant une tartelette aux framboises sur un lit de crème patissière –, j'avais réussi à joindre Claude-François (rarement posté à proximité de son téléphone) : je lui annonce que je veux vendre le bungalow du Pradet pour faire un don à une association de soutien aux victimes de la maladie de Parkinson. Claude-François déclare qu'il préférerait largement porter plainte contre Monsanto. Cela n'avait, directement, rien à voir avec le paraquat, mais bon. David contre Goliath. Claude-François contre le géant de l'agroalimentaire… Depuis mon retour, j'avais tendance à opter « pour ». Comme Craig. D'après Harald, l'Américain ne faisait que suivre l'exemple pacifique de mère Thérésa qui refusait les manifestations « contre la guerre » mais se bougeait « pour la paix ». Néanmoins, si mon cousin y tenait, on pouvait toujours porter plainte. « Imagine que tes yeux sont de la couleur de l'or et l'or apparaîtra… » Silence. Puis Claude-François a dit que, dans tous les cas, il allait contacter l'un de ses amis qui se battait pour la préservation des abeilles…

Il s'est écroulé. Il m'est tombé dans les bras, lourd comme un homme qui va mourir, lourd comme un homme qui meurt. Comme si on l'avait torpillé par-derrière, avec un flingue, d'un coup de revolver dans le dos. L'Anglais a eu le vertige… Il a peur du vide. Comme le beau brun. Ça arrive. J'étais bien tombée dans les pommes devant chez Franck. L'Anglais venait de s'évanouir en haut de la tour Eiffel. Il était tout décontenancé. Comme s'il avait fauté. Comme s'il considérait que cet éphémère moment de faiblesse avait quelque chose d'indigne… Redescendus au second étage de la dame de fer, nous demandons une table au Jules-Verne. Le nom du restaurant me donne envie de relire tous les romans d'anticipation de l'auteur…

Métaux rares. « Lanthane, néodyme, cobalt, samarium… » L'Anglais fait une liste de vingt-sept éléments chimiques nécessaires à la technologie mondiale… C'est charmant de l'entendre prononcer le nom des minerais avec son accent. Puce. Moteur. Batterie. Robotique. Éolienne. L'Anglais retrouve petit à petit de sa contenance : « Les Chinois ont le monopole, *it's* tous les aimants nécessaires à la technologie mondiale… *And I work for them…* » D'après ce qu'il m'expliquait, on était passé du charbon au pétrole. Puis du pétrole aux métaux rares, qui allaient générer une situation de dépendance absolue de tous les autres pays vis-à-vis de l'empire du Milieu. Croûte terrestre et hégémonie chinoise… Systématiquement, c'était à qui prenait le pouvoir. Comme au poker. Comme à la guerre. Au nom du ciel ou de je ne sais quoi, les humains s'en donnaient à cœur joie. La Terre était bafouée. Écologique. Économique. Énergétique… Il y avait mille transitions à assumer pour aller de l'avant et sauver les meubles. Le mot « transition » me semblait trop doux. Il fallait carrément appuyer sur pause et faire demi-tour… Accepter un temps la décroissance pour s'élever au sens propre…

Depuis un an et demi, je découvrais le monde. J'avais grandi comme une ermite et je me prenais tout en pleine figure. Tel qu'il se présentait à mes yeux, même s'il en était ressorti des merveilles, le système ne fonctionnait pas correctement. Les minorités prenaient généralement cher pour leur grade ; dans de nombreux pays, on lapidait encore les femmes ; dans d'autres, on assassinait les homosexuels… En Afrique, les enfants étaient exploités pour creuser et extraire ces fameux métaux rares qui permettaient à mon téléphone de fonctionner… Je dévisageais la société, j'essayais de comprendre comment on en était arrivé là. Je n'avais pas de solution. Ni d'explication hormis celle peut-être d'un déséquilibre intrinsèque… Le monde devait refléter les humains. Comme le dessin des molécules d'eau de Caroline reproduisait la musique… Au coin d'un carnet, pour débrouiller ma réflexion, j'élaborais un instrument basé sur quatre axes qui s'apparentaient visuellement aux points cardinaux d'une boussole. Les quatre axes se déterminaient sur les quatre règnes qui sont au monde. Minéral. Végétal. Animal. Humain. Et la quadruple polarité de l'aiguille, tournant sur le pivot du mot « respect », rendait strictement impossible de privilégier un pôle au profit d'un autre. Il fallait systématiquement trouver le « juste milieu », comme disent justement les Chinois. Cet outil me sembla sur l'instant très utile, afin de faciliter la navigation des êtres à la surface de la planète et rappeler, surtout, que nous sommes d'abord tous soumis au champ magnétique de la Terre, ce qui, évidemment et en toute relativité, ridiculise l'ensemble des rapports de force…

Inextricable. Il est fou, ce mot. Tout allait arriver vite et ce qui était dans mon ventre était inextricable. C'était fou. Comme le mot… Le ciel m'était tombé sur la tête. J'avais dû rêver. Comme les ours polaires pendant l'hiver. Hibernation. Dormance. Le sentiment de sortir d'une grotte ou d'un sas.

Huit mois et encore la tête sur les épaules. Huit mois et encore la tête sur les épaules alors que le ciel m'était tombé dessus et Martin avec… La sensation d'avoir vécu cent décennies en une année. Martin était mort, comme mon père ; mais ce n'était pas le bon, alors je n'avais pas sauté, j'avais regardé par la fenêtre… Même si ça avait été le bon, je n'aurais pas sauté. J'avais l'impression de m'être affranchie de ce déséquilibre intrinsèque à l'histoire du monde qui semblait avoir littéralement régné sur maman… Sans le vouloir, elle l'avait subi : elle s'était rejetée. Et sans le vouloir, elle m'avait rejetée, aussi. Et sans le vouloir non plus, j'avais la sensation d'avoir suivi son exemple. De m'être fuie moi-même. Depuis l'âge de sept ans. Comme pour lui être fidèle, lui donner raison ou légitimer son acte. À partir de maintenant, j'allais m'accueillir du plus profond de mon âme…

Mon corps me démange. Ma peau me gratte. Il paraît que c'est normal à ce stade. Ma peau me gratte, j'ai encore peur du noir parfois quand je ferme les yeux, et je vais avoir un enfant. Je me demande quel monde va évoluer sous les siens, combien de temps il aura le plaisir d'en contempler la beauté… Il fait si chaud. Plus encore que l'année dernière. Des millions d'hectares s'embrasent en Sibérie ; l'armée russe se bat contre les flammes. L'Amazonie brûle aussi. Les incendies se propagent comme des dominos. Un déluge de feu… J'imagine les arbres devenir rouges, orange, noirs, puis tomber. J'imagine la fumée, les cendres voltiger comme de la neige… Lorsqu'il fait chaud, la testostérone augmente. Radicalement. Certaines études considèrent même que les canicules sont la cause d'un nombre croissant de conflits armés… Les humains, trop nombreux, finiront probablement par faire la guerre… Ou peut-être que l'on dispersera de microscopiques particules d'argent et une exhorbitante poussière de diamants dans le ciel pour enrayer la hausse des températures… Pendant la guerre du Vietnam, Paula m'avait raconté que mon grand-père avait participé à l'opération « Popeye » : une intervention météorologique spéciale qui visait à prolonger la mousson pour déconfire les lignes ennemies… Je vais avoir un enfant.

J'étalais, avant de dormir, tout comme mon corps sur le moelleux du matelas, à l'envers de mes paupières, mes pensées et mes réflexions… Si le Big Bang était un accident, il était fabuleux, lumineux, prodigieux. J'étais minuscule à l'échelle de l'ensemble mais comme tout le monde, je détenais une parcelle d'incroyable… J'y songeais avec délicatesse… Descendant sur le seuil de l'existence pour la contempler… Les psaumes de Paula me revenaient en surface, j'y collais des fleurs… Les deux mains posées sur mon ventre, j'invoquais la vie avec l'élan des tiges qui jaillissent de la terre, avec la candeur des bourgeons qui vont éclore… Mes prières étaient jeunes et vivaces, joyeuses et ancestrales… Et elles avaient, aussi, je crois, le mérite de la sincérité… L'air m'accueillait sans cesse depuis que j'étais née… L'air aussi, sûrement, était Dieu… Je respirais et j'étais remplie d'une joie ineffable… Jamais plus je ne m'effondrerais.

Projection, cinéma. Climatisation. Lumières éteintes. Air frais, frissons. Tremblements involontaires. Frôlements.

Coïncidence, coude à coude et vibrations. Comme le pop-corn, chaque seconde s'éclate et fait des bonds, devient sucrée et caramélisée d'audace. J'ai revu Julien. Et de le revoir, de retrouver son corps… On s'est assis l'un à côté de l'autre. La salle est devenue noire. Le film a commencé. Envie d'étreinte sur toute la longueur de la bobine ; sur toute la longueur des bandes-annonces ; sur toute la longueur du film et des publicités. *À bout de souffle* revisité. « Si vous n'aimez pas la mer, si vous n'aimez pas la montagne et si vous n'aimez pas la ville, allez vous faire foutre. » Envie d'aller me faire foutre. Il paraît que les femmes peuvent faire deux choses à la fois. Regarder un film et penser à… L'hémisphère droit regarde Harald en pensant à Belmondo, l'hémisphère gauche a envie de Julien… Quatre-vingt-neuf minutes morcelées jusqu'au générique. Se diriger vers la sortie. Dix-neuf heures trente. Septième de dominante. Arrivée en haut d'un escalator. Les dents de scie avalent les marches. Un paquet de bonbons multicolores s'est échappé de deux mains qui avaient dû l'éventrer trop vite, le contenu est tombé et déferle sur l'escalier mécanique. À la manière d'une ritournelle, les billes colorées rappliquent inlassablement. Elles tournent sur elles-mêmes, glissent contre les rainures de l'engin, parsemant la grisaille de petits points verts, rouges, jaunes, bleus, violets… « Harald était bien dans du Godard… » Épanchements sur septième art. « Tu m'as manqué… » Julien passe la pulpe de son index, l'extrémité charnue de son doigt, sur la courbe de la colonne vertébrale de Martin Junior. Les récepteurs tactiles ont braillé. « C'est un peu magique quand même ce qui se passe là-dedans… » Julien a l'air timide tout à coup… Se dire qu'on se reverra dimanche. Trêve jusqu'au Seigneur. « On ira marcher le long du canal… » Râ brillera. Rê. On sera le combien ? Le 21. Troisième jour de la première saison nilotique. Égypte antique. Julien a posé un baiser sur mon front. Il s'est retourné deux fois. Je ne bougeais pas. Je n'en revenais pas de cette séance de cinéma, du hasard de mes pas et des siens. Je voulais attendre qu'ils disparaissent, le hasard et Julien. J'ai baissé les yeux pour ne pas faire trop attention à eux, pour ne pas qu'ils m'obnubilent ou qu'ils s'effarouchent… J'étais persuadée que c'était Harald qui avait fait le coup – je le revoyais tripatouiller dans mon téléphone en avalant goulûment un maki –, mais même si c'était le cas, cela demeurait un hasard, non ? L'une des multiples formes du hasard. Au bout du bout, en résumé et en définitive, le hasard est partout et nulle part… Je regardais les marches acidulées de l'escalier, les sucreries rouler.

Il y avait un vagabond à la sortie du métro, un vagabond avec cinq chiots. Je lui ai donné 20 euros et j'en ai pris un. Il était minuscule, une espèce de bâtard avec les yeux en dedans, le museau allongé et les oreilles qui tombent. Il était noir, ou brun, selon la lumière. Avec des reflets auburn et le poil doux. Il allait grandir. Pour le moment, ses coussinets étaient roses, souples et rebondis. Bientôt, ils fonceraient, deviendraient rêches et durs, noirs comme du plomb. Il faudrait lui trouver un nom. Un nom de chien. Je crois que Paula avait appelé Macadam Cowboy « Macadam Cowboy », parce que, gamine, elle était tombée raide dingue d'un gamin qui passait son temps à imiter ce cow-boy-là… Peut-être que le gamin gardait des vaches. Dans le souvenir de ma grand-mère, il avait un chapeau et un faux revolver. Elle ne m'avait pas parlé de vaches… J'aime bien les vaches. Je me suis très bien entendue avec une vache rousse qui traînait dans les montagnes au-dessus de Baume-les-Messieurs. Les naseaux des vaches et des chevaux, c'est formidable, surtout l'hiver. Ils sont chauds et larges, épais et fumants… Quand on passe la main au-dessus de leurs immenses narines, la chaleur en sort et l'on sent la vie et les organes qui travaillent.

Le beau brun m'a vue en cloque. Croisé devant Saint-Eustache. Le contraste d'une frayeur qui se dessine sur son visage juste après l'attendrissement éprouvé à la vue du chiot… Au début, son casque à la main, le beau brun a d'abord fait mine de ne pas voir le ventre… Puis, au fur et à mesure – tandis que je lui parlais du temps qu'il faisait, des cloches qui sonnaient, du Jura que ça me rappelait –, il s'est mis à fixer l'espace entre mon bassin et le dessous de ma poitrine comme un dératé. Au bout d'un moment, c'est devenu incontournable : j'ai annoncé l'attente du bébé. Le beau brun n'a pas bronché. Tant que je ne certifiais pas sa non-paternité et le non-rapport qu'il avait avec l'affaire qui était dans le sac, ses yeux ne décolleraient pas de mon abdomen. Je lui ai précisé les mois et les dates. Je n'ai pas menti : Martin était mort quinze jours avant que nous ne nous soyons vus, lui et moi, pour la dernière fois… Le beau brun a fini par lever vers moi des yeux ahuris… L'oreille est l'organe qui sert à capter les sons mais elle joue également un rôle déterminant dans l'équilibre. Ô cérumen. Prendre la substance jaunâtre en pitié et la défendre… Très vite, pour le rassurer, j'ai voulu dire qu'il n'avait pas à s'inquiéter, que le père était musicien, que de toute façon, nous nous étions toujours protégés – c'était vrai, c'était fou, malgré tout, il avait supputé –, sauf que d'un seul coup, juste devant l'église, le beau brun s'est mis à hurler… À peine le temps d'un silence et « je te l'aurais dit, idiot, si ça avait été le tien », le temps d'un sourire. Le beau brun s'excuse, rengaine son arme. Lui qui réfléchissait tant ; soudain, la peur l'avait tétanisé. Défait. Transi. Démis. La peur soumet les hommes. Cette émotion est sans nul doute la plus démoniaque de toutes. La peur est l'absolu contraire de l'amour. Du vrai amour, du grand. Celui qui vient de je ne sais où, qui réchauffe le cœur, fait vibrer le corps et dont la source est inépuisable. « L'inconditionnel. » Le « conditionnel », ce n'est pas de l'amour. Et au bout du compte, ce n'est pas vraiment l'amour qu'il faut chercher, mais bel et bien tout ce qui empêche d'aimer.

Je suis retournée à la piscine avec Jeanne. Je pensais qu'Eugène viendrait, mais « Non, non, pas aujourd'hui, il a beaucoup trop de travail ! ». Mon ventre a l'air encore plus gros dans l'eau. Effet loupe. Le bleu reflété du ciel frétille sur l'eau claire… « Prendre conscience de l'obscur… » Reconnaître toutes les terreurs qui obstinent, tous les systématismes, douter. Mélodiquement. Pour que cela sonne juste et que les poils se dressent. Je commence à avoir froid dans le liquide chloré… Gilbert pouvait être parfois si dur avec lui-même… Harald avait longtemps eu tendance à chercher à l'extérieur la justification de sa personne… Avant même de naître, Clara n'avait peut-être déjà plus voulu entendre les mauvaises phrases de son père… Ikken prônait l'égalité mais adhérait, pour dézinguer l'injustice, aux principes mêmes qu'il dénonçait… Anir avait pris des raccourcis, ramassant l'argent d'une foule de types qui avaient – comme Eugène, pour supporter d'être un paria – besoin d'extase… J'avais longtemps été en colère. Endormie de colère…

« Chacun est le fruit de sa propre histoire ! » Jeanne parade autour de moi, nageant la brasse, le menton dignement relevé, avec son bonnet à fleurs rose et ses lunettes de plongée… La lumière virevolte, fait frissonner l'ombre… Essayer de discerner l'ensemble… Se servir de l'observation pour impulser les corrections internes qui ne font que défaire des habitudes ou contrecarrer un leurre bien ancré… Et « tirer parti du deuil ». De tous les deuils, de toutes les pertes… Excuser tout pour ne plus gâcher une seule seconde… Si j'étais restée en colère et obstinée, je me serais sans doute perdue, je serais peut-être morte. Comme Martin… Il y avait eu un armistice en mon être… Je ne sais pas comment c'était arrivé… De jour en jour, d'accident en accident… Jeanne dit que « chacun doit trouver son chemin », peu importe d'où il part… Je me demande ce que sont devenus les Soudanais tandis que j'attrape la serviette jaune de Franck sur le rebord de la piscine… Les voix résonnent, le murmure de l'eau ballotte… Jeanne sort du bassin avec fracas. Alors que je sèche mes cheveux, elle soulève le coin de son bonnet et colle son oreille sur le lycra de mon maillot de bain encore trempé. « Il a bougé ! Ma chérie, il a bougé ! »… Puis elle m'a prise dans ses bras.

Le chien a faim. Le chien a soif. Le chien aboie. Le chien dort. Le chien remue la queue. Le chien joue. Le chien se fiche d'être de telle ou telle race. Le chien se fiche de ce qui fait fondamentalement une différence entre les autres races de chiens et la sienne. Le chien n'a pas peur d'être plus joli ou moins intelligent. Le chien n'a pas peur de l'injustice. Le chien ne veut pas être plus fort que les autres. Le chien n'a pas peur de perdre, de manquer. Le chien n'a pas peur d'être rejeté, trahi, abandonné, humilié. Le chien n'a pas besoin de prouver au monde entier qu'il existe pour avoir conscience de sa valeur. Le chien n'a pas besoin d'avoir de la valeur ni de s'étourdir pour supporter son sort. Le chien n'a pas peur de mourir… La patte du chien vient se poser à plat sur la pointe de mon ventre, il pousse de petits cris aigus comme s'il avait compris ce qu'il y a dedans ; il penche la tête, scrute mes yeux pour qu'ils expliquent. Caresse… « Je crois qu'être mère sera une aventure formidable. » J'ai soulevé le chiot par-delà mon front. Son cœur battait contre ma paume. Ses pattes glissaient entre mes doigts. Il pèse à peine le poids d'un paquet de farine. Je regarde l'animal, il découvre chaque jour un univers nouveau qu'il ne connaît pas… L'amnésie doit avoir quelque chose d'extraordinaire. Pas au point qu'on la prie, ni qu'on la souhaite… Non, ce qu'il faudrait, c'est se rendre amnésique soi-même, afin de pouvoir s'émerveiller du monde comme un petit chiot.

Il pleut des cordes et la météo de ma montre au bracelet kaki s'acharne dans le même sens. « Crotte… » Je viens de couper l'extrémité de mon index gauche en épluchant des carottes. Clara est partie travailler au Danemark quelques semaines, alors en vue de son projet avec Ikken, Anir nous a emmenés, le chiot et moi, à Saint-Denis, dans une vaste zone nouvellement dédiée à la permaculture. « Et comment fait-on pousser des carottes dans un sol non sableux ? a demandé Anir. » « Bah, faut sabler », a répondu le responsable du potager local où la nature s'autorégule.

La nature s'autorégule. Nous devons tâcher d'être aussi intelligents qu'elle si nous voulons entreprendre quoi que ce soit… Les exploitations bovines et les plantations modernes pour lesquelles on rase les forêts millénaires pourtant garantes de notre atmosphère ne permettent à aucun écosystème de se développer… Si cela continue, on en viendra peut-être même un jour à manquer d'oxygène… Est-ce un bien, est-ce un mal ? Nous apposons des mots sur des événements que l'on qualifie souvent de « catastrophes naturelles », mais en réalité ce n'est rien d'autre que l'adaptation normale et logique d'une entité plus grande, d'une structure imparable et majestueuse… Effectivement aussi complexe qu'une boule de pissenlit et aussi pointue que la dent d'un lion… Car même si notre civilisation disparaît comme celle des Atlantes, la nature, elle, s'en remettra toujours… La preuve. J'ai pensé aux dinosaures, puis aux Mayas en laissant perler une goutte de sang sur un carré de chocolat aux éclats de noix de pécan pour qu'il ne soit pas trop tard et pour qu'il fasse beau dans trois jours…

Depuis une bonne semaine, j'avais la sensation que la vérité ne s'arrêtait qu'aux limites que je lui fixais. Comme si le simple fait de « croire » d'une autre manière transformait la réalité admise… Guidée par une énergie quasi cosmique qui perlait du haut de mon crâne pour se mêler aux assises plénières du sol me poussant à l'action, je me sentais intimement liée au Ciel et à la Terre. Comme les arbres. Une douce chaleur se propageait de la base de ma colonne vertébrale jusqu'à mon cœur, en passant par les ailes de mon nez. « Mental, émotionnel, physique, et… » J'avais la sensation d'avoir poussé une porte, découvert un monde ; d'être connectée à tout, à tous, sans barrière… C'était peut-être cela l'Unité… Je n'en étais pas sûre, mais je ressentais une telle plénitude, que l'idée me paraissait bien plus raisonnable que toutes les autres propositions que l'on m'avait faites et qui m'avaient lassée de leurs limites intrinsèques et exclusives.

La journée du dimanche ressembla aux montagnes du maquis corse. D'ailleurs, Julien et moi avions partagé une glace à la châtaigne. Il n'y a pas de mot pour décrire ce que j'avais ressenti. Si. Peut-être justement la glace, quand elle fond délicatement sur la langue, puis coule dans la gorge lorsqu'il fait extrêmement chaud… Julien me fait l'effet d'un sorbet en pleine canicule.

HUITIÈME CARNET
(rose muraille rayé cyan)

Débuté le 23 juillet 2019
Rue de Paradis, debout, avec la pluie qui cogne aux carreaux comme le bout de mon stylo sur mes dents…

Terminé le 12 décembre 2022
Fin de matinée. Le froid s'engouffre, la fenêtre est ouverte.

Nombre de pages : 40

« Lundi matin, l'empereur, sa femme et le petit prince, sont venus chez moi, pour me serrer la pince… » Lundi matin. Galerie. Je suis de retour derrière mon bureau. Gilbert est joyeux. Il chantonne en s'installant pour m'expliquer la programmation prévue pour la rentrée. Le galeriste me montre les maquettes des visuels qu'il envisage. Il me demande mon avis… Eugène exposerait juste avant Noël. Gilbert me raconte que son petit protégé s'est récemment mis à peindre des femmes au milieu de sa technologie. Depuis un peu plus d'un mois, Eugène métaphorisait la civilisation en enterrant les restes du monde au beau milieu d'innombrables baigneuses qui semblaient absorber, assistées par des nuées de volatiles, les pigments bleu pétrole d'un nombre incalculable de machines transies. Gilbert précise que « les bricoles volaient dans l'aire des toiles à la manière des insectes… ». D'après le galeriste, l'artiste avait retrouvé le dynamisme débonnaire et séduisant de leur toute première rencontre. « Il s'est reconnecté à lui-même, il a retrouvé la foi… » Gilbert va jusqu'à confesser « les yeux humides » devant le premier tableau qu'Eugène avait bien voulu lui montrer… Le mot « pureté » revient deux fois dans sa bouche et il admet n'avoir jamais éprouvé d'émotion aussi puissante « en face d'aucune œuvre... » ! La contempler lui avait fait un choc. « Il y a un triple sens. Une signification plurielle... La réception est plus profonde qu'elle n'y paraît... Et la simplicité qui émane de la toile renferme un secret impénétrable qui maintient captif... » Une constellation de femmes, donc, que l'on avait d'abord du mal à discerner, puis qui prenait toute la place une fois qu'on l'avait comprise, semblait paramétrer le vol d'automates pour qu'ils succombent aux oiseaux... Le sang des oiseaux était de la même couleur que celui des humaines. Le sang du monde entier est de la même couleur...

Mon ventre m'éloigne du bureau. Je peux à peine accéder au clavier de mon ordinateur. Cela fait rire Gilbert qui se met rondement à glousser lorsque soudain, Julien, comme un empereur, pousse la porte de verre à la poignée dorée... Lundi matin. Julien pousse la porte. Avec un laurier dans un pot de terre. Pour retrouver la femme et le petit prince.

Il pleut. La fenêtre est ouverte. Les gouttes tombent sur le *Quatuor Ébène* de Schubert. Des cordes sur des cordes. J'ai rangé tout l'appartement. Julien est allongé sur le lit et me regarde faire en souriant. J'ai la bougeotte. Je gigote. Je mordille le bout de mon stylo en faisant du surplace. Ce qui est plaisant, c'est que mon carnet tienne sur mon ventre. Cabinet de travail portatif... Je me trahirais si j'arrêtais d'écrire... Je suis au moment où les choix se contiennent et se maintiennent. Il faut tenir bon. Bientôt l'enfant naîtra... Je raconte pour exorciser l'histoire... Je relis. J'annote. Il a fait si chaud... Plus encore que l'année dernière... Avant-hier, la température avoisinait quarante-deux. Inédit, à Paris. Les vagues de chaleur et de fraîcheur alternent. En quelques heures, on peut perdre jusqu'à dix kilos... Degrés ! J'ai hâte de redevenir mince. Je me sens encombrante... Même si je prends bien maintenant ce qui m'arrive, que j'en suis heureuse même... Je ne pense plus ni à accélérer ni à retourner le temps. Je me contente de ce que le présent a à m'offrir. Cette éphémère sensation de réalité qui tressaille et qui dégingande l'avant et l'après... C'est bien plus beau. Oh, il y a du tonnerre...

Il y a eu du tonnerre et j'ai perdu les eaux avec le ciel. J'ai senti la chaleur de l'intérieur de mon corps se répandre pareille à une averse. Un peu avant terme, le liquide amniotique qui coule le long des jambes, depuis l'intérieur des cuisses jusqu'aux genoux et sur les chevilles. Comme une source jaillit naturellement de la terre... J'attendais tellement que la poche se rompe que cela ne m'a pas fait peur. C'était normal, c'était le début de tout, le dénouement d'un cycle, d'une phase, la conclusion d'une introduction. Je suis restée calme, très calme, à écouter de la musique de chambre, puis au bout de quelques minutes, j'ai pressé la main de Julien, de Martin, du beau brun, de l'Anglais, de tous les hommes que j'avais cherchés. Il a regardé mes pieds. Il a vu l'eau couler... Se lever. S'habiller. Appeler un taxi. Sortir de l'appartement. Avec une toute petite valise pleine de tout petits vêtements, à la poignée de laquelle je ne me cramponnais, cette fois-ci, plus du tout, et que Julien m'a ôtée des mains après. Descendre les escaliers, tenir la rampe, marche après marche, sans être franchement pressés, passer sous la porte cochère… Le ciel saccageait de son grondement le vacarme des automobiles, les feux et les enseignes faisaient étinceler la terminaison ombreuse et blanche de cet après-midi estival… Ikken a déboulé comme une fusée ! Les pneus de son van ont crissé. Mon ventre se contractait de plus en plus rapidement et je sentais venir le grain à l'intérieur. Comme si le bébé déjà criait. Diana Ross chantait *Where Did Our Love Go* dans l'autoradio. J'ai glissé la main sous mon nombril et je me suis mise à respirer comme si je faisais un footing, comme Julien quand il court, régulièrement et en faisant du bruit.

Jamais senti une force aussi colossale me traverser le gosier et les tripes. Contraction. Traction. Pompes. Retournement abdominal. Montée. Descente. Utérus. Et le souffle, la respiration. La salive qui manque parce que l'air passe et repasse comme un acharné. Ou le trauma de la cage thoracique. La puissance des impulsions. La force qui bondit. Comme un élan. Comme un cerf. Comme un buffle. À l'intérieur de moi. Mêlée. Pression. Rixe. Coups de sabot. Encore. De plus en plus rapidement. L'élan, le cerf, le buffle. Les voûtes qui poussent le sol, le crâne qui touche le ciel. L'antilope s'élance. Le tigre, la panthère. Sous mon estomac. Les muscles qui enserrent, expulsent. La sage-femme qui allège, indique, laisse faire. La tête qu'on voit. La tête qui sort. Une vanne qui s'ouvre. Mise à bas. Pont-levis. Bélier. Fracas. Les tissus qui se déchirent. Trachée comprimée d'arrière en avant. Les jambes qui tremblent. Le bébé qui descend. Glissement du corps. Le cordon qui tire. L'œuf qui se casse… Parturition.

La chambre de la maternité était toute blanche. Tout était blanc. Et près de moi, il y avait ce petit garçon que j'avais mis au monde, ce petit garçon qui avait crié que je l'avais mis au monde. Il respirait paisiblement. Sa peau était presque à vif tant elle était neuve. Je regardais le corps de mon fils remuer sous le blanc du coton, sur le blanc du coton. Il ressemblait aux enfants des crèches et à tous les autres. Il avait l'air d'un ange. Tous les êtres sont des anges avant de naître et de subir… Ses petites oreilles, son front, son nez, sa fine bouche, et une brise de cheveux sur sa minuscule tête… Des cheveux blonds. Je me suis penchée au-dessus de lui, délicatement. J'ai contemplé son visage. La lueur de ses yeux… Un petit quelque chose de Martin était là… On avait fait un gros *fuck* à la mort. Ma main s'est approchée pour effleurer sa joue… Je suis restée immobile au-dessus du berceau. J'ai continué de le regarder. Je souriais. Il était beau comme un prince, comme un prince de Guinée ou de n'importe où.

Antoine.

J'ai perdu beaucoup de sang, mon corps ressemble à un champ de bataille, mais les jours passent et je m'émerveille… Et la douceur s'expose comme un abricot dont la chair éclate, juteuse, vive et mouillée. Ce serait si beau de voir un abricot dans un musée… Je crois à l'entité du monde et aux cellules, à la végétation, aux bulbes, aux microbes et aux courants d'air. Je crois, sans fierté, ni le glaive au-devant du corps pour attaquer, ni le câble de la mongolfière en main, je crois simplement au rien du tout et à la miséricorde.

Victor Hugo est un roi. Un filet d'eau fumante s'échappe du bec de la théière. Je lis. L'ombre de la nuit est chaleureuse. Elle tente le jour, lui commande presque de revenir pour se mêler à elle… Antoine aurait tout aussi bien pu s'appeler Victor… Je ne savais même pas pourquoi Martin focalisait sur ce prénom particulièrement… Le bébé dormait… Je l'embarquais dans ma rêverie. Je le faisais tomber amoureux de Cosette et dézinguer Azelma. J'ai relevé la tête et prononcé le prénom de Fantine. C'était moi. Sauf que jamais je ne laisserais Antoine. Jamais. Excepté s'il tombe amoureux d'une femme aussi belle que Louna sur les rives du Nil… C'était peut-être pour cela que Martin répétait sans cesse ce prénom. Parce que l'empereur romain ne s'était pas épris d'une Romaine, mais bien d'une étrangère…

Julien est entré dans la chambre – il installe, sans faire de bruit, un mobile de sapin composé d'une multitude de papillons au-dessus du berceau d'Antoine… *Les Misérables* se défaisaient en trois parties, je terminais la première : « C'en était plus que la pauvre Fantine n'en pouvait supporter. Avoir Cosette ! sortir de cette vie infâme ! vivre libre, riche, heureuse, honnête, avec Cosette ! voir brusquement s'épanouir au milieu de sa misère toutes ces réalités du paradis ! Elle regarda comme hébétée cet homme qui lui parlait, et ne put que jeter deux ou trois sanglots : oh ! oh ! oh ! Ses jarrets plièrent, elle se mit à genoux devant M. Madeleine, et avant qu'il eût pu l'en empêcher, il sentit qu'elle lui prenait la main et que ses lèvres s'y posaient. Puis elle s'évanouit. » Un homme venait encore de sauver une femme. Et la conscience s'allège au bonheur des dames ; de la dame qui embrasse les mains de l'homme sous les papillons de bois, de la dame qui regarde le nourrisson dormir en le considérant dorénavant avec les yeux de la mère, et qui ne lui en veut plus… Du tout. Ni à lui, ni à personne. Cela ne sert à rien.

Antoine a un petit grain de beauté sur la fesse gauche. Brun. Comme un point de croix… La peau des bébés est si douce. Leur énergie si pure. Si propre, si sage… Je pourrais passer des heures à contempler Antoine. Des heures. Le temps s'arrête, se suspend. Comme avec Julien. Le monde tourne mais le temps s'arrête. À certains moments, je fatigue ; le soupçon d'une plainte se forme à l'arrière de mon crâne, puis, presque instantanément, en une fraction de la seconde d'après, de nouveau, le monde s'arrête et le temps tourne… Non, l'inverse.

Antoine est à notre merci. C'est-à-dire qu'il est totalement dépendant de Julien et moi pour survivre. Pour boire, pour manger, pour dormir, pour être propre, faire sa toilette, se vêtir, et aussi pour aimer… J'avais compris, grâce à saint François d'Assise, qui m'avait de nouveau rendu visite pendant mon sommeil – les yeux à peine ouverts, je m'étais empressée de noter son propos –, que « mieux on sait donner, mieux on est également en mesure de recevoir » et qu'« une âme saine ne fait que donner, sans jamais chercher à prendre, ni non plus à recevoir en retour»… Puis il avait ajouté : «L'Amour, c'est comme l'huile d'olive, il faut en mettre partout…» Saint François s'était, cette fois – peut-être parce que son âne était absent, j'espérais qu'il ne soit pas mort –, adressé à moi directement, d'une belle voix grave, pleine, à peine ébréchée par le temps… Je ne sais par quel miracle le sage italien était revenu m'instuire au détour d'un rêve, mais il me souriait en dégustant des linguine *all'arrabbiata* et son message était limpide…

Au matin, nous en avions discuté avec Julien, analysant nos mécanismes réciproques… Pour Antoine, il était important d'équilibrer au mieux nos tendances et nos penchants respectifs. La façon dont nous nous comporterons avec lui influencera, forcément, sa vie entière, définissant une norme pour toutes les années à venir… Il donnera et recevra l'amour – à lui-même et aux autres – de la manière dont nous lui aurons montrée… L'impression que son inconscient, quasiment vierge, est à fleur de peau, et que tout va s'y inscrire pour fonder sa personne. Chaque mot, chaque geste… Le moindre manque de respect, le moindre oubli, la moindre inadvertance est susceptible de le heurter, de traumatiser son être en devenir… C'est ainsi que l'on grandit. C'est ainsi que l'on estime sa valeur. Tous les êtres ont la même objectivement. Mais le subjectif de chacun est sous influence… J'essaye de faire au mieux. Simplement au mieux. Julien, lui, reste toujours calme. C'est rassurant.

Et c'est épuisant. Pas le calme de Julien. Non. Les couches… C'est un vrai job de s'occuper d'un enfant. Quart-temps. Plein temps. Mi-temps. Arrêts de jeu. Je demande les arrêts de jeu ! Parfois, ça me tiraille tant je sens le « moi d'avant » qui a envie de reprendre les rênes et de l'ouvrir. Qui trépigne. La routine a parfois de ces allures… Comptine. Tétine. Comptine. Tétine. L'impression que cela fait dix ans que je change des couches, que je prépare des biberons… C'est très long. Cela prend aussi de la place dans la tête. Je ne suis plus exactement la même. C'est une réalité, j'ai changé. Mes priorités ont changé. Le monde m'apparaît d'abord au travers des yeux de mon petit garçon.

Antoine fait enfin de vraies nuits. Six ou sept heures d'affilées. Il ne pleure plus. Il dort. Il rêve, sans doute. Il digère aussi. Le lait qui sort de mes seins. J'ai goûté. Julien a goûté. Cela n'a pas franchement de goût. C'est une sorte de potion trouble qui n'a rien à voir avec le lait de vache. Ce qui est incroyable, c'est que je me rendorme aussitôt après avoir allaité comme par magie. Mon corps sécrète des hormones spéciales. Je somnole même pendant qu'Antoine tète. Je plane un peu.

« Y a pas à dire, c'est de la bonne came le lait maternel… » Eugène avait décidé de faire un portrait d'Antoine. La proposition se frayait un chemin vers l'absurde tout en établissant que tous les êtres sont des personnes, peu importe leur âge. Antoine tenait tout juste assis et nous étions partis zone 3 ou 4, dans le nouvel espace qu'Eugène avait investi pour peindre. Un immense cube de béton, très haut de plafond, et dont les structures métalliques étaient visibles. Il partageait l'endroit avec tout un tas d'artistes… Les toiles se suivaient à perte de vue ; les établis s'enchaînaient et l'atmosphère changeait tous les dix mètres. Fragile. Terne. Doux. Sulfureux. Plastique. « C'était une fabrique d'élastiques, ici, avant… Y en a partout, t'as vu ! » Tout en parlant, Eugène en ramasse un, le coince entre son majeur et sa paume, fait un tour derrière son pouce, puis le cale au bout de son index… « Regarde ça, mon bonhomme… » Antoine ouvre de grands yeux ; Eugène pointe son index vers le haut, puis lâche son majeur : l'élastique décolle… et file s'amarrer sur l'un des garde-corps qui ornent le bâtiment. « Yes ! » Antoine éclate de rire…

Tout au bout de l'immense allée, le long d'un mur, je reconnais le travail d'Eugène. Il y a mon ventre… Décliné sur trois feuilles de papier comme une soucoupe volante tournant sur elle-même. Culbute temporelle. L'artiste installe mon fils sur un fauteuil datant du Directoire. Agenouillée près du siège, les bras passés sous l'accoudoir, je soutiens la posture d'Antoine. Il a l'air si sérieux. Parfois, il prend de ces allures de politicien… Comme s'il était déjà vieux. Au bout d'un moment, le sénateur a eu faim. Je l'ai donc nourri, et Eugène s'est attendri tant et si bien qu'il s'est essuyé les yeux du revers de la main. « Bordel, pardon… Ça me fait chialer… Je suis hyper-sensible en fait, c'est tout… »

Antoine a roidi le port de sa tête et il parvient à se retourner – du dos sur le ventre, du ventre sur le dos… « Bravo ! » Je le félicite, je l'encourage. Même à son âge, j'ai l'impression qu'il comprend tout ce que je lui dis. Il pousse de petits cris – comme le chiot, qui n'en est déjà presque plus un et qui n'a toujours pas de nom… En admirant une nouvelle série de prouesses, je me souviens de tous ces hommes… Tous les hommes que j'ai rencontrés… Tous les pères que j'ai imaginés être le bon… Je me les rappelle… Beaux. Tous. Il y a quelque chose qui les rapproche, un rien, une substance… Ils sont incroyablement différents et pourtant ils se ressemblent… Parce que je donne son bain à mon fils, je les imagine dans un parc aquatique, en miniature, par-dessus les canards en plastique, sur les rebords de la baignoire… Maxime plonge, l'Anglais s'en veut d'avoir le vertige, Eugène s'excuse de pleurer, Julien évite de s'émouvoir, les autres cabriolent dans les airs… Ce ne doit pas non plus être évident d'être un homme… Ce ne doit pas être évident d'avoir sans cesse à se comporter en héros, de devoir systématiquement se distinguer par des exploits… Ce ne doit pas être évident de toujours garder la face… Les pressions afférentes aux deux sexes sont extravagantes de toutes parts. Cela me paraît aussi compliqué d'être l'un ou l'autre… On ne naît pas homme, on le devient… Il faudra un paquet de temps pour atténuer les systématismes.

Les cheveux d'Antoine frisent. Ils ne s'arrêtent pas de boucler. Ils sont très fins, très blonds ; et en boucle, ils bouclent. En revanche, ses yeux ont foncé. Ils tendent vers le brun, cherchent le noisette de ceux de Julien. Ils ne seront pas bleus… Pas de bleu sous les boucles blondes… Les yeux de Martin sont restés au cimetière…

Qui sait ? Peut-être à la prochaine génération…

Jeanne tient à assumer le rôle de baby-sitter. Dur comme fer. Nurse, nounou, nourrice, gouvernante. D'abord, pour que je puisse continuer à m'occuper de la galerie, et aussi car elle affirme – ce qui semble complètement fou, mais pourquoi pas… – devoir corriger le karma d'une vie antérieure en s'occupant d'un enfant. « C'est un genre de système compensatoire… Je ne sais pas, au fond, si c'est du lard ou du cochon… Mais, dans le doute, comme Pascal vis-à-vis de Dieu, je fais comme si ! » Elle avait apporté des cartons de livres, de jouets, de petits vêtements de toutes tailles ayant appartenu à l'un de ses filleuls, qui avait déjà bien grandi puisqu'il préparait « le bachot »… Jeanne est un spectacle à elle toute seule… Antoine démolit les plis de son brushing, bave sur ses cols de chemise, et lui a même aussi une fois fait pipi dessus alors qu'elle changeait sa couche ; mais Jeanne était ravie… « Tu ne te rends pas compte à quel point cela me fait du bien, ma chérie… J'ai ça dans le sang ! »

Nous sommes allés dans le Jura. Dans la maison de Paula. Julien trouve que c'est un bel endroit pour réfléchir. Nous avons commencé par trier les papiers, les vêtements. Paula avait tout préparé. La plupart des meubles étaient encore sous des draps… Je suis entrée dans la chambre du grand-père pour la première fois. Une odeur de renfermé et d'éternité… Comme s'il était resté jusqu'à la mort de ma grand-mère. Comme s'il était demeuré là, à l'attendre. Le lit était fait. Un couvre-lit jaune en coton strié à reliefs glisse sous des coussins tissés et fleuris dans les même teintes. Un cahier assorti trône sous la cache du secrétaire. Je l'ai ouvert.

L'écriture de ma grand-mère est gracieuse, un tantinet gothique, droite et vigoureuse. Les boucles de ses *l* s'envolent et les monts de ses *m* et de ses *n* mettent des coups de bêche. Les mots s'entrechoquent. Paula révèle un de ces secrets de famille qui dérangent… Parce que tous les jours, il la battait, Rose, mon arrière-grand-mère, a empoisonné son mari Albert… En mélangeant savamment du muguet à des digitales. Quelques mois après la naissance de ma grand-mère et l'élection du Front populaire. Au printemps de l'année 1936. En ce temps-là, c'était difficile de divorcer, donc Rose l'avait assassiné. Personne n'en avait jamais rien su. Le mot « personne » est inscrit en majuscules. Rose s'était confessée juste avant de mourir au curé de sa paroisse. Et le jour où Claude-François avait réussi à me faire croire que j'avais disparu parce qu'il l'assumait haut et fort, le curé avait tout révélé… C'était cet après-midi-là… J'en suis certaine. J'avais hurlé bien trop longtemps et ma grand-mère avait interrompu le manège de mon cousin alors qu'elle avait déjà perdu la face. Je relis en me souvenant de son visage crispé et de la mine égarée qu'elle avait en déboulant dans le jardin… Mes genoux vacillent. Paula avait dû m'imaginer exactement comme j'étais tandis qu'elle écrivait… Debout, la main appuyée sur le secrétaire… Je ne sais pas si je suis choquée ou si je pense que Rose a bien fait…

L'existentialisme de Sartre me convenait finalement. Je n'avais pas envie de penser le structuralisme de Lévi-Strauss de la façon dont me le présentait le bleu du stylo à bille de ma grand-mère. Je préférais ce qu'elle avait noté sur la dernière page, près d'une feuille de menthe religieusement pressée à la fin de ce mémorandum comme dans un herbier :

« Harmonieusement :
Aimer, oui c'est bien ça le secret d'une vie réussie.
Aimer la vie –
Aimer les insectes –
Aimer les fleurs.
C'est ainsi que la vie est BELLE,
et qu'on se sent bien. »

Dans le salon, après avoir endormi Antoine, Julien était parvenu à faire fonctionner l'antique télévision. Un napperon brodé lui servait de couronne. « Grands conflits armés. » L'une des nombreuses et longues listes que dressait Paula a glissé sur le parquet, tandis que, d'une main, Julien triturait les boutons du vieux poste pour finalement choisir de s'arrêter sur une comédie musicale… Maintenant, il sommeillait avec Antoine dans le creux d'un fauteuil de velours vert… C'était là que Paula s'asseyait pour regarder les jeux… J'ai considéré mon fils sur la poitrine de Julien, puis je suis retournée chercher le cahier jaune dans la chambre… Au contraire du suicide de Martin, l'accident de mon père me semblait un malheureux hasard… En fouillant dans les papiers, j'avais retrouvé les rapports et les comptes rendus. Ceux de la police, ceux du légiste. L'accident avait eu lieu juste après le kilomètre 1180, sur l'autoroute A1. Mon père roulait trop vite ; le camion n'avait pas pu l'éviter ; il était mort sur le coup…

À tourner les pages du cahier plus calmement, je comprenais mieux les douleurs de ma grand-mère. Celle d'avoir perdu son fils et celle d'avoir perdu son mari… La raideur de la souffrance était allée jusqu'à s'incruster dans son corps, dans ses manies et sur les traits de son visage… Elle décrivait avec une infinie tendresse leurs adieux, comme un cliché au-dessus d'une grande palissade... Paula n'avait pas voulu que mon grand-père parte au Vietnam. Elle s'était opposée à son désir de bataille, mais elle avait perdu. En bon militaire, mon grand-père voulait participer à cette guerre, se battre et gagner. « *It's like man and woman !* » Je me souvenais des explications d'Helen... C'était le yang dans toute sa splendeur. Le yang, dévergondé et volontaire... Le yang qui conquiert, magnifique d'allant, mais qui peut s'avérer dévastateur s'il n'est pas sage ou pondéré.

Guerre civile yéménite. Insurrection moro aux Philippines. Conflit kurde en Turquie. Guerre civile somalienne. Insurrection oromo en Éthiopie. Guerre du Darfour. Guerre de la drogue au Mexique. Insurrection de Boko Haram. Guerre civile syrienne. Insurrection du Sinaï. Conflit du Kordofan du Sud. Guerre civile sud-soudanaise. Deuxième guerre civile libyenne. Guerre d'Afghanistan. Conflit dans l'État d'Arakam. Guerres baloutches. Conflit israélo-palestinien. Conflit au Xinjiang. Insurrection au nord-est de l'Inde. Rébellion naxalite. Conflit armé colombien. Conflit hmong. Conflit armé péruvien. Insurrection maoïste en Turquie. Conflit en Casamance. Insurrection au Jamnu-et-Cachemire. Révolte au Chiapas. Insurrection dans l'Ogaden. Seconde insurrection de l'Afar. Conflit d'Ituri. Guerre du Sahel. Conflit interne au Bangladesh. Crise dans le delta du Niger. Guerre du Kivu. Conflit armé du nord-ouest du Pakistan. Conflit frontalier du Haut-Karabagh. Guérilla en Ciscaucasie. Guerre du Mali. Insurrection au Mozambique. Guerre du Donbass. Crise burundaise. Rébellion Kamwina Nsapu. Guerres russo-géorgiennes. Guerre contre le terrorisme. Insurrection albanaise. Guerre d'Irak. Rébellions touarègues. Guerre civile tchadienne. Deuxième guerre de tchétchénie. Crise constitutionnelle russe. Guerre du Kosovo. Guerre de Bosnie. Révolution roumaine. Conflit nord-irlandais. Invasion turque de Chypre. Conflit basque. Conflit de Kargil. Seconde guerre civile cambodgienne. Insurrection des frères musulmans en Syrie. Révolution iranienne. Guerre du Timor Oriental. Révolte du Chiapas. Intervention militaire en Haïti. Invasion du Panama. Invasion de Grenade. Guerre des Malouines. Guerre civile du Salvador. Guerre de cent heures. Occupation de la République dominicaine. Révolution sandiniste. Guerre civile au Guatemala. Révolution cubaine. Conflit armé colombien. Guerre civile au Costa Rica. Guerre du Cenepa. Guerre du Paquisha. Guerre Éthiopie-Érythrée. Deuxième guerre du Congo. Guerre civile de Guinée-Bissau. Opération Infinite Reach. Première guerre du Congo-Brazaville. Conflit de Caprivi. Génocide au Rwanda. Guerre civile du Burundi. Guerre civile d'Algérie. Opération Restore Hope. Guerre civile de Somalie. Guerre civile en Sierra Leone. Guerre civile djiboutienne. Guerre civile du Rwanda. Guerre du Liban. Première et deuxième guerre civile du Liberia. Première guerre civile cambodgienne. Conflit maritime intercoréen. Conflit frontalier intersoviétique. Guerre civile du Yémen du Nord. Conflit de Papouasie occidentale. Massacres de 1965 en Indonésie. Guerre sino-indienne. Insurrections kurdes sous la République d'Irak. Guerre du Vietnam. Soulèvement tibétain de 1959. Crise de 1958 au Liban. Deuxième crise du détroit de Taïwan. Première crise du détroit de Taïwan. Insurrection de l'Armée de résistance du Seigneur. Opération El Dorado Canyon. Opération Jambe de bois. Guerre civile laotienne. Guerre de Noël. Guerre de Corée. Invasion du Tibet. Première Intifada. Guerre civile en Birmanie. Conflit israélo-palestinien. Conflit israélo-arabe. Première guerre indo-pakistanaise. Partition des Indes. Guerre d'Indochine. Révolution nationale indonésienne. Seconde guerre du Sud-Soudan. Guerre de brousse en Ouganda. Guerre ougando-tanzanienne. Deuxième guerre du Shaba. Guerre de l'Ogaden. Guerre égypto-libyenne. Première guerre du Shaba. Raid d'Entebbe. Guerre du Sahara occidental. Guerre civile au Nigeria. Guerre du Tchad. Guerre de la frontière sud-africaine. Guerre des sables. Rébellion touarègue au Niger. Rébellion touarègue au Mali. Guerre d'indépendance de l'Érythrée. Guerre d'indépendance du Mozambique. Guerre d'indépendance de la Guinée-Bisseau et du Cap-Vert. Guerres coloniales portugaises. Guerre d'indépendance de l'Angola. Guerre du Vietnam. Crise de Bizerte. Crise congolaise. Guerre d'Ifni. Guerre de Suez. Première guerre du Sud-Soudan. Guerre d'Algérie. Révolte des Mau-Mau. Insurrection malgache de 1947. Guerres baloutches. Seconde Guerre mondiale. Guerre soviéto-japonaise. Guerre civile espagnole. Deuxième guerre sino-japonaise. Guerre des émeus. Grande révolte arabe en Palestine. Guerre des plaines centrales. Guerre civile chinoise. Guerre des Druzes. Troisième guerre anglo-afghane. Guerre russo-japonaise. Guerre péruano-équatorienne. Conflits frontaliers entre le Pérou et l'Équateur. Guerre du Chaco. Guerre colombo-péruvienne. Guerre de Cristeros. Révolution mexicaine. Campagne du Gabon. Campagne d'Afrique de l'Est. Guerre du désert. Résistance éthiopienne. Seconde guerre italo-éthiopienne. Invasion soviétique de la Géorgie. Guerre d'indépendance de l'Estonie. Guerres d'indépendance de la Lettonie. Guerres d'indépendance lituaniennes. Guerre d'indépendance turque. Campagne de Cilicie. Guerre civile irlandaise. Guerre du Rif. Guerre d'indépendance irlandaise. Première Guerre mondiale. Troisième guerre balkanique. Deuxième guerre balkanique. Première guerre balkanique. Révolte de Kaocen au Niger. Rébellion touarègue. Djihad des Sénoussis. Guerre italo-turque. Guerre gréco-turque. Guerre serbo-bulgare. Guerre russo-turque de 1877-1878. Troisième guerre carliste. Commune de Paris. Guerre franco-allemande. Guerre austro-prussienne. Troisième guerre d'indépendance italienne. Seconde guerre des Duchés. Insurrection polonaise. Campagne d'Italie. Guerre de Crimée. Première guerre des Duchés. Première guerre d'indépendance italienne. Guerre du Sonderbund. Deuxième guerre carliste. Première guerre carliste. Guerre de Vendée et Chouannerie de 1832. Révolution belge. Insurrection de novembre 1830 en Pologne. Guerre civile portugaise. Guerre russo-turque. Expédition d'Espagne. Guerre d'indépendance grecque. Guerre du Caucase. Soulèvements serbes. Guerre suédo-norvégienne. Guerre russo-turque. Guerre de Vendée et Chouannerie de 1815. Guerre napolitaine. Campagne de Belgique. Guerre de la septième coalition. Campagne de France. Campagne de Russie. Guerre de la sixième coalition. Guerre de Finlande. Guerre de la cinquième coalition. Guerre d'Espagne. Guerre de Tripoli. Guerres cafres entre Afrikaners et Xhosas. Guerre de Vendée. Première campagne d'Italie. Guerre du Roussillon. Guerre de la première coalition. Révolution française. Guerre de la Marmite. Guerre de succession de Bavière. Guerre des paysans russes.

Guerres des Chapeaux. Guerres de Silésie. Guerre de succession d'Autriche. Guerre de succession de Pologne. Guerre anglo-espagnole. Guerre de la Quadruple-Alliance. Troisième guerre austro-turque. Rébellions jacobites. Guerre russo-turque. Guerre des Cévennes. Guerre de succession d'Espagne. Grande guerre du Nord. Campagne de Ceylan. Guerres anglo-marathes. Guerres du Mysore. Campagne de l'Oudh. Guerres carnatiques. Guerre russo-persane. Guerre russo-tlingit. Expédition de Saint-Dominique. Révolution haïtienne. Guerre des Antilles. Guerre d'indépendance des États-Unis. Guerre de Lord Dunmore. Rébellion de Pontiac. Guerre de la Conquête. Guerre de Sept Ans. Guerre anglo-micmac. Guerre de l'oreille de Jenkins. Guerre des Chicachas. Guerre hispano-portugaise. Guerre anglo-wabanaki. Guerre franco-espagnole. Guerre de la Quadruple Alliance. Guerre des Yamasee. Guerres des Emboabas. Guerres inercoloniales. Guerre entre les régences d'Alger et de Tunis. Guerre entre les royaumes denkyira et ashanti. Guerre de la ligue d'Augsbourg. Guerre russo-turque. Guerre de Morée. Guerre des Réunions. Deuxième guerre austro-turque. Guerre russo-turque. Guerre de Hollande. Guerre polono-turque. Guerre de Dévolution. Guerre dano-suédoise. Première guerre du Nord. Guerre polono-russe. Guerre anglo-espagnole. Guerre des paysans suisses de 1653. Guerres anglo-néerlandaises. Conquête cromwellienne de l'Irlande. Fronde. Guerre de Crète. Guerre civile anglaise. Guerre de Restauration. Soulèvement de la Catalogne. Guerre des Trois Royaumes. Guerre des évêques. Guerre franco-espagnole. Guerre polono-turque. Guerre de Smolensk. Guerre de succession de Mantoue. Guerre franco-anglaise. Guerre anglo-espagnole. Guerre de Dix Ans.

Guerre de Trente Ans. Guerre suédo-polonaise. Guerre polono-turque. Guerre de Gradisca. Guerre de succession de Montferrat. Guerre de Kalmar. Guerre d'Ingrie. Guerre de succession de Juliers. Guerre polono-russe. Guerre suédo-polonaise. Conflit anglo-moghol. Guerres intercoloniales. Deuxième guerre du Tayasal. Révolte des Pueblos. Guerre du roi Philip. Invasion de La Nouvelle-Néerlande par les Anglais. Guerre du Pêcher. Invasion de la Nouvelle Suède par les Hollandais. Guerre de Kieft. Guerres franco-iroquoises. Guerre civile acadienne. Guerres des Pequots. Guerres indiennes. Première guerre du Tayasal. Guerre anglo-powhatans. Conquête portugaise de l'Angola. Guerre néerlando-portugaise. Guerre contre Sigismond. Guerre de neuf ans en Irlande. Guerre des magnats moldaves. Guerre du Rappen. Guerre russo-suédoise. Guerre anglo-espagnole. Quatrième guerre vénéto-ottomane. Rébellions des Géraldines du Desmond. Guerre de Quatre-Vingts Ans. Guerre russo-turque. Guerre nordique de sept ans. Guerres de religion en France. Guerre de Livonie. Guerre russo-suédoise. Guerre de Schmalkaden. Troisième guerre vénéto-turque. Guerre des Comtes. Guerre de Kappel. Septième guerre d'Italie. Guerre des paysans. Sixième guerre d'Italie. Guerre des communautés de Castille. Guerre de la ligue de Cambrai. Guerre de succession de Lanshut. Guerres ottomanes en Europe. Guerre Imjin. Première guerre turco-portugaise. Guerre d'Arauco. Guerre de sucession inca. Conquête espagnole du Yucatan. Guerre du royaume de Q'umarkaj. Conquête de l'Empire aztèque. Guerre adalo-éthiopienne. Guerre maroco-Songhaï. Deuxième guerre vénéto-ottomane. Guerre de Souabe. Guerre russo-suédoise. Guerre fratricide de Saxe. Conflit dano-suédois. Guerre civile de Navarre. Guerre de Treize Ans. Guerre des Deux-Roses. Guerre de succession de Naples. Première guerre vénéto-ottomane. Ligue du Bien public. Guerre des Six Deniers. Guerre de Bohême. Guerre anglo-hanséatique. Guerre moldavo-ottomane. Guerre de Bourgogne. Guerre de succession de Castille. Guerre autro-hongroise. Guerre de Ferrare. Guerre de Grenade. Guerre folle. Guerre franco-bretonne. Guerres entre Lituanie et Moscovie. Lutte albanaise contre les Ottomans. Croisade de Varna. Ancienne guerre de Zurich. Conquête aragonaise du royaume de Naples. Guerre du royaume de Pologne contre l'ordre Teutonique. Guerre de la hottée des pommes. Guerres de Lombardie. Siège de Thessalonie. Guerre de Gollub. Croisades contre les hussites. Guerre du royaume de Pologne-Lituanie contre l'ordre Teutonique. Crise portugaise. Guerre de Berthoud. Guerre de Chiogga. Guerre des Huits Saints. Guerre de succession de Gueldre. Guerre des deux Pierre. Première guerre civile de Castille. Guerre civile byzantine. Guerre de Cent Ans. Deuxième guerre d'indépendance de l'Écosse. Guerre des quatre seigneurs. Révolte des Karls. Guerre des Awans et des Waroux. Neuvième croisade. Invasion Ming du Dai Viêt. Campagnes de Tamerlan. Invasions mongoles du Japon. Guerre de succession de Flandre et du Hainaut. Guerre de Saint-Sabas. Guerre écosso-norvégienne. Seconde guerre des barons. Huitième croisade. Sixième croisade. Première guerre d'indépendance de l'Écosse. Bataille de Worringen. Guerre de succession du Limbourg. Guerre de Navarre. Guerre de la vache en Wallonie. Septième croisade. Guerre des Amis. Sixième croisade. Guerre de succession de Champagne. Cinquième croisade. Première guerre des barons. Croisade des Albigeois.

Quatrième croisade. Croisades baltes. Troisième croisade. Invasion normande de l'Irlande. Première guerre de Cent Ans. Guerre d'Ōnin. Invasions mongoles. Rébellion de Hogen. Rébellion de Heiji. Guerre de Guenpei. Guerre civile anglaise. Conquête normande de l'Angleterre. Guerres baussenques. Deuxième croisade. Guerres turco-byzantines. Première croisade. Invasions normandes. Guerre bulgaro-byzantine. Guerre entre Rus' et Byzantins. Guerres des Francs contre les Avars. Guerre des Saxons. Conquête musulmane de l'Hispanie. Guerre des Goths. Guerre de Burgondie. Révolte des Zanj. Révolte d'An Lushan. Guerre de Jinshin. Conquête musulmane de la Perse. Guerres entre Arabes et Empire byzantin. Batailles de Mahomet. Guerres perso-byzantines. Conquête musulmane du Maghreb. Guerre des Vandales. Guerre des Trois Royaumes de Chine. Guerres des Goths. Reconquête de l'Empire gaulois. Seconde guerre contre Palmyre. Première guerre contre Palmyre. Guerres marcomanes. Guerre parthique de Trajan. Guerres daciques de Domitien et de Trajan. Conquête de la Grande-Bretagne. Guerres judéo-romaines. Guerres partho-romaines. Conquête romaine de la Rhétie et de l'arc alpin. Campagnes d'Auguste en Afrique et en Arabie. Guerres cantabres. Guerre des Gaules. Guerres civiles de la République romaine. Guerres de Mithridate. Guerres partho-romaines. Guerre de Jugurtha. Guerre des Cimbres. Guerres serviles. Guerre lusitanienne. Guerres celtibères. Guerre séleucide. Guerres de Macédoine. Guerres d'Illyrie. Guerres puniques. Guerre de Pyrrhus en Italie. Guerre entre Rome et Tarente. Deuxième guerre romano-aurunce. Guerres samnites. Première guerre romano-aurunces. Guerre romano-hernique. Conquête romaine de l'Étrurie. Guerres romano-étrusques.

Guerre latine. Guerres romano-latines. Guerres romano-volsques. Guerre romano-èque. Raids gaulois en Italie. Guerres entre Rome et Véies. Guerres romano-sabelliennes. Guerre contre Nabis. Seconde guerre crétoise. Première guerre crétoise. Guerre de Cléomène. Guerre démétriaque. Troisième guerre de Sicile. Guerre lamiaque. Troisième guerre sacrée. Guerre des alliés. Guerre de Corinthe. Deuxième guerre médique. Deuxième guerre de Sicile. Première guerre médique. Deuxième guerre sacrée. Guerre du Péloponnèse. Première guerre de Sicile. Guerres des diadoques. Guerres de Syrie. Révolte de l'Ionie. Campagnes d'Alexandre le Grand. Révolte de la Palestine. Révolte babylonienne. Conflit entre Étrusques, Carthaginois et Phocéens. Bataille d'Alalia. Toute première guerre sacrée. Deuxième guerre de Messénie. Toute première guerre de Messénie. Guerre lélantine. Révolte des Benjaminites. Guerre entre Babylone et l'Assyrie. Bataille de Qadesh. Guerre de Troie.

Antoine crapahute, rampe, essaye de marcher en claudiquant. Tombe, se relève, tente, essaye, tombe, se relève encore, essaye encore. Il n'arrête jamais de tomber et de se relever. Sa persévérance est incroyable. Je voudrais qu'à chaque pas, plus tard, il se souvienne qu'il est tombé un nombre incalculable de fois. Et qu'il s'est relevé, toujours… Sans peine et dans la joie.

Je vais galoper avec Clara. Nous nous sommes remises, l'une et l'autre. Clara a fait des sautes de poids. J'ai accouché. Clara m'avait conseillée du mieux qu'elle avait pu quand elle en avait eu l'occasion. Je l'avais calmée en d'autres. On avait mis chacune de l'eau dans nos vins, du mieux qu'on avait pu, comme on avait pu, aux moments qu'il fallait, s'il fallait…

Je ne savais pas bien, au fond, si c'était réellement moi qui avais pris soin d'elle ou si c'était elle qui avait pris soin de moi… Anir avait tenu sa promesse mais j'étais convaincue que Clara avait toujours su. Ou qu'elle avait deviné. Comme Harald. À la maternité, j'avais plus ou moins évité le sujet et vaguement évoqué le beau brun. Clara s'était à peine troublée derrière le pied d'un grand hortensia qu'elle avait choisi bleu… Elle avait grossi, elle avait maigri ; mais toujours, elle avait gardé ce sourire qui dit que rien n'est grave et que la vie est à prendre telle qu'elle arrive. Et dorénavant, Anir était à son bras. Ils se protégeaient l'un l'autre…

Les bois étaient d'un vert écume, le vent secouait les branches, la terre se tassait d'abord pour s'envoler ensuite, projetée par les sabots des chevaux. Le ciel se voyait à travers les arbres. L'allure vive de nos montures faisait osciller les étoiles précoces entre les ombres noires de la campagne. Le squelette de la forêt serpentait le long des nuages, peuplant de lianes les astres qui devenaient, dans le sombre blanc, comme une bande de lucioles s'amusant sur le bois des chênes. Une odeur de feu sillonnait la terre. Comme à Baume, parfois, l'hiver. L'automne se défaisait de sa dernière fragrance. La terre mouillée et le pourrissement des feuilles se rendaient à la cendre et à la combustion. La terre, l'air et l'eau avaient perdu contre le feu... La terre, l'air et l'eau. Pierre, feuille, ciseaux. La terre, l'air et l'eau...

Clara a brusqué sa course en plein galop et s'est arrêtée net. Elle avait l'air sévère sous sa bombe, un air de caporal. Elle a collé les mots qu'il fallait ensemble pour poser LA question, elle a débité son texte, formulé la phrase en l'articulant du mieux qu'elle pouvait, pris son courage à deux mains et balancé toutes les syllabes qu'elle avait apprises par cœur. Clara a demandé si Antoine était le fils de Martin. Elle me regardait avec des yeux qui avaient la ferme intention de forcer l'aveu. J'ai senti mes joues rougir, mes pommettes prendre la teinte des feuilles. J'aurais pu tomber de cheval. Je suis restée en selle. Le temps s'est arrêté. Je sentais le remous en moi, comme le mouvement de l'eau, de l'air, autour d'un obstacle, de ce secret caché que je ne voulais pas révéler et qui m'enfermait moi-même à la manière de celui de Rose... Je suis restée en selle, les deux pieds dans les étriers. Clara voulait que j'acquiesce ou que je n'acquiesce pas. C'était tout. Les ongles de mes pouces s'enfonçaient dans le cuir de mes rênes doublés de caoutchouc... J'ai acquiescé, hoché la tête. J'ai même dit « oui ». Simplement. Sans bouger les lèvres. Alors qu'elle ne pouvait pas l'entendre... J'ai dit « oui ». Clara a souri.

Antoine a ri et montré ses dents de devant, les six qui avaient poussé – quatre en haut et deux en bas – bien droites et traumatisantes de blanc. Il aurait un sourire magnifique, c'était sûr. À défaut de prononcer un traître mot, mon fils souriait sans arrêt. Comme s'il reconnaissait le miracle de son existence. Je le regardais... Je réfléchissais, tout en le regardant, aux milliers de choses qui s'accomplissaient au même moment… Partout. Partout et tout le temps.

Antoine pleure. Mon fils a la varicelle, de la fièvre et des boutons. Le chien sans nom le regarde. Antoine râle, Antoine pleure. Le chien sans nom se couche en gémissant, pose son museau sur ses pattes. Les informations s'égosillent dans la radio. Antoine a chaud. Je ne sais pas si j'ai déjà eu la varicelle. Il faudrait que je puisse demander à ma mère. Antoine crie. Je ne sais pas si j'ai déjà eu la varicelle. Antoine crie comme les goélands au-dessus des vagues, ses pleurs planent au-dessus de moi sans discontinuer tandis qu'on entend les femmes défiler dans les rues à Paris et en province… « Ras le viol », « À bas le patriarcat », « Un milliard contre les violences sexistes et sexuelles », « Féminicides, pas une de plus ! »… Antoine pleure. Je ne sais pas si j'ai déjà eu la varicelle. Julien pense que oui. « Vous n'aurez plus jamais notre silence », « Moins de gnons, plus de sanctions », « Rose, 62 ans, est venue avec sa fille (…) ». Ouvrir un tiroir, penser à mon arrière-grand-mère… « À ce jour, 47 femmes sont mortes en France sous les coups de leurs compagnons depuis le 1er janvier. » Je ne sais pas à qui je dois pardonner. À Rose ou à Albert ? « Selon l'ONU, 87 000 femmes ont été tuées en 2017, dont la moité par des proches. » Aux deux… Forcément, aux deux. À l'inconscience de l'un, à la conscience de l'autre. « En Afrique du Sud, une femme est tuée toutes les trois heures. » Pardonner aux deux. « Il faut que ça s'arrête, on veut la fin des crimes passionnels ! » Retrouver, enfin, la relique titubante de mon carnet de santé. « Une pensée toute particulière pour Marie Trintignant. » Peu importent les tombes et les incinérations, je saurai. « “Marie”, c’est l’anagramme d’aimer. » J’ai eu la varicelle.

Je suis partie sur la plage en Normandie, là où Martin est mort. Il y a quelque chose de fascinant dans l’image que l’on garde des gens qui meurent tôt. Ils restent jeunes, beaux et fougueux – comme la mer –, ni rides ni arthrose ; ni taches. Ils ont la vie devant eux, à jamais. Comme un sublime regret. À mourir vieux, au contraire, on risque de n’être plus qu’un remords… Antoine ramasse un coquillage, gratte du bout de son doigt le reste d’un bouton qu’il a sur le front. Il aura une cicatrice. J’espère qu’à soixante ans, il la regardera encore en se disant qu’elle a vécu avec lui. J’espère qu’à soixante ans, qu’à soixante-dix… La mer fait le bruit d’une cloche. Le vent sème la nature en écho. On entend la campagne, derrière, qui teinte l’écume du bruissement des feuilles. Les branches tournent, l’herbe plie, les nuages fuient en avant comme pour échapper à l’univers. Le ciel est de moins en moins clair. Mode veille. Seule la lune est intacte, phosphorescente sous le voile gris de la nuit qui vient. Je m’écoute respirer au rythme des vagues. Les mots et les idées se sont échappés. Ma cavité crânienne est rendue à son environnement. Sans qu’aucune voix ne monte plus à la tête. Dans le silence de mes deux poumons qui fonctionnent.

Je me souvenais de toutes les phrases du beau brun. De toutes les réflexions dont il me faisait part. Je les recevais à l'époque dans l'inconscience de mon âge. Je n'avais pas les outils pour les entendre, ni aucun moyen de les concevoir. Pourtant, je me souvenais de chacune de ses phrases – probablement pas de toutes mais du moins, sans doute, de celles qui malgré moi m'avaient marquée – et elles résonnaient, telle la sagesse d'un vieil Amérindien dans sa cabane. Le Brésil m'était inconnu, mais les vérités indigènes du beau brun me faisaient voyager de tribu en tribu tout le long de la rivière Madeira…

Il y a deux ans, j'étais face à un homme qui tentait de se construire, face à un être humain qui réfléchissait du plus profond de lui-même pour essayer d'exister du mieux qu'il pouvait avec ses chimères… Et moi, je les jugeais superflues ou s'attachant à répondre à d'inexistantes problématiques… Désormais, c'était limpide. Chaque idée s'enracinait dans la terre. J'avais pris de la graine depuis mon ovule justement fécondé. La vie m'avait sortie d'une gangue, d'un carcan dont j'observais dorénavant les limites avec la plus grande des douceurs : l'acceptation régnait. « Je parviens à être le même tout le temps », avait dit le beau brun, un soir, en reposant son verre de gin-tonic sur le zinc d'un comptoir. Il avait annoncé ça telle une victoire gigantesque, comme le résultat d'une lutte… Je l'imaginais sur son scooter, avec ses chaussures argentées, au beau milieu d'un terrain vague, tenir une épée et se battre à la façon des Hindous…

Antoine est né il y a dix-sept mois. Aujourd'hui, je suis allée rendre visite aux parents de Martin dans la Somme, près de Goyencourt. Je m'étais rapidement entretenue avec son père au téléphone. Je suis arrivée en début d'après-midi, juste après le déjeuner. Antoine avait dormi tout le long du trajet dans un siège-auto que l'entreprise de location m'avait fourni avec la voiture. Mon fils dans les bras, j'ai poussé un portail de bois blanc et marché sur les gravillons d'une allée qui conduisait jusqu'à une maison relativement récente en brique rouge entourée d'arbres. Sur le perron, je prends une inspiration avant de secouer le battant d'une petite cloche. La porte s'ouvre. Les parents de Martin m'invitent à entrer. Nous passons au salon. Le canapé est en cuir vert, tout comme les deux fauteuils qui lui font face… « Antoine. » Mon fils s'appelle Antoine. Le visage de la mère de Martin s'éclaire quand elle le regarde. « Vous voulez le prendre dans vos bras ? » Elle accepte. Antoine gazouille sur ses genoux… C'est un de ces moments de haute voltige, un de ces moments qui réconcilient tout jusqu'au tréfonds des âmes. Le père de Martin me fixe sans comprendre encore vraiment pourquoi je suis là… Je n'ai pas de mots pour décrire la joie qui a troublé leurs yeux quand la vérité est sortie de ma bouche.

Si Martin avait connu les yeux de son petit garçon, s'il avait vu ses mains attraper les objets, ses doigts se fourrer dans les trous du gruyère… S'il l'avait entendu pleurer au beau milieu d'une, de deux, de plusieurs nuits. S'il lui avait raconté des histoires, le soir, pour que ses yeux se ferment. S'il avait laissé la lumière du couloir allumée. S'il avait tenu la cuillère de compote, purée, confiture, marmelade. S'il avait dénoyauté les cerises pour faire un clafoutis. S'il avait construit des châteaux et des cabanes. S'il avait conduit la voiture pour l'emmener voir l'océan. S'il avait ramassé du verre poli, du sable et des galets… S'il s'était posé la question de mourir et qu'il n'était pas mort…

Antoine lance ses jouets. Tous ses jouets. Aujourd'hui, ce sont les formes géométriques qui volent… Je ramasse un triangle de bois jaune foncé qui s'est échoué entre les pattes du chien… Celui-là, alors. Il est d'une patience à toute épreuve. Au milieu des livres pour enfants, il ne bronche pas. Antoine peut faire n'importe quoi, lui tirer les poils, les oreilles, il demeure sage et droit. Fidèle à lui-même. Comme un sphynx… Devant le chien stoïque, la pièce de bois prend soudain l'allure d'une pyramide. J'en triture les trois coins tandis qu'un rond et un carré filent entre mes jambes… La pyramide, c'est Khéops ou Maslow ; le triangle, c'est Pythagore ou Karpman… Après la révélation d'avoir voulu « sauver mon père », j'avais rappelé le psychiatre du boulevard Beaumarchais, le médecin m'avait livré le nom de son homologue américain, m'expliquant dans les grandes lignes le principe : « Se positionner en victime, en bourreau ou en sauveur… Jouer tel ou tel rôle, en changer selon les situations… Souffrir. Persécuter. Réparer. Ce sont les trois axes de cette fange… » Eugène avait peut-être raison avec son histoire de Trinité… Des cellules cancéreuses à la géopolitique mondiale, toutes les relations peuvent, tendent à, sont suceptibles de. « Aïe. » Dégénérer.

S'extraire du monde. S'extraire du marché. Julien et moi faisions l'amour pendant des heures. Marauder dans le désir ; maîtriser la jouissance, en faire quelque chose de beaucoup plus subtil, d'infiniment plus grand… Phénoménal. Chimique. En moi-même, d'abord. C'est si bon d'être une femme… Désormais, j'éprouve même un certain plaisir à porter des robes tant j'aime la façon dont les mains de Julien en peuvent soulever la dentelle vaporeuse. Tant j'aime sentir la légèreté des tissus flotter autour de moi, l'air qui s'engouffre, qui file, fait gonfler, transite puis s'échappe. Zéphyr. Alizé. Mistral… Et au-delà du fait qu'il m'est arrivé d'essuyer le nez d'Antoine dans le revers de ma jupe, en définitive, c'est pratique. Ça dépend des modèles… Je me demande pourquoi les hommes ne s'y remettent pas. Les femmes enfilent bien des pantalons. Et puis, ce ne serait pas franchement une révolution : les Romains portaient bien des toges ; les hommes d'Église des blouses, des chasubles… En Afrique, les boubous font fureur pour tout le monde… L'important, c'est de se sentir bien. Et d'utiliser tous les moyens pour y parvenir. Adapter la tenue au moment, à l'envie… Accepter toutes les parts de soi-même. Masculine. Féminine. Se réunir intérieurement. Pouvoir dire « je suis » sans rien derrière… Grandir. S'élever. Verticaliser. Des quatre premiers corps équilibrés, en découlait un cinquième… Cela me rappelle le bûcheron de mon enfance : « Imagine un grand arbre, avec toutes ses feuilles, toutes ses branches… » Je comprends, enfin, ce qu'il avait voulu dire ce jour-là… « Si la conscience reste au niveau du tronc, des racines, des premières branches ou même de celles du milieu, alors, tout est obstrué par les branches, les feuilles et les racines… Mais que se passe-t-il, en revanche, depuis la cime de l'arbre, si tu regardes en bas ? » « Je ne vois plus l'arbre ? » « Non… Tu vois le monde. »

Antoine fait des grimaces. Antoine marche. Antoine court. Antoine saute, Antoine ramasse tout ce qu'il trouve. Antoine grimpe sur tous les bancs publics qu'il croise. Antoine se faufile entre les gens dans les files d'attente. Antoine monte et descend les escaliers sans tenir la rampe. À l'endroit, à l'envers. Sur les fesses. Antoine glisse sur les marches, la tête vers le bas. Antoine descend des épaules de Julien sans prévenir. Antoine bondit sur les poignées, Antoine claque les portes, Antoine ouvre celles des armoires, Antoine défait les piles de literie, se planque sous les draps. Antoine fait la moue parce que le placard à gâteaux est trop haut. Antoine se cache dans l'appartement… Le cœur qui bat en le cherchant, en l'appelant… Antoine fait battre mon cœur d'une manière consubstantiellement unique.

Julien n'était plus un mouton. En m'acceptant comme une femme alors que j'étais devenue mère, il avait pardonné à la sienne et fait la paix avec celle qui l'avait mis au monde. Je ne savais pas véritablement de quoi il retournait, mais cette réconciliation l'avait bouleversé. Il s'était affranchi, comme une lettre, afin de pouvoir voler de ses propres ailes. Sans plus avoir la sensation de devoir sa vie à quiconque. À la manière de Gilbert, qui nous envoyait régulièrement des cartes postales de Vendée et auquel nous avions rendu visite en passant par Bordeaux, mon bel instituteur était toujours le même, mais en mieux… Parce qu'il était libre. Julien restait toujours convaincu qu'il fallait amorcer un changement radical ; cependant, il avait délaissé Lénine et ses discours vindicatifs pour une action plus mesurée… Et à son échelle, il se battait.

« *We are the future.* » C'était l'inscription de ralliement portée par tous les enfants de l'école primaire pour la kermesse de fin d'année. Le soleil brillait, des mouettes s'étaient perdues dans le ciel de la banlieue de Paris et plus de deux cents élèves, portant le même tee-shirt, chantaient du gospel… Appuyé contre mes jambes, Antoine ouvre de grands yeux devant l'émouvante chorale… C'était désarmant de voir cette multitude d'enfants vibrer corps et âme et de toutes leurs forces pour n'en former plus qu'une…

La dualité du monde terrestre impliquait, certes, la séparation ; mais la séparation, quant à elle, si je la laissais faire, réduisait ma salive à quelque chose qui m'était étranger, me rebutait, m'effrayait presque, alors qu'elle émanait de l'essence même de mon être… Un processus identique semblait pouvoir s'enclencher à l'encontre de tout ce que je considérais comme « hors de moi », différent de moi… La solution de facilité s'avérait donc, par tous les moyens, de soumettre l'étranger, l'altérité ; plutôt que de reconsidérer l'intériorité au sein de laquelle se logeaient sournoisement la peur et l'effroi… « *Gnothi seauton…* » La séparation originelle à laquelle m'avait initiée Harald n'avait décidément rien à voir avec la dichotomie simpliste et bas de gamme du bien et du mal… La guerre, les violences et la terreur n'étaient en réalité que les conséquences d'un déséquilibre bien plus magistral… J'imaginais tous les êtres humains comme les cellules d'un même corps. Pour que la paix soit, il fallait faire de nouveaux ajustements… Et c'était en soi-même qu'il fallait d'abord trouver l'harmonie.

Pour Antoine, qui cultivait le rite des crayons de couleur au moins une fois par jour, le ciel était pourvu des plus beaux attraits. C'était surprenant de voir comme il l'observait pour aller ensuite déposer sur sa feuille l'une des dix nuances de bleu qu'il avait réclamées un jour pour parfaire la mer de ses dessins… Antoine respirait au rythme de son poignet. Le ciel de jour, les nuages ; le ciel de nuit, parsemé d'une immense lune et d'élégantes étoiles jaunes… Plus tard, pris d'une fascination pour les planètes, Antoine ferait une série de petits gestes vigoureux pour qu'on lui enlève les rideaux des fenêtres de sa chambre et, avec minutie, copiant le système solaire à l'infini, gribouillerait tout le bas des murs d'astronomie.

J'aimerais voyager de crâne en crâne, vagabonder de névrose en névrose, de caractère en caractère, de voix intérieure en voix intérieure, de pensée en pensée… Et cependant, même si je le pouvais… Le chemin de chacun est parfait. « Tout est parfait ! » dira éternellement Anir. Les journées que je passe à la galerie sont de plus en plus rares, mais j'utilise désormais mon ordinateur différemment : j'écris le début d'une histoire. Une histoire d'amour entre deux jeunes gens… Elle et lui. Lui et elle. En parallèle. Un passage me plaît assez : « Elle attrape la clé d'une main et la boîte de l'autre. Il ne cerne pas toujours ce qui la pousse à agir dans un sens que lui n'aurait probablement pas envisagé… Mais cela lui est agréable de se confronter à elle. Il apprécie l'idée que des centaines de millions de personnes puissent avoir des centaines de millions de points de vue sur des centaines de millions de choses… »

Vendre la maison. La maison du Jura. La grande maison de pierre qui recèle tant de souvenirs et de secrets… Vendre la maison. Se délester d'un poids gigantesque tout en ayant envie d'y rester pour toujours. J'avais mis si longtemps à me décider. Et puis, un jour, comme par magie, j'avais compris qu'il fallait tourner la page. J'avais dit : « Il ne faut plus attendre. » Laisser doucement le livre se refermer…

Après avoir signé chez le notaire, remonter la rue Poupet, longer le mur terne et tendre de l'église… Il faisait beau. Les grilles s'accrochaient tant bien que mal autour du cimetière, rouillées par endroits, ayant à d'autres un incertain penchant pour la sinuosité… Le soleil irradiait. Le bleu du ciel semblait incandescent tant il était vif. Midi sonnait, les oiseaux chantaient. Le vent soufflait délicatement… Mes pieds passent du goudron aux graviers, avancent sur les graviers… Le bruit des graviers. Le bruit des graviers, au matin, lorsque Franck passait de la cuisine à la salle de bains et que Martin… Le bruit des graviers. Arrêter de respirer. Entendre l'accordéon. À peine. Simplement quelques notes qui détalent au loin… Sentir son cœur se soulever puis une indicible extase tomber du ciel… Toutes les boutures n'avaient pas pris ; mais sur la gauche, juste à côté de la tombe de ma grand-mère, arrangeant d'une ombre légère l'endroit où Macadam se reposait, deux rosiers s'exhaussaient poliment, présentant leurs fleurs blanches comme des cadeaux.

Antoine a parlé. Il a dit « maman ». J'ai cru qu'il ne le dirait jamais – ni ça, ni rien. Les garçons parlent tard ; mais, à trois ans, en tout cas, lui, rien. Pas une goutte de salive dépensée à formuler ne serait-ce qu'une syllabe… « Où est maman ? », « Regarde ta maman ! »… Julien s'attachait pourtant à m'évoquer aussi souvent que possible en utilisant cette désignation. Les enfants répètent ce qu'ils entendent… Antoine comprenait tout, savait ce qu'il voulait, mais se taisait. Parfois, il utilisait les signes que Clara lui avait appris et que je m'employais aussi à faire de temps en temps. Il cognait son petit poing fermé contre sa joue pour demander un gâteau… Trois ans, des dents, mais pas un mot. Et puis « maman ». À la première sortie du premier jour d'école. « Maman ».

Ce matin, j'ai reçu un courrier de la part du père de Martin. Une grande enveloppe qui contenait la photocopie d'une lettre archivée de 1941 et un mot écrit de sa main… Il avait plus de quatre-vingts ans et toujours « renâclé à mettre le nez là-dedans ». Rongé par la culpabilité, avili devant l'horreur, il s'était « détourné pour mieux vivre » de ce qui lui semblait la pire des atrocités… Peu de temps après le suicide de son fils, l'une de ses sœurs avait insisté pour lui faire passer un dossier dont il avait refusé d'entendre parler auparavant, mais qu'il avait, il y a quelques jours, enfin, accepté d'ouvrir…

Son père était donc mort dans les camps… Il s'était sacrifié pour sa femme et ses enfants. Grâce à son courage, à la bravoure de son acte, ils survécurent. Quant à lui, il fut arrêté, transféré d'un camp de travail à l'autre, ménagé un temps parce qu'il était physicien, puis emprisonné de nouveau, passant a priori d'abord de l'est de l'Allemagne au nord, puis en Pologne. Il y avait eu tant de convois que les dates se perdaient… Mais l'été précédant son transfert à Auschwitz, dans le camp spécial de Lübeck, en Silésie, le grand-père de Martin s'était lié d'amitié avec un colonel de l'armée de l'air française. Il le relate dans l'une des lettres confiées justement à cet homme in extremis au matin de sa déportation… Libéré à la fin de la guerre, le camarade détenu était, quelques années après, parvenu à retrouver la grand-mère de Martin. Cinq lettres, en tout, lui avaient été remises. J'avais entre les mains une copie de la dernière :

Mes chers, ma chère,

Il n'y a pas de jour, d'heure, de minute, de seconde, sans que je pense à vous. À la tendresse de vos sourires, au calme de vos yeux.

Je t'envoie la lumière la plus douce depuis une rive qui n'est pas encore la dernière bien qu'elle semble chaque jour s'en rapprocher. Le tourment est vif et persistant tant la vie s'impose telle une torture, tant les immondices des êtres humains sont des perversions…

Mais restons les maudits et non les maudissants !

J'éprouve un tel bonheur à t'écrire…

Je ne veux t'adresser que d'admirables choses.

J'ai fait la rencontre ici d'une personne très appréciable : un colonel de l'armée de l'air ! Dès qu'il se sent accablé ou que la mélancolie le prend, il se redresse, observe le grand hangar en ciment à l'entrée du camp, puis, rassuré, convaincu, il rit presque, se laissant croire qu'un aviateur de sa connaissance surgira bientôt des nuages pour venir nous chercher… ! Nous imaginons l'engin dans le ciel, brillant comme un aigle, avec son cockpit rouge et doré… Bien qu'il ne faille pas compter sur le miracle, cela m'égaye un peu… Et figure-toi qu'avec la même conviction que celle de mon ami, je me surprends à murmurer : « De toute façon, Antoine viendra nous chercher… C'est une question de jours, mais Antoine viendra nous chercher… »

Et je prie Dieu.

Et je pense à toi.

Julien était rentré tard. Fin du premier trimestre. Conseil de classe. Antoine s'était endormi tôt. Julien s'est glissé sous la couverture de Flaubert qui me berçait de ses trois contes. Il avait les mains froides. Ses lèvres m'ont endormie d'amour. La lune était pleine, ronde comme un ballon. Très discrètement, le livre de Gustave est tombé. Orgasmes simultanés. Fécondité.

Antoine me tournait le dos. Je l'aurais reconnu parmi mille, même de dos, à la façon dont son pantalon tombait sur ses jambes, à la manière dont sa nuque soutenait sa tête. Je le trouvais si beau. Toutes les mères sont juives. Il s'est retourné pour me regarder. Antoine a des yeux d'une arrogance extrême. Il a toute son histoire dans les yeux. Et moi de lui parler d'un petit frère ou d'une petite sœur, alors que lui, déjà, là. Et moi de lui parler. Et lui de hocher ou de baisser la tête. Et lui de hocher. Antoine hoche la tête. Antoine a dit oui.

C'était presque l'hiver, on avait sorti les gants et les mitaines, la laine. Antoine imitait les momies en faisant pendre chacune de ses moufles au bout des manches de son anorak. Elles se balançaient sur le fil qui empêchait mon fils de les perdre. « En garde ! » Antoine lançait maintenant les mots à tout-va comme des flèches : « Je suis le grand pharaon du pôle Nord ! » Il les criait si fort parfois, les bombardait comme des fusées ou des missiles. Il faisait aussi le bruit des fantômes. Julien ressemblait à un loup de mer, il avait ressorti un vieux bonnet bleu de marin. Je regardais mes hommes. Ils étaient heureux… Julien allait devenir directeur de son école à la prochaine rentrée. Il avait rendu un rapport au ministère et participait à des réunions chaque semaine. L'idée était de mettre en place de nouvelles formules éducatives axées sur la bienveillance et la compassion. Deux mille écoles publiques, dont celle de Julien, devaient servir d'éprouvettes… Dans un élan – sans doute de naïveté – et aussi parce que je me déterminais à l'éprouver et à en faire preuve chaque jour, j'étais dorénavant persuadée que l'Amour était Dieu, que Dieu était l'Amour, et que rien ni autre chose ne pouvait aller plus à fond dans le sens de la justice, divine ou autre… Peu importe ce qui était arrivé, ce qui arrivait, ce qui arriverait ; il fallait accepter, pardonner, et avancer au mieux. C'était sûrement idiot, risible aux yeux de ceux qui s'en défient, et je n'avais certainement pas suffisamment grandi… Toutefois, j'étais convaincue que l'Amour était la clé. Globalement.

On a fini de dîner. Harald s'est affalé sur le canapé. Il a fait rire Antoine : « Comment appelle-t-on un canard qui est vraiment nul ? » « Ça n'existe pas, un canard vraiment nul… » « Si, ça existe ! C'est un… ca-nul-ard ! » Antoine comprend. Julien sourit. Harald se marre…

J'ai arraché mon fils à l'acteur et je suis partie le coucher. Le chien sans nom m'a suivie, comme d'habitude. Demain, la matinée sera froide, grasse ; on ne sortira pas avant dix heures. Tant pis pour l'école… Antoine m'a tirée par le cou. J'ai embrassé son front ; presque fermé la porte, emprunté le couloir et rejoint les hommes au salon ; bu une goutte de tisane… Harald parle. Je rebois une goutte de tisane. Harald parle d'une pièce qu'il va bientôt jouer à Chicago. J'ai pensé à Dan, à l'Amérique… J'ai pressé l'épaule de Julien. Il a serré ma main. Harald raconte la pièce, et le rôle, et l'intrigue. Il a failli raconter la fin. Julien l'en a empêché. Il a dit qu'il n'aimait pas qu'on lui en dise trop ; qu'on lui raconte les dénouements, la fin des scénarios. Il a dit que, depuis toujours, il préférait les débuts aux fins.

Composition IGS-CP
Impression CPI Bussière en janvier 2022
Éditions Albin Michel
22, rue Huyghens, 75014 Paris
www.albin-michel.fr
ISBN : 978-2-226-46396-8
N° d'édition : 24544/01 – N° d'impression : 2062099
Dépôt légal : février 2022
Imprimé en France